记忆之歌

香雨分飞

爱恨交织描绘风雨人生，社会变迁尽现非常命运。

《红碱滩》后又一力作。

于忠民　著

武汉大学出版社
WUHAN UNIVERSITY PRESS

图书在版编目(CIP)数据

香雨分飞/于忠民著．—武汉：武汉大学出版社，2014.6
(记忆之歌)
ISBN 978-7-307-13464-5

Ⅰ.香…　Ⅱ.于…　Ⅲ.长篇小说—中国—当代　Ⅳ.I247.5

中国版本图书馆 CIP 数据核字(2014)第 119154 号

责任编辑:郭　倩　　责任校对:汪欣怡　　版式设计:马　佳

出版发行:**武汉大学出版社**　(430072　武昌　珞珈山)
(电子邮件:cbs22@whu.edu.cn 网址:www.wdp.com.cn)
印刷:湖北知音印务有限公司
开本:880×1230　1/32　印张:12.375　字数:279 千字
版次:2014 年 6 月第 1 版　　2014 年 6 月第 1 次印刷
ISBN 978-7-307-13464-5　　定价:30.00 元

总　序

叶　辛

40 多年前，中国的大地上发生了一场波澜壮阔的知识青年上山下乡运动。“波澜壮阔”四个字，不是我特意选用的形容词，而是当年的习惯说法，广播里这么说，报纸的通栏大标题里这么写。知识青年上山下乡，当年还是毛泽东主席的伟大战略部署，是培养和造就千百万无产阶级革命事业接班人的百年大计，千年大计，万年大计。

这一说法，也不是我今天的特意强调，而是天天在我们耳边一再重复宣传的话，以至于老知青们今天聚在一起，讲起当年的话语，忆起当年的情形，唱起当年的歌，仍然会气氛热烈，情绪激烈，有说不完的话。

说“波澜壮阔”，还因为就是在“知识青年到农村去，接受贫下中农的再教育，很有必要”的指示和召唤之下，1600 多万大中城市毕业的知识青年，上山下乡，奔赴农村，奔赴边疆，奔赴草原、渔村、山乡、海岛，在大山深处，在戈壁荒原，在兵团、北大荒和西双版纳，开始了这一代人艰辛、平凡而又非凡的人生。

讲完这一段话，我还要作一番解释。首先，我们习惯上讲，中国上山下乡的知识青年，有 1700 万，我为什么用了 1600 万这个数字。其实，1700 万这个数字，是国务院知青办的权威统计，应该没有错。但是这个统计，是从 1955 年有知青下乡这件事开始算起的。研究中国知青史的中外专家都知道，从 1955 年到 1966 年“文革”初始，十多年的时间里，全国有100多万知青下乡，全国人民所熟知的一些知青先行者，都在这个阶段涌现出来，宣传开去。而发展到“文革”期间，特别是1968年12月21日夜间，毛主席的最新最高指示发表，知识青年上山下乡，掀起了一个前所未有的高潮。那个年头，毛主席的话，一句顶一万句；毛主席的指示，理解的要执行，不理解的也要执行，且落实毛主席的最新指示，要“不过夜”。于是乎全国城乡迅疾地行动起来，在随后的10年时间里，有1600万知青上山下乡。而在此之前，知识青年下乡去，习惯的说法是下乡上山。我最初到贵州山乡插队落户时，发给我们每个知青点集体户的那本小小的刊物，刊名也是《下乡上山》。在大规模的知青下乡形成波澜壮阔之势时，才逐渐规范成“上山下乡”的统一说法。

我还要说明的是，1700万知青上山下乡的数字，是国务院知青办根据大中城市上山下乡的实际数字统计的，比较准确。但是这个数字仍然是有争议的。

为什么呢？

因为国务院知青办统计的是大中城市上山下乡知青的数字，没有统计千百万回乡知青的数字。回乡知青，也被叫作本乡本土的知青，他们在县城中学读书，或者在县城下面的区、城镇、公社的中学读书，如果没有文化大革命，他们读到初中毕业，照样可以考高中；他们读到高中毕业，照样可以报考全国各地所有的大学，就像今天的情形一样，不会因为他们毕业于区级中学、县级中学不允许他们报考北大、清华、复旦、交大、武大、南大。只要成绩好，名牌大学照样录取他们。但是在上山下乡“一片红”的大形势之下，大中城市的毕业生都要汇入上山下乡的洪流，本乡本土的毕业生理所当然地也要回到自己的乡村里去。他们的回归对政府和国家来说，比较简单，就是回到自己出生的村寨上去，回到父母身边去，那里本来就是他们的家。学校和政府不需要为他们支付安置费，也不需要为他们安排交通，只要对他们说，大学停办了，你们毕业以后回到乡村，也像你们的父母一样参加农业劳动，自食其力。千千万万本乡本土的知青就这样回到了他们生于斯、长于斯的乡村里。他们的名字叫“回乡知青”，也是名副其实的知青。

而大中城市的上山下乡知青，和他们就不一样了。他们要离开从小生活的城市，迁出城市户口，注销粮油关系，而学校、政府、国家还要负责把他们送到农村这一“广阔天地”中去。离开城市去往乡村，要坐火车，要坐长途公共汽车，要坐轮船，像北京、上海、天津、广州、武汉、长沙的知青，有的往北去到“反修前哨”的黑龙江、内蒙古、新疆，有的往南到海南、西双版纳，路途相当遥远，所有知青的交通费用，都由国家和政府负担。而每一个插队到村庄、寨子里去的知青，还要为他们拨付安置费，下乡第一年的粮食和生活补贴。所有这一切必须要核对准确，做出计划和安排，国务院知青办统计离开大中城市上山下乡知青的人数，还是有其依据的。

其实我郑重其事写下的这一切，每一个回乡知青当年都是十分明白的。在我插队落户的公社里，我就经常遇到县中、区中毕业的回乡知青，他们和远方来的贵阳知青、上海知青的关系也都很好。

但是现在他们有想法了，他们说：我们也是知青呀！回乡知青怎么就不能算知青呢？不少人觉得他们的想法有道理。于是乎，关于中国知青总人数的说法，又有了新的版本，有的说是2000万，有的说是2400万，也有说3000万的。

看看，对于我们这些过来人来说，一个十分简单的统计数字，就要结合当年的时代背景、具体政策，费好多笔墨才能讲明白。而知识青年上山下乡运动中，还有多多少少类似的情形啊，诸如兵团知青、国营农场知青、插队知青、病退、顶替、老三届、工农兵大学生，等等等等，对于这些显而易见的字眼，今天的年轻一代，已经看不甚明白了。我就经常会碰到今天的中学生向我提出的种种问题：凭啥你们上山下乡一代人要称“老三届”？比你们早读书的人还多着呢，他们不是比你们更老吗？嗳，你们怎么那样笨，让你们下乡，你们完全可以不去啊，还非要争着去，那是你们活该……

有的问题我还能解答，有的问题我除了苦笑，一时间都无从答起。

从这个意义上来说，武汉大学出版社推出反映知青生活的“黄土地之歌”、“红土地之歌”和“黑土地之歌”系列作品这一大型项目，实在是一件大好事。既利于经历过那一时代的知青们回顾以往，理清脉络；又利于今天的年轻一代，懂得和理解他们的上一代人经历了一段什么样的岁月；还给历史留下了一份真切的记忆。

对于知青来说，无论你当年下放在哪个地方，无论你在乡间待过多长时间，无论你如今是取得了很大业绩还是默默无闻，从那一时期起，我们就有了一个共同的称呼：知青。这是时代给我们留下的抹不去的印记。

历史的巨轮带着我们来到了2012年，转眼间，距离那段已逝的岁月已40多年了。40多年啊，遗憾也好，感慨也罢，青春无悔也好，不堪回首也罢，我们已经无能为力了。

我们所拥有的只是我们人生的过程，40多年里的某年、某月、某一天，或将永久地铭记在我们的心中。

风雨如磐见真情，

岁月蹉跎志犹存。

正如出版者所言：1700万知青平凡而又非凡的人生，虽谈不上“感天动地”，但也是共和国同时代人的成长史。事是史之体，人是史之魂。1700万知青的成长史也是新中国历史的一部分，不可遗忘，不可断裂，亟求正确定位，给生者或者死者以安慰，给昨天、今天和明天一个交待。

是为序。

目　录

上　部

下　部

上　　部

第一章

华尘雨十二岁时就对一个女孩产生了好感，他不知这是不是初恋。

一抹残阳映红了大片的火烧云，正疲惫地从这个东北大都市的地平线上悄悄隐退。

喧嚣了一天的城市慢慢地安静下来。

突然，从城区的一个胡同内，传来女孩尖利的呼救声，打破了这个黄昏的宁静。

路过此地的一个男孩好奇地朝着惊叫声飞奔而去。

只见两个十几岁的野小子正纠缠着一个看上去只有十一二岁的小女孩。

"这不是新到咱班的叶兰香吗?"男孩一怔，不假思索地对那俩小子大叫道："住手!"

其中一个小子转身一看，竟是一个比自己矮半头，说话还带着稚气的男孩子，遂不屑地叫道："哪冒出的小屁孩，撅个下巴，赶紧滚!"

女孩满脸惊恐，双手抱胸，身子瑟瑟发抖，一见到男孩便投来救援的目光，声音颤抖地叫道：“华尘雨。”

被女孩叫作华尘雨的男孩，尽管只有十二岁，却已在少年体校的武术班学了三年多，身手已是相当敏捷。华尘雨毫不犹豫地冲了上去，未等那俩小子反应过来，已三拳两脚将他俩撂倒在地，那俩小子倒在地上哎哟哎哟如杀猪般惨叫着。

华尘雨将叶兰香送回了家。叶兰香的母亲刚一开门，窗台上一盆散发着幽香的兰花便映入他的眼帘。

不久，叶兰香因搬家离开了学校。从那以后，她便像谜一样从华尘雨的世界里消失了。可她那小巧的鼻子，秀丽清纯的大眼睛却深嵌在了华尘雨的心里。

华尘雨万万没有想到，一九六八年的秋天，那场声势浩大的上山下乡运动，使两人意外相遇，由此他们的关系发生了奇妙的变化。

此时的华尘雨已是个十八岁的小伙子，个头已窜到了一米八，宽肩窄腰，浓眉大眼，鼻梁挺直，下巴突出使得他的长脸显得更长了，同学们便戏称他为“华下巴”。那张长脸平时看上去一脸的端庄，只是一笑时，嘴角调皮地向左翘，俏皮中带着玩世不恭。

列车到达了盘山火车站。身穿绿色仿军服的小青年鱼贯而出，纷纷奔向载着行李的大货车，华尘雨被人流裹挟着向前涌动。突然，一位身材匀称、梳着两个小辫、小巧的鼻子上镶嵌着一双清纯大眼睛的女青年从华尘雨身边一闪而过，奔向不远处的一辆接站的嘎斯大货车。

“难道是她？”华尘雨扬起下巴，直愣愣地望着她的背影，竟呆立在那儿。

“哎，看傻了，被哪个姑娘给勾住了，快走哇！”身旁的一个叫王英华的女青年，不容分说地拽着华尘雨登上另一辆大货车。

王英华是华尘雨的中学同桌，扎着两个齐耳小辫，大眼睛、尖下颌，生性泼辣，敢作敢为，同学们都叫她“小辣椒”。华尘雨不仅聪明好学，而且体格健壮，长相也有特点，受到了一些女同学的青睐，可华尘雨却一直对班里的女同学不感兴趣。旁人以为华尘雨自恃清高，其实在他的心里，这些女生都不是他心仪的对象，唯一令他心动的却是上小学时认识的叶兰香。那时的叶兰香梳着两个小辫，一双会说话的大眼睛清澈如水，而她嘴角下那个小巧的黑痣更显特别。后来华尘雨才知道她由于学习出众，跳级一年来到了他们班，成为了他的同桌，而且在一个学习小组。那次华尘雨救了叶兰香之后，她对华尘雨有了明显的好感，那双纯净而明亮的目光常常跟随他的身影。于是，叶兰香的形象在华尘雨年少懵懂的心里激起了一层好奇的涟漪。半年后，她却悄无声息地离开了学校，从此便杳无音信。升入中学后，“小辣椒”成了华尘雨的同桌，她渐渐对华尘雨产生了好感。在那个还比较保守的年代，“小辣椒”却大胆地对华尘雨表示亲近。华尘雨虽想回避，可架不住她火辣辣的攻势，特别是后来的“文革”风暴将华尘雨的父亲扫入牛棚时，多数同学像躲瘟神般离他而去，只有“小辣椒”敢不顾家人阻挠仍与华尘雨来往。

经过几个小时的颠簸，他们终于在黄昏时到达了目的地。“大胡子”营长将这几十号人迎进了一个简陋的大房子。

通过介绍，大家知道了那位“大胡子”叫郑立民，是新成立的青年营的营长，同时上级还给青年营配备了一名叫洪铁军的军代表担任指导员，今天刚好到农场开会去了。“大胡子”郑立民环顾着大家说：“我们这里是大洼县红星农场的钱家堡，参照生产建设兵团的编制叫八营。大家也都看到了，我们这儿的条件有限，为了迎接你们这些城市青年，临时盖了几间宿舍，可还是不够住，只能委屈大家在一起混住几天，等盖好新宿舍再调整吧。今天就这样安排，女生睡南炕，男生睡北炕。”

想到今晚就要和男生同住一屋，女生中发出一阵羞涩的惊讶声。

“大胡子”郑立民好奇地瞥了一眼满脸惊诧的女青年，转身出去了。

水宜舟望着泥墙和挂着灰吊的天棚，摇晃着小脑袋瓜说：“这可挺有意思，你们看这像不像原始时代的猿人住的洞穴？哈哈，咱们又回到那群居的蛮荒时代，体验人类祖先的浪漫生活啦。”

水宜舟是华尘雨的发小，也是铁哥们。他个不高，小脑瓜，油嘴滑舌，一肚子鬼主意，从不吃眼前亏。

华尘雨说：“这回你小子可过瘾了吧，这屋里可有一帮女的呀。”

水宜舟见女生所占的比例不足三分之一，故作惋惜状：“只可惜肉少狼多呀，哥们儿怕抢不上槽啊。”

“小辣椒”忍不住指着水宜舟尖声道：“你胡说个啥，真是狗嘴里吐不出象牙来。”

华尘雨嘴角一翘，一脸坏笑地冲水宜舟道：“行啦，再贫嘴可就要手榴弹扔茅坑——激起民愤（粪）啦。”

霎时引来一阵哄笑。

夜色降临，大家洗漱完毕，各自打开铺盖和衣而卧。尽管路上折腾得很疲乏，但头一次穿着衣服躺在硬邦邦的土炕上，身子硌得难受，翻来覆去就是睡不着。

刚要迷糊着，不知哪个女生突然“妈呀”一声尖叫，大伙儿惊得翻起身。睡在炕梢的华尘雨猛地拽下灯绳，灯光下一只硕大的灰耗子在南炕上瞪着黑亮的小眼珠，正从女生身上爬过。华尘雨噌地蹦下炕，操起地下的笤扫向那耗子砸去，耗子嗖地蹦到地上从门缝钻了出去。屋内一阵骚动，女生们惊恐地睁大眼睛，裹紧了被子。

惨淡的月光洒进屋内，大伙儿被折腾得疲惫不堪却一时难以入梦。"小辣椒"翻了几次身，忍不住说："反正也睡不着，咱们还是猜个谜吧。"

华尘雨顿时来了精神："那我就出个吧。"然后睁大眼睛瞅着天花板想了想，说道："一根棍乱晃，根朝上。"

几个女生忍不住哧哧地笑出了声。

"小辣椒"说："你们猜是啥？"

水宜舟立刻接道："这也太简单了，不就是男人身上那玩意吗？"

"小辣椒"说："你可真损，咋净往那儿合计？"

"是呀，难怪小辣椒说你。"华尘雨接道，"你懂不？这叫荤破素猜。"

水宜舟说："我知道，这谜底啊，不就是盘锦的特产——芦苇嘛。你看呀，那芦苇像棍不，风一吹它晃不？"

"小辣椒"咯咯笑了起来："你知道啥呀。别自作聪明了，这都猜不出来？哪个地里的芦苇根朝上啊。我知道谜底是啥了，其实这屋里就有。"

水宜舟不服地问："那你说是啥？"

"小辣椒"故意卖弄关子："你自个儿猜呗。"

水宜舟一捅华尘雨："哎，你快说，到底是啥玩意。"

华尘雨沉默了一会儿，然后才慢腾腾地说道："这都猜不出来呀？灰吊呗。”

“唔，原来是这个呀。”水宜舟恍然大悟地一拍脑袋。

……

早饭前“大胡子”将大伙召集起来，大声说道：“从今天开始，每天早饭前要向毛主席表忠心。首先让我们敬祝伟大领袖毛主席万寿无疆、万寿无疆、万寿无疆。”

大伙高声跟着重复了一遍。

“大胡子”又说：“并以同样的心情祝愿我们的林副主席身体健康，永远健康。”

又是一阵附和声。

完成了这个仪式，大伙这才排着队从伙房里打饭——每人两个大锅蒸的玉米面大饼子，一饭盒汤。

水宜舟咬着大饼子直喊拉嗓子。

华尘雨瞅着他说：“小舟啊，你就凑合吧，这不是还有汤吗？”

水宜舟指着饭盒里的汤说：“在城里咱每月还三两油呢，咋到这儿就给克扣了，汤里连个油珠都没有，只飘着几片菜叶，像大海里的军舰，我看应该叫军舰汤。”

华尘雨嘴角一歪，笑道：“你小子可真会联想。”

“大胡子”笑着拍了下水宜舟的肩膀：“小伙子呀，这汤里油是少了点，可你们知道吗，你们在这儿每月定量就是一两油，三十斤苞米面，还是县里专为知青拨的呢。当地人的定量比你们还少呢。”

水宜舟眨着眼说：“我没来时就听说盘锦产大米，那咱啥时能吃上大米饭呀？”

“大胡子”笑道：“想吃大米饭并不难，只要大家肯吃苦，以后自己动手开垦出水田、种上稻子，还愁吃不上大米饭吗？”

水宜舟咽了口“军舰汤”，仰起头闭上眼睛，一副遐想的样子：“真要是能吃上大米饭，咱也不枉来盘锦啊。”

华尘雨嘿嘿一笑，说道：“小舟又发小资情调了。”

“什么叫小资情调？你少给我扣帽子。”水宜舟晃着脑袋说，“古人云，民以食为天。苏联的共产主义标准是土豆烧牛肉，以后咱们要能吃上大米饭，不比他们差啊！”

“哈哈哈……”“大胡子”笑得胡子都跟着抖了起来。

“嘟……”一阵尖利的哨声过后，知青被集中到宿舍前的空地上。军代表洪铁军像从天而降似的立在大家面前，一脸严肃地瞅着眼前这群城里来的小青年。他个不高，却长得挺敦实、眼睛不大却目光如箭。

大伙瞅着眼前这个军纪扣扣得严严实实、神情威严的指导员，不知他要搞什么名堂。

他紧闭着嘴半天没吱声，脸上的肌肉绷得紧紧的，威严得如同寺庙里的金刚。

他看着大伙，突然高声叫道：“我不在家的这两天，你们都干了什么？”

华尘雨不禁一怔，大伙儿也都莫名其妙，满脸狐疑。

洪铁军目光不知怎么竟扫到了华尘雨身上，他手一指大声道：“我问你，你们到农村干什么来了？”

华尘雨有点丈二和尚摸不着头脑，脸拉得更长了。他啪地来个立正回答道：“报告指导员，我们是响应伟大领袖的号召到农村接受贫下中农的再教育，改天换地来了。”

“你们还知道啊。”洪铁军表情异常严肃地看着大家，“别以为这两天我不在就不知道你们的表现。你们男女生混居，半夜里猜下流谜语，这是什么性质？是资产阶级生活方式，你们的所作所为完全与毛主席的指示背道而驰，这样下去是极其危险的。今天你们要深刻认识错误，深挖第三层思想，批倒批臭头脑中的资产阶级思想。”

大伙突然愣住了，一时竟不知所措，空气紧张得令人窒息。

这时，华尘雨发现一个外号叫“高粱米”的男同学眼神有些慌乱。他不禁一怔，军代表咋知道这些事，难道有人背后打小报告？

在洪铁军的启发和鼓动下，终于有一个叫柳思春的女青年发言了。她抖擞精神，拿出当年红卫兵大批判的劲头，将此事上纲上线，一通狠批。她的发言如导火索，一下子点燃了愤怒的烈火，引来不少人义愤填膺，大有揪出主犯立即批斗的架势。

水宜舟一看形势不妙，唯恐这股烈火烧到自己头上，于是急忙站到洪铁军的身旁，表情虔诚地说：“亲爱的军代表，尊敬的指导员，我是怀着万分的崇敬向你学习，向你致敬。我知道军代表是为我们大伙负责，怕我们这些小青年不懂这儿的规矩而犯错误。可我们也曾是毛主席的红卫兵，我们是响应他老人家的号召才来到农村的。我们也不愿意男女生住一个屋，虽说大家没干什么，其实根本也干不了什么，可这也不方便呐。在家时我睡觉就穿个裤衩，可这么一来，我连衬衣都不能脱，你说这能睡好觉吗？谁不想男女分开，一人一屋才好呢。可眼下就这条件，咱也认了。可晚上睡不着觉，你说难受不？咱猜谜语也不能算下流吧。至于有人往那方面合计，那是他们的事。咱又不是孙悟空能钻进人脑子里，看他到底想什么吧。”

洪铁军被他说得有些莫名其妙，可还是严厉地盯着他说："你小子油嘴滑舌，还没有认识到问题的严重性，对这种资产阶级生活方式，我们就是要彻底批判，决不留情。"

华尘雨看着洪铁军那张因激动而有些变形的脸，生怕再继续下去会产生不利的后果，于是眼珠一转说："我坚决支持军代表的革命行动，咱解放军同志的觉悟就是高，芝麻大的小事就能分析到生活方式上，令人叹服啊。小舟同志的想法是有问题，干脆就不让他跟女生有任何接触。为了我们革命青年的纯洁，我建议将他驱出青年营，送到千山去当和尚。让他面壁思过，断了他与尘世的联系。"

有人跟着附和道："对，先把他给骟了，他就再也不会惦记女的啦。"

水宜舟哭丧个脸对洪铁军哀求道："解放军同志，我的亲哥呀，你可得救救我呀。我家可是三代单传，要到我这断了后，我可没脸见人啊。真要像他们说的那样，还不如一枪把我毙了，你还是给我来个痛快的吧。"

洪铁军不由得扑哧一声笑了："瞅你这小样儿也怪可怜的，再怎么也不能那样对待你呀。"他又转过脸严肃地看着大伙儿，说道："念你们是初犯，给你们一个改正的机会。一会儿你们用苇子在屋中央隔开，男生住外间，女生住里间，晚上睡觉都老实点儿。以后再发现类似的问题，一律严肃处理。你们听好了，从明天开始，早晨起来军训，谁也不许缺勤。"

一场风波这才平息，大伙长长出了一口气。望着洪铁军远去的背影，华尘雨与水宜舟相互对视，禁不住哈哈笑了起来。

第二章

屋内竖起一道苇子墙，将男女生自然隔开。而华尘雨跟“小辣椒”的铺盖恰好在这道“墙”的两侧。

晚上，华尘雨脱了衣服钻进被窝正想睡个好觉。忽听一阵拨弄苇子的窸窣声，随后从苇墙扒开的缝隙中，一只手如水蛇般钻了过来。华尘雨只觉脸上被一只温软的纤手所触碰，一个轻柔的声音像风一样吹到他的耳畔：“哎，尘雨。”

华尘雨故意打起了呼噜。

那只纤手捅了一下华尘雨的鼻子：“别装睡了，我问你点儿事。”

华尘雨将那小手轻轻拨开说：“人家刚睡着，你烦不烦啊，啥事非得现在问？”

“小辣椒”支着身子，将脸贴近苇墙扒开的缝小声说：“军代表咋知道这些事？肯定是哪个快嘴告诉他的，你看能是谁？”

“我哪知道？我又不是侦探。”华尘雨翻了下身，将那手掐了一下。

“小辣椒”说：“我怎么听说军代表刚回来，‘高粱米’就过去了，不知嘀咕了什么，我看八成是他告的。”

华尘雨心生疑问，“高粱米”平时没有什么异常举动，难道这事儿与他有关？

被人称为“高粱米”的同学，名叫高良，中等个儿，浓眉大眼，长得仪表堂堂。他说话速度挺快，就是一个词经常重复，好似有些结巴。那双大大的眼睛总是不安分地转动着，黑红的脸上长满了密密麻麻的青春痘，就像一粒粒高粱米，同学们以此给他起了个外号“高粱米”。他在校时学习不咋样，却总爱背后打小报告。华尘雨对他不冷不热，可他却总往跟前凑。他善于察言观色，总想表现自己却一直找不到机会。“文革”开始后，“高粱米”终于寻到了机会，立马来了精神头。他跟着心血来潮的同学上蹿下跳搞大批判，成了学校红卫兵团的一个小头目。他觉得自己出人头地了，更加趾高气扬。今天指挥一伙人揪斗老校长，明天又拉出一干人马到别处去煽风点火。这小子善于见风使舵，又有活动能力，吸引了一些人围着他屁股转。可他唯独对华尘雨却不敢妄为。

军代表训大伙时，华尘雨从他那慌乱的眼神里觉出不对劲，经“小辣椒”这一提醒，华尘雨便对他有所警觉。

华尘雨不屑地说：“提那‘高粱米’干吗，他是个啥？”

“小辣椒”又说：“我看这人也不咋样。”

华尘雨不愿想那不愉快的事，便哼了一声，掉过头要睡觉。

那只小手忽然拽了下华尘雨的耳朵说：“哎，下火车后你为啥盯盯瞅那女的，你跟她啥关系？”

华尘雨说：“我看你是掉醋缸里了。”

华尘雨不等她发话，使劲拧了一下那只小手，“小辣椒”忍不住“哎呀”叫出了声，睡在她身边的秦玉姝突然惊醒，问道：“咋啦?”

“哦，没啥，手叫苇子刮了一下。”“小辣椒”这才将手缩回来。

秦玉姝揉了揉眼睛，好心地说：“你要怕苇子刮，那咱俩调下位置吧。”

“不用……我没事。”“小辣椒”生怕失去这个位置，于是不再吭声。

大伙迷迷糊糊睡得正香，突然被骤然响起的军号声所惊醒。此时天还没完全亮，就听洪铁军大声嚷着：“赶紧起床，出早操。”

有的青年骂骂咧咧地嚷着，怎么起这么早?大伙虽极不情愿，却又无可奈何地钻出被窝，向门外跑去。

大伙睡眼惺忪打着哈欠，分男、女站成了两排。好多女生的头发没来得及梳，乱糟糟像个鸡窝。水宜舟将鞋穿反了还不知道。华尘雨的衣服扣错了扣子，两个衣襟变成了一边长一边短，一副狼狈不堪的样子。

洪铁军绷着脸道：“从今天开始，大家要出早操。你们自己看看都成了什么样子?战争真要爆发了，凭你们这副尿裤子的样子能上战场吗?现在北边的边境线上，苏修屯兵百万对我国虎视眈眈，大家应时刻提高警惕，搞好军训，随时准备参加战斗。现在就开始第一堂军训课，从此地出发，跑步五公里。大家都打起精神，听我的口令：立正，向左转，跑步走。”

两排队伍像两条长蛇向前游动，在土道上掀起一股尘土。

洪铁军让华尘雨和“小辣椒”分列在男、女两队的前头并排领跑，开始队形保持得较好，可随着速度的加快，男、女的队列便拉开了一定的距离，而且随着时间的推移，距离越拉越大，到了后半程，竟变成了一列，女青年的排头竟落在了男青年的队尾。几个女青年，远远地落在队伍的后面，那腿已经抬不起来了。可洪铁军仍像个羊倌驱赶掉队的羔羊似的大声催促着，空旷的田野，不时传来“一、二、三、四”的粗犷与尖细交织的口令声。零乱的脚步踏碎了沉寂的荒滩，露水打湿了跑动的裤腿。“下定决心，不怕牺牲，排除万难，去争取胜利”的口号声，在土道上不停地回响……

待这支如断了节的“长蛇”终于游动到原地时，已是一片呼哧、呼哧的喘息声和一个个红扑扑、尘土与汗水交织成的大花脸。洪铁军站在排前，面对这疲惫散乱之师，用不屑的口吻说：“瞧你们跑这点儿道，就变成这个样子。以后天天这样训练，才能去掉你们身上的娇气。”

军训结束后，大伙本以为可以休息了，可洪铁军却又带领大伙进行了每日的“天天读”，共同学习了几段毛主席语录，才开早饭。

午后，当“大胡子”宣布从明天开始，知青们下地割苇开荒时，大伙立刻兴奋得欢呼起来，顿时产生了英雄大有用武之地的感觉。

一场前所未有的改变辽宁“南大荒”面貌的特殊战役由此打响了。

晚饭后，每人领了一把镰刀。一位叫钱玉刚的老农队长，拿起镰刀和磨石来到宿舍，教大伙磨刀。这个钱玉刚四十来岁，满手老茧，个不算高，但结结实实，一看就是典型的庄稼把式。常年的风吹日晒，将他的脸塑成紫铜色，脸皮粗糙得像个风干的大萝卜，短粗的横眉，单眼皮，眯缝眼，平时不苟言笑。水宜舟悄悄对华尘雨说："这人怎么看着像电影里的地主、富农?"华尘雨捅了他一下："别胡说，人不可貌相嘛。"

钱玉刚边磨镰刀边提醒大伙："这新镰刀头一次开刃，别怕费劲，刃口要磨得宽点儿。要是图省劲，磨成了立刃，当时试着挺快，用不了几下就钝了，再重磨就更费劲儿了。"

翌日清晨，知青们列队拎着镰刀，在钱玉刚的引领下，高唱着语录歌，浩浩荡荡向荒滩进发。

华尘雨高举着鲜艳的红旗昂首挺胸走在前头。秋风送爽，红旗猎猎，群情激奋。坑洼的土道两旁，苇子一望无际，苇子顶端抽出灰白、淡紫的花穗，在秋风中摇曳，似少女飘逸的秀发，墨绿色的苇叶上挂着晶莹的露珠。

盐碱滩上这独特的景象，让这些城里长大的小青年兴奋不已。五六里路也不觉得远，说笑着就到了。钱玉刚指着前方那一大片长满参差不齐苇子的地方说："咱们就在这割苇开荒。以后，我们要在这里盖房建青年点，将开垦的地都种上水稻，到时大家就能吃上大米饭了。"

想到今后的前景，大家的情绪不由得亢奋起来。

华尘雨将红旗插入地上，望着那随风起伏的芦苇，不禁诗兴大发，挥着手脱口而出："蒹葭苍苍，白露为霜。所谓伊人，在水一方。"

朱尚标哈哈笑道："尘雨，你说的啥，尖夹子是啥玩意，哥们咋听不懂?"

朱尚标长得高挑，外号"麻秆"。他长着一对浓密的横眉，大眼睛向外凸出，与华尘雨和水宜舟是同班中最要好的同学。

水宜舟不等华尘雨答话，晃动着脑袋对朱尚标说："你真是老土，这都不知道？这是诗经上的名句，那蒹葭就是芦苇啊。你想呀，古人面对苍苍的芦苇，思念着被水相隔的心中美人，会是一种什么样的感受啊？"

水宜舟的父亲是教古代汉语的大学老师，受家庭的熏染，他对诗词歌赋颇感兴趣，可现在他的父亲成了反动学术权威，正受着批判。

朱尚标出身工人家庭，从小不爱学习，可打架却像吃馅饼，为此父母没少为他操心，却也管不了他。华尘雨看中朱尚标的仗义，因此成了好朋友。

朱尚标一拍水宜舟的肩膀："行了，你小子有两把刷子。"

"哎，麻秆，你轻点。"水宜舟将他的手从自己的肩膀上挪开道，"谁像你，一介武夫，满脑袋高粱花子，连古诗都不知道，文化知识贫乏得可怜呐。"

朱尚标说："懂古诗有屁用，现在都啥年月了。破四旧立四新，谁还研究哪门子古诗呀？你可拉倒吧。"

水宜舟眼睛眨了眨说："古诗怎么啦，这是中华民族的精华。主席就是吸收了古诗里的营养，才写出那样气势磅礴的诗词。得，跟你说这些简直是对牛弹琴哪。"

华尘雨嘴一歪，笑道："你说的不对，不是对牛弹琴，而是对猪（朱）弹琴。"

朱尚标故意瞪着眼晃了下拳头，作出滑稽的样子，引得大家一阵哄笑。

老农队长钱玉刚走过来，招呼大家先从边上割起，注意苇茬要尽量短小，说着哈腰搂起一束苇子，挥镰为大家作起了示范。

这是一片湿地，由于没有水靴，大伙只得脱掉鞋子，用塑料布将脚包上，就像从战场下来的伤兵脚上缠着厚厚的纱布，然后下到地里。大伙兴奋地操起镰刀狂舞着砍向苇子，那苇茬高得能绊倒人。钱玉刚急得直叫："你们这哪是割苇子，简直像砍萝卜。你们的腰绑了扁担咋的，为啥哈不下去？"

这时，几只灰褐色的麻鸭子扑棱着翅膀，倏地从不远处的苇丛中飞出，惊得几个女同学尖叫起来。"小辣椒"却乐得蹦跳着向天上望去。"哎呀！"她突然大叫一声。华尘雨朝她一撇嘴说："干嘛一惊一乍的？""小辣椒"此时却皱着眉咧着嘴，抬起一只脚，金鸡独立似的单腿蹦着。

水宜舟笑道："小辣椒啥时学会跳芭蕾舞了？"

"小辣椒"疼得直咧嘴，顾不得还击了，嘴里喊着："华尘雨，过来看看我的脚里进去啥东西了？"

"要我帮你看看不？"水宜舟嬉皮笑脸地看着她。

"去你的，哎哟……""小辣椒"忍不住叫起来。

华尘雨急忙过去抬起她的脚，解开缠在上面的塑料布，见脚板上有一小段苇茬，华尘雨用手指掐住苇茬使劲向外一拉，嵌入肉里的苇茬一下子被拽出，"小辣椒"的脚不禁一颤。华尘雨随即挤出伤口处的污血，然后从她手中接过手绢包扎好。

钱玉刚走了过来看着"小辣椒"说："你先别割苇子了，就在一边帮着捆苇子吧。"然后回头对大伙说："你们都注意点儿脚底下，那苇茬子快着呢，小心别扎了脚。"

经他这一提醒，华尘雨竟感到脚板隐隐作痛，一定也被扎了。可抬头见别人，有好几个人也眉头紧锁，于是暗自咬牙一声不吭，继续向前割着。

收工回到宿舍后，华尘雨想打开缠在脚上的塑料布，可发现那塑料布被血凝固在了脚上。这时，“小辣椒”踮着脚将一盆水放到了华尘雨的脚跟前，用手往塑料布上撩水，好半天才揭开了塑料布，她吃惊地发现那脚底扎了好几个洞。华尘雨感到脚板钻心的疼痛，却故意装出没事状，笑道：“这几个小眼跟挠痒痒似的。”

“小辣椒”心疼地望着华尘雨：“看你脚都成啥样了！”

“别大惊小怪的，没事。”华尘雨一脸的满不在乎。

晚饭后的“晚汇报”上，军代表翻着语录本，让大家对号入座。于是大家你一言我一语地抒发不怕苦不怕累，立志开垦出良田的豪言壮语。几个性格怯弱、脚被扎伤的女青年，本想请假休息几天，但被大家狂热的激情所感染，也纷纷表示轻伤不下火线，重伤不叫苦。

“大胡子”望着这群年轻人，动情地说：“你们这种不畏艰苦的精神，让我感动。由于大批知青一下子涌到盘锦，县里供销社一时供应不上这么多水靴。不过请大家放心，我会尽最大努力，只要县里水靴一到，我一定想法弄到。目前大家就克服一下吧。”

“小辣椒”立马来了泼辣劲，带头表态说：“别说脚扎几个刺，就是脚掉了，我们爬也要爬到地里。”“对！”大伙齐声叫道，一股无所畏惧的激情在整个房间内涌动。

熄灯的哨音响过，所有房间的灯同时熄灭。疲惫像河水浸漫了知青的全身，压倒了脚上的疼痛。一会儿，此起彼伏的鼾声便响彻整个房间。

睡意正浓，电线杆上的大喇叭里突然传出“最新指示”，这声音如惊雷般打破了寂静的夜空。被惊醒的知青，像军人突然听到命令似的爬出被窝，纷纷呼喊着跑了出来。

有人从营部里搬出锣鼓，扛出红旗，片刻工夫，全体知青就集结在营部前，黑压压站成一片。

茫茫的夜色中，这群狂热的小青年，敲锣打鼓，高呼着口号，如欢庆盛大的节日，朝着十多里外的农场场部涌动。

第三章

华尘雨万万没有想到会在农场大院里与她邂逅。

午夜的红星农场场部，欢庆的人潮已经退去。而刚才上千名知青拥挤在场部大院，挥动“红宝书”高呼口号的狂热气氛，让华尘雨联想到当年红卫兵大串联时的情景。那时这些臂戴红袖标的中学生被“文革”兴起的大串联之风煽得热血沸腾。华尘雨等人也受到了感染，情绪亢奋地跟着一帮同学踏上了徒步去往革命圣地——延安的征程，一路风餐露宿，一路豪情万丈。他们希冀着通过大串联将大批判的烈火燃遍祖国的大江南北、长城内外，捣毁“资产阶级司令部”，保卫红色政权。可刚走到北京，林副主席突然发出了停止大串联的命令，使华尘雨想借机周游全国的设想不幸夭折。可幸运的是，他们赶上了伟大领袖在天安门广场对百万红卫兵的检阅。华尘雨记得那天的天安门广场如此雄伟壮观，人海如潮，欢声如雷，整个大地都在震颤。飘舞的红旗与百万个挥动的“红宝书”交织成巨大的红潮。

华尘雨成了这个红潮中的一滴水。他看不清城楼上身着军装的伟岸身躯那庄重神圣的面容，但他觉得那位频频挥手的巨人一定与红卫兵小将心心相通，一定能感受到他们的心跳和虔诚。华尘雨和那些红卫兵一齐热泪盈眶，一同喊哑了嗓子。他被狂热的人群踩丢了鞋子，挤丢了帽子，可他仍觉得能经历这样的场面也不枉此生。

此时，借着电线杆上那大灯泡发出的亮光，华尘雨又看到了挂在墙上那熟悉的大幅画像，心情一时难以平静。直到“小辣椒”和水宜舟站在大门外冲他喊道：“你咋傻了？咋还不回去？”他的思绪才回到了现实。华尘雨向场部的大门方向刚走了几步，就被地上凸起的一块砖头绊了个趔趄。他低下头，发现在砖头的前面躺着一个小红本。他捡起一看，是一本红皮的语录。他好奇地打开扉页，“叶兰香”三个端庄娟秀的字迹顿时映入眼帘。他不禁怦然心动，难道会是曾经的小学同学？他抚摸着这个小红本，四下撒目。可大院内别无他人。他想还给她，却不知她在哪儿。华尘雨正犹豫着是走还是在这儿等时，一位女青年低着头风风火火地从外面跑进来。她的注意力都集中在了地面，竟没发现在一侧的华尘雨。她在院内转悠着，眼睛紧盯着地上似乎在找寻着什么。华尘雨轻轻走到了她身旁，突然咳嗽了一声。她蓦地抬起头，惊讶地发现眼前立着一个陌生的男人，不觉睁大眼睛，警觉地向后退了一步：“你……”随后用手抓紧了胸襟。

借着灯光，华尘雨看清了，原来正是盘山火车站上被自己注意的那个女青年。难道她就是……他故意将拿着小红本的手背过去，说：“别紧张，你是不是在找什么东西？”

她瞅着华尘雨，支支吾吾着：“啊，请问……你看见一个语录本没？”

华尘雨仍背着手，目光温和地望着她："上面有什么标记吗？"

她觉得眼前这个人有些眼熟，并且从那温和的眼神和语调中判断出，面前的人不是一个危险分子。她的情绪这才稳定下来，说："那扉页上有我的名字。"

华尘雨问："上面写的什么字？"

"叶兰香。"她回答得很干脆。

"叶兰香。"华尘雨自语着，脑海里立即浮现出小学跳级到班里的那个天真可爱的小女孩。他将手从背后伸过来，递给她语录本："我刚才在地上捡的，现在还给你。"

她接过语录本翻了翻，感激地望着华尘雨："谢谢你。"

华尘雨为了证实自己的判断，朝她咧嘴一笑道："你认识我吗，还记得小学里的同学吗？"

她擦了把额头上的汗珠，定睛一瞧，发现那突出的下巴，突然瞪大眼睛："你是华尘雨。"

"你怎么认出来的？"

"其实，在火车站上我就觉得你有些眼熟，可毕竟过去六年多了，人都会发生较大的变化。我到你班，别看只待了一年，可我对你印象挺深的，那次你救了我，还没来得及谢你呢。你每次考试都是五分，特别是你一笑时很特别。"她笑着一指华尘雨的下巴，"这回可认出来了，就是你。"她说着向华尘雨靠近了一步。

华尘雨仔细打量着她，面前的叶兰香已由当初稚嫩的小女孩出落成亭亭玉立的大姑娘。她中等个子，虽然身子稍显单薄，但胸部发育得很丰满。白皙的鸭蛋脸透着青春的红润，小巧的鼻子微微上翘。长长的睫毛下，一双明眸似深潭纯净深沉。嘴角下的那个黑痣也比小时候更清晰了。看着眼前这如画中的仙女一般美丽的女子，华尘雨只觉得心跳加速，他仍竭力控制着激动的情绪。

叶兰香被华尘雨看得有些不自然，脸上腾起一片霞红，不觉低下头。

华尘雨发觉自己有些冒昧，于是转移了话题："你在几营？"

"在八营。"她抬起头看着华尘雨，"你在哪儿？"

"我也在八营，就住在最东头的那间屋，你呢？"

"我住最西头的那间，距离你那儿不到一百米。"

"这世界真是太小了，没想到分别几年后在这儿遇上了小学同学。"华尘雨激动地望着她，"你怎么在咱班只待了一年就走了？"

"啊，因为我家搬到了和平区，就转了学，后来又上了二十中学。哎，你上了哪个中学？"

"我家在沈河区，就上了二十七中。"

华尘雨说："那我怎么在青年营里没见过你？"

"咱营三百多号知青，哪能都接触到。再说我平时除了军训、打饭、上工，就在屋里待着，你哪能见着。"

"这回咱们认识了，以后你有什么事可以去找我，我在所不辞。"

"嗯。"

"小辣椒"和水宜舟突然又折了回来。"小辣椒"冲华尘雨叫道："你咋还不走，都几点了，黑灯瞎火的，你不害怕呀？"

"哦，这就走。"华尘雨答应着，对叶兰香道，"这是我中学同学，正好咱们在一个营，一块走吧。"

"行啊，我说咱们在前边走，老半天不见你跟上来。"水宜舟瞟了一眼叶兰香，又冲华尘雨一挤眼，"敢情遇上美人了。"

叶兰香脸一红，低下头。

华尘雨捅了捅水宜舟："你瞎说啥呀，她语录本丢了，被我捡到还给了她。她也是咱营的知青，你小子别瞎合计。"

"小辣椒"瞥了一眼叶兰香，又瞅着华尘雨，说："既然是这样，让她跟咱们一起走吧。深更半夜让一个女的自己走黑路，咱也不放心啊。"

几个人伴着风吹苇子的沙沙声说笑着往回走。"小辣椒"不知什么时候蹿到华尘雨身后。她盯着前面的叶兰香，小嘴一撅，狠狠地掐了一把华尘雨的屁股。

叶兰香的突然出现，令华尘雨颇感意外。叶兰香跟他在一个青年点，可他却浑然不知，他发觉这个世界真是太小了。一种莫名的躁动在他的心里激起了涟漪，给他枯燥的生活带来了新鲜的气息。晚上他躺在炕上，一闭上眼，脑海中便出现叶兰香的身影，睡梦中他与她手牵手，叶兰香小鸟般依偎在他的怀中喃喃私语。

第二天上工，他终于发现了在远处劳动的叶兰香。他想过去接近她，却找不到恰当的理由，只能默默地张望。

晚饭后，华尘雨不由自主地向叶兰香的住处走去。刚来到她的宿舍前，就见叶兰香正往晾衣绳上搭刚洗完的外衣。晾衣绳是挂在两个木头柱上的 8 号铁线，由于铁线较高，叶兰香第一次没搭上，华尘雨忙来到她身边想帮她一把，叶兰香并未发现身边有人。她再次跳起猛地将衣服向上一抖，由于用力过猛，那衣服搭在铁线的同时，她的双手还未来得及撒开，突加的重力使铁线不堪重负，刷的一下滑落下来。叶兰香身子一坠，双脚正好落到华尘雨的脚面上，华尘雨疼得一皱眉头，身子一趔趄。他硬挺着不使自己倒下，伸手扶住了将要倾倒的她。叶兰香这才发觉原来是华尘雨，她一怔，急忙将身子挪开。她望着忍痛强作欢颜的华尘雨，张嘴想要说什么，却一时竟不知该如何表达。几个女青年好奇地望着他俩，躲在一边偷笑。

华尘雨拾起落在地上的铁线，重新绑在木头柱上，又用力拽了拽，确认不会脱落，这才冲叶兰香笑道："这回可以了。"

叶兰香一指他的脚，问："咋样，伤着没？"

华尘雨只觉脚面一阵疼痛，却装出一副满不在乎的样子："我倒没啥，就怕把你脚硌疼了。"

叶兰香扑哧一笑，将落到地上的衣服扔进脸盆，向宿舍走去。

当看到她拾起晾在宿舍外窗台上的鞋子时，华尘雨突然想起了什么，迅速跑回了自己的宿舍。

华尘雨突然发现，晒在窗台上的"回力"球鞋竟不翼而飞，不禁大叫："谁看见我的'回力'鞋了？"引得满屋人投来惊讶的目光。

爱好体育的华尘雨对这双上海产的"回力"牌球鞋钟爱有加。在当时，"回力"鞋是一种奢侈品。当华尘雨一穿上父亲给他买的"回力"鞋时，顿时引来全班同学羡慕的目光。他的虚荣心便在这羡慕的目光中得到了极大的满足。

华尘雨将这双心爱的"回力"鞋带到了农村，一有空闲便穿上这双鞋跑到没人的空地上蹲马步、踢腿，再练上几趟拳，这已成了他的习惯。他爱上武术只因小时候父亲看他身体瘦弱，才将他送到业余体校，目的是通过体育锻炼健体强身。体校看他身体的灵活性较好，就让他学武术。教练是一位从小受过武术训练，后来参加了解放军当了侦察兵的严厉的中年人。他不仅武术功底深厚，而且精通擒拿格斗，见华尘雨聪明好学又肯吃苦，便另眼相看，常常给华尘雨“吃小灶”。经过几年的摔打锤炼，华尘雨的身体不仅强壮起来，而且身手也不一般。那次放学后，两个比他高半头的小流氓想欺负叶兰香，被他三拳两脚打翻在地，其中一个被打得小腿骨折。那小子的家长当天晚上找来，向华尘雨父亲告状。他父亲一听把人打成那样，气得不问青红皂白，当着那位家长的面狠狠踹了他两脚，让他向人家赔礼道歉。可华尘雨就是不认错，父亲愤怒地瞪着他，说：“你真是个犟眼子。”闹得那位家长自觉没趣，悻悻地走了。

下乡前的一天夜里，华尘雨穿上“回力”鞋，悄悄来到关着父亲的地方，躲过看守，翻墙而入，与父亲辞行。父亲知道儿子脾气倔，下手狠，特意叮嘱他到农村好好干，别惹是生非。

可现在，那双他珍视的“回力”鞋突然不见了，华尘雨的心头霎时腾起一股火，他随口问水宜舟：“你说，谁能拿我的鞋？”

水宜舟眼珠一转，说：“肯定是岳春那小子干的，这小子没下乡时，就是沈阳有名的神偷，人送外号‘雪狼’。”

“岳春，雪狼。”华尘雨不禁一怔，眼前浮现出那个白白静静、浓眉大眼的中学同学。听说他是个惯偷，但据说这小子挺讲规矩，从不对身边人下手。可人心隔肚皮，况且他有那个爱好，谁能保证他不犯病。

朱尚标也瞪起眼睛，说：“竟敢偷到咱哥们头上，他胆也太大了。走，今天非好好教训他不可。”

华尘雨沉吟一会儿，说：“这只是猜测，咱又没抓着人家的手腕，万一不是他干的呢？”

水宜舟急忙说：“除了他，谁敢偷尘雨的东西啊。”

朱尚标也说："对，这小子三天两头往大洼、盘山两个镇上出溜，从不空手。这种人你不收拾他还得了。你要是不愿出头，哥们去。"他随即招呼屋里的人："有种的跟哥们找那小子算账去。"屋里立刻有几个人响应，他们拎起镰刀和铁锹向外走去。

华尘雨从心里憎恨小偷，他痛恨那种不劳而获、损人利己的人。见朱尚标领人向岳春住的那间屋奔去，他想了想，随后也跟了过去。

朱尚标一脚踹开那间房门，大伙蜂拥而入。岳春正靠在被垛上抽着烟，见突然闯进一帮人，怔了一下，随即腾地蹿下了炕。屋内的人见势不妙都闪到一边。朱尚标一行人忽拉将岳春团团围住。

岳春疑惑地问："你们想干什么？"

水宜舟端着一盆水放到炕上，对岳春说："干什么你心里最清楚。快把'回力'鞋交出来，当着大家的面就在这儿金盆洗手吧。"

岳春疑惑地望着这些满脸怒气的人："什么'回力'鞋？我不知道。你们找错人了吧！"

朱尚标眼睛一瞪，叫道："你他妈的少给我装蒜。华尘雨的'回力'鞋放窗台上咋就没了？除了你，谁还敢干这事？"

岳春嘿嘿一笑，说："麻秆，就这事呀，还用得着这么兴师动众的？瞧你们一帮人手里还拿着家伙，吓唬谁呢？你们凭什么说是我干的？告诉你们，我姓岳的兔子不吃窝边草。我要想干就到外边干大的，一双鞋值得我动心吗？你们也太小瞧人了吧。"

朱尚标说："你是干啥的谁不知道？少废话，快将鞋交出来。"

岳春将嘴里的烟头吹掉，说："你们别污蔑人，我可没见着什么'回力'不'回力'的。"

朱尚标晃了一下手里的镰刀，眼珠子一瞪，喝道："现在你把鞋交出来啥事没有。不然的话，我先剁了你的手指。”

身边的几个人挥动着手里的家伙，纷纷叫着：“对，把他的手指剁下来喂狗。”

岳春脸涨得通红，脖子上青筋都凸了出来，说：“既然你们不相信我，那好吧。”突然他从炕席下抽出一把锃亮的菜刀。

大伙一愣，难道这小子要拼命？大家不约而同地握紧手中的家伙。

岳春这时将左手放在炕沿上，突然举起了菜刀。

华尘雨此时刚踏进屋，一见此景，心说不好，这小子要狗急跳墙。于是迅速来到他跟前大声道：“岳春，你要干什么？别胡来，快把刀放下。”

岳春猛地抡起菜刀，水宜舟等几个青年惊得倒退了几步。一道寒光刷地闪过，水宜舟吓得闭上了眼睛。只听“哐”的一声，岳春的小手指断成一截，鲜血顺着他的断指涌了出来。他右手一扬，菜刀哐当一声落地。

大伙霎时惊得目瞪口呆。华尘雨上前抓住岳春断指的手腕，愤愤地喝道：“你他妈的真混，咋能这样？”

岳春脸煞白，头上冒着冷汗，紧咬嘴唇一声不吭。

华尘雨急忙掀开自己的线衣，哧啦撕下一条，包住他的断指，搀着他跑向卫生室。

朱尚标睁大眼睛，自言自语着：“这小子，还真他妈的是条汉子。”

水宜舟倒吸了一口凉气，摸着脑袋：“难道错怪这小子啦？”

第四章

岳春断指事件霎时传遍了全营，令“大胡子”唏嘘不已。他没想到这群有文化的小青年竟会这样粗野、好斗。他找到岳春想问个究竟，没想到岳春手指缠着厚厚的纱布，却说没事，一场误会。“大胡子”心里合计，这帮小青年可不是省油的灯。

没过多久，令“大胡子”头痛的事发生了。知青们与营里发生了矛盾，双方各持己见互不相让，事情闹得很僵。

知青们经过日夜奋战，终于在距离八营六里地远的荒滩上割苇平地，自己动手盖起了八趟呈弧形顶的砖房，为此他们手上磨起了厚厚的茧子，脚被苇子扎得千疮百孔。上大梁时，一个知青竟从梁上摔下，造成了双腿骨折。为建立这个新的青年营，知青们抛洒汗水，付出了血的代价。

想着就要搬进自己盖的新房，大伙心中充满了自豪，身体上的伤痛让他们觉得值得。

这天营里召开全体知青大会，“大胡子”郑立民面对黑压压的人群，心情格外激动。他先是对知青的拓荒精神给予了高度的赞扬，然后宣布这个新开垦的青年营为九营，也叫立新大队，过几天全体知青就将搬入这个新的青年点。

大伙一时激动地鼓起掌来，热烈的掌声竟打断了他的讲话。

待掌声渐渐平息下来，“大胡子”继续说道：“经过营里研究，为便于管理决定将新青年营分成三个连。”

“什么？要分连！”黑压压的人群突然一阵骚动，嘈杂的议论纷纷扬扬。华尘雨的心里咯噔一下，好似被人迎头泼了一盆冷水。“小辣椒”忍不住说：“这不是要将咱们分开吗？”水宜舟也说：“大伙在一起都习惯了，这要分连我们可不干！”其他人也跟着附和着：“对！我们还在一起不能分开！”

“大胡子”双手使劲拍了几下，大声说：“大伙都静一下，其实分连是为了方便大家的劳动和生活。再说大伙还在一个营，离得也不远，彼此也会经常见面的。请大伙从大局出发，多考虑一下今后青年营的发展。”

“不管怎么样，我们就是不同意分开。”下面的人群发出了呼喊。

“大伙不要感情用事，要服从营里的决定。”“大胡子”大声说着，可在一片吵吵嚷嚷的议论声中，他的声音微弱得像蚊子叫。

“营里必须改变决定，不然我们就上告。”“小辣椒”带头叫喊着，引起一片共鸣。

这次会议只得草草结束，大家不欢而散。

第二天农场派来代表，力图说服大家，可在知青们的强烈坚持下，双方商谈仍无结果。农场来的代表费尽口舌，仍不起作用，只得灰溜溜地离开了。

到了第三天，双方仍呈僵持状态。水宜舟眼珠一转，说："看来营里跟农场是一个鼻孔出气，要想最后解决问题，只能采取最后一招了。"

"啥招?"朱尚标急得捅了捅水宜舟，"你小子别卖关子啦！快说说。"

水宜舟摇晃着脑袋，说："要想彻底解决问题，咱们只有到县知青办去告。"

朱尚标说："那咱俩现在就到县里去。"

水宜舟说："你想得也太简单了，就咱俩去，人家两句话就把咱打发啦!"

华尘雨看着他俩，说："不行，要去必须人多势众，造成强大的声势。他们要是不解决，就待在那不走。"

"哎，这就对了!"水宜舟瞅着朱尚标，"你想问题就是简单，还是咱华下巴有办法。你赶紧张罗人吧。"

一会儿，门前便集中了一大群知青，近二百号人像一股潮水，浩浩荡荡地向大洼县城涌去。

县知青办的办公室被这伙突然而至的人群挤得水泄不通。知青办的领导小组组长，苦口婆心做着工作，要大伙尊重营里的决定。可无论怎么解释，说得满嘴冒白沫子，大伙就是不同意，非要知青办给个说法。后来这位组长只得说："你们先回去，等我调查清楚后，一定给你们满意的答复。"朱尚标大声说："我要你现在就给我们答复，不然我们就不走了。"组长皱了下眉头。水宜舟马上接过话茬："咱们响应伟大领袖的号召，来到了盘锦，割苇子开荒地盖房子，弄得身上没一块好地方。吃苦受累咱也认了，可不能任人摆布啊。营里硬要将我们分开，你是我们知青的娘家人，你能看咱知青受气不管吗？咱们想好了，娘家人不管，那咱就不回去了，你们吃啥，咱吃啥，你们住哪，咱就住哪，组长大人您就看着办吧！”“对，今天不答应我们的要求，就不走了。”大伙一起嚷道。

组长看着这些满脸怒气、灰头土脸的知青，想了想，说：“好吧！你们也不容易，我答应你们，不分连了。”

“小辣椒”说：“你可要说话算数呀！”

“放心吧，我是知青办组长，还能说话不算数？”他又对身边的工作人员说，“小张，你赶紧通知食堂多准备些大米饭，让这些知青吃饱了再回去。”

于是，在那间简陋的食堂里，大伙吃上了来盘锦后的第一顿大米饭。饭后，大伙兴高采烈地往回返。

然而，高兴劲只维持了不到两天，知青们的心便从沸点降到了冰点。

第三天，营里宣布，维持原决定，必须分成三个连，大伙一听就炸了锅，一起找到“大胡子”，说：“县知青办都答应了，可以不分连，为什么营里不执行县里的决定？”

“大胡子”严肃地说：“我已经请示了县里，县革委会已做出决定，知青应无条件执行营里的决定，如有不服从命令，聚众闹事者，一律拘留，以反革命、坏分子论处。”

水宜舟道：“我们咋没接到县革委会的通知？再说，县知青办已答应好好的，总不能说变就变吧？不行我们到县知青办问问去。”

军代表洪铁军接过话：“叫你们执行命令，哪来这么多废话？”

华尘雨问“大胡子”：“营长，县知青办的同志难道没跟你们打招呼？”

“小辣椒”也跟着嚷道：“是啊，这么大的事，怎么着也得跟我们商量一下，听听群众的意见吧？”

“大胡子”立刻绷起脸说：“实话告诉你们吧，县知青办已跟县革委会通报了此事，最后县革委会作出了这样的决定，我们也是按照上面的批示办的。”

大伙知道事已至此，再找只会给自己带来麻烦，顿时像泄了气的皮球，头耷拉下来了。

第二天营里公布了各连的名单，华尘雨和朱尚标、水宜舟、“小辣椒”、“高粱米”等同学分到了一连，同时华尘雨惊讶地发现叶兰香也在其中，不禁心头一动，暗自窃喜。

“大胡子”宣布了连干部的名单，华尘雨为连长，另一名女知青柳思春为连指导员，而“小辣椒”为一排女知青排长。

华尘雨没想到自己刚到这个新的环境，竟当上了连长，在兴奋的同时又有种沉甸甸的责任感。

一片荒滩上突然多出了四趟房（每趟是两幢），给这片荒凉的土地带来了些许生气。前三趟房依次为一、二、三连的宿舍，男宿舍在东侧，女宿舍在西侧，中间相隔不到二十米的距离。而最后的那趟房是营部所属的，包括营部办公室、广播室、卫生室、小卖部、食堂及民兵值班室和枪弹库等。每连配备了一个军代表，住在连里的女知青指导员宿舍旁的一间屋子。

尽管分成了三个连，但全营的人仍集中在营里打饭。用水宜舟的话说，还在一个马勺里搅和。大伙可以借打饭之机，相互交流，即便是一点小事，不出半个小时，准能传遍全营。

华尘雨刚上任没几天，一连就发生一件事，顿时惊动了全营。

这天夜里，劳累了一天的知青像往常一样开着窗户睡觉。惨白的月光淌进屋内的炕上，静谧的夜晚，只有宿舍里传出的节奏不一的呼噜声。

突然，三个黑影幽灵般蹑手蹑脚地蹿到叶兰香住的宿舍窗前，其中一个影子，抬头向里张望着。叶兰香盖着一条被睡得正酣，月光照在她的脸上，照在因呼吸而一起一伏的胸脯上。那个黑影看了一会儿，然后将一根近两米长的铁钩子，顺着窗户向炕上伸去，轻轻将盖在叶兰香身上的被子勾下去，然后将背心向上勾起，露出了胸罩。由于过于劳累，叶兰香竟没有反应。这时，另两个黑影也趴到了窗台上，贪婪地窥视熟睡中年轻女子洁白圆润的肌体，饿狼般痴痴地盯着那隆起的胸部。随后，那钩子竟探进了胸罩内，猛地向后一拽，叶兰香那玉兔般雪白丰满的双乳，顿时暴露无遗。叶兰香霎时惊醒，发出了一声惊叫。

这一声惊恐的尖叫打破了夜的寂静，突然将华尘雨惊醒。他一骨碌爬起来，蹬上裤子，来不及穿鞋，便飕地箭一般飞出窗外。随后朱尚标、水宜舟等人也跟了过去。

华尘雨赤足跑到女生宿舍的窗前时，叶兰香正双臂合拢，身子不住地颤抖，一条长长的铁钩子斜搭在窗台上。华尘雨顿时就明白了，他朝前一望，月光下三个人影正在不远处晃动。华尘雨急步追了过去，一声断喝："站住。"那几个人影见状撒腿就跑。这时，朱尚标等人也喊叫着追了过来。华尘雨等人紧追不舍，刮得苇子沙沙作响。

距离越来越近了，华尘雨甚至听到了前边三人呼哧、呼哧的喘息声。

突然，一个人影向后猛地转身，手中拿着家伙一扬。华尘雨一惊，急忙低头下蹲，只听“啪”的一声枪响，一道亮光从头顶呼啸着划过。华尘雨霎时惊出一身冷汗，停住了追赶的脚步。就这一愣神的工夫，那几个人兔子般钻进前边的芦苇丛，消失在夜色里。

华尘雨懊悔地一拍大腿，朱尚标瞅着远处晃动的芦苇丛，叫道：“他妈的，这帮臭流氓竟玩阴的，算什么能耐。今天他们要是不放枪，哥们非好好教训他们不可。”

此时叶兰香宿舍的灯正亮着，叶兰香已穿好衣服坐在炕上。华尘雨敲门走了进去，柳思春和“小辣椒”正在屋内对着叶兰香说着什么。叶兰香冲华尘雨微微一笑投来感激的目光，尽管看上去她的情绪稍有缓解，但她强作笑颜仍让人感觉心有余悸。

华尘雨安慰她别害怕，以后睡觉要关上窗户，增强自我保护意识，如发生紧急情况，要及时报告连里。叶兰香轻轻咬着嘴唇，瞅着华尘雨默默地点点头。

第五章

这天清晨，华尘雨带领着全连知青上工。他们举着红旗排成队，肩扛着新发的捅锹，高唱着语录歌向地里进发。

头一次用捅锹，大伙感觉很稀奇。这种锹与在城里见到的尖钢锹最大的不同是，锹头呈长方形，新锹头一般长不到三十厘米，宽不足二十厘米。可老农队长用的捅锹头却很短，不足新锹头的三分之二。由于常年挖土，那锹被磨得光亮而锋利。而新锹头在使用前，大都要在砂轮上磨去近四分之一，并开出很薄的刃口。锹头上部钻两个孔，两根粗铁线穿过锹孔，似两条轨道平行着向上延伸一尺长，然后绑在锹杠上，起到延长锹头、托起泥土的作用。

这锹为啥要做成这样？华尘雨带着疑问来到地里，跟大伙开始挖上、下水沟。这土壤里的苇根盘根错节，而泥土又粘，极易粘锹。可队长钱玉刚拿着捅锹，往地里一捅，再稍微一晃，向上一提，一块一尺多长的长条土块便挂在了锹上，然后他轻舒臂膀，借着腰劲向旁一甩，那块条形土块便划出一道弧线，扑落到沟沿上。再一看他手中的捅锹，短小的锹头刃口锋利、锃明瓦亮。华尘雨这才明白了其中的奥妙，由于锹头短小，而减少了锹与泥土的接触面，巧妙地解决了土粘锹的问题。

华尘雨不由得从心里叹服当地农民的智慧。

轮到知青使用这锹可没那么轻松，不像尖钢锹可以用脚踏借力，这锹脚不能蹬全靠臂力。男知青还能捅进土里深些，可女知青因臂力不够，干使劲也捅不了多深。那苇根有意作对似的纠缠着新锹，再加上新锹的表面较粗糙，一锹下去，不是切不断粘连的苇根，就是甩不掉粘在锹头上的泥土，没干上一会儿，大家就一个个汗流浃背，累得腰酸背痛，手上磨起了大泡。

华尘雨不停地挖着，借抬头擦汗之机便偷偷瞄一眼不远处的叶兰香。叶兰香脸红扑扑的，额前的青丝被汗水粘在面颊上，她咬着牙干得很吃力。华尘雨望着叶兰香忽地生出怜悯之心，真想替她干，好让她休息一下，可又怕别人说三道四。正在华尘雨胡思乱想之际，突然，传来叶兰香“妈呀”一声尖叫。华尘雨身子一激灵，抬眼望去，一条一米多长的花斑蛇正吐着信子，扭动细长的身子从叶兰香的脚下滑过。身旁的“小辣椒”望着惊恐的叶兰香不屑地哼了一声，好奇地刚一低头，忽然花容失色，那条蛇已蹿到她的脚下。她“啊呀”一声惊叫，手里的捅锹咣当一声落地。华尘雨赶紧跑过去，举锹向蛇剁去，那蛇敏捷地一蹿，竟躲过了锹头，华尘雨拔出插入地里的捅锹，正要再次下手，钱玉刚过来一把拽住了他的胳膊，说：“算了，这蛇又没伤人，就放它一条生路吧。”华尘雨举锹的手，便悬在了半空。他稍一愣神，那条蛇趁机钻入了苇丛中，转眼之间消失得无影无踪。华尘雨叹息地一拍大腿："可惜，让它跑了。"

钱玉刚说："其实这条蛇没毒，不必害怕。只要你不招惹它，它不会咬人。再说，咱这地方见到蛇也不太容易。蛇吃老鼠，对保护稻子还是有益的啊。"

华尘雨对蛇一向厌恶，一见那满是鳞片扭动的身躯，那"咝咝"吐着的长信子，就让人望而生畏。小时候华尘雨听过"农夫与蛇"的故事，在他的印象里，蛇是恶毒冷酷的。一提到蛇，他便会联想到许多形容蛇的词语，什么"毒如蛇蝎"、"毒蛇猛兽"、"蛇蝎心肠"，就连形容心狠手辣的漂亮女人都要用"美女蛇"。可为什么古人对"白蛇传"中的白蛇、青蛇大加赞赏，颇富同情心？

华尘雨听说过，蛇还吃青蛙，而青蛙专吃害虫。蛇既吃老鼠，又吃青蛙。它究竟对人是有益还是有害？他竟有些费解了。

大伙在华尘雨的催促下，继续挥锹挖沟。

又干了一阵子，钱玉刚见大伙累得汗流浃背，便招呼道："大伙先歇会儿吧。"

于是，大伙屁股底下垫着捅锹杠，仨一群俩一伙地围坐在一起。朱尚标抽出一支营口产的"红玫瑰"烟，递给华尘雨。华尘雨摆了下手："我不会抽，你自己抽吧。"水宜舟一把抢过来，叼在嘴上，让朱尚标给他点上，他仰着脖子吐了个烟圈，眯着眼说："这烟可真是好东西，干活累了，抽一支，浑身那个舒坦呐！又过瘾又解乏。尘雨呀，你真不会享受。"

钱玉刚坐在华尘雨身旁，卷了一根旱烟。朱尚标凑过来拿出烟说："队长，来抽根卷烟吧。"

钱玉刚说："还是旱烟有劲，抽着过瘾。再说那'红玫瑰'两毛六一盒。我这人烟瘾重，要抽卷烟，一天一盒都不够，这两毛多钱能买二斤大米呐。你们没成家，不知道柴米油盐，缺啥都不行啊。咱这一家老小好几张嘴，不能不算计着啊。”

朱尚标嘿嘿一笑道：“还是一个人好哇，一人吃饱全家不饿。”他抽着烟眼望前方，忽然手一指，说：“哎，那是啥玩意？”

华尘雨甩了下有些酸痛的胳膊，抬头顺着他手指的方向望去，见不远处几只大鸟悠闲地伫立在荒滩上。这种鸟羽毛呈灰色，尖尖的长嘴，弯曲着长脖子，单腿一动不动地站立着，就像在痴痴地等待着什么。华尘雨好奇地问钱玉刚：“队长，前边站着一动不动的是什么鸟？”

钱玉刚抽了口烟，吐出一团辛辣的烟雾，抬头看了看前方，说：“这是盘锦常见的一种灰鹤，它总那么站着，所以当地人就管它叫老等。”

“老等？”华尘雨嘴角一歪，笑道，“别说，这名起得真挺形象。队长，这盘锦还有什么鸟？”

“咱盘锦啊还真有不少鸟，有不少还是别处难见到的，像什么白天鹅、丹顶鹤、黑嘴鸥啦。”

“咱这还有许多水鸟，最常见的就是野鸭子，一片一片的，随便在哪个苇丛里都能捡到野鸭蛋。”钱玉刚眯缝着眼，颇感自豪地说，“不光是天上飞的，这水沟里到处都是鱼，拿盆都能舀上来。螃蟹也多，晚上到沟边拿手电筒一照，那螃蟹顺着亮就往上爬。有的老农干脆晚上在沟里下网，第二天一早起网，能挂上不少螃蟹呢。”

朱尚标听得嘴里竟分泌出了涎水，目不转睛地瞅着钱玉刚，心里盘算着晚上应干些什么。

深夜，青年点的灯熄灭了，当鼾声响起时，华尘雨先出了屋，随后朱尚标、水宜舟拿着手电筒，拎着网兜蹑手蹑脚地溜出了青年点。月光如水，习习的凉风吹得苇子沙沙作响。他们顺着一条较宽的水沟向前走着，不时停下来朝沟里照照，呱呱的蛙鸣声此起彼伏不绝于耳。三人的心情充满了激动，不禁吹起口哨，哼唱起了样板戏。走着走着，水宜舟突然眼睛一亮，似发现新大陆般兴奋地拽着华尘雨说："看见没，前面闸门不远的沟里好像下了网，肯定是挂螃蟹的。"

水宜舟悄悄与华尘雨耳语了几句，华尘雨点了点头，便向那老农走去。老农正坐着抽烟，见有人走过来，抬眼疑惑地瞅着眼前的人。华尘雨热情地与他打着招呼，用身体挡住了他的视线。华尘雨微笑着问："大叔，我看您有些面熟，是哪个堡子的？"

"钱家堡的。"老农抽了口烟瞅着华尘雨，"你是……"

"哦，怪不得面熟。"华尘雨笑道，"我是知青，刚来时在你们堡子还待过一段时间呢。"

老农说："是有一拨城里来的小青年在俺们堡子待过，可现在大部分都去了立新大队。你们是那儿的吧？"

"嗯。"华尘雨点点头。

"有啥事儿吗？"老农歪着头打量着华尘雨。

"啊，也没啥大事儿，就是出来溜达溜达。"华尘雨有一搭没一搭地跟他唠闲嗑，消磨着时间。

华尘雨凑到老农身边说："大叔，我听说咱这地方螃蟹挺多，拿电棒都能照上来。可我在沟边照了好几下也没见螃蟹爬上来，这是咋回事儿？"

老农说："那是你没找准地方。你想吃螃蟹呀？俺给你摘几个去。”说罢便向挂网的地方走去。

他拉起网不禁一怔：“咦，刚才俺还看见网里挂了不少螃蟹呢，咋这会儿工夫就不见了？”

他抬眼一望，前方几十米处两个人影正背着鼓鼓的网兜兔子似的向前跑着，他急得摆着手大叫着：“站住。”便追了过去。那两个人影一听身后有人叫唤，跑得更快了，距离越拉越大，可老农仍不甘心，边跑边不住地喊：“站住，把螃蟹放下。”

华尘雨跟着跑了过去，对老农说了声：“我帮你追。”便撒丫子似的向前赶去，一会儿便逼近了两个人影，而将老农远远地甩在了身后。

那两个人影一气跑回了青年点，找了个僻静的地方，拢了些干芦苇，点火烧起了螃蟹。火光映红了两人的脸庞，原来正是朱尚标和水宜舟，华尘雨随后也来到跟前。鲜活的螃蟹在噼啪作响的苇火中拼命挣扎着，一会儿便僵硬了。朱尚标拿起一只烧得通红的螃蟹，哈哈大笑：“这老土真缺心眼，让尘雨给糊弄住了。”

华尘雨见网兜里足足有几十只螃蟹，正张牙舞爪地交织在一起，不禁一怔，说：“摘几个尝尝鲜就行了呗。你们可倒好，把人家的网都摘个溜干净，也太贪心了吧。你知道那老农有多心疼，白白在外待了一宿啊。”

“管他呢。”朱尚标递给华尘雨一个烧得通红的螃蟹说，“反正也是摘了，干脆就来他个一窝端。你别说，水宜舟这小子心眼真多，让你跟老农唠嗑，挡住他的视线，这招还真他妈的灵，那个老土竟没发现。多亏咱俩跑得快，要不然让他追上了还真不好办。”

水宜舟瞅着华尘雨说：“你立了大功了，要不是拖住那老土，咱上哪儿弄这么多螃蟹？反正这螃蟹又不是谁家的，谁捞着算谁的。尘雨，你说是不？”

华尘雨瞪了他一眼说：“你小子真能狡辩，下次可不能这样啦。”

“行了，知道了。”水宜舟嚼了一大口螃蟹，突然“哎呀”一声尖叫起来。

华尘雨伸过头一看，不禁笑歪了嘴。一只螃蟹的大螯正扎在他的嘴唇上，疼得他直跺脚。

华尘雨和朱尚标看着他那副狼狈相，哈哈大笑起来。

第二天那个老农就告到营里，“大胡子”火冒三丈，气得将三个连的连长叫到营部一通训斥，要求各连回去查清是谁干的。华尘雨回到连里，马上将全连男知青召集到一起，故意大声叫着：“昨晚上，谁出去偷摘老乡的螃蟹了，赶紧自己站出来。”可大家面面相觑，没人吭声。

军代表洪铁军站在队前，厉声道：“你们是接受贫下中农再教育来了，怎么能偷贫下中农的螃蟹？三大纪律八项注意难道你们忘得一干二净？太不像话了。有谁看见了要坚决揭发，决不能姑息。”

第六章

晨曦微露，青年点一片寂静，只有呱呱的蛙鸣声此起彼伏。再过一会儿，起床的号音就将响起。忽然从军代表洪铁军的宿舍里，慌慌张张地溜出了一个人影，迅速地拐进了女宿舍。这个人便是指导员柳思春，她见同宿舍的人还在睡梦中，这才稍微松了口气，顾不得整理蓬乱的头发，三下五除二脱去外衣，钻进了被窝。

柳思春在这批下乡知青中年龄偏大。她个头很高，长相却一般，但胸部却发育得异常丰满。那两块肉团随着走路时的扭动一颤一颤的，经常吸引不少男人的目光。她颧骨突出，下颌尖尖，那对黑褐色的圆眼珠，透着与她的年龄不相符的成熟与世故。她在校学习成绩一般，却极善察言观色，加上出众的口才，灵活的头脑，使她在“文革”中成为学校红卫兵团的一个不大不小的头目。由于同红卫兵组织的上层人物接触甚密，柳思春不久便与校红卫兵团的总司令、一个敢作敢为的愣头小伙子厮混在了一起。俩人晚上经常在红卫兵团总部的大屋子里折腾得天翻地覆，而白天却装出一副正人君子的样子。

初到盘锦，柳思春面对荒滩上的艰苦生活，初来时的雄心壮志渐渐减退，竟产生一种不被人关注的失落感。营里分连后，她有幸当上了指导员，仿佛打了一针强心剂，又来了情绪，马上向军代表递交了入党申请书。洪铁军甚是欢喜，经常在晚上与她促膝谈心，教她如何写思想汇报，俩人之间的距离越来越近。洪铁军开始试探性地拉着她的手，盯着她的眼睛表示出异常的关注，见她并不躲闪，胆子愈发大起来。终于有一天晚上，待连里熄灯后，她竟鬼使神差地又溜到了军代表宿舍。她将一份思想汇报递给了洪铁军，可他连看都不看就丢到桌上，像一匹饿狼将她扑倒在炕上。她红着脸羞涩地推了他一下，这一下非但没有阻止他的进攻，反而更激起了他占有的欲望，将他雄性的冲动煽忽起来。他像久未碰到荤腥的馋猫突然见到活蹦乱跳的鲜鱼，急不可耐地扒开她的衣服，用嘴叼住了那个肉团，拼命地吮吸着。柳思春情不自禁地哼哼着，不一会儿，洪铁军就像冲锋的战士，勇敢地突破了她的最后一道防线。在柳思春彻底崩溃的同时，俩人只感觉如同被狂涛掀到了浪峰，有如腾云驾雾，仿佛灵魂离开身体飘向天空……

此后，只要有机会，洪铁军总要找各种借口将柳思春叫到他的寝室，俩人亲密一番。有时，柳思春便住在那儿。昨晚，柳思春又被叫到那间她熟悉的充满男人气息的小屋。洪铁军告诉她："你的入党申请已被批准，我是你的入党介绍人。"柳思春感激地望着他说："谢谢你。"洪铁军贪婪地瞅着她那丰满的胸脯，一把搂过她说："别提什么谢不谢的，以后你常陪陪我就行了。今晚你就住在这吧。"柳思春说："今晚我身子不方便，还是改日吧。"洪铁军说："不碍事。我帮了你这么大忙，难道你陪我一宿还不行吗？”柳思春想想说：“我可以今晚住在这儿，但你可别干那事儿，我身子还没利索呢。”洪铁军说：“行，就依你。”可到了后半夜，洪铁军还是趁她睡着了，粗暴地爬到她的身上。她的下身流出的黑红液体，浸透了那草绿色的军用褥子。

此刻，她躺在自己的被窝，只觉下身一阵阵刺痛。她捂住被子，嘤嘤地啜泣起来。

柳思春满以为自己做得很神秘，其实已被水宜舟发现。昨天水宜舟闹肚子，熄灯后起来上厕所。刚一出门，就见柳思春幽灵般溜进了洪铁军的小屋。而今早，水宜舟又忍不住上厕所，回来时却见柳思春头发蓬乱地从那间小屋出来。水宜舟急忙躲在房山头，才未被柳思春发现。

水宜舟回到宿舍，心里还在寻思，我们刚来时，因房子紧张，男女生不得不住在一屋，啥事没发生，可这个洪铁军对我们知青大发雷霆，批判我们是资产阶级的生活方式。旁人还以为他是正人君子，没想到他却让女知青半夜进屋，不定干啥见不得人的事呢。他越想越愤愤不平，什么军代表？真给解放军丢脸。他忍不住将华尘雨和朱尚标捅醒，将所见之事和盘托出。华尘雨说：“别瞎说，这可不是闹着玩的，弄不好给你扣个污蔑解放军的帽子，够你喝一壶的。”水宜舟指天发誓：“这是我亲眼所见，我敢向毛主席保证，谁要有半句谎话，天打五雷轰。”

朱尚标打着哈欠，说：“人家柳思春自个儿愿意，你管得着吗？有能耐你也找个女的陪你睡呀。”

华尘雨眼睛一瞪，说：“这不是谁愿意的事。要是大伙都这样，青年点还不乱了套。柳思春真是个贱皮子，她离开男的就活不了咋的？”

朱尚标说：“这个柳思春他妈的真够傻的，半夜到那儿还有好？”

水宜舟说：“你们以为柳思春傻呀？其实她比猴都精。她咋不跟别人睡觉？还不是看中他是军代表，对自己的政治前途有用。我看她是无利不起早啊。”

“嗯。”华尘雨点了点头，“还是水宜舟分析的有道理。这个姓柳的别看只比咱大一两岁，那心眼多着呢。”

“嘟、嘟……”起床的哨音骤然响起。一会儿，传来洪铁军敲打窗户的催促声：“起床了，快点起来。”

朱尚标愤愤道：“听见了。”他边穿衣服边小声嘟哝着：“操，真他妈的猴子戴帽子——装人。”

盘锦的严冬寒冷刺骨，凛冽的北风狼嗥似的在荒滩上呼号，成片的苇子顶着芦花随风摇曳，像灰白色的浪花翻卷起伏。已到了农闲时节，按照农村猫冬的习惯，大伙蜷缩在青年点内四面透风的宿舍里。而随着一九六九年春节的一天天临近，大伙都归心似箭，暗自盘算着春节回家与亲人团聚。

这时，柳思春突然向营里提出，要在青年营里过一个“革命化的春节”。这个提议首先得到军代表洪铁军的支持，原先他打算如果青年点放假，他便可以借机回河南的老家探亲，可他又有点舍不得柳思春。自从与她有了肌肤之亲后，他便渴望着柳思春能经常陪他同欢共眠。他没想到柳思春会提出这个建议，当然求之不得。他主动将柳思春的想法告诉了营长“大胡子”。“大胡子”开始还以为那是知青的一时心血来潮，有些半信半疑。待听了柳思春坚决的表态后，才相信这是真的，不由得对她刮目相看，心想，当初选她当连指导员真的没错，于是也欣然同意。当这个消息在青年点一公布，便引起了轰动，多数人举双手赞成，可也有一小部分人闷闷不乐。于是不几日，就有几封来自沈阳的电报，内容竟是惊人地相似：母或父病重速归，其中就包括“高粱米”。当时谁都以为这是真的，只有水宜舟背后嘀咕，谁知道他们的父母真的有病，还是想让他们回家过节？后来的事实证实了水宜舟推断的正确。那些来电报的人都借口回家探望病重的父母而请假回沈阳过春节去了。

大年三十的晚上，青年营每人分到了一饭盒忆苦饭。华尘雨吃了一口，只觉臭烘烘粗拉拉的，只好捏着鼻子往下咽。水宜舟瞅着饭盒里的忆苦饭，皱着眉头说：“咋还把破鞋放里煮了，这叫啥忆苦饭？还不如朱元璋落难时老乡给他做的‘珍珠翡翠白玉汤’呢！”朱尚标也瞪着眼睛，说：“这是他妈的谁出的馊主意？这哪是什么忆苦饭，连猪食都不如。”他气得倒掉了，并对周围看见的人威胁道：“谁要是给我打小报告，别说哥们翻脸不认人。”其实大伙都不想吃，可没办法，只好硬着头皮往下咽，有些人趁人不注意，将剩下的忆苦饭偷偷倒掉。

总算吃完忆苦饭，大伙又被召集到一间仓库似的大屋子里，听贫下中农作忆苦思甜报告。这位老农是前年才从兴城迁到盘锦的，现在就住在青年点房后的土房里，在一连喂牲口。他头戴破棉帽，穿着个油渍麻花的黑棉袄，满脸的皱纹像地里的垄沟，嘴里叼着用报纸卷的长杆旱烟。他喷了一口浓重的烟雾，咳嗽了两声，又用手背擦了把眼屎，这才说道：“这个军代表啊，让俺给你们这些城里来的小青年忆忆苦。俺没啥文化，就有啥说啥吧，说得不好，你们也别见笑。俺老家是兴城的，新中国成立前，俺家穷啊，俺只好给人家扛大活。每年到了秋收的时候，俺就给地主收割。为了抢时间，那地主就叫人给俺们往地里送饭，顿顿都是高粱米饭、猪肉炖粉条，有时撑得俺们都哈不下腰，俺们也真卖力气给他干。后来，俺那地方解放了，土改时，那个地主被枪毙了。活该！谁让他把俺们撑得肚子疼，他是没安好心哪。”

大伙一阵哈哈大笑。老农不解地瞅着大伙，抽了口烟继续说："要说苦哇，还得是1960年，遭大灾，粮食歉收。地里啥庄稼也没有，俺们饿得受不了，只好到地里挖野菜，后来这些都没有了，就只好吃树叶，扒树皮。当时我儿子才十岁啊，瘦得皮包骨，就是那时饿死的呀。”

那位老农越说越激动："那年，有个孕妇饿得实在受不了了，就到生产队的马槽子里抓了把豆饼渣，被人发现了一顿拳打脚踢，活活被打死了，那个惨啊。”

大伙都沉浸在悲痛之中，有几个女知青竟抽泣起来。洪铁军见这忆苦思甜跑了题，赶紧上前拽着老农说："大叔，您讲得挺累了，先下去歇会儿吧。”柳思春也跟着附和着，扶住老农的胳膊往外走。老农感到纳闷，心有不甘地被他们牵引着向外走，边走边回头冲着洪铁军说："我还没讲完呢。以后有机会再唠吧。”

见此情景，华尘雨心中暗自好笑。他一抬头，见岳春正擦眼泪，心里顿时涌起一种复杂的情绪。

除夕之夜，营里杀了猪，做了一顿大米饭，大伙的饭盒里终于见到了几块肉。下乡近半年了，第一次见到了荤腥，大米饭就着猪肉炖白菜，一个个吃得快活。

吃完年夜饭，连里决定开个联欢晚会，这是知青第一次在荒凉的盐碱滩上举行的别开生面的春节晚会，大伙的情绪异常高涨。晚会由柳思春主持。没有张灯结彩，没有从前过年时的鞭炮齐鸣，“破四旧，立四新”将这些传统习俗都去掉了。

柳思春先背诵了一段毛主席语录，然后宣布今天的晚会具有非常重要的革命意义，每人都要来一个节目。华尘雨吹笛子，水宜舟拉小提琴，朱尚标操二胡，三人作为伴奏，坐到了地当中。水宜舟小时候专门学过几年小提琴，拉得像模像样，而华尘雨和朱尚标是“文革”时，闲得无聊才鼓捣起了乐器，华尘雨和朱尚标开始先拉小提琴，可拉了几下，水宜舟捂着耳朵大叫：“你饶了我吧，比鬼叫还难听。”于是，华尘雨改吹笛子，朱尚标整了把二胡，吱嘎、吱嘎拉了起来，后来竟拉出点调，没事就拉样板戏，没曾想这回在农村竟派上了用场。

这时有人提议，让柳思春和洪铁军先来一个男女声二重唱。“好！”大伙一致赞同。柳思春显得落落大方：“没问题。”可洪铁军却面带难色，他在部队里经常跟大伙唱的也就是《打靶歌》之类的军旅歌曲，从未跟女的合唱过什么。他说：“我没唱过二重唱，要不我给大伙单独唱个《打靶歌》吧。”朱尚标操着二胡喊道：“不行，我们就要听二重唱。”“对，就唱二重唱！”大伙跟着起哄起来。洪铁军摸了摸帽子，有些犹豫不决，一抬头见柳思春正用眼神示意他上来。他这才起身整了整风纪扣，昂首挺胸站到了柳思春身边，问道：“唱啥呀？”柳思春想了想说：“干脆咱俩一起唱《我爱北京天安门》

吧。”洪铁军无可奈何地说：“好吧，那就试试。”随着伴奏，俩人唱了起来。刚唱了两句，洪铁军就忘了词，只好哼着“啦啦啦”，引得大伙哈哈大笑。

接下来，每人被要求表演一个节目。有的朗诵毛主席诗词，有的唱革命歌曲，还有的来一段样板戏片段，好不热闹。华尘雨在伴奏的间隙无意中往人群一瞥，发现叶兰香正专注地瞅着自己。当俩人的目光相遇时，叶兰香不由得脸一红，低下了头。华尘雨一溜号，竟吹跑了调，待听到底下一阵哄笑，这才缓过神。这时一位叫田雨萌的女知青提议，让叶兰香来个节目。大伙的目光刷地聚集到她身上。叶兰香犹豫了一下，起身站到华尘雨跟前说：“那我就献丑了，给大家来一段芭蕾舞剧白毛女的插曲《北风吹》吧。”

华尘雨朝她点了下头，吹起了前奏。

“北风那个吹，雪花那个飘，雪花那个飘飘，年来到……”悠扬甜美的歌声在屋内回响，清脆婉转的嗓音，颇有些朱逢博的味道，似一股清冽的甘泉，缓缓流入人们的心田。大伙都屏住呼吸，完全沉浸在动听的歌声中。华尘雨更是听得如醉如痴，竟忘了伴奏。

歌声刚一停止，“哗”地引来一阵热烈的掌声。

叶兰香白皙的脸庞因兴奋而显出红润，她在众人惊诧目光的注视下回到了自己的位置。

“小辣椒”紧盯着叶兰香“哼”了一声，脸涨得通红，她腾地走到地当间，迫不及待地说：“我给大伙也唱一首。”还没等华尘雨缓过神，她便唱了起来：“天上布满星，月牙亮晶晶。生产队里开大会，诉苦把冤伸。万恶的旧社会，穷人的血泪仇，千头万绪，千头万绪涌上了我的心，止不住的辛酸泪，挂在胸……”她唱着唱着竟动了感情，眼里噙满了泪水。

唱毕，她并未马上回去，而是停在那里，似乎在等待着什么。不知是她的歌声过于悲伤感染了大伙，还是大伙仍在回味《北风吹》带来的惊奇，竟没有她期待的掌声。过了好一会儿，才听到柳思春几声稀稀拉拉的带有安慰性的掌声。“小辣椒”悻悻地回到自己的位置，一种前所未有的失落感袭上了心头，她再也无心情欣赏接下来的节目，扭头走了出去。

初一的晚上，朱尚标从伙房打来了带肉的饭菜。华尘雨在宿舍里刚吃了几口，有人进来说：“岳春让你到他那儿去一趟。”朱尚标说：“别搭理那小子。”可华尘雨还是起身说：“人家找我一定有啥事，我小名还叫个连长，不能让人说咱架子大。”朱尚标哈哈一笑，抓过他的饭盒，说：“你忙去吧，剩下的饭菜哥们帮你打扫了。”华尘雨嘴角一翘，笑道：“你这个馋鬼。行了，今儿过年，哥们就让给你了。”

华尘雨来到岳春的宿舍，屋内只有岳春一人盘腿坐在炕上，身边摆着两瓶猪肉罐头，一瓶地瓜酒。岳春赶忙立起身，热情地招呼华尘雨上炕。俩人坐在一起。岳春往茶缸里倒满酒递过来，华尘雨一摆手说：“我不会喝酒，有啥事你就直说吧。”岳春又往另一个茶缸里倒了少许酒，递过来说：“不会喝就少喝点，今天过年，咋也得整点酒，不然你就是瞧不起我。”华尘雨看着他虔诚的样子，接过了茶缸。岳春端起装满酒的缸子同他碰了一下，说：“来，咱俩喝一口！”随即仰脖咕咚灌下了一大口，他抹了把嘴，看着华尘雨像喝药似的抿了一小口酒，便呛得直咳嗽，岳春忙将开启的罐头推到华尘雨的面前，说：“吃块肉压压酒。”华尘雨赶忙夹了一块肉放进嘴里。

岳春说：“那鞋真不是我偷的。”

华尘雨不由想起那天的情景，心里泛起一股说不出的滋味：“那天我也挺冲动，没拦住他们，可过后又觉得对不住你。”他望着岳春的断指不无惋惜地说：“可那天你没必要剁自己的手指呀。”

岳春抚摸着那个断指，心情复杂地望着华尘雨说：“我是怕你们不相信我呀！我再怎么也不能偷同学的鞋呀！”

华尘雨说：“我相信你，我知道你有难言之隐。俗话说，人有脸树有皮。咱们都是男人，最怕的就是别人戳脊梁骨啊。”

岳春端起茶缸与华尘雨碰了下，又喝了一大口。他点了下头说：“哥们也是要面子的人，哥们也不想干了，可有时候一想到家里那个样，自己都这么大了，还挣不到钱，别说养活家，就连自己都养活不了，心里真不是滋味。唉，做人难呐。”

华尘雨望着他说：“别人也不易呀，人人都有自己的难处。再难，咱也得挺住，堂堂正正做人。过去我对你有误解，请你包涵。今后你有啥困难跟我吱一声，只要我能办到的，我一定在所不辞。”

岳春那白皙的脸已变得红扑扑的。他说：“连长，你这人讲义气，够哥们，今天你能来，说明你没嫌弃我。”

华尘雨虽然喝得不多，但脸上也发热。他说：“背后你别叫我连长，咱们都是知青，何况还是同学，用不着客气。”

岳春的眼睛湿润了，他激动地说：“连长，不，尘雨，今后你就看哥们的吧。”

华尘雨动情地望着他，用力拍了拍他的胳膊。

“来，咱俩干杯。”华尘雨激动地与他碰杯，将茶缸的酒一饮而尽。

华尘雨顿感脑袋发沉，眼前一片模糊，只觉天旋地转，身子一歪，像堆烂泥样瘫倒在炕上。

随后岳春也醉倒了。

到了后半夜，一阵突发的枪声将两人惊醒。华尘雨顿时醒了酒，他爬到窗前，向外一望，霎时惊出一身冷汗。

第七章

夜幕下，华尘雨发现在自己宿舍窗前几步远的地方，几个人正端着枪朝自己的铺位一阵狂扫。窗户上的玻璃被子弹击得噼啪乱响，四处迸溅。华尘雨怒火中烧，腾地从炕上蹦起，就要往外冲。岳春一把拽住他："你不能出去，太危险了。"

华尘雨这才猛醒过来，那些人正是冲着自己来的。此时贸然行事，必遭不测。只好趴在窗前，向外窥视。

忽然，从营部方向跑过来几个人影，手里持枪，朝窗前的那伙人开起火来。其中一人端着枪冲在了前面，华尘雨仔细辨认，才看出是洪铁军。只见他带领着营里的基干民兵向对方大声叫喊并射击。双方激烈地对射，嗖嗖的子弹闪着火光在夜空中划过。华尘雨惊诧地瞪大眼睛，只有在电影中才能见到的枪战场面此时竟发生在眼前，他被吓得心惊肉跳。

双方激烈的枪战其实持续了不到五分钟，而华尘雨却感觉漫长得好似经历了几个钟头。

那伙人一边射击一边向后退，突然，其中的一人腿部中了弹，扑通一声摔倒在地。那伙人马上停止了射击刚想上前解救，洪铁军带领的基干民兵顺势冲了过来。眼看就要到跟前了，那伙人见势不妙，顾不上倒下的人，随便放了几枪，如丧家之犬慌忙钻进了芦苇丛中，眨眼之间消失得无影无踪。

洪铁军带着民兵过来一把将倒地之人拽起，那人的腿上鲜血直流，正痛苦地呻吟着。几个人将他架起拖到了营部，简单包扎后，对他连夜审讯，方知那几个持枪偷袭的人正是那晚用铁钩到女宿舍捣乱之徒。他们是大洼镇的下乡青年，离这不到十里地。他们那晚调戏叶兰香不成，仍不甘心，了解到华尘雨住的位置，今天弄了几把枪，趁着大伙放松警惕，便来报复。

洪铁军让卫生员给他的伤腿处理后，连夜派人送到了农场听候处理。

华尘雨回到宿舍，这才发现自己铺位上的褥子被子弹打穿了好几个洞，不禁心头一颤。一问才知道，在枪响的一瞬间，朱尚标和水宜舟一骨碌滚到炕下，才躲过了子弹的袭击。水宜舟对着华尘雨便大发牢骚：“肯定是你惹的祸，害得我们哥俩差点儿挨枪子儿。你说咱真要中弹一命呜呼，恐怕连个烈士都混不上，你说冤不冤哪。”

朱尚标却哈哈大笑道：“我说华下巴，你小子是诸葛亮啊，咋那么能掐会算，你算计到有人会来袭击，咋不提前告诉哥们一声，叫哥们也好有个心理准备，好收拾那帮来犯的混蛋啊。你可倒好，自己先躲起来了，这也太不够意思了吧。”

华尘雨手摸着下巴苦笑道：“我哪知道，要不是喝多了没回来，没准我现在早躺下了，说不定阎王爷封我个师长、旅长呢。”

"你想得美，那里的小鬼一见你这下巴，准把你扔油锅里炸了。"水宜舟眼珠一转说，"是不是岳春那小子听到啥风声，才叫你过去的？"

华尘雨皱了下眉头，自言自语着："难道这事真那么巧合？"

……

春节过后的一天晚上，北风呼叫着从窗缝挤进屋内。水宜舟一摸炕冰凉，这才想起要烧炕。他出外一看，连里原本堆得像小山的苇子垛已见了底，只剩下破碎的苇子叶了。他沮丧地在四周转悠寻找柴火，却见"高粱米"也在四处撒目，便走过去问："哎，高粱米，知道哪有柴火？""高粱米"眼睛转了转说："哥们儿也在找呢，你说咱上冻前割了那么多苇子，咋恁快就烧没了？不行咱到别处转转，这大冷的天不烧炕还不冻成冰棍了。"说着便向房后走去。水宜舟跟在他身后。突然，"高粱米"眼睛一亮，一指三连的房山说："那有苇子，干脆整两捆先烧着呗。"水宜舟说："那好吗？三连的人能同意吗？"

"高粱米"大眼珠子转了转，说："那有啥，谁用不是用。这大冷的天，他们连的人都在屋里猫着，谁能注意到柴火垛。咱动作麻利点，保准没人发现。"

"这……"水宜舟犹豫了。

"瞧你这人，咋这么犹犹豫豫的。""高粱米"瞟了他一眼，"你不去，哥们可去了，到时我整回来苇子你可别烧哇。"

水宜舟想了想，一挥手说："走。"俩人像猫似的蹑手蹑脚地摸到三连的房山头，听听没啥动静，这才大胆起来，每人扛起一捆苇子撒腿就跑，一口气跑回到自己宿舍的墙根下才扔下苇子。"高粱米"扭头朝三连的方向望了望，见没人出来，这才长出了口气。俩人靠着墙哈哧、哈哧喘息着。

这时，朱尚标和另几个人从屋里出来，一见地上有两捆苇子，便好奇地问："从哪整来的？""高粱米"朝三连的方向一努嘴。朱尚标说："高粱米，你小子他妈的挺能耐呀，咋就整这点儿，一会儿不就烧没了吗？再去弄几捆去。"

"高粱米"眨着眼说："那就趁热打铁，咱几个一起去。"

"走！"朱尚标大手一挥，领着身边的人立刻奔向三连的苇子垛。

大伙一起扒拉苇子，发出了沙沙的声响，不料惊动了屋内三连的人。就在他们将苇子搭上肩刚往回走时，突然，听到一声断喝："干什么的？竟敢偷苇子？"此时，十几个三连的男青年手拎着捅锹，虎视眈眈地立在跟前。

朱尚标扛着苇子大步向前走，满不在乎地对身边的人说："别理他们，走。"

三连的人一看这伙人并未放下苇子，顿时火冒三丈，冲上来抡起锹就拍。水宜舟和"高粱米"躲闪不及，当即身中捅锹，苇子从肩上滑落下来，身子晃了晃，险些摔倒。朱尚标一见，气得扔下苇子冲了过去，正好对方一个捅锹抡了过来。他一闪身，躲过锹头，上去一脚将对方踹倒，他就势夺过捅锹，一阵猛抡。他不住地向自己人喊："快跑。"这些人见三连人多势众，手里又拿着家伙，撒开腿没命似的往回跑。朱尚标独自断后，边打边撤，身上的棉袄被锹划出了几个大口子。三连的人追了一阵，见这伙人已扔下苇子仓皇逃走，这才收兵。

华尘雨正躺在炕上翻看着"毛选"，水宜舟和"高粱米"像受惊的兔子似的跑到了眼前。"高粱米"气喘吁吁地说："连、连长，不好了，咱连的人让人打了。”华尘雨抬起头漫不经心地瞥了他一眼问道：“咋的啦？”

水宜舟却急赤呼啦地说：“尘雨，你可是一连之长，能看着咱连的哥们受人欺负无动于衷吗？”

华尘雨一见水宜舟脸上的血痕，顿时怒从心起，腾地从炕上蹦起来道：“什么，谁打的？”

“三连的人呗，还叫嚣着骂骂咧咧呢。”水宜舟手摸着脸，痛苦地望着华尘雨。

华尘雨头脑一热，心想三连的人真不知天高地厚，竟把自己连的人打得如此狼狈，这不是欺人太甚吗？他的火腾地被撩了起来，拎起墙角的一把捅锹，冲出宿舍大喊道：“咱连的人被三连打了，有种的跟我找他们算账去。”

霎时，整趟宿舍的男青年都拎着捅锹和镰刀，一窝蜂地从各自的屋里冲出来。“高粱米”情绪激昂地引领大伙向三连宿舍冲去。正往回返的朱尚标一看自己的连队开来大批援兵，情绪愈发激动，大叫着率先冲到三连宿舍的窗前，见外面没人，气得操起捅锹对着一个窗户猛砸过去。只听“哗啦”一声，整个玻璃迸裂成无数碎片。朱尚标怒目圆睁吼道：“装什么狗熊，是娘养的就出来。”屋内出现短暂的寂静。朱尚标又叫道：“有种的就出来，别他妈的跟个娘们似的。”话音未落，窗内一道寒光闪过，从里面嗖地飞出一把镰刀。朱尚标惊得一歪头，那道寒光擦肩而过。朱尚标肩头的棉袄霎时被划了一个大口子，镰刀随之当啷落地，惊出朱尚标一身冷汗。朱尚标破口大骂：“好哇，跟哥们玩阴的，有能耐出来遛遛。”

水宜舟也跟着大叫：“有能耐出来。”大伙跟着一阵狂喊，吼声震得夜空鸣响。

华尘雨一看这架势，于是手一挥说："既然他们不敢出来，说明他们认输了，咱得给人家留点面子，走，咱们……""撤"字还未出口，却见一伙人手拎着家伙，忽地从宿舍里冲了出来，足有好几十人。这些人嗷嗷叫着："想走哇，没门。"一下子冲到眼前。双方各挥家伙混战一团。华尘雨一看这阵势知道走不了，索性也冲了上去。捅锹和镰刀的撞击声、怒骂声、痛苦的哀嚎声混作一团。一会儿，便有几人倒在地上。

双方战得正酣，只听得一声大叫："住手！"军代表洪铁军突然而至，可打斗仍未停止。洪铁军见无济于事，急得掏出枪，朝空中"砰砰"放了两枪。这枪声在夜空中格外清晰、响亮，打斗的双方这才被震住，双方停下来相互怒视着。洪铁军发现躺在地上呻吟的几个人，上前冲华尘雨和三连连长命令道："先把受伤的送卫生所包扎，别的以后再说。"华尘雨这才和三连连长吩咐将躺在地上的人背到卫生所。华尘雨一看朱尚标脸上淌着血，忙让水宜舟带他去卫生所，卫生员用酒精擦拭完朱尚标的伤口，也顾不上打麻药，连缝了八针。疼得朱尚标牙关紧咬，豆大的汗珠子从额上滚了下来。从此朱尚标的额头上便留下一道二寸来长的疤痕。

第二天，"大胡子"将华尘雨叫去狠狠地批评了一顿。华尘雨歪着头嘴角一撇。"大胡子"说："你别不服气。你是一连之长，怎么能不问青红皂白带头群殴？是你连的人偷了人家的苇子，你还理直气壮地领人打架，真是岂有此理。"华尘雨刚想争辩。"大胡子"一摆手："你啥也不用讲了，回去写份检查，一定要深刻。然后亲自到三连给人家赔礼道歉，态度要诚恳。"

华尘雨心里不愿意，可不能违背营长的命令。只得拿着检查独自来到三连说明来意。几个受了伤的人见华尘雨送上门来，扑过来就要动手，被三连连长制止住了。华尘雨硬着头皮当着三连全体人的面，低头念完了检查。虽然有个别人不满地说着风凉话，多数人还是谅解了。可华尘雨仍觉得自己丢尽了脸面。他灰溜溜地离开时，仿佛背后有无数双愤怒、鄙夷的目光在盯着自己，心里有说不出的懊悔。

第八章

修筑沟（沟帮子）盘（盘山）路的工程开始了，盘锦的知青几乎都加入其中。这些城里来的小青年第一次参加规模如此大的会战，心里充满了兴奋。

浩浩荡荡的筑路大军犹如野战军的大兵团，在绵延上百公里的路线上摆开了决战的架势，印有各个农场、营、连的各式红旗在风中哗啦啦狂舞。知青们高喊着语录，唱着革命歌曲，挥动捅锹，肩扛装满泥土的担子，情绪昂扬地释放着青春的激情。

华尘雨奋力挥动手中的捅锹，将大块大块的土方装进用麻袋做成的担子里。水宜舟同“高粱米”共担一副担子摇晃着前行，装满土块的麻袋几乎贴着地。两个人累得龇牙咧嘴，大汗淋漓。一些女知青也像男知青一样奋战其中。“小辣椒”和叶兰香同抬一副担子，每次扛土时，“小辣椒”总是有意让叶兰香在前头，只要那宽厚的扁担一上肩，叶兰香刚一迈步，“小辣椒”便故意向上颠了下扁担，那担子便向叶兰香一侧倾斜，整个担子的重量顷刻间偏向了叶兰香。看着叶兰香被沉重的担子压得直不起腰，“小辣椒”心里涌起一股开心的快意。刚开始，叶兰香虽然觉出了担子格外沉重，却并不知晓有人在后边做了手脚。华尘雨给她俩装完泥土，忽然发现了这个秘密，他觉得“小辣椒”的这种做法真是幼稚小气。他故作生气地瞪了她一眼，“小辣椒”却躲开他的眼神，仰着头装出傲慢的样子。几次之后华尘雨实在看不下去了，上前将串到前头的绳子往后串了串，“小辣椒”气得冲他一撅嘴。叶兰香觉得这次的担子比以前轻了许多，好奇地向后扭头，这才发现了其中的奥秘，顿时怒目圆睁，刚想冲“小辣椒”发火，华尘雨立马用眼光制止了她。叶兰香咬着牙，脸涨得通红，委屈地瞅着华尘雨。“小辣椒”装作没事似的催促着：“快走哇，没见过尘雨咋的?”华尘雨只好对叶兰香说：“走吧。”叶兰香这才扭回头，将担子搭上肩，默默地向前走去。

走了几趟，当叶兰香发现身后装满泥土的麻袋已碰到脚后跟时，再也忍不住了，她立马放下担子，指着“小辣椒”愤然道：“你别欺人太甚。”

“小辣椒”装作无辜的样子，眉头一挑，说：“我咋啦，你别污蔑人啊。”

叶兰香指着地上的担子说：“你说咋啦，你看看你把那绳子都串到我这边，你可倒轻巧啦，你想累死人咋的?”

“哎，你说话可得有根据呀!”“小辣椒”指着叶兰香说，“咱俩个头差不多，又一块起身抬担子的，你怎能说那绳子都串到你那边了。”

“你每次起身后都要颠一下，那担子就向我这边倾斜了，你以为我不知道哇?”

“我颠是为了扁担能正些，至于那绳子串不串我可管不着。你想拈轻怕重，又赖上我了。告诉你，我就这个干法，你爱干不干。”

“这可是你说的。”叶兰香气得指着她说，“你以为我愿意跟你一起干呐。你愿意找谁就找谁，反正我是不能和你一起干了。”

华尘雨一看俩人闹僵了，忙上前劝阻道：“什么大不了的事，算了，这回我给你俩看着，绳子摆中间，不偏不倚，这总行了吧。”

“小辣椒”却说：“我可不跟她干了，省得说我欺负她。”

叶兰香气得一扭头，另找别人抬担去了。

盘锦的初春，寒风依然刺骨，青年营却开始了春耕前的黑土准备。

在水沟里尚未上水前，一般都要到总干渠、支干渠的沟底去抢黑土，这里风干的河泥呈黑色，有很多稻种所需的养分，是育苗的最佳土质。这育苗就是在一个个挖成条状的苗床上，撒上经过浸泡的稻种，用笤扫拍打进泥土里，然后再覆盖上从沟底里抢出的黑土，蒙上塑料布。因而，首先要将黑土挑到苗床旁以备用。

这天上午，华尘雨领着全连人从总干渠挑着黑土往苗床地里走。放眼望去，空旷的田野上只有路边稀稀拉拉光秃秃的小柳树在风中摇曳，地里的苇子早被割得干干净净，一望无际的盐碱地泛着灰白色，冷寂而萧瑟。

这总干渠距离苗床有几里地。一路上，大伙儿肩挑着装满黑土的两只土篮，有说有笑地往前走。突然，大风骤起，一时间尘土飞扬天昏地暗，刮得人东歪西斜，摇摆得像个鸭子。华尘雨被迫低头哈腰顶着风艰难前行，突然觉得怀里撞进了什么。他身子一斜，担子落地。华尘雨本能地扶了一下，抬头一看，原来是走在前面的叶兰香被大风推搡进自己怀里。华尘雨诧异地望着她。她抬起头，揉了下眼睛，当俩人的目光相对时，她的脸一下子红了，华尘雨顿时感到她急促的呼吸，带着少女独有的气息扑面而来。望着那双清澈如水的大眼睛，他的心跳骤然加快，俩人同时怔住了，四目相对，一时无语。大伙儿也都停下来，那目光齐刷刷地扫了过来。华尘雨这才发现自己的双手还扶着她的双臂，赶忙松开了手。她羞涩地低下头，掉头离去。华尘雨半张着嘴盯着她的身影。

忽然有人捅了华尘雨一下："哎，看直眼了。"

华尘雨这才回过神，水宜舟瞅着他说："哥们，行啊，有美女投怀送抱，啥感觉？"

"去你的。"华尘雨飞起一脚踢到他屁股上，其实并未用力，可水宜舟却龇牙咧嘴装作痛苦的样子，叫道："华下巴，你好狠啊，真是见色忘友。"

华尘雨冲他歪嘴一笑："这回你知道啥感觉了吧。谁让你胡说八道？你这是自讨没趣。"

"我自讨……"水宜舟摸了下屁股。

他见华尘雨一口雪白的牙齿已被尘土染成了黑色，不禁哈哈大笑。

华尘雨莫名其妙地望着他。

"华下巴！"水宜舟若有所思地看着他，"这大风天让我想起了什么。"

"想到啥了？"华尘雨抹了一把脸上的尘土问。

“你的名字呗，挺有意思的。尘雨，让人想到大风刮得满天尘土像下雨似的。哎，肯定是你出生那天刮大风，你父母灵机一动就给你起了这么个名字。”

“哎，一般名字中带雨字的都是女孩呀。”朱尚标冲着华尘雨故作好奇状，“肯定是你爸或者你妈喜欢女孩，才给你起了这么个名字。”

华尘雨嘴角一歪，说：“你们瞎猜疑啥呀。这尘字不是尘土的意思，而是指尘世。我这名字可以解释成化作尘世间的春雨。其实名字也就是个代号，叫什么不行。”

水宜舟说：“嘿，你可真会解释。这起名也有学问，瞧咱的名，水宜舟，水中才适宜放舟，多贴切。你再看叶兰香，啧啧，听着就给人一种兰花香气袭人的感觉。啊，多美妙哇。”

“我看你是大色狼，被叶兰香迷住了吧。”朱尚标手指着水宜舟的脑袋，“你惦记也没用，人家叶兰香能看上你吗？你就在一边凉快去吧。”

“你说谁惦记啦？咱现在不是讨论名字吗？”水宜舟瞟了一眼朱尚标，“你这名起得可不相符啊。猪上膘，可你却瘦得像狗似的，我看你改名叫朱没膘得了。”

“去你妈的。”朱尚标冲水宜舟一瞪眼，举起手就要扇过来。

水宜舟往边上一闪身道：“哎，要文斗不要武斗，有理讲理嘛，君子动口不动手。”

“哈……”朱尚标不禁大笑道，“这小子真他妈的真不禁吓唬。”

水宜舟望着叶兰香的背影，又看看华尘雨，说：“叶兰香、华尘雨，两名合起来就是香雨，多有意思呀。”突然，两只鸟扑楞着翅膀从他头上掠过，刚才还在一起飞，可不一会儿竟各自朝着不同的方向飞去。水宜舟望着远去的飞鸟略有所思地瞅着华尘雨说：“我忽然想起一句成语叫劳燕分飞，你俩可别弄成香雨分飞啊。”

华尘雨冲他一瞪眼睛：“你别见着鸟飞就瞎联想，这哪跟哪呀！我看你纯粹是狗戴嚼子——胡勒。”

“高粱米”这时凑过来问：“你们讨论啥呢，这么热闹。”

水宜舟眼珠一转说：“咱们在琢磨名字呢！我看你的名字就不一般。”

“高粱米”好奇地瞅着他，水宜舟头一歪对他说：“其实你的名就不错，高良，跟你长得是名副其实。”

“你说啥?”“高粱米”显得有些不高兴，“那你就该叫水稻。”

水宜舟笑道：“水稻也比高粱米强啊，好歹是细粮。谁像你长了一脸高粱米，狗见了都心烦。”

“高粱米”气得眼珠子都要出来了。他怒视着水宜舟，上去推了他一下：“你骂谁呢?”

水宜舟也不示弱，冲他瞪起眼：“嗬，看把你能的，还敢跟哥们动手，去你妈的。”上去还了“高粱米”一个“电炮”。

“高粱米”身子一歪，揉了下腮帮子，嗷地怪叫着扑向水宜舟。几个跟“高粱米”关系不错的人一下子也冲了上来，将水宜舟团团围住。

朱尚标一见水宜舟要吃亏，立刻操起地上的扁担，上前护住水宜舟，大声吼道：“我看谁他妈的敢动一下。你们是不是皮紧了。”说着就朝“高粱米”抡起了扁担。

华尘雨一看不好，上前一把抓住朱尚标的胳膊，大叫道：“尚标，你干吗？快放下！”

“高粱米”吓得小脸煞白，躲到了一旁，那几个人见状不由自主地也往后退了退。

华尘雨抢下朱尚标的扁担，摔在地上。

风依然刮着，但势头有所减弱。华尘雨说：“别光顾斗嘴了，趁着风小了些，咱们快走吧。”

“唉！”水宜舟不情愿地挑起了土篮，跟在华尘雨的身后摇摇摆摆地向前走去。

晚上，全连集中到伙房进行政治学习。

几十号人挤在伙房，许多男青年不知啥时学会了抽烟，嘴里叼着烟卷，有的甚至还用报纸卷着“大老旱”，满屋子充斥着辛辣的烟雾。华尘雨讨厌人抽烟，他环顾着四周，发现叶兰香蜷缩在一隅，眼里带着忧郁。华尘雨竟产生了一种莫名的怜惜。

华尘雨和军代表洪铁军、指导员柳思春站在地当间，由柳思春主持会议。柳思春整理了一下衣服，昂着头故意端个架子。她清了清嗓子，拿着一张报纸大声宣读着两报一刊社论。

她嗓音尖利，手不停地挥动着，就像是当年在大街上演讲的红卫兵。一些人对她的演说式发言不感兴趣，在下面唠嗑打哈哈。华尘雨的目光不自觉地溜到叶兰香身上，见她低头作沉思状。华尘雨一抬眼却发现“高粱米”正怪异地盯着叶兰香，不禁心生疑问。

“大家都静一静，这是政治学习，要端正态度，一会儿还要联系实际发言呢。”柳思春大声说道，用力拍了拍手。刚才还乱哄哄的场面这才静了下来。

叶兰香似从梦中惊醒，肩头不禁颤动了一下，像个呆子似的傻愣着。

此时会场静得地上掉根针都能听到，叶兰香显得有些紧张。她低着头双眉紧锁，昨晚发生的事情仍令她心神不宁，刚才柳思春说些什么她根本就没去听。

昨天晚饭后不久，同屋的女生都出去了，叶兰香想给家写封信。她找了一张旧报纸垫在自己的箱子上，铺开信纸，刚写了几个字，发觉钢笔没水了。她拿出钢笔水瓶放在报纸上，拧开盖，刚把钢笔伸进去。突然门一开，一个人蹿了过来。她定睛一看，竟是“高粱米”，心里不由咯噔一下。

这小子嬉皮笑脸地说：“咱俩谈谈啊。”

叶兰香一愣神，暗自思忖：平时自己跟他没什么接触，怎么今晚他突然找自己，到底是何用意？她警惕地望着他，问道：“你找我谈啥事儿？”

“啥事，关于咱俩的事呗。”

“咱俩有啥事？”叶兰香不愿搭理他。

“高粱米”急忙上前拉着她的手，色迷迷地盯着她：“哎，别不给面子啊，你知道吗，哥们——”他咽了下口水，像是下了挺大决心似的：“哥们……喜欢你，咱俩交个朋友吧。”

“啥！”叶兰香顿时瞪大了眼睛。她打心眼里瞧不起他，没想到他竟厚着脸皮要跟自己处对象。她瞥了他一眼：“这不可能。”

“有啥不可能？哥们早就喜欢上你了。”“高粱米”说着，一把搂住叶兰香就要亲。

叶兰香极力挣扎着，见他的嘴已贴近了自己的脸，顿时火冒三丈，抬手"啪"地给了他一个耳光。这小子疼得松开了手，却不想撞翻了钢笔水瓶，那钢笔水一下子浸透了报纸。叶兰香趁机将他推开。

"高粱米"顺手拽过箱子上的报纸，他呼呼喘着粗气，咬牙切齿地指着叶兰香："一个臭资本家的女儿，装他妈的什么清高，走着瞧。"说罢，气哼哼走出门外……

此刻，叶兰香正懊恼着昨晚的一幕，柳思春讲了什么她一句也没听进去。柳思春仍在慷慨陈词："毛主席提出的广阔天地大有作为真是英明。正像林副主席说的，毛泽东同志是伟大的马克思主义者，他天才地、创造性地、全面地继承、捍卫和发展了马克思主义……"

叶兰香抬起头，却见"高粱米"叼个烟卷正盯着自己，色迷迷的眼神透着鄙夷，顿时心生厌恶，狠狠地瞪了他一眼。

柳思春讲完后，说："大伙儿都讲讲学习的体会，要联系当前的实际，看看谁发言。"

一阵沉默。此时"高粱米"瞅着叶兰香，突然举起手说："我说几句。谁都知道林副主席是毛主席的接班人。可是竟有人对林副主席心怀不满，背后说林彪只会拿个语录本唱高调。更为严重的是，用墨水往林副主席的脸上抹黑。"他突然拿出一张报纸晃着说："你们看看，这是什么性质?"

柳思春接过来，见报纸上有一处被钢笔水染成了蓝黑色。她仔细一瞧，正是有林彪的照片的那一处。

柳思春倏地瞪大眼睛半张着嘴，一脸的疑惑和惊诧。

叶兰香一见那张报纸，顿时如冷水浇头，惊出一身冷汗。她知道这报纸上有林彪的照片，怎么偏偏落到了"高粱米"手里，这不是自找苦吃吗？林副主席可是副统帅，毛主席的亲密战友啊，这下自己就是跳进黄河也洗不清啊。她的脸腾的一下涨得通红。

“高粱米”兴灾乐祸地几步蹿到叶兰香的跟前，手点着她的鼻尖厉声叫道：“你竟敢污辱我们敬爱的林副主席。你什么用心，什么企图？啊！”

众人的目光利剑般扫过来，仿佛要将她刺透。叶兰香此时觉得自己像被人扒光衣服的小偷。她低垂着眼睑不敢正视大家，声音颤抖着：“我……不是故意的，是……有人……把钢笔水弄上去的，我……”

“我什么我？”“高粱米”紧逼了过来，“呀哈，还想诡辩呀。瞅你这个资本家的女儿，就不是什么好东西，还想替你老子翻案。谁不知道林副主席是毛主席的亲密战友和接班人。你污辱我们的林副主席，就是反对毛主席。这可是严重的政治问题。去，到地当间站着，让大伙认清你的丑恶嘴脸。”

叶兰香愤怒地瞪着他，没有动弹。她不想当众被众人批判。

“咋的，哥们叫不动你呀？”“高粱米”推了她一把，“这回可得跟你算账啦。”

“少碰我！”叶兰香身子一晃，此刻她恍然大悟，他这是借机报复自己。她鄙夷地瞪着“高粱米”，又恨又悔，却不知怎样为自己解释。

“小辣椒”一把将叶兰香拽到地当间。华尘雨看不过眼，冲着“小辣椒”说了句：“你这是干啥？”

“小辣椒”却丝毫不理华尘雨，她大声冲着叶兰香嚷道：“你为什么对林副主席这样？”

叶兰香瞅了她一眼，没吭声。

“高粱米”趁势跟着起哄，大声道：“你家是反动资本家，谁不知道？”

叶兰香最讨厌别人说她的家庭出身。她忍不住小声嘀咕着：“你管我家是不是资本家。恩格斯的家庭还是资本家呢，他不照样成为革命导师。”

“小样儿，你还敢污蔑革命导师，为自己狡辩。”“高粱米”眼珠一瞪，咧着嘴，“真是胆大包天！”

叶兰香再也忍不住了，别人已经上纲上线了，此刻再不说话，就是跳进黄河也洗不清啊。

叶兰香瞪大双眼盯着他：“什么叫污蔑？我说的可全都是事实。”

“你他妈的放屁，我看你是狗嘴里吐不出象牙？”“高粱米”气得猛吸一口烟，扑地朝她脸上喷出一团浓浓的烟，呛得叶兰香喘不过气，她赶紧捂住鼻子。“高粱米”猛地将烟头一掷说：“你这个小妖精，一派胡言，你对现实不满，你污辱我们的副统帅。今天当着大伙的面，把你肮脏的灵魂亮出来，看看究竟是啥货色？”

“小辣椒”也跟着大叫道：“你说说心里是咋想的，你为什么要污辱林副主席，那可是毛主席亲自选定的接班人。”

“我没污辱呀。”叶兰香委屈地说道。

“大伙都看到了吧，报纸在这儿，她还想不认账。她这是抗拒无产阶级专政。”“高粱米”回头冲着人群大声道，“大伙说，应该怎么办？”

一些人跟着起哄，嗷嗷地大叫：“批斗她！”“把她斗倒斗臭！”

洪铁军紧紧盯着叶兰香，目光冰冷如铁。虽未言语，却令叶兰香不寒而栗。

柳思春见洪铁军的脸色阴沉，马上也表了态："对，我们就是要时刻绷紧阶级斗争这根弦，保卫党中央，保卫我们敬爱的林副主席。"

大伙七嘴八舌地对叶兰香展开了围攻，那愤怒的声讨就像是贫下中农斗争地主老财。

叶兰香再想分辩已没有机会，她沮丧地垂着头，脸上渗出了汗。

"高粱米"一看这架势更来劲了，凑上前去，故意用手指点着叶兰香的面颊，气得叶兰香满脸通红，不住地往后躲闪，忍不住说道："是你把钢笔水瓶弄倒的，怎么能赖到我头上。"

"高粱米"一捅叶兰香："自己做的事，还想往我身上推。"

华尘雨实在忍不住了，上前挡住"高粱米"，说："你想干什么？对女青年动手动脚的。"

"高粱米"脖子一梗强词夺理："她污辱副统帅，我们就是要对她毫不手软，批倒批臭。"

华尘雨冲他嘿嘿一阵冷笑："大伙都看得清清楚楚，不就报纸沾上点钢笔水吗？还不定是谁弄的。又不是故意的，至于这么兴师动众吗？你挺大个小伙子欺负一个女青年，不觉得丢脸呐？"

"谁欺负她啦！她犯错误就不兴人家批判呀？""高粱米"躲避着华尘雨鄙视的目光，"再说了，她一个资本家的女儿，竟然散布这种反动言论，你还替她辩护，请问你站在什么立场？"

华尘雨逼近了他，目光如剑，厉声道："你跟谁这么说话。你凭什么质问我？滚一边去。"

朱尚标也说道："狗日的，你小子是不是皮紧了，要不哥们帮你松松？”

“高粱米”眨了眨眼，嘴唇嚅动了一下，悻悻地向后退去。

“哎！”柳思春不解地望着华尘雨。

华尘雨也不搭理她，他扫视了一圈，突然大声宣布：“散会。”

屋内霎时静了下来，大伙惊讶地瞅着华尘雨。片刻，才三三两两地向外走去。

叶兰香感激地望着华尘雨，眼里噙满了泪花。

第二天洪铁军将华尘雨叫去，当着柳思春的面将他一通批评，说他阶级阵线不分，替资本家的女儿说话；不该在那种场合，这样草率处理；不仅影响了连干部的形象，而且有损自己的威信；问题的性质是极其严重的。

华尘雨忙说：“我是看不惯某些人趁火打劫，进行人身攻击。”

洪铁军眉头一立，说道：“你是不是看叶兰香漂亮，对她有什么想法吧？”

“谁……”华尘雨刚要说什么，洪铁军一摆手，果断地提高了嗓音说：“你不用解释，你的行动是最好的说明。你是一连之长，你的一言一行，一举一动，大伙都看得清清楚楚。你不能感情用事，要用阶级分析的眼光对待一切。”他严厉地数落着，摆出一副恨铁不成钢的样子：“你要深刻反思，站稳立场。否则的话，你的前途会怎样，你自己掂量吧。”

洪铁军的大声训斥，引得不少人在窗外围观。华尘雨朝窗外一瞪眼，几个正趴窗户的脑袋刷地缩了回去。

华尘雨知道再这样坚持下去，被外面的人听见不好。他暗自叫苦却无法解释。他知道解释也没用，毕竟人家是军代表，对他的话要尊重服从。华尘雨无可奈何地摇了下头，承认了自己方法不妥，以后改正。

第九章

那次会议的风波虽然平息，但大家对华尘雨的态度却发生了微妙的变化。只要华尘雨一接触叶兰香，哪怕是正常的活儿分配，人们看他的眼神都是那样的怪异，紧接着，各种莫名其妙的猜疑便像尘风一样扩散开来。

从那以后，叶兰香对华尘雨也有了新的认识。华尘雨的才气和率真，敢于仗义执言的性格在她的内心激起了不小的波澜，由此对华尘雨产生了更多的关注。是敬重、钦佩，还是爱慕，她说不清，反正就觉得有华尘雨在身边，自己就有了依靠。他在她心中成了保护神。她从军代表对华尘雨态度的变化，觉察出他为保护自己所付出的代价。尽管华尘雨仍是连长，但地位已开始动摇。可他却并不在乎，依然我行我素，这也让她暗自担心。她想接近华尘雨，为他做点什么，却又怕别人说闲话。而华尘雨从她的眼神中也读出了这种矛盾的心理。两个人就这样在人前表示出一种平平常常的关系，而内心彼此心照不宣地有了某种默契。

不知不觉就到了春耕。

春耕的第一项农活就是平地。拖拉机犁出的土地，露出白花花的苇根，滚滚的辽河水，顺着总干渠、支干渠流淌进地里，浸泡着灰黑色的冻土。

全连人在华尘雨的带领下向地里进发，朱尚标雄赳赳气昂昂地将红旗插到地头。大伙拿着捅锹下到泥水里。尽管穿着厚重的黑色农田靴，脚上裹着布，可站在带着冰碴的地里，片刻之间那寒气便透过水靴，一直凉到全身。身为连长的华尘雨极力想在人前表现出一副无所谓的样子，可那刺骨的凉气仍使他的嘴唇不住地哆嗦。

华尘雨分配两人一格共同平整土地。朱尚标和水宜舟在一格，邻近的那格地是叶兰香和一位叫山丽虹的女知青。山丽虹中等个，圆脸，眼睛不大却晶亮有神，梳着两个过耳的小辫，脸庞黑里透红，人们都叫她“山里红”。这“山里红”出身工人家庭，性格直爽，她与叶兰香是同学。别人因叶兰香的家庭出身而躲避，而“山里红”却不在乎。有人曾好心劝她别搭理叶兰香，可“山里红”却说：“‘文革’前你们都围拢人家，还有的见人家长得漂亮，像苍蝇似的往人家身上贴。咋现在就像躲避瘟神似的远远躲着她？她除了家庭成分高之外，哪点不好？可那家庭出身也不是自己能选择的啊。不是说有成分论，不唯成分论，重在政治表现吗？她也是要革命的，为什么大伙都歧视她，这不公平，你们不敢跟她接触，我工人出身根红苗正，我怕啥？”叶兰香知道后，拉着她的手感动得泪流满面。干活时，别人都不愿意跟叶兰香在一起，只有“山里红”不顾大伙的白眼，跟她做伴。

当“山里红”分到一连时，就引起了水宜舟的注意。其实，开始见到叶兰香时，他也曾动了心。叶兰香就像一朵盛开的玉兰花，让包括他在内的许多男青年产生各种各样的遐想。只是由于她的家庭出身和那有些清高的个性，让人只能暗自欣赏却不敢接触。水宜舟也想到了她的家庭出身，再一看叶兰香只对华尘雨格外关注，再衡量自身条件不如他，只好放弃这个念头。于是他又将目标转向了旁人，恰巧“山里红”的出现让他眼前一亮。虽说“山里红”的容貌和气质不如叶兰香出众，但她的正直、淳朴却令他心动。于是，水宜舟总是借机跟“山里红”套近乎，却不想“山里红”对他不感冒，这让他颇伤脑筋。

这次平地，水宜舟见“山里红”离自己不远，心中暗喜，干活时便格外卖力，想以此引起她的注意，挥锹时目光不时扫向另一边。可“山里红”却只顾埋头干活，根本不看他，只是偶尔跟叶兰香聊上几句，这让水宜舟有些丧气。他使劲拿捅锹挖了一长条泥块，就往低凹处甩，第一下未甩出去，那泥土仿佛跟他作对似的粘在锹上不肯脱离。这时，“山里红”无意间朝这边一瞥。这一瞥竟让水宜舟心里为之一动，以为表现的时候到了，立马来了精神头。他攒足了全身的力气，双臂一用力，捅锹上扬，那泥土竟“嗖”地飞出，只听“哎呀”一声尖叫，水宜舟不禁一愣。那块泥土竟像长了眼睛，“啪”地不偏不倚飞到“山里红”的脸上。水宜舟心说不好，却见“山里红”扑通一下倒在水田里，水宜舟惊得捅锹落地，他不顾一切从地里趟着泥水奔了过去，上前一把拽起“山里红”。叶兰香见状也赶了过来。“山里红”浑身是水满脸稀泥，她一把推开水宜舟，大声哭叫着：“你想害人呐，干吗往我脸上糊泥。”

叶兰香劝道：“他也不是故意的，快起来洗洗脸。”

“这么个大活人站在这儿，没瞅见呐?”“山里红”一脸怒气地瞪着水宜舟，“你想陷害人呐，我招你惹你了?”

水宜舟像闯了祸的孩子，低着头，声音竟有些发抖：“我不是故意的，谁曾想会这样。”

“来，我给你擦擦。”他讨好地将手伸到她脸前，“山里红”突然一抬手，“啪”地将他的手打了一下。她愤怒地吼着：“一边去。”随后抹了一把脸。这一抹，竟成了大花脸。叶兰香忍俊不禁，差点笑出声，急忙扶着她来到沟边。“山里红”也顾不上水凉，捧起沟水哗哗地洗了起来。

水宜舟自知理亏，返回到自己的那格地里拎起锹，对朱尚标说：“你先自己干着，我帮她们干会儿。”朱尚标哈哈一笑：“你小子，真他妈的行啊。往人家女的脸上糊泥，完了还得给人打溜须呀。”

水宜舟心里窝着火，没心搭理他，拎锹走了过去。

晚上，华尘雨正靠在被垛上记日记，忽然听见玻璃发出了轻轻的敲击声，他转头一望，见一个人影一闪而过。他好奇地走出了屋，一个女青年的身影立刻从房山头闪了过来。华尘雨停住脚，警惕地睁大了眼睛，却见叶兰香来到了跟前。华尘雨不禁心头一动，问：“有事吗?”

“啊，也没啥大事。”她忽闪着那双杏眼，从兜里掏出一件东西递了过来，“水田地挺凉的，我给你织了双毛袜子，穿上咋也能抵挡寒气，不知合适不。”

华尘雨瞅着这双蓝色的毛袜子，心里一热，刚想去接但马上又将手缩了回来，说道：“这毛线挺贵的，你织一双不容易，还是自己留着穿吧。”

她望着华尘雨，脸上腾起一片红晕，说：“咋啦，你也瞧不起我呀。你为我受那么大委屈，我给你织双袜子还不行吗？是不是嫌我织得不好？”

“啊，不是。”华尘雨一时不知怎样回答。

“那你就快拿着，让别人看见又该说闲话了。”她将毛袜子往他手里一塞，转身走了。

华尘雨手捧那双毛袜子，望着她婀娜的背影，一股温暖的感觉涌上心头。

第二天平地时，华尘雨穿着毛袜子，再次站到泥水里，双脚不像以前那样冰冷，心中霎时涌起一股暖流。华尘雨不自觉地又将目光投向不远处正挥锹干活的叶兰香，以至于“小辣椒”来到跟前都未发觉。

“哎，瞅啥呢？”“小辣椒”捅了他一下。

“啊，没瞅啥，我看那块地平得咋样。”华尘雨这才回过神，瞅着眼前的“小辣椒”。

“小辣椒”嘴一噘道：“我看你眼珠子都要出来了，是不是被她迷上了？”

华尘雨嘴角向上一翘道：“你瞎合计啥？我一个连长就不兴看看别人活干得咋样吗？”

“尘雨呀，你那点心思当我看不出来呀？”“小辣椒”往前凑过来，“昨晚上，叶兰香给你送啥东西了？”

华尘雨一愣，昨晚没见谁往这边来，她咋知道的？便问道：“你听谁说的？”

“小辣椒”说：“叶兰香本来自己有一双毛袜子，可这两天她晚上总织毛袜子，而且是大号的。有人看见她揣着织好的毛袜子就出去了，肯定是给你送去了。”

华尘雨说：“你咋这么肯定？”

“小辣椒”说：“要不你把靴子脱了，看看是不是新织的蓝色毛袜子。”

华尘雨说：“我脚上穿啥还得跟你汇报啊。你咋像个特务似的，对叶兰香那么感兴趣？”

“小辣椒”说：“我这是为你好。你知道别人都咋议论你吗？说你对资本家的女儿有意思了。这可是立场问题呀！”

“别人爱咋议论关我啥事？我行得正就不怕别人说三道四。”

“你这么个聪明人，咋就看不清现在的形势？别人都躲她远远的，你还敢跟她套近乎？你要不注意，早晚得栽在她身上。”

华尘雨瞪了她一眼：“我的事不用你操心。”说完转身又回到地里。

“唉！”“小辣椒”瞅着华尘雨的背影无奈地摇了下头。

第十章

五月的盘锦，气温仍很低，但地里的苇子却蹿出了二尺多高，沟内外成片的芦苇青翠欲滴，嫩得就像能掐出水似的。整个大地披上了绿装。

插秧大会战开始了。

连里开完动员大会的第二天，全连人都扑向了地里。男青年挑秧苗，一人供两个女青年插秧。

插秧必须两人一组，女青年都各自找到了伙伴。开始“小辣椒”说好跟山丽虹在一组，可后来，山丽虹一看没人肯跟叶兰香在一组，于是山丽虹就转而跟叶兰香一组。这样“小辣椒”那组的空缺只能由柳思春来顶替了，水宜舟挑秧供这俩人。华尘雨别无选择地挑秧供叶兰香和山丽虹。

男知青头一次挑秧走在狭窄的田埂上，身子不住地摇摆，过水沟时，经常掉到沟里摔得像泥猴。女青年弯腰撅腚在泥水里，像螃蟹似的横着挪动脚步，在“大干红五月，不插六月秧”口号的鼓动下，大伙“早上三点半，中午含着饭，晚上看不见”地奋战在泥水里。每天累得浑身散了架，竟没人旷工。

这天的午后，天空阴云密布。闪电过后，豆大的雨点噼里啪啦砸下来。雨水浸透了衣服，贴在身上拔凉拔凉的，却没人退缩。倾盆大雨扯天扯地下个不停，打在地上激起了层层水泡，形成烟状的雨雾。突然，叶兰香扑通摔倒在地里，华尘雨忙撂下担子奔过去，背起她不顾一切地往青年点跑。湿滑的地面险些使他摔倒，他趔趔趄趄地冲破雨雾，一口气将她背到宿舍。华尘雨将她轻轻地放在炕上，她仍然昏迷着。华尘雨用毛巾擦去她脸上的雨水，发现她的脸颊通红，用手一摸她的额头，竟有些烫手，这才发觉她正在发烧。华尘雨急忙跑到卫生室，叫来卫生员花常新。花常新将体温计塞进了她的腋下，在她的胸前假装无意地碰了一下。华尘雨瞪了他一眼，他有些尴尬地将脸扭向一边。过了一会儿，华尘雨抽出体温计，让他看了看，他说："呀，都40度了。"随即从带来的药箱里取出针管和退烧药给她打了一针，又留下些退烧的小药片，嘱咐着每天按时吃药多喝水，便转身离去。

华尘雨守在叶兰香的身边，静静地看着她。过了一阵，叶兰香渐渐醒了过来，见华尘雨在身旁，感激地望着他欲起身，华尘雨忙劝她别动，然后看着她吃下了药。

第二天的晚上，华尘雨再次来到她的宿舍，几个同屋的女青年有意躲了出去，屋内只剩下了他俩。

刚刚退烧后的叶兰香虽然面容显得苍白疲倦，但依旧是那么的美丽动人。这场突如其来的病令她吃了不少苦，但华尘雨的到来却使她那颗本就烦躁不安的心有了些许的平静。

叶兰香凝视着华尘雨，眼里流露出发自内心的感激。她想对他说些什么，可一时又不知该怎样说。华尘雨望着那双美丽的大眼睛心里一阵颤动。这双纯净如水的明眸却带着忧郁，让人心生怜惜。

华尘雨安慰她不要想太多，保重身体要紧，有什么事只管找他。

她轻轻地嗯了一声。

突然窗外传来一声呼叫："叶兰香，指导员让你去一趟。"

她一激灵，急急地从炕上起身下地。由于起得太猛，眼前一阵发黑，腿下一软，竟跌了下去。身旁的华尘雨急忙抢上一步想把她扶住，但还没容他的手伸出去，她便已经倒了过来。华尘雨来不及多想就把她死死地抱在了怀里，她的后背贴靠在华尘雨的胸膛上，华尘雨的手臂便自然触到了她的整个胸部。尽管隔着一层衬衣，华尘雨还是异常清晰地感觉到了里面的那对凸耸着的乳房极富弹性的波动。她的头发此刻也贴在了他的脸上，使他嗅到了仿佛是从每一根头发里发出的一种淡雅的芬芳。她的脸顿时通红如熟透的苹果。这一切来得是那么的突然，在丝毫没有精神准备的情况下，不啻一场突然袭击，使华尘雨有些发懵。他头一次如此近距离地与一个心仪的女青年亲密接触，身体如触电般有种发麻的感觉。但这一切只不过是短暂的一瞬。很快，恢复过来的她立刻便挣脱了他的手臂，向屋外跑去。

从柳思春那儿回来后，叶兰香的心情突然又沉重起来。她因发高烧而未能上工的第二天，"小辣椒"就迫不及待地将她告到了连里。"小辣椒"当着洪铁军和柳思春的面一阵大吵，说现在正是插秧大会战的关键时刻，大伙都在地里玩命地大干，有的人病了也不休息。可是叶兰香有点感冒就不上工，小病大养，摆出一副资产阶级小姐的臭架子，给连里造成极坏的影响。军代表当时生气地叫柳思春找叶兰香问个清楚。于是柳思春这才叫来叶兰香，指出了她的娇气。叶兰香感到委屈，说本来自己已经感冒发烧可仍坚持上工，后来被大雨一浇便晕倒在地里，是别人把她抬回去的。她迷迷糊糊在炕上烧了整整一天，才有所好转，准备明天就上工。柳思春对她的解释不屑一顾，将不满和厌烦写在了脸上。叶兰香沮丧地回到宿舍，一头扎在被垛上忍不住哭了起来。她恨自己为什么生长在资本家的家庭。尽管她的父亲早已病死在狱中，可资本家子女的帽子仍像紧箍咒般牢牢地套在她的头上。“老子英雄儿好汉，老子反动儿混蛋”的论调将她打入了另类。她拼命干活，少说话，想以此扭转人们的印象，可人们仍对她充满了歧视和敌意，仿佛自己生下来就是被人唾弃的败类。那种如针的目光深深刺痛了她的心，她心如刀绞，双手紧紧抓住被子，抽泣得肩头不停地抖动。山丽虹过来想劝劝她，可不知说啥，见她幽怨痛楚的样子，不知不觉自己的眼里竟也噙满了泪水。

过了好一阵子，叶兰香终于止住了哭泣。她从箱子里抽出一张白纸，突然咬破了自己的食指，顿时感到一股钻心的疼痛，此时的她已顾不得疼痛，用滴血的手指在纸上写下了一行鲜红的字：“坚决与资本家叶兴荣彻底决裂。”并签上自己的名字。

她随即跑出屋，将这张纸交到了柳思春的手上。柳思春望着上面那鲜红的散发着血腥味的字迹，霎时惊诧地睁大了眼睛。

叶兰香写血书的消息传遍了全连，人们对她产生了好奇，各种猜疑与讥讽也纷至沓来。可叶兰香却顾不上这些，她豁出去了，病未好就又下了地。开始时，因不熟练插秧速度不快，但叶兰香的悟性极高，没用几天便掌握了技巧。到了插秧大会战的中期，那速度快得惊人，害得华尘雨挑苗也像赶集似的匆忙。华尘雨每次将挑来的秧苗如天女散花般均匀地撒到地里，便在田埂上看着她俩插秧。只见她手动如飞，那灵巧的纤手如机器般将秧苗精准地插到地里，带得山丽虹拼命加快节奏，俩人像比赛似的你追我赶。华尘雨站在一旁看得目瞪口呆，仿佛在欣赏精彩的杂技表演。

插秧大会战结束后，经过统计，叶兰香和山丽虹那组插秧的数量、质量位列全连第一。可在连里的总结大会上，柳思春宣布表扬的名单时，“小辣椒”、“山里红”等人被评为插秧能手，并且红榜公布，而与山丽虹一组的叶兰香却只字未提。叶兰香望着情绪激昂滔滔不绝的柳思春，目光中充满了疑惑与忧伤。宣布的名单大大出乎华尘雨的预料，他惊讶地睁大了眼睛。会后，华尘雨不解地问柳思春：“叶兰香插秧的速度、质量全连第一，大家有目共睹，为什么表扬的名单中没有她？”

柳思春说：“这是经连里讨论，并报营部审批的，也不是我一个人定的。”

华尘雨问：“连里啥时讨论了，怎么我这个当连长的都不知道？”

柳思春说：“按说要是平时生产的事，会跟你商量，可这牵扯到政治荣誉，只有是党员的连干部才有决定权，所以没通知你也属正常。”

华尘雨狐疑地望着她说：“这又不是讨论入党，或是传达什么党内文件。我好歹也是连长，你们是不是该征求一下我的看法？”

柳思春说：“你别有什么想法。不就是一个表扬谁的事吗？”

华尘雨说：“你们不找我讨论也就罢了，起码你得把讨论的结果事先通知我一声吧。别人问到我，我都不知咋回事，以后还怎么工作呀？”

柳思春笑了笑："尘雨啊，你是连长，胸襟应该宽阔些，别在这些问题上斤斤计较。你是不是对叶兰香挺那什么的？"

华尘雨心里一阵不悦，自己确实对叶兰香有好感，可并没什么不正常的行为，为什么有些人偏爱在这上面做文章。

华尘雨眼里流露出被曲解的失望，说："叶兰香本来就受歧视，她拼命干活，哪点儿做得不好？不就因为她父亲那点事吗，干吗总揪住不放？你们是同学，比我更了解她。人心都是肉长的，咱们应该一视同仁，这样才会赢得大家的信任，你说是不？"

柳思春一下子睁大了眼睛，像看一个陌生人似的盯着他，说："你咋会有这种想法？这可是立场问题啊。叶兰香为什么拼命干？她是想表现自己，出风头，她也不掂量掂量自己几斤几两。你可千万别被这种假象所迷惑，你要明白自己的身份。"

华尘雨一下听出了她的话外音，心里咯噔一下。他想跟她辩解，可转念一想，自己一个非党人士，父亲是走资派正受到批判，这个连长不知能不能干长，自己现在已是泥菩萨过河自身难保。既然柳思春和洪铁军等人已对自己产生了不信任，解释又有何用呢？

华尘雨闷闷不乐地回到屋。水宜舟凑过来问："是不是为叶兰香的事？"

华尘雨瞥了他一眼，没吭声。

水宜舟又说："谁说资本家的女儿娇气，我看她比某些贫下中农的子女都能吃苦。"

华尘雨吃惊地望着他。

朱尚标说："这话你要到外面说，不批你个拉稀才怪呢。"

水宜舟一吐舌头，说："哥们这不在屋里说吗？又没在全连大会上宣扬。唉，这年头，真话都不敢说。”

朱尚标瞅着水宜舟说：“你别扯叶兰香了，说说山里红对你有没有感冒。”

“啥叫感冒，真是土老帽。”水宜舟揶揄道，“山里红可不是一般姑娘，那心贼高，只有哥们这样的好小伙才能打动她的芳心。”

“你可拉倒吧，就你这样长得像土豆似的，还好小伙呢？别给老爷们丢脸啦！”朱尚标对他哈哈一笑，“哎，那天你糊她一脸泥，她没骂你就不错了。她能看上你？别做梦啦！”

“你懂啥？这叫不打不相识。”水宜舟摇晃着脑袋说，“开始也许她没注意上哥们，可后来她一看，这小伙虽然长得不那么高大，可模样也不错，就对哥们有点意思了，还给哥们洗过被呢！”

“哪个女生没给男生洗过被，那很正常。”朱尚标说，“山里红咋给你洗的被哥们都看见了。那回你看山里红端个盆要去洗被，就把自己拆下来的被衬扔她盆里，她还瞪了你一眼呢！你这是死皮赖脸。她没扔出来算给你面子，换了小辣椒不给你撇出来才怪呢！”

水宜舟说：“不管咋说，她给哥们洗了这就表明她已经开始在心里接纳了。这感情的事不能急，得慢慢来，总有一天会山水相依，你懂不？”

“呀呵，你这水总围着她那山转，人家依不依你还难说呢。你还问哥们懂不，哥们处了几个对象，你知道不？”朱尚标一脸的自豪，“少说也得有一个班了，哥们教你还差不多。”

水宜舟说：“你是处了不少，可都没有长的。你看人家尘雨，有俩女的看上了，一个死缠烂打，一个暗送秋波，都够痴情的了。”

朱尚标瞅着华尘雨说：“哎，华下巴，你到底喜欢哪个呀？别俩都占着，让别人干眼馋，捞不着机会呀。”

华尘雨嘴一歪，一脸坏笑地瞅着他：“这不难，再过二十年吧。哼，真是狗嘴里吐不出象牙来。”

“哎，你说的不对。”水宜舟嘻嘻一笑，“那叫猪嘴里吐不出象牙来。”

第十一章

终于熬过酷热难耐的炎夏。初秋的白昼尽管依然很热，但早晚已有了一丝凉意。

连里养的两头猪已长到了一百来斤，可却瘦得像狗。已经快一年没见猪肉了，大伙经常吵嚷着肠子的油水早没了，养猪不杀还留到啥时候？华尘雨其实也馋肉，可身为连长又不好说什么。他曾向钱玉刚提过此事，钱玉刚说，现在猪还太瘦，等过新年猪长大些再杀吧。

转眼到了十一，大伙纷纷找到华尘雨，杀猪的呼声愈发强烈。华尘雨说这事得跟钱队长商量，朱尚标说："这还商量啥？猪是咱自己养的，咱知青连这点权力都没有哇？"水宜舟也说："是啊，要平时咱也就忍了，可这国庆节全国人民都庆祝，杀头猪也是再正常不过的事了。你是连长，连这点事都做不了主，也太没道理了。咱就把猪杀了，他钱队长还能说啥。反正吃肉也有他的份。"大伙你一言我一语围着华尘雨吵个不停。华尘雨心一横，说："那就先宰一头。"朱尚标乐得嘴一咧，忙找来绳子，拎起扁担，带着一伙人去了猪圈。

当他刚打开栅栏门，一头猪便嗷地叫着挤出了门向外跑去。朱尚标忙关上栅栏，带人追了过去。那猪疯了似的狂奔到宿舍前。华尘雨急忙领着一群人从侧面迂回过去。那猪突然一扭头向女生宿舍方向跑去，叶兰香端着脸盆刚一出宿舍，迎面被这头猪撞上，她吓得"妈呀"一声，脸盆掉地，身子跌倒。从侧面包抄的华尘雨等人上来堵住猪的去路。朱尚标等人从后面也赶了上来，那猪见无路可逃，顺着墙根一下拐进了女生宿舍的走廊，女知青惊慌地尖叫着躲进屋里，关紧房门。朱尚标带人涌入走廊，最后将猪逼到了墙角。几人上去七手八脚将猪捆得结结实实，用扁担抬到了伙房门前。华尘雨找来一个当地老农，那人将一尺多长的尖刀猛地插入猪的体内，手腕一转。在刀拔出来的同时，一个大盆被塞了过来，鲜血咕嘟咕嘟地冒着沫涌进大盆里，散发着腾腾的热气。老农用一个木棍在兑了水的大盆里不停地搅和，随后几个人将死猪抬进烧开水的大锅里，剃去猪毛，又抬回到门口的一个大木板上。知青们一听说杀猪都围了过来。那老农用刀将猪开膛，却见那肉上满是一个个高粱米粒大的白色的泡泡，华尘雨等人上前一看不禁大吃一惊。突然传来一声断喝："谁让你们杀的猪？"大伙扭头这才发现钱玉刚正怒气冲冲地立在眼前。朱尚标说："今天国庆节，我们要求杀的。"

钱玉刚将脸转向华尘雨。华尘雨说："是我同意的。"

"唉！"钱玉刚皱着眉头叹息了一声。他一见那猪肉，脸色骤变，惊叫道，"这可是痘猪哇。你没见那一个个白色的小泡，里边全是囊虫卵，千万不能吃，赶紧挖坑埋了。"

朱尚标一拍大腿："他妈的，白费了半天劲，你说这猪咋长的。"

大伙顿时如泄了气的皮球，失望又不甘心地嘟哝着散去。

夜很深了，朱尚标叫起水宜舟拎着铁锹向外走去。躺在被窝里正迷迷糊糊的华尘雨，听到了动静，一骨碌爬起来，穿上衣服跟了出去。

月光如水，青年点一片寂静，不时传来有节奏的蛙鸣声。绝大多数的房子漆黑一片，只有星星点点几个屋还泛着昏黄的灯光，隐约可见屋顶上飘出缕缕炊烟。华尘雨发现朱尚标和水宜舟正在埋病猪的地方挥锹挖着，他悄悄走了过去，一会儿，便出现了一个大坑，水宜舟探头一看："咦，咋没了？"朱尚标将锹一插，骂道："他妈的，咱来晚了一步，让哪个兔崽子给挖走了。"

水宜舟说："这谁干的？"

"走，咱到亮灯的地方看看去。"朱尚标说着拎起锹。

华尘雨突然咳嗽了一声，水宜舟身子一颤，回头见是华尘雨，喘了口气："我还以为半夜遇上鬼了呢。你咋来了？"

华尘雨说："你们俩半夜鬼鬼祟祟的，想干啥？赶紧回去睡觉，明天还得上工呢。"

朱尚标说："咱俩睡不着，出来溜达溜达，你先回去吧，咱俩一会儿就回去。"

"黑灯瞎火的，你俩注意点。"华尘雨说着回了宿舍。

正睡得迷迷糊糊，华尘雨被朱尚标拉醒。他揉了揉眼睛，见炕沿上一个脸盆里装了大半盆冒着热气的熟猪肉。朱尚标和水宜舟满嘴是油，打着饱嗝。

华尘雨疑惑地望着他们："你们从哪弄来的？"

朱尚标说："你管从哪儿弄的，只管吃就行了。"

华尘雨瞅着水宜舟问："你说咋回事？"

水宜舟说："不知哪个馋鬼把埋的猪给挖出来了。我和尚标就走到亮灯的屋前，一股肉的香味就飘了过来。"水宜舟抽了下鼻子，说："哇，真香啊。我一看这不是高粱米住的屋吗？这小子在屋里干啥呢？就想进去看看。可一推门，原来闩上了。我敲门喊他，可没动静。尚标急了上去踹门喊道，高粱米再不开门，别怪哥们不客气了。高粱米这才把门打看。我们进屋一看，铁锅里正蒸着肉，地上还堆着一堆生肉，炕上的一个脸盆里盛着不少肉正冒热气呢！这小子满嘴是油，支支吾吾地问，啥事？我一看就明白了，原来他把埋的那头猪给挖来了。尚标瞪着他说，这猪是全连的，你他妈的吃独食呀。高粱米说，反正埋了也挺可惜的，谁弄就归谁呗。你来了就给你一块，可别吵吵。尚标说，你打发要饭的呀？这时，忽拉又进来一帮人，肯定是听着动静了，上来不管三七二十一，到锅里就捞肉，跟疯了似的。有人没抢到锅里的，就把地上的肉拎走。尚标一看不好，上去一把抢过脸盆就往外走。那高粱米急得叫道，别都端走，我好不容易弄来的。咱俩一看这屋里的人是越聚越多，有的为了抢肉还打起来了，就赶紧端盆挤了出来。"

朱尚标说："要不是水宜舟这小子提醒，咱怕连肉皮都捞不到啊。早知这样，还埋它干啥，不如让伙房炖了呢。"

华尘雨说："你们也真是的，非得抢那肉，不知道是瘟猪？就不怕吃出毛病？"

朱尚标说："这年头还管什么瘟不瘟的，能吃上肉就不错了。"

水宜舟说："不过我听说，那瘟猪肉只要是用高温多煮会儿，就能杀死虫卵，人吃了啥事没有。”

“来尝一块吧，药不死你。”朱尚标说着抓起一块肉递给华尘雨。

华尘雨瞅了瞅，试探性地尝了一小口，确实挺香，于是大口吃了起来。

朱尚标看着华尘雨，突然说道：“你不是跟叶兰香挺好的吗？明早给她送几块。”

水宜舟诡异地瞅着华尘雨说：“送啥呀！谁不知道这是瘟猪，这不是害人家吗？让尘雨这脸往哪搁呀？”

华尘雨冲他一瞪眼：“就你明白，吃肉还堵不住你的嘴，小心肚里生虫子。”

水宜舟拍了下肚子说：“哥们豁出去了。”

这天晚上，华尘雨被“大胡子”郑立民叫到了营部。

“大胡子”坐在办公桌前看着报纸，见华尘雨进来，便放下报纸，招呼他坐到靠墙的一个长条椅子上。

“大胡子”拿起桌上的“迎春”烟，递过来一支，华尘雨欠了下身子忙说：“谢谢，我不会抽烟。”随后他拿起桌上的火柴，给“大胡子”点上。

“大胡子”徐徐吐了一口烟，开门见山地说：“明天，收割大会战就要开始了。为了配合这次大会战，营里决定办个油印小报，主要宣传在会战中涌现出的突出事迹，鼓舞大家的士气，同时也是丰富知青的业余生活。这回就由你主持办报，怎么样，有什么困难吗？”

华尘雨想了想说：“我没办过报，怕自己不行。”

“有什么不行？我了解过了，你在学校时文笔就好。你的工作总结我也看过，很好嘛。”他用鼓励的目光看着华尘雨，“你还有什么要求可以提。”

华尘雨一看推辞是不行了，只能接受，借此机会学着办小报也未尝不可。毕竟全营几百号人，营长能挑上自己，也是一种荣幸。华尘雨忽然想到了叶兰香，于是用试探的口吻说：“既然领导这样信任，那我就试试吧。不过我一个人怕忙不过来，最好能给我配个助手。”

“大胡子”说：“行，你想找谁啊？”

华尘雨故意停了会儿，思考着该如何张口。

“大胡子”看出他有些迟疑，便说：“你别有什么顾虑，只要能帮助你，找谁都行。”

华尘雨这才开口道：“有个人文笔比我还好，听说上中学时就在报纸上发表过诗歌，字也漂亮，办小报肯定行。就怕某些人有看法，不知你能同意不？”

“大胡子”说：“别人有看法我不管，我只要求能做好。你说是谁吧？”

“叶兰香。”华尘雨说完后，忐忑不安地看着“大胡子”。

“大胡子”不禁一怔，弹了下烟灰，疑惑地望着华尘雨：“难道非她不可，就找不出更好的人来？”

华尘雨鼓起勇气说：“她的文笔全营没人可比，还会写仿宋体字，而且她任劳任怨，我认为办报最合适。”

“大胡子”皱了下眉头，紧闭着嘴看着华尘雨。屋内突然出奇地静下来，只听见墙上的挂钟滴答滴答的走动声。

过了一会儿，“大胡子”咬了下嘴唇，说：“行，那你就通知她吧。”

华尘雨感激地望着他，说：“那我先替她谢谢营长的信任了。”随后又问道：“办报利用什么时间？”

“大胡子”看着华尘雨说：“收割大会战要求抢时间，只能牺牲你们个人时间晚上办报。不过，你们连里可以自行掌握，多记些工分。”

第二天，华尘雨拎起昨晚磨好的镰刀，带上磨石，领着大伙一起下地。

成熟的稻子黄澄澄、金灿灿，似金色的海洋。秋风吹拂，搅得稻浪滚滚。

沟里粗壮的苇子密密实实透不过风，苇秆顶端蹿出的芦花在风中摇曳着。苇丛像一堵绿色的墙，将一条条田地隔开，远远望去，黄绿分明。

夕阳收尽了最后一抹余晖落到地平线下，华尘雨这才吹响了收工的哨子。

大伙拎起镰刀拖着疲倦的身子朝青年点走去。华尘雨留在最后，等着叶兰香。

夜幕悄然来临，一弯月牙从云缝中透出孱弱的银辉。

叶兰香由于割得比别人多，最后一个从地里走出来，华尘雨迎了上去。只见她红扑扑的脸上挂满汗珠，辫上粘着稻叶，额前的几缕头发粘在脸颊。她抬起胳膊用手背擦着脸上的汗水，分开遮挡视线的青丝。

华尘雨将办报的事告诉了她。

“这是真的呀！”她那疲惫的眼神中顿时流露出惊异神情。

草草吃完饭，俩人便来到了营部。

营部灯亮着，“大胡子”已回家，桌上堆着一摞稿子。

华尘雨与她并排坐在长椅上，编辑着稿件。两人挨得很近，华尘雨觉得自己当年与她同桌的感觉又回来了。他闻到了她那散发青春少女特有的体香，侧脸看着她手握铁笔在蜡纸上熟练地刻着，那在蓝色蜡纸上显现的一个个白色的仿宋字端正、娟秀，在华尘雨看来简直就是一件精美的艺术品。他看得如此专注，不禁脱口而出：“刻得太漂亮了，没想到你还有这一手，真给咱知青提气。”

叶兰香停下了笔，扭头发现华尘雨正痴痴地盯着自己，只觉脸发热，她头一歪，说：“我有啥好看的？快看稿吧。”

华尘雨嘴角一翘，只嘿嘿地笑。他突然发现窗前有人在向里窥视，这才稍稍挪开了身子。他只觉肚子咕咕地叫，想必叶兰香也饿了。他想买点饼干俩人一起吃，于是站起身说：“我先出去一会儿。”

他刚走到门外，就见一个黑影一闪，便不见了。他愣了一下，向小卖部走去，却发现小卖部已熄灯，他举起手刚想敲玻璃，忽然又停住了。他知道这里只住着一个女知青售货员，他不忍半夜叫醒她。可他又不想让叶兰香饿着肚子，正当他犹豫之际，突然传来叶兰香的惊叫。

华尘雨急忙折了回来，他撞开门，只见一个身影突然顺着窗户跳了出去。华尘雨追到门外，却不见踪影。

他返回屋，见叶兰香头发蓬乱，衣服上的两个扣子已脱落，一副惊魂未定的样子。华尘雨走上前问：“刚才那小子是谁？他把你怎么啦？”

“高粱米。”叶兰香心有余悸地望着华尘雨，“刚才他趁你出去的工夫，蹿进屋对我动手动脚，我拼命反抗，可他仍不罢休，多亏你及时赶来，要不……”

华尘雨气得牙根直咬：“这个兔崽子。”

叶兰香满眼含泪低着头整理衣服。

华尘雨扶着她的肩膀说：“以后我再也不出去了。”

“尘雨。”叶兰香一下子将头埋进了他的怀里……

第二天，油印的小报就发到了各连。大家争相传看，眼里溢满了新奇、兴奋。

水宜舟拿着小报说：“这字写得真好，你真有两下子。”

华尘雨说：“我哪会写仿宋体啊！这是叶兰香帮着刻的。”

“行啊，我说你怎么让她跟你办报。”他诡谲地看着华尘雨，“你小子借机跟她亲密。哎，深更半夜的孤男寡女在一起，都发生了啥故事呀？”

朱尚标凑过来打趣道：“尘雨是啥人物？那真是郎才女貌，发生啥故事都属正常，不发生可就不正常了。哎，你跟她亲嘴啥感觉？”

“你们两个流氓，就惦记那点事儿。哥们堂堂正正能干那事吗？”华尘雨嘴角一翘，瞪着他们。

水宜舟说：“你俩在那干啥，有人都趴窗户看见了，现在外面都传你俩的事。”

华尘雨说：“那都是别有用心，晚上没事趴窗户，多卑鄙。高粱米更可气，趁我不在屋，要对叶兰香耍流氓。”

水宜舟说：“这小子还想趁火打劫呀，不过话又说回来，谁让叶兰香长得漂亮，哪个男的见了她不动心才怪呢。”

朱尚标说：“你抓着高粱米现行了吗？”

华尘雨说：“这小子一听着动静，跳窗逃得比兔子还快，让他溜了。”

“当、当……”有人敲着窗户喊道：“华尘雨，营长让你上营部去一趟。”

华尘雨刚一进屋，就见“大胡子”紧绷着脸，不停地抽烟。

“营长，你找我啥事?”华尘雨小心地问。

“啥事?你心里明白。”

“我咋啦?”

“大胡子”严肃地看着华尘雨：“听说你晚上办报时跟叶兰香都挨到一块了，深更半夜的你俩都干些啥见不得人的勾当?”

华尘雨一激灵，不禁打了个寒战。他望着“大胡子”说：“营长，那都是有人故意诬陷。我和叶兰香都是严肃的人，我们在一起研究稿件，总不能离八丈远吧?挨得近点也很正常，怎么能说我俩就那个了。”

“大胡子”抽了口烟道:“不对吧，有人看到你俩都搂到一块了。”

华尘雨气得脸拉得更长了：“纯粹是污蔑，我华尘雨做事光明磊落，哪能干那种事，我拿人格担保。”

“大胡子”惊讶地望着他，手搭在他肩上，让他坐下后说：“正因为我相信你，才答应你的要求。没想到你俩的事却闹得全营的人都知道，造成很大的影响。这事得重新考虑，叶兰香不能跟你一起办报了。”

“什么?”华尘雨心里咯噔一下，他求助似的望着“大胡子”：“营长，你应该相信我们，再说，叶兰香钢板刻得多好哇，不能因为有人诬陷就不用她。”

“大胡子”斩钉截铁地说：“就这么定了，你告诉她不用上营部来了。”

“营长……”华尘雨沮丧地望着“大胡子”，只觉心里堵得慌。

第二天晚上，华尘雨独自坐在营里准备下期的稿件，叶兰香推门进来。

她坐到华尘雨的身旁，说：“大伙对这小报有啥看法？有什么需要我做的，尽管吩咐。”

华尘雨望着眼前的叶兰香，想到“大胡子”说的话，内心涌起难言的苦涩。

他勉强挤出一丝笑容，说：“大家反映小报的仿宋体字真漂亮。”

叶兰香低头一笑。

华尘雨一时不知该怎样对她说，他双手搓着，目光不敢与叶兰香接触。良久，他才鼓起勇气说：“可是，你白天得下地干活，晚上再办报太辛苦。营里考虑你的身体，所以……让我通知你……以后不必再来了。”

“什么？”叶兰香腾地站起，惊诧地望着华尘雨，“难道……”她眼里噙满委屈的泪水，转身跑了出去。

“兰香……”华尘雨叫着追到门外。

叶兰香头也不回，消失在茫茫的夜色里。

第十二章

又一个春节来临了，知青终于可以放假回家过年了。大伙欣喜若狂，归心似箭。华尘雨也渴望着回沈阳与母亲过一个团圆年，可连里要留人看场院，几个连干部便在一起商量。洪铁军说：“我自己留下吧！”但眼睛却盯着华尘雨。华尘雨便明白了洪铁军的用意，他嘴上客气，但未必是真心的，再说人家是军代表回趟家不容易，柳思春是女的留下不放心。于是华尘雨说：“还是我留下来吧！”洪铁军与柳思春对视了一下，没说什么，就这样定了下来。

全连的知青扛着队里分的五十斤新磨的大米，兴高采烈地回家了，往日喧嚣的青年点一下子静了下来。

华尘雨搬到场院的小窝棚，独守着高高的柴火垛，心里空旷得发慌。

一天晚上，华尘雨刚想躺下，就觉得外面有动静。他出去一看，两个人正从柴火垛上拽稻草，边上停着一辆马车。华尘雨大喊一声：“干什么的？”那俩人一激灵，扔下手里的稻草，跳上马车狂奔而去。

大年三十的晚上，老农队长钱玉刚将华尘雨请到了家里。年饭端了上来，一碗酸菜炖肉，一碗白菜炖豆腐，一盘炒黄豆，外加一碟玉根头咸菜丝。菜里仅有几片五花肉，但对于半年来未尝到荤腥的人来说，已是相当的奢侈。

钱玉刚让华尘雨同他盘腿坐在炕上，将一壶烫热的地瓜酒倒入面前的粗瓷大碗里。华尘雨惧怕白酒呛人的辣味，便推辞道："队长，我不会喝酒。"

"哪有男人不会喝酒的？"钱玉刚说着，举起酒碗同华尘雨碰了下，"来，咱们先喝一个。"他咕嘟一下灌下去半碗。

华尘雨只喝了一口，便觉嗓子眼火烧火燎的，马上捂住嘴咳嗽起来。

钱玉刚忙将一片肉夹到华尘雨的碗里说："来，吃块肉压压酒。"

华尘雨夹起那片肉，只觉一股诱人的香味沁入心脾，刚要放入嘴里，忽然发现炕下站着一个十来岁的小男孩。他头大脖子细，有点像"小萝卜头"。他端着盛有大米饭的一个粗瓷碗正直勾勾地盯着华尘雨夹的那片肉。华尘雨一下子怔住了，马上将那片肉放入小孩的饭中，小孩用筷子飞快地送进嘴里。钱玉刚见状冲那孩子一瞪眼："你这孩子咋这样，没见家里来客人吗？上一边吃去。"

华尘雨说："别说孩子了。"然后又夹出两块肉放入他的碗中。小孩端着碗走到了墙根，低着头大口大口地吃了起来。

"哎，让你们城里来的青年见笑了。"钱玉刚有些无奈地看着华尘雨说，"其实，谁不心疼孩子？可是没办法呀。你们在父母面前不也是孩子吗？年纪轻轻独自上咱这儿来，吃了多少苦啊。"

华尘雨说："让孩子上炕一块吃吧。"

他说："你是城里来的客人，哪有家里来客人，让孩子上桌的？"

"我算啥客人？"华尘雨自嘲地望着他，"咱是来接受你们贫下中农再教育的，你能请我上你家里过年，我都不知咋感谢了。"

"谢啥？"钱玉刚又喝了口酒道，"你们是大城市来的青年，有文化，到咱这地儿来也真不容易，你们可没少吃苦哇。"

华尘雨动情地望着钱玉刚，只觉心里热乎乎的。眼前的这位队长四十来岁，可看上去却像六十多岁，常年的风吹日晒，他的脸庞被雕成了黑红色，额头和眼角也爬上了皱纹。

钱玉刚平时言语不多，今天因酒精的作用，他的脸和眼睛微微发红，那话匣子不自觉地打开了，许多平时听不到的故事从他嘴里滔滔不绝地流淌出来。

他越讲越兴奋，连着喝了几口酒，那脸变得红起来。华尘雨竟听得有些入迷了。

门突然开了，一个小伙子携着一股寒气跑了进来，冲钱玉刚喊道："爹。"

"你又上哪玩去了，咋才回来？"钱玉刚瞪了那个小伙子一眼，随后一指华尘雨，"这是你华弟。"

华尘雨抬起头，眼前这人正是钱玉刚的大儿子，只比华尘雨大不到一岁，人称"狗剩子"。他中等个儿，大眼睛，圆鼓脸，长得虎头虎脑，只是大脑有些迟钝，见人就笑。

"狗剩子"冲华尘雨嘿嘿一笑，来到桌前伸手从大碗里抓了块肥肉就塞进嘴里。

华尘雨欠了下身子瞅着"狗剩子"："来，上炕一块吃吧。"

“狗剩子”“嗯”了一声刚要往炕上迈，钱玉刚上去打了一下他的手：“没见来客人了吗？你领弟弟到那屋吃去。”

“狗剩子”刚要进里屋，忽然闯进来一个农妇。她瞪着“狗剩子”，对钱玉刚大叫：“哎，钱队长，你家狗剩子刚才非要拉我家闺女，吓得我闺女直哭，你不管管呀！”

钱玉刚忙下炕道：“他二婶，有话慢慢说。”

那农妇气哼哼指着“狗剩子”：“你挺大个小伙子找不着对象，大过年的拿我闺女寻开心呐？”

钱玉刚狠狠瞪着“狗剩子”，然后对那农妇赔着笑脸：“他二婶，我一定好好教育他。你先消消气，要不上炕喝两盅。”

“哼！”那农妇又瞪了“狗剩子”一眼，扭头走了。

“你呀，大过年的也不让人省心，真给我丢脸。”钱玉刚怒气冲冲地瞅着“狗剩子”，眼睛都立了起来。

“狗剩子”低着头领着弟弟进了里屋。

华尘雨望着怒气未消的钱玉刚，说：“队长，别跟孩子生气了。”

钱玉刚叹了口气：“这孩子其实小时候挺好的，有一次淘气掉沟里，头碰到水泥台上，从乡医院回来，这脑子就跟以前不一样了。后来有人说，要早点上市里的大医院，孩子也不至于这样。其实，这孩子没啥坏心眼，也挺能干的，就是脑子缺根筋，唉！”

华尘雨望着满脸沧桑的钱玉刚，一时不知说什么好。

钱玉刚喝了口酒，一抹嘴：“不提那些事了，多吃点菜。”他又往华尘雨的碗里夹了块肉，感慨道：“唉，大过年的你一个人在外，真不容易啊，你爹妈现在咋样？”

一下子碰到了痛处，华尘雨内心一阵紧缩。华尘雨本不想说，可面对他真诚的目光，不忍对他隐瞒，于是想了想，声音低沉地说："我爹被打成走资派关进牛棚不许回家，我妈身体不好，造反派还总到咱家让我妈揭发我爸的问题，整得我妈提心吊胆，身体更糟了。"

钱玉刚怔住了，他撂下了筷子瞅着华尘雨，擦了下眼角的眼屎说："唉，真没想到你这么不幸。你别太悲观，你还年轻，路长着呢！在这好好干，以后会有前途的。"

"我是想好好干，可有时候，一些人不理解，甚至还用那种眼光瞅我，弄得我心里也挺不好受的。"

"没事，大小伙子挺直了腰杆了，没什么大不了的。"

他伸出那双有力的大手，拍了拍华尘雨的肩膀说："以后你有啥困难尽管找我，啊！"

望着他那发红的脸庞，华尘雨只觉鼻子发酸，他叫了一声"队长"，便再也说不出话来。

一个寒冷的午夜，一阵噼噼啪啪的爆响声，将华尘雨从睡梦中惊醒。他睁开眼披上棉衣，刚一推开门，顿时大吃一惊。外面的稻草垛和苇子垛燃起了熊熊的大火，那爆响声正是从那里传出来的。滚滚的浓烟翻卷着，升腾着，从中冒出一条条红腻腻的火舌，呼呼地乱窜。

华尘雨来不及多想，赶紧转回屋，操起脸盆舀着缸里的水，向着火海猛地泼去，一盆水瞬间便成了一股水蒸气。巨大的热浪，将他推出老远。这杯水车薪怎能阻挡如此汹涌的火势？他一看泼水无济于事，又急忙抓起扫帚朝火中扑打，转眼间扫帚烧着了。升腾的火舌燎着了他的头发、眉毛，灼人的浓烟呛得人睁不开眼睛。他恨自己不能生出三头六臂，恨自己不能像孙悟空那样偷来芭蕉扇，煽灭这恶魔般的大火。他恨自己没有提高警惕，酿成如此大的火灾。他一边扑打烈火，一边痛悔不已，骂自己太大意。

华尘雨大声呼喊，可在这荒野上哪有回音？他嘶哑的嗓音显得那么苍白无力，那么孤独无助。他就这样眼巴巴瞧着大火整整烧了一夜，他的心被烤焦了，他悲凄地大叫着，昏倒在地。

天亮后，青年点值班的人员才来到现场，抬回了华尘雨。可昨夜那样的大火，他们为什么不来？难道他们毫不知晓？或许他们正在梦中，或许他们即使看见了，也觉得无能为力，不愿冒着被火吞噬的危险。

华尘雨在炕上整整昏迷了一天。第二天，他睁开眼，对着前来看望的"大胡子"痛哭着："我失职啊！辜负了领导的信任，对不起党，对不起全点的知青啊，我，我……"他说不下去了。

火灾惊动了农场，农场即刻派人前来调查。从营部的档案中查出华尘雨的父亲有问题，就将他弄到农场的大院里进行严厉的审问和批判。有人说他对社会不满，更有人上纲上线，说这是阶级斗争新动向，对这种人绝不能心慈手软，要坚决打击。

华尘雨有口难辩，被送进了看守所。

一个大炕挤着好几个人，清一色的光头。其中一个四方大脸、满脸横肉的家伙，用一双鹰眼紧盯着华尘雨，号内的人都叫他"老鹰"，听说在大洼镇堪称一霸。

"老鹰"身旁一外号叫"歪瓜"的小个儿青年，见"老鹰"冲他使了个眼色，便晃着身子来到华尘雨跟前，歪着脖子说："小子，犯啥事儿啦？"

华尘雨瞥了他一眼没吭声。

“哎，你小子挺他妈的牛呀！”“歪瓜”过来推了华尘雨一把，“是不是头一次进来，咋连规矩都不懂？”

华尘雨不屑地哼了声：“啥规矩？”

“歪瓜”一指“老鹰”说：“这是老大，你咋连个招呼也不打？”

华尘雨心里正懊恼着，有心顶他一句，但转念一想，自己以后就要跟这些人住在一起，还是少惹是非，毕竟自己初来乍到，人地两生。于是他上前冲那个叫“老鹰”的打了个招呼：“这位大哥，以后请关照。”

“老鹰”坐在炕上，身子动都没动，那双鹰似的眼睛透着寒意，冲着华尘雨“哼”了声，道：“跪下！”

华尘雨一怔，瞅着他，站着没动。

“歪瓜”上来就是一脚：“听见没？跪下。”

华尘雨仍没动，暗中运足了气，攥紧了拳头。

“歪瓜”一见，大吼一声：“你他妈的皮紧啊。”冲上来就是一拳。华尘雨身子一躲，他的拳走空，华尘雨顺势一推。“歪瓜”一头栽在了“老鹰”的怀里。

“老鹰”腾地跳下了炕，瞪眼叫道：“你他妈的懂不懂规矩？在这儿还想装横，今天不给你点厉害，你就不知马王爷是谁。”

华尘雨冷笑一声道：“哥们，我今天让你两下，来吧。”说完，双脚微微叉开，双手护住头部。

“老鹰”瞪起了那双鹰眼：“还他妈的嘴硬。”过来就是一拳。这小子身大力猛，那拳头挂着风声“咚”地砸到华尘雨的胸脯上，华尘雨只微微晃了下。原来他已运了气，不然就凭那一拳，非倒下去不可。“老鹰”一愣，照华尘雨的后背又是一脚，见华尘雨仍立着不动，他红了眼，又要挥拳。

华尘雨朝他轻蔑地一笑，说：“我说过只让你两下。你打够了吧？你给我的见面礼，我已经领了。”

“老鹰”气得鹰钩鼻子直喘粗气，突然照他脸上就是一拳，华尘雨再想躲已来不及了，拳头砸在鼻头上，华尘雨只觉鼻子一酸，一股腥咸的稠状液体顺着鼻口涌出。华尘雨用手一抹，手背上沾满了鲜血。华尘雨瞪着“老鹰”问：“打够没？”

“老鹰”大叫道：“你他妈的还不服哇？”又挥起了拳头。华尘雨再也忍不住了，他侧脸躲过飞来的拳头，回手就是一拳，正砸在“老鹰”的前额上。那家伙倒退了几步，“咚”地撞在了墙上。一旁的“歪瓜”嗷地扑了上来，华尘雨飞起一脚，正踹在他的小肚子上，他怪叫着跌倒在地。“老鹰”这时又扑了过来，华尘雨不等他到近前，一个急转身，飞起一脚如流星锤般正砸到他的后脑勺上，“老鹰”身子一歪，“扑通”摔倒在地。

华尘雨上去一脚，踏着他的脸道：“这就是你的规矩吧。”

“老鹰”脸憋得通红，却动弹不得。华尘雨抬起拳正要朝下砸去，身后一人抱住了他的胳膊说：“手下留情，你就饶过他吧。”

华尘雨抬眼见面前是一位中年人，净瘦的脸上架着一副眼镜，其中的一个镜片中间有一道明显的裂纹。华尘雨狠狠蹬了一下“老鹰”的脸，这才将脚挪开。

“老鹰”从地上爬起来，胆怯地望着华尘雨，刚才那不可一世的嚣张气焰顿时化为乌有，如被击落的断翅鸟耷拉着脑袋。

华尘雨嘴角一撇，朝他笑道：“就你这熊样儿还想立棍？别给棍们丢脸了。你不是说我不懂规矩吗？你懂规矩做个样儿我看看。小样儿，比你横的哥们照样收拾。别给你脸就上鼻梁，今天没打出你三只眼算你捡着。怎么样，咱们再玩玩。”然后冲他挥了下拳头。

“老鹰”扑通一声跪在地上，恐惧地望着华尘雨说：“今天哥们栽了，你是条汉子，哥们服了。”

“知错就好，以后别逞能。”华尘雨蔑视地瞪着他，“起来！有点男子汉的样。”

“老鹰”这才小心翼翼地爬起来，满脸羞愧。

突然，门开了，看守人员走了进来，见华尘雨鼻上有血迹，问道：“刚才打架了？”

“老鹰”急忙上前装出笑脸说：“没有，没有。”

“没有那他脸上咋有血？”看守瞪了“老鹰”一眼。

华尘雨急忙说：“刚才是我不小心鼻子撞墙上了，这会儿没事了。”

看守瞥了俩人一眼：“以后注意，别惹事儿。”然后转身出了屋，咔嚓锁上了门。

“老鹰”殷勤地掏出烟递给华尘雨，华尘雨一摆手说不会，反问他：“这里还让抽烟？”

“规定是不准抽烟。”“老鹰”点上了烟，吐了一口说，“哥们跟这里的看守混得不错，常有朋友给哥们送烟，顺便给他们两盒，所以他们也就睁一只眼闭一只眼了。这看守也是欺软怕硬，哥们在大洼也算有点臭名，他们也不敢把哥们咋的。”

华尘雨说：“生人进来，你是不是先要来个下马威？”

“老鹰”瞅着华尘雨小心地说：“你没进来前是这样，但得看是谁。有的也确实可恨，你不收拾他，他就拿你不当回事。要光是因为打架进来的，哥们真恨不起来，我最恨的就是强奸的，有能耐自己找对象。想干啥不行，咋非得强奸人家？”

“对，大哥说得不错。”“歪瓜”讨好似的凑过来，“有一个强奸犯，刚进来时挺牛的，被我大哥收拾一顿就老实了，我大哥恨他祸害女的，指着一个墙洞让他干，他不从。我们就把他裤子扒下来对他说，你那玩意不是闲不住吗？今天让你干个够。整得他都快脱皮了，一个劲求饶。大哥问他以后还干这事不？他哭着说，打死我也不敢了。这才饶了他。”

华尘雨说：“这种人也确实可恨，不过也别整得太狠了，真要是整出毛病可耽误他一辈子。”

“那是，那是。”“老鹰”点点头，瞅着华尘雨小心地问，“我说大哥，你咋被弄到这儿了？”

华尘雨说：“我是看场院，不知谁放火把柴火垛烧个精光，有人就说是我搞破坏。要不能认识你们吗？哎，你是咋进来的？”

“老鹰”说：“因为有人对我女朋友耍流氓，哥们一气之下把这家伙的腿掐折了。”

华尘雨觉得有些好笑，忽然发现刚才拉架的那位戴眼镜的中年人正好奇地瞅着自己，于是，转过头问他怎么进来的。

那人“唉”了一声，低下了头。

“老鹰”抢着答道：“你问的这位，是红星农场中学教数学的沈老师。别看长得不起眼，当初可是辽宁师范学院的大学生，人可正直了。就因为上大学时给人提意见，被打成了右派，没毕业就给遣送回了老家，后来被分到农场当老师。可有些人总欺负他，动不动就骂他是右派，拿他当三孙子似的。有一次他上课时，讲到外国有个大科学家叫什么顿发现了万有引力，底下的同学就起哄说他崇洋媚外，学校让他当着全校师生的面承认错误，可他死活不依。一群学生上前抓住他的头发，对他拳打脚踢，打得他口鼻出血，那眼镜片都被他们打裂了。他实在忍无可忍就用手一扒拉，把一个人推倒在地，后脑勺磕了个大包。这下可坏了，那帮人说是右派要翻天，要造反。学校开完了批判大会，就把他给送进来了。这个沈老师多老实厚道，他招谁惹谁了，他们这么对待他？这都是他妈的什么事呀！”

华尘雨望着沈老师那憔悴的面容，镜片后那忧郁的目光，心里涌起一阵难言的痛楚。

“蹲小号”让华尘雨看到另一个更加残酷的世界，几乎每一个新进来的人都会莫名其妙地遭到号里其他人的一顿毒打，不时从不同的号室传来凄惨的哭叫声和看守装模作样的怒骂声。有几次放风时，有人对华尘雨投来挑衅和蔑视的目光，更有甚者欲拳脚相加，若不是“老鹰”的阻拦，华尘雨差点又跟人打起来。看守不问青红皂白地对华尘雨无端地训斥，使他有口难辩，让他领悟到了弱肉强食和拳头就是真理的残酷的生存法则。

看守所的日子让华尘雨真正体验到了人的尊严和自由的丧失。这天，华尘雨正焦躁不安地在地上乱转时，看守突然从窗口喊着华尘雨的名字，华尘雨急忙奔了过去。看守从那个镶有铁栏杆的小窗口递给他一个小包。他兴奋地问：“是谁送来的？”看守诧异地看着他说：“一个长得挺秀气的女青年，说是跟你一个连的。”华尘雨又问：“那女的叫什么名字？”看守说：“她没说。”然后像看怪物似的瞥了华尘雨一眼，转身离去。

华尘雨急切地打开小包，原来是两斤副食店卖的黑面蛋糕。里面夹着一张纸条，上面只写着：安心改造。尽管没有名字，但从那清秀的字迹，华尘雨一眼认出是叶兰香。他心里渴望她能多写几个字，但从看守所严格的制度来说，来人是不允许与里面的人见面的，所带的东西必须经过严格的检查，确认没有什么可疑之处时，才能转交被探望的人，能留下字条已实属不易了。尽管如此，华尘雨仍激动得几乎不能自制。他深知叶兰香能来看自己，要冒着多大的风险啊！

两斤蛋糕转眼之间就被室内的人哄抢一空，尽管华尘雨仅仅尝到了一块，可心里仍涌起一股激动的甜蜜，好似久旱的禾苗遇到了甘霖，华尘雨干涸的心田重又滋润起来。他仿佛又看到了她那关切、期待的目光。他暗下决心，无论多苦多难，一定要坚持下去。

第十三章

一年后，当华尘雨从看守所出来时，已是脸色蜡黄，头发蓬乱，胡子拉碴。

一到连里，才发觉这变化真的挺大。军代表已撤走，那早操也自然取消了。第二天的早上，“高粱米”吹着哨子，挨屋敲着窗玻璃扯着破锣似的嗓子叫着：“起床啦，起床啦!”华尘雨这才意识到，“高粱米”已取代自己成为了连长。

而就在前不久，青年点又增加了新鲜血液，除了沈阳，还有来自鞍山的青年，全营一下子多了一百来人。营里只好又增加了一个连，而一连仍由钱玉刚当老农队长。

钱玉刚的大儿子“狗剩子”人长得不赖，身体也挺强壮，就是有些痴呆，女孩子见了都躲着，这也成了钱玉刚的一块心病。

他找了不少媒人，可人家一听是那个“狗剩子”，立马头摇得像拨浪鼓，看来农村的姑娘是没了指望。可他又不甘心儿子就这样打一辈子光棍。知青的到来，让他仿佛又看到了希望。可通过一段时间的观察，他有些失望了。这些知青虽说身在农村，又在自己手下接受再教育，可她们毕竟是城市来的，见过大世面，那心高着呢。别说长得有点模样的他不敢想，就连长得极其一般的，也不大可能同意嫁给一个有些痴呆的农村青年。面对这些青春勃发的女知青，他竟有些望而却步。唉，谁让自己养了这么个儿子？只能听天由命吧。

"狗剩子"一见女人眼睛就直勾勾的。有次下地干活，他盯上了一个女知青，就冲人家咧嘴傻笑，过去拽住人家的衣襟说："咱俩玩玩。"吓得那女青年"妈呀"一声惊叫，转头就跑，他在后面直喊："哎，别跑哇。你上俺家，俺给你好吃的。"朱尚标急忙过来拦住他。"狗剩子"瞪着眼嘴里嘟嘟囔囔不知叨咕些什么，引得大伙哈哈大笑。

可华尘雨却笑不起来。

华尘雨发现人们瞅自己的眼神跟以前不一样，有的怪怪的如见瘟神，有的带着蔑视，大伙都在躲着自己。就连水宜舟和朱尚标在人前对自己也不像以前那么亲近。"小辣椒"见了华尘雨，脸上露出尴尬的神情，往日那令自己有些招架不住的热情劲悄然消失了。那种突如其来的孤寂和冷漠令华尘雨惶恐不安。

华尘雨心情沮丧地走出宿舍，刚到房山头，就见墙上残留着的大字块被风撕得七零八落，他上前仔细看了半天，才终于从断断续续的残迹中读出了原义，竟是"批倒批臭坏分子华尘雨"。他的脑袋"嗡"的一下大了起来。

华尘雨急忙回屋对水宜舟问道："我进去后连里发生了什么事？"

水宜舟望着他："没，没发生啥事呀。"

华尘雨愤怒地瞪大眼睛："没发生啥事？那墙上贴的大字块是啥？"

"是……"水宜舟支支吾吾。

华尘雨上前一把抓住他的脖领子，大声道："你别骗我，快说咋回事儿？"

朱尚标过去拽下华尘雨的手说："你别难为他了，哥们告诉你。"

华尘雨这才松开手，从朱尚标的叙述中知道了发生的一切。

华尘雨被送进看守所的第二天，农场就通知营里，将他定为坏分子。随后营里召开大会，对他进行了严厉的批判。柳思春代表连里发言，愤怒声讨华尘雨的罪行。洪铁军拿出军人特有的威严，一通的慷慨陈词，将此事件上升到阶级斗争的高度上，并告诫大伙要时刻注意阶级斗争的新动向，时刻保持清醒的头脑。会场充满了浓烈的火药味，一直持续了两个多小时才结束。

就在叶兰香去看守所回来的第二天，晚上连里又专门召开对华尘雨的批判大会。柳思春先来了一通上纲上线的批判，然后要求每人发言。水宜舟一看形势不妙，突然捂着肚子说自己拉稀憋不住了得上厕所，不等柳思春答应便跑了出去。柳思春望着他的背影，说："水宜舟咋偏偏这时候闹肚子，是不是想躲避？"

朱尚标忙接茬道："你说这小子长的什么狗肠子，怪不得不长个儿。让他去吧，省得拉裤兜里熏咱大伙。"

顿时引来一阵哄笑。

柳思春忙用力拍了拍手道："大伙都严肃点，这是批判大会，要认真对待，希望大伙踊跃发言。"

“高粱米”马上响应。他瞪着眼珠子，铁青着脸，他的手不停地舞动着，义愤填膺地说：“老子英雄儿好汉，老子反动儿混蛋。顽固不化的走资派教育出来的儿子还能好？这可应了那句老话，龙生龙，凤生凤，老鼠的儿子会打洞。他不与自己的反动父亲划清界限，而且纵火烧集体财产，这性质极为严重。他是我们知青的败类，是坏分子，必须将他批倒批臭！”

“小辣椒”也来了劲头，说：“华尘雨之所以走到今天这一步，是他不注意改造自己的世界观，也是与个别人的拉拢分不开的。昨天不是还有人偷偷跑去看他吗？对这种人也应该批判。”他随即将鄙夷的目光射向了叶兰香。

叶兰香不禁一惊，昨天她向柳思春请假说自己要去大洼看病，可“小辣椒”怎么知道她去了看守所？正在她疑惑之际，忽然有人叫道：“是谁呀？快站出来。”

叶兰香更加紧张，将头低了下去。

柳思春瞅着叶兰香说：“叶兰香你也表个态吧。”

“我……”叶兰香一时竟语塞。

“小辣椒”瞪着她，一副咄咄逼人的样子：“你怎么不说话呀？自己事儿都做了，有什么不能说的。”

叶兰香将头扭向一边，躲避她射来的目光说：“我做啥事了？你们这样对待我。”

“小辣椒”冷笑道：“你瞒着队里偷偷去看你的心上人吧，你可真够痴情的。自己啥身份不知道哇，你究竟站在什么立场？哼！”

“你别污蔑人。”叶兰香转过脸直视着“小辣椒”，“你说我站在什么立场？我不像有的人，平时看着对人挺好，一到关键时刻就落井下石，做人得讲良心。”

“你说谁呢？”“小辣椒”一下子冲到她跟前，上前一把抓住她的前襟，“你还有脸讲良心，亲不亲，线上分。”

叶兰香猛地一挣，那衣服哧啦被撕了一个大口子，露出了鼓胀的胸脯。她怒视着“小辣椒”：“你干什么，想动手打人呐？”

“你这个贱货，就是欠收拾。”“小辣椒”照着叶兰香的脸就是一巴掌。叶兰香躲闪了一下，可还是被扫到了耳朵上，只觉火辣辣的疼。

叶兰香再也忍不住了，一把抓住对方的头发，“小辣椒”尖叫着对着叶兰香手抓脚踢。俩人厮打成一团。

朱尚标见状，上前将两人强行拉开。

柳思春气得脸通红，大声斥道：“真不像话，在这么严肃的会上还打架。叶兰香你回去写份检查，一定要深刻。”

叶兰香捂着脸，呜呜地哭了起来……

华尘雨万没想到自己竟连累了叶兰香，一股怜惜、敬重之情油然而生，他转而对“小辣椒”的厌恶直冲心肺，决心不再搭理“小辣椒”。

见到“高粱米”对自己发号施令，一副傲慢轻蔑的样子，华尘雨仿佛掉入冰窟窿浑身拔凉。他想起自己当连长时，“高粱米”像哈巴狗似的对自己点头哈腰，自己吆五喝六地指挥全连一干人马好不威风。虽然因家庭问题大伙对自己心存芥蒂，但表面上仍表现出一副尊敬的样子，可如今，一场莫名其妙的大火将所有的努力全都化为灰烬，自己也一下子从沸点跌落到冰点。

华尘雨一想到这些就倍觉伤感。他怀疑那天的大火是偷柴火未得逞的老农所为，可又抓不着任何证据。“这帮臭老土，真是损贼。”他心里暗自骂道，恨得咬牙切齿却又无从发泄。

华尘雨心灰意冷地走出宿舍，来到了青年点旁那片空旷的荒地，清冷的月光映照着灰白色的枯干芦苇。这时天空中飘起了雪花，一种凄楚悲凉的感觉河水般漫上心头。他望着被风吹得沙沙作响的芦苇，从怀里掏出那个伴随几年的栗子皮色的笛子吹了起来。“北风那个吹，雪花那个飘……”本来一支欢快的曲调竟被他吹得凄婉哀怨，悠长的笛声在雪花飘飞的寒风中回旋震荡。

“尘雨!”他正吹得投入，忽然耳边飘来轻声的呼唤。

华尘雨顿时停下来侧过脸，叶兰香不知何时已站在了跟前，身上落满了晶莹的雪花。

华尘雨诧异地睁大眼睛望着她：“是你?”

她同样睁大眼睛瞅着华尘雨：“好久没听到你的笛声了。你让我想起了那年的联欢会，那时你的笛声多么的欢快悠扬，可现在……”

华尘雨想起联欢会上她的出色表演，想到自己在看守所她偷偷去看望，他激动地望着她：“谢谢你，在我落难时能看我。”

她眨着眼说：“难道我不应该去看你吗？可惜他们不让我见你。”

“这已经是很难得了。”华尘雨感激地注视着她，“可你为我却受了连累，我这心里呀——真不是滋味。”

“这没什么。”她平静地回答，仿佛只是做了一件再平常不过的事。

她瞅着华尘雨忽然问道：“你父亲叫什么名字?”

华尘雨一怔，她问这干什么？他望着她投来的真诚目光，还是如实地告诉了她。

她情不自禁地抓住华尘雨的手："真是太巧了！"

华尘雨扬起下巴诧异地望着她。

她说前几天母亲来信说有个华书记对父亲很好。她不知怎么就想到了华尘雨，可不敢确定，没想到真是你父亲。

华尘雨忽然记起，多年前父亲曾讲过一个姓叶的资本家的故事，当时父亲表现出了痛惜的样子。可那时年纪尚小的他并未在意，时间一长也就淡忘了此事。今天经她这一提醒，华尘雨竟然来了兴趣，急切地催她讲出来。

于是她缓缓地道出了那段令人心酸的往事。

叶兰香的父亲叫叶兴荣，新中国成立前在几个地方开有纺织厂，他不像有的资本家那样对工人敲骨吸髓，而是不时到工人中间嘘寒问暖，颇受多数工人的好评。抗战爆发后，民族工业受到严重打击，在民族危亡的时刻，他表现出了中国人的气节，偷偷为八路军买过药品。

华尘雨的父亲那时是八路军的一个营长，在一次战斗中负了重伤，生命垂危，是叶兴荣秘密接到家中，买药请大夫，一直照料到他伤愈归队为止。临别时，华父紧紧握住叶兴荣的手说："是你救了我的命，我真不知怎样才能报答你。"叶兴荣却说："你是抗日英雄，救你是应该的。每一个有正义感的中国人都会这样做。你能多打胜仗，就是对我最好的报答。"

新中国成立前夕，叶兰香的叔叔叶兴盛去了香港，临走前劝哥哥也一起走，可叶兴荣执意留了下来。他坚信只有留在祖国，自己的事业才会有发展。

新中国成立后，华父转业到市纺织局当党委书记，而叶兴荣却被定为资本家。有人说他是汉奸，于是被抓入狱。他有冤无处申，积郁成疾，病情急剧恶化。

华父知道后亲自为他作证，多方奔走为他申诉，竟遭到某些人的误解，说华书记为资本家含冤叫屈，丧失阶级立场，叫他与资本家划清界限。华父仍不甘心，有一天到狱中去看望，却被告知，早在十几天前，叶兴荣已病死。

叶兰香的母亲失去丈夫，悲痛欲绝，整日以泪洗面。后来在香港的叔叔给叶兰香家来了一封信，说如果在国内待不下去可去香港找他。不想“文化大革命”开始后，此事被人说成叶家与香港的特务有勾搭，于是抄了她的家。她母亲被当作资本家太太遭到造反派无休止的批判。

华尘雨万万没料到，父亲以前曾提起过的，那个救过自己性命后来惨死在狱中的开明资本家，竟是叶兰香的父亲。

此时的叶兰香已是泪流满面，华尘雨望着她竟不知如何安慰。过了好一阵，叶兰香才止住了哭泣。华尘雨望着满脸泪痕的叶兰香说：“真没想到你的家庭这么不幸。咱俩是一根藤上的两个苦瓜，以后你有什么难处就找我。”

“可你的处境也不好啊。”叶兰香不无担忧地望着华尘雨。

华尘雨说：“我不怕，我没做对不起人民的事，我不做亏心事不怕鬼敲门。”

华尘雨忽然发觉她眼里充满了忧郁，似乎有什么心事，于是问道：“你怎么知道我在这，是不是有什么难言之隐?”

飘飘洒洒的雪花将俩人的身上蒙上了一层惨淡的白色。

叶兰香用手擦了下落在睫毛上的雪，说：“刚才高粱米将我叫去，让我做他的女朋友，我一看他那色迷迷的眼神就恶心。我说对不起，我已经有男朋友了。他说谁，是不是华尘雨？我说，这跟你没关系，就跑了出来。本想去宿舍找你，可又怕别人说三道四。这时听到了笛声，猜到是你，我就过来了。”

“这个高粱米，没安好心，真他妈的恬不知耻。”华尘雨不觉瞪大了眼睛，望着可怜兮兮的叶兰香说，“你甭怕他，只要有我在这儿，他休想打你的主意。”

叶兰香激动地望着华尘雨，眼里盈满了泪水，声音颤抖地说：“尘雨，你知道吗？我……喜欢你。”

一股热流顿时涌遍华尘雨全身，他睁大眼睛一时激动地不知说什么。

“尘雨！”她一下子拥入了华尘雨的怀中。华尘雨紧紧地搂着叶兰香，低头将嘴唇贴向她的脸，她迎合地将嘴唇送了上去，两张温热的嘴唇紧紧贴在了一起，两颗青春萌动的心随之狂跳起来……

第十四章

招工的消息像一粒石子投入水中，激起了浪花，在青年点引起不小的躁动。

经过三年的磨炼，绝大多数人已适应了农村生活。但他们总觉得自己不是农村人，那种城市生活的熏陶不知不觉已渗入骨髓，内心仍向往着城市生活。招工的信息如同催化剂，又唤醒了他们心灵深处的渴望。尽管招工的名额极少，但毕竟让这些整天在泥水里拼争的知青看到了回城的一丝光亮。

听说营里只有几个名额，各连仅有一个，在多数人的心里，这个名额只能落到连长或指导员的头上。水宜舟说："这招工比过去考状元都难，不知这么珍贵的小雨点会砸到谁的脑瓜上。"朱尚标说："这你就别操心了，反正他妈的也砸不到你脑袋上。"

正当大家猜测着谁能碰上这个幸运的雨点时，此时却发生了一件爆炸性新闻。

秦玉姝告发卫生员花常新强奸了自己。

随后花常新被公安局抓走，关进了看守所。

华尘雨对看守所已深有体验，花常新进那里还会有好？

大伙对花常新的印象并不好。这花常新入伍后没多久因会针灸，便被派到军医大学学习了一年，回来就被安排在卫生所当了一名卫生员。由于部队驻扎在山区，附近的老百姓到县城看病不方便，部队就决定将卫生所对当地老百姓开放，于是花常新有了接触女人的机会。这个花常新，个头不高，长得挺敦实，圆脸，小眼睛，说话带着娘娘腔，见人就笑，给人一种憨厚老实的印象，加上他会针灸，因此挺受人欢迎。刚开始给女人看病还挺规矩，可时间一长，他便有些耐不住寂寞了，尤其当女人脱去衣服，他将听诊器搭到那些或大或小或挺实或柔软的胸脯上时，身体内总会产生一种雄性的冲动。起初他极力控制着，可架不住总接触女人，对于一个二十出头，正值生理成熟精力旺盛的小伙子，那种对女人身体的渴望变得越来越强烈。他便利用得天独厚的便利条件，常常趁看病之机摸几下女人那富有弹性的胸脯，看病的人尽管不愿意，但碍于他是解放军，大多数都没有声张，无形中便助长了他得寸进尺的欲望。终于有一天，他将一个看病的女人按倒在床上，欲强行发生关系，只因那女的奋力挣扎才没有得逞。之后那女的一气之下告到部队，部队领导认为他品质败坏，给解放军丢尽了脸，毫不犹豫地给予他记过处分，遣送回了原籍盘锦。正赶上成立青年点，为了解决青年点看病难的问题，营里便让他到卫生所当了卫生员。起初他对这些城里来的女青年不敢太放肆，拿听诊器也是小心翼翼地轻轻贴在胸脯口。可他那双笑眼却色迷迷地盯着人家的胸脯，令看病的女青年心生厌恶。他对女性身体的贪婪非但没因受到处分而收敛，反而日渐强烈。那次借为叶兰香看病之际，碰了一下神志不清的叶兰香，若不是被在场的华尘雨严厉的目光所阻挡，他还会得寸进尺。

半年前，营里为方便知青买东西，便将卫生所隔壁的那间屋腾出做了小卖部，“大胡子”便安排秦玉姝到了小卖部。由于不再下地免遭风吹日晒，秦玉姝那本就不黑的脸庞逐渐白了起来，花常新一见到她心便痒痒起来，经常跟她拉家常，加上花常新嘴甜会来事，距离又近，两人的关系也开始亲密起来。花常新的手脚也变得不那么老实，但秦玉姝却坚守最后一道防线不容他越过，这令花常新大伤脑筋。终于有一天，花常新将别人为感激他治病送来的几个鸡蛋，全都给了秦玉姝，这令常年见不到油水的秦玉姝大为欢喜。花常新趁热打铁，在一番甜言蜜语万般柔情中搂住了秦玉姝，将手伸向了她的胸脯，抚弄得她晕晕乎乎的，就在她的半推半就中，他越过了雷池……

过后，他以为秦玉姝看上了自己，心里美得走路都发飘，他学着《沙家浜》中刁德一的做派摇头晃脑情不自禁地哼唱着：“这个女人呐——不寻常……”

没想到这招工的消息，竟打碎了他的美梦，吞下了自讨的苦果。

第二天早上，当秦玉姝清醒过来后竟有些后悔，就这么轻易地让花常新占了自己的便宜？虽然眼前的工作挺清闲，但回城的愿望竟如此强烈地吸引着她。她不甘心在农村就这样度过，她一定要抓住这次机会。她想到自己无法与那些带领大伙在地里摸爬滚打的连干部相比，她又想到花常新不会就此罢手，总有一天这种事儿会露馅，不如干脆告发他强奸，自己趁机以此为借口要求回城。她思来想去自己也只能这么做了。

秦玉姝立刻跑到营里找到“大胡子”，哭着说自己被花常新强奸了。“大胡子”本来就看不上花常新的娘娘腔，一听竟有此事，气得一拍桌子：“这还了得!”马上拨通了农场的电话。农场当天就派人调查，那花常新委屈地说是秦玉姝自愿的，可秦玉姝一口咬定是强奸，农场的人不容他争辩，先关进小屋一通猛揍，打得花常新皮开肉绽，只得承认。农场又报告了公安局，公安局立即将花常新拘捕，几天后便宣布判处有期徒刑七年。整个青年点一片哗然，各种议论纷至沓来，有同情也有憎恶，搅得秦玉姝心烦意乱有苦难言。秦玉姝随即找到“大胡子”，哭着说自己受辱无法在青年点待下去，唯有回城才能解脱，“大胡子”被她磨得实在没有办法，最后只得将原定给一连的指标给了她。

当一连的人知道秦玉姝占了连里唯一的一个回城名额时，背后都骂秦玉姝是个骚货，原本同情她的人也对她嗤之以鼻，搞得她灰头土脸，抬不起头。

秦玉姝曾跟朱尚标好过，到了小卖部后，两人来往少了，而朱尚标又将目标转向另一个女知青，可朱尚标在内心里还是无法接受秦玉姝被人占有的事实。

就在秦玉姝整理货架准备交接时，朱尚标突然进来了。他倚在柜台上瞅着秦玉姝：“哎，我说玉姝，你活得挺好呗。”

秦玉姝一愣，回过头不解地望着他：“你啥意思?”

“啥意思，你心里还不清楚?”朱尚标伸过头嘿嘿一笑，“你不是跟我好吗，咋又跟那个花货扯上啦?”

“谁和他扯了?”秦玉姝停下手，委屈地望着他，“是他非要跟我……”

“行啊，你挺能耐呀。”朱尚标一脸的鄙夷，“你脚踏两只船，这边假装跟我好，背地里又跟那花货勾搭，他给你啥好处，你把身子给他呀？你也够狠的，完事就把那小子告了。你回城了，那小子却进去了。”

秦玉姝说：“谁背后跟他扯？是他纠缠我。他平时对女青年总想占便宜，谁不知道？他对人要流氓还不兴人告他呀。”

朱尚标说：“花常新那小子是挺色的，总惦记女的，也挺可恨。你告诉我呀，哥们找人背后教训他一顿不就行了呗。你可倒好，把他告进去了，你就舒服了。你也太阴险了。”

秦玉姝脸红一阵白一阵，声音颤抖着：“朱尚标，我平时对你不错吧？你干吗这么挖苦我？你到底想干什么？”

“小辣椒”推开门就喊：“玉姝，给我来块肥皂。”却见秦玉姝一脸委屈地盯着朱尚标，“小辣椒”心里就明白了几分，她冲朱尚标叫道：“哎，你干吗欺负玉姝，她招你惹你了？”

朱尚标一指秦玉姝：“你问她，自己办的啥事？太不仗义了吧。”

“小辣椒”疑惑地望着秦玉姝。

秦玉姝红着脸说：“我咋不仗义了？你把话说明白。”

朱尚标说：“你想回城，采取什么手段我不管。可你不能占咱一连的名额呀，你也是从一连出去的，你真给咱一连丢脸呐！”

“谁愿意那样啊？我也是被逼无奈。”秦玉姝眼睛湿润了。

朱尚标说：“这么说你挺无辜呗。”

秦玉姝眼泪在眼眶里直打转，她抽泣着：“没想到你也这样看我，你知道我内心有多痛苦。”

“你还痛苦？”朱尚标嘴一撇说，“两腿一叉，想干啥就干啥，还能回城，多爽啊。你呀，真是得了便宜还卖乖。”

“你……”秦玉姝气得说不出话来。

“小辣椒”冲着朱尚标说：“哎，你咋能这样对待玉姝，不管咋的，她是知青，你俩还好过。”

“那是过去。”朱尚标瞪着秦玉姝咬牙切齿道，“现在我恶心你了。”

秦玉姝惊恐地望着朱尚标，眼泪刷地涌出，她再也控制不住，捂着脸哭泣着跑进里屋……

秦玉姝走时，没有一个人送行，只有“小辣椒”站在宿舍的窗前，默默注视她远去的背影，发出一声无奈的叹息。

招工过后不到一个月，又一拨鞍山的中学毕业生来到了青年点里，其中一个绰号“麻雷子”的小青年的到来引起了朱尚标的注意。这小子被分到了二连，住在青年点最后的一趟房，这“麻雷子”下乡前在鞍山的立山区一带很有名，因打架斗殴几进看守所，在当地公安局都挂了号，身边总有一帮人前呼后拥地围着他转。他个不高，瓦刀脸上有一道明显的疤痕，尤其那双溜圆的小眼睛发出冷峻的凶光，让人见了便心生寒意。有一天他跟几个同来的鞍山小青年在宿舍里喝酒，有人提到了这个青年点朱尚标最厉害，是青年点的“棍”，没人敢惹。“麻雷子”小脸通红，喷着酒气不屑地说：“什么他妈的棍，哥们就不信这个邪，哪天非得跟他会会。”第二天，这话就传到朱尚标的耳中，朱尚标气得火冒三丈，眼珠子瞪得溜圆，大叫道：“妈的，一个鞍山小青年刚来两天黄嘴牙子还没退净，就敢口出狂言，也想在这立棍，我非灭了他不可。我这就去会会这小兔崽子。”

朱尚标冲华尘雨道：“尘雨，跟哥们找那小子去。”

华尘雨望着他一脸杀气，上前劝道：“尚标啊，你别听风就是雨，别人一点火就着。一个小青年说点酒话，你何必当真，你给我歇着吧。”

朱尚标哼道：“你不去哥们不强求。”说着顺手操起门后的捅锹对水宜舟说：“咋样，有胆的跟哥们走。”

水宜舟胸脯一挺：“这鞍山小青年也太狂了，瞧不起咱沈阳人，真是欠收拾，走。”

俩人拽开门往外走，水宜舟瞥了一眼华尘雨嘟哝着：“平时关系挺好的，一到关键时刻就往后缩。”

华尘雨不禁一怔，刚想叫住他问个明白，可转眼间俩人已跑出老远，身后还跟着一帮人，向“麻雷子”的住处涌去。

谁往后缩？华尘雨心中不服。他不是怕打架，而是觉得跟一帮新来的鞍山青年斗气不值得。可转念一想，自己跟朱尚标是哥们，关键时刻不出头确实说不过去。自己要是不过去，那会给朱尚标、水宜舟留下话把，认为自己不够朋友，可去了真要是打起来自己上不上呢？华尘雨在屋里低着头来回踱着步子，思想斗争异常激烈。最后他一咬牙，不管怎样，也得过去看看。

此时的朱尚标领着一帮人已蜂拥而至，他一脚踹开门，正在炕上打扑克的几个鞍山青年不禁一愣。“麻雷子”腾地从炕上蹦了起来，惊恐地望着突然而至的一伙人。朱尚标拎着捅锹一指“麻雷子”叫道：“你就是麻雷子？”

“麻雷子”小眼睛眨巴着：“哥们就是，你想干什么？”

朱尚标眼睛一瞪：“你不是瞧不起沈阳人，想跟我会会吗？哥们来了。”

“麻雷子”见他满脸杀气，已有了不祥的预感，心中有几分胆怯，但表面上仍装作无所畏惧的样子："那你就是朱尚标了。听说在点里挺有号的，哥们没来得及拜访，你倒自己找上门来了。"

"你少给我装。"朱尚标挥了下手中的捅锹道，"你要识趣的话，乖乖跪下，哥们可以饶了你，不然别怪哥们不客气了。"

"麻雷子"往前挪动了一下道："大哥，你这是干吗，想给哥们个下马威呀。"

朱尚标刚要说什么，那"麻雷子"刷地从被垛里抽出一尺长的枪刺，猛地向他刺来。

朱尚标惊得一闪身，那枪刺带着一股寒光从他脸边掠过。朱尚标顺手抬锹一挡，正磕到他手腕上，只听"呀"的一声，那枪刺嗖地飞了出去，咣地撞到门板上，朱尚标惊出一身冷汗。

朱尚标嗷地大叫一声，抡圆了捅锹向他拍去，"麻雷子"吓得往旁一闪，捅锹"咚"的一声砸到炕沿上，顿时锹头折断。朱尚标不等"麻雷子"反应过来，挥动着掉了锹头的锹杠横扫过去，"麻雷子"一下被扫到炕下，跌倒在地，朱尚标上前就是一通乱棍，那"麻雷子"双手护住头，只有招架之功，并无还手之力。

这时，华尘雨突然破门而入，见此情景不禁心头一震，他刚喊着："朱尚标，你在干什么？"却见身边一个鞍山小青年向朱尚标背后扑去，他抬起一脚将那人踢倒。水宜舟趁机冲那几个蠢蠢欲动的鞍山青年叫道："都老实点，谁敢再上，打断他的腿。"

那几个鞍山青年霎时被震住了，惊恐地躲到一旁。

朱尚标对着"麻雷子"没头没脑一顿乱打，锹杠被打折成了两截，可朱尚标仍不松手，那半截棍子雨点似的落在"麻雷子"身上，如爆竹般噼啪作响。朱尚标边打边问："你服不服？"

“麻雷子”头和胳膊肿得老高却依然嘴硬：“只要给哥们留口气就行。”

朱尚标气得大叫：“好哇，你他妈的还嘴硬！”又是一阵乱棍，直打得自己气喘吁吁大汗淋漓。

“住手！”“大胡子”突然闯了进来，一声断喝。

朱尚标见是“大胡子”这才停下来，扔掉手中的半截锹杠。“大胡子”上前扶起“麻雷子”，对身边的鞍山青年说：“快领他上医院。”两个小青年急忙架起“麻雷子”向外走去。此时华尘雨发现刚才还在屋内的水宜舟和那些沈阳知青突然不见了。他心里合计，这帮人溜得可真快，等他再想走已来不及了，只好硬着头皮挺着。

“大胡子”气得满脸通红，指着朱尚标道：“你下手也太狠了，都是知青，有什么深仇大恨？跟我到营部去。”

朱尚标昂着头跟着“大胡子”向外走，华尘雨站着没动，“大胡子”回头说：“你还愣啥？一块走。”

到了营部的小屋，“大胡子”派来两个基干民兵看守，自己先出去了。朱尚标冲那俩人说：“不行，我得先上趟厕所。”那俩民兵为难地看着他说：“你等营长回来再去吧。”朱尚标一瞪眼睛：“别他妈的装蒜，你不让我出去，我就在屋里拉了。”说着跳到炕上解开裤子。其中一个瘦子见状忙说：“别往这拉，那营长来了，不得挨批吗？”朱尚标蹲了下去说：“我不管，谁让你们不许我出去。”俩人对视了一下说：“那你快去快回。”朱尚标立马提上裤子就往外跑，瘦子随后也跟了出去。朱尚标冲他一瞪眼：“你跟着干啥？想闻味，还是想对哥们耍流氓？给我滚回去。”瘦子眨了眨眼停住脚，眼见他向厕所方向跑去。

一会儿“大胡子”回来了，扫视了一圈突然问道：“朱尚标呢？”

瘦子回答：“上厕所了。”

“什么？”“大胡子”顿时急了，对瘦子一瞪眼：“你赶紧过去看看，在那儿不？”

瘦子一会儿回来了，他沮丧地对着“大胡子”说：“厕所里没有。”

“大胡子”大为恼火，命俩人在这看着华尘雨写检查，气哼哼地出去了。

“大胡子”马上召集各连的连长派人搜查朱尚标，各连长不敢怠慢，带上民兵在全营范围内撒开了网，可搜了半天也不见朱尚标的踪影，闹得整个青年点沸沸扬扬。

“麻雷子”因胳膊被打成骨折，回鞍山治疗去了。

华尘雨被关在营部写检查，他怎么也想不通，自己没参与打架，为什么遭到这种对待？可鞍山青年却告到营里说他踢了人，是朱尚标的帮凶。他有口难辩，为了早点出来，只能硬着头皮写了检查，直到第三天才被放出来。

而水宜舟等沈阳知青因溜得快而免受其苦，营里也不愿深究，从此鞍山与沈阳青年之间产生了隔阂。因沈阳青年人多，又来得早，鞍山知青虽然怨恨，但毕竟初来乍到，势单力薄，兴不起大浪。

一个多月后，朱尚标神不知鬼不觉地又出现在了青年点。事后华尘雨才知道，那天朱尚标跑到十多里外的九营青年点，在营里“点棍”的庇护下每天好吃好喝，逍遥自在，待风头已过才回来。“大胡子”不愿惹麻烦，便装作不知，此事便不了了之。

三个月后，“麻雷子”伤愈又回到青年点。有一天上工，“麻雷子”趁朱尚标不备抡起捅锹，砍到朱尚标的大腿上，朱尚标顿时鲜血直流，被人送到农场医院缝了十多针。出院那天，“麻雷子”特意将朱尚标接到一家饭店，主动陪酒道歉。朱尚标指着他的鼻子说：“这回咱俩扯平了。你小子他妈的有种，是个爷们。”

那天两人都喝得酩酊大醉，从此两人成了要好的朋友。

这个“麻雷子”有了朱尚标这个靠山，在点里开始趾高气扬，平时不愿上工就装病，队长拿他也没辙。他没事晚上就约几个淘气包，到附近的老农家掏鸡窝，回来就在宿舍里炖，每次炖好了鸡都约朱尚标连吃带喝。朱尚标临走时，还要带上一饭盒鸡肉给华尘雨和水宜舟，有时“麻雷子”便端着盛满鸡肉的脸盆到朱尚标的宿舍。刚开始华尘雨还问：“这鸡肉从哪来的？”朱尚标不耐烦地说：“你管哪来的，叫你吃你就吃，反正也药不死人，有事我兜着。”水宜舟边啃着鸡肉边说：“这鬼地方，成天是‘军舰汤’，把肠子涮得比脸都干净，能借光吃点肉就不错了。”华尘雨想想也是，便不再吱声，也跟着大口吃起来。

有一次，“麻雷子”在华尘雨的宿舍和朱尚标等人大嚼着鸡肉，“大胡子”突然闯了进来，大伙满脸惊讶不知所措。“麻雷子”赶忙站起来，冲着“大胡子”笑嘻嘻说：“营长来了，正好一块吃吧。”“大胡子”望着脸盆里冒着热气散发浓郁香味的鸡肉，脸涨得通红，大声道：“你们还有脸在这儿吃？钱家堡的人找到我，说家里唯一的母鸡叫你们给偷来了。开始我还不信，人家说看见一高一矮两个人往青年点去了，我一合计肯定是你们，这回有物证在，还有什么可说的？”

刚才就在朱尚标、“麻雷子”等人大快朵颐时，一位老太太哭着找到营部要知青赔她的鸡，“大胡子”劝了半天，最后将兜里仅有的五块钱给了她，好说歹说才将她劝走。可“大胡子”心里憋气，先到“麻雷子”住的宿舍，一见不在就找到这儿。朱尚标见躲不过去索性站起来说：“咱知青每天在地里累得像王八，整天喝那‘军舰汤’，能受得了吗？当地老农还能养个鸡吃个鸡蛋，可咱们有啥？不就一只破鸡吗？有什么大惊小怪的，你不是说赔人五块钱吗，我给你。”说着他从兜里掏出三张二元的递过去。“大胡子”将钱推了过去，脸涨得更红了，说：“我知道你们苦，常年见不着肉，可也不能干这种事呀。你们哪，唉，叫我说啥好呢？”

朱尚标伸出胳膊说：“麻雷子岁数小，你别跟他一般见识。你要不解气，就在我胳膊上割块肉还给那老太太，省得让你为难。”

“大胡子”紧皱眉头，深深叹了口气，转身离去。

朱尚标成了营里的一块心病，“大胡子”对他深感头痛，又无可奈何，巴不得朱尚标早点离开青年点。正赶上年底征兵，朱尚标找到了他，“大胡子”一查他的档案，家庭成分为贫农，社会关系也都清白，二话没说就同意了，将名单上报农场的武装部，待征兵的通知下来后，“大胡子”语重心长地对朱尚标说：“部队是个大熔炉，到那里锻炼几年也好。那可不比青年点，严着呢，你到那里好好干。”

朱尚标一拍胸脯，故意挺直了腰板说：“营长，你放心吧！哥们决不会给知青丢脸，你就等哥们立功的好消息吧。”

朱尚标临走的那天晚上，华尘雨、水宜舟与他在宿舍里围坐在炕上，仨人就着地瓜酒和午餐肉罐头喝了起来。朱尚标大口喝着酒，满脸通红，他依依不舍地瞅着俩哥们说：“别人以为哥们当兵多光荣，可我听说当兵每天得出早操，出门得请假，也他妈的挺受约束的。可是再苦，也比这青年点强啊。哥们真在这待够了，只要能离开这鬼地方，干啥哥们也不在乎了。只是不能跟你们在一起了，哥们这心里咋空落落的。”

水宜舟也喷着酒气说：“你行，咱哥仨你是第一个离开青年点的，到部队上好好干，混出个人模狗样，咱哥们脸上也增光。”

华尘雨喝着地瓜酒，心里像打翻了五味瓶，尽管有时对朱尚标的胡作非为有看法，平时打打闹闹也给自己添了不少麻烦。可一旦他真的就要离开了，华尘雨忽然感觉心里像缺了什么。今天的酒很辣，可华尘雨还是喝了几大口。他对朱尚标说：“这当兵是好事，我得祝贺你，不过以后你那脾气也得改改了，不能像在这儿啥都干，让部队这个大熔炉把你好好锤炼一下。不管怎样，起码你当过兵，这辈子也算没白活。”

第二天连里放了一天假，朱尚标一早就坐上营里的小拖拉机往农场方向开去了。望着朱尚标渐渐远去的背影，华尘雨和水宜舟的眼眶都湿润了。

回到宿舍，俩人的心情仍不平静。水宜舟想了想说：“反正今天不上工，干脆出去散散心。”于是俩人便来到十里以外的大洼镇，这个镇是大洼区革委会的所在地，仅有的一条街，路面也坑洼不平，长不足五百米。两侧是清一色的平房，散落着百货店、副食店、小饭店、浴池等。俩人坐在一个小饭店里点了酒菜，吃得正酣时，华尘雨无意中从玻璃窗看见叶兰香进了对面那个百货店。

叶兰香在这个昏暗的百货店里转了半天，才选中了一双尼龙袜。她到收款处正要交钱，一摸兜却发现唯一的五元钱不翼而飞，霎时脸色骤变，她忍不住叫了起来：“谁看见我的钱了？谁看见我的钱了？”

喊声将商店里的人的目光吸引了过来。大家望着这位漂亮女青年焦急的样子，一脸的惊讶却谁也没吱声。

叶兰香急得低头在地上仔细地扫视，哪有钱的踪影？她急忙跑出了商店，一抬眼忽然发现不远处，岳春正堵着一个小个儿青年。

岳春指着那人道："小耗子，快交出来吧。"

"你让我交啥？"被称作"小耗子"的人故作糊涂状，"你认错人了吧？"

岳春厉声道："跟哥们还来这套，哥们早盯上你了，你别给我装傻，免得哥们动手。"

"小耗子"眼珠一转，撒腿就想跑，被岳春一把揪住。这时叶兰香已奔了过来，一见"小耗子"，猛然想起在商店里，正是这家伙蹭了她一下就不见了。

叶兰香紧盯着"小耗子"，可"小耗子"却躲避叶兰香的目光，眼珠滴溜乱转瞅着别处。岳春用另一只手往他身上一摸，没等叶兰香看清楚，他手里竟魔术般出现了一张五元钱钞票。

"是这张吧。"岳春朝叶兰香递过来。

叶兰香接过一看，上面有她用笔写的字，正是自己兜里的五元钱。

岳春瞅着叶兰香说："以后可得注意。"

叶兰香道了声谢谢，转身离开了。

岳春刚走出没多远，突然不知从哪冒出四五个人，忽拉一下围了过来，夹在其中的"小耗子"指着岳春大声道："就是这小子。"

其中一个瓦刀脸瞪着岳春："你他妈的真不知好歹，狗拿耗子多管闲事。"

岳春认出这就是在大洼一带以心狠手辣著称，被人称作“老刀”的惯偷，心头一颤但表面仍装出一副无所畏惧的样子。他说：“老刀，你也不管管小耗子，咋不管啥人都下手，太不讲究了吧？”

“雪狼，我看你是管得太宽了吧。”“老刀”瞪着岳春，“你以为这是在沈阳啊？这是在大洼，轮不到你教训。”

岳春说：“可他对咱点的女青年下手，我能看着不管吗？有能耐到别处干。”

“老刀”咬着牙，脸上的肌肉抽搐了几下，道：“我看得管管你。”他一挥手，身边那几个人围过来，岳春想躲已来不及了，索性拉开了架势。有一个小子怪叫一声朝他扑来，他一闪身，躲过击来的拳头，随手就是一掌，正扇到那人的脸上，那小子疼得捂着脸一声惨叫。这时，另外的人已蹿上来，他躲闪不及，被人一拳打到鼻子上，鲜血顿时涌出，他手捂着鼻子，撞倒眼前的一人，夺路而逃。正跑到离饭店几步远时，被后面追上的“老刀”撵上，飞起一脚扫到腿上，岳春扑通跌倒在地，后面的人忽地涌上，对他一阵拳打脚踢。

华尘雨从饭店的玻璃窗中看得清清楚楚，他再也坐不住了，忽地站起，向门口奔去。水宜舟忙上前拽住说：“岳春那家伙是狗改不了吃屎，他们是狗咬狗一嘴毛，你甭管。”

华尘雨一把推开他，冲着人群大喝一声：“住手！”

那伙人顿时一愣，惊讶地瞅着华尘雨。

“老刀”见有人竟敢阻拦，立刻瞪起眼对华尘雨吼道：“这没你事，滚一边去！”

华尘雨走过去扶起岳春，转脸对那伙人道：“你们几个人打一个，太不讲究了吧？有能耐咱们单挑，来，谁先上？”

几个人互相瞅着，一时竟怔住了。

“老刀”嘿嘿一阵冷笑：“哪冒出来这么个东西，你他妈的少给我管闲事。”话音未落，一把匕首刷地从他腰间抽出，明晃晃闪着寒光对准了华尘雨。岳春一推华尘雨：“你别管了，快走，这小子手贼黑。”

华尘雨嘴角一撇，扬起下巴，毫无惧色地朝“老刀”鄙夷地哼了哼。“老刀”也不吱声，他怒目圆睁挥刀扎来，华尘雨一个侧闪，躲过来刀，飞起一脚，正踢到“老刀”的手腕上。那刀嗖地在空中划出一道弧线，当啷落地。就在“老刀”一愣神的工夫，华尘雨的拳头已砸到了他的胸膛上，只见“老刀”身子一趔趄，蹬蹬倒退了几步。那几个小子一拥而上，华尘雨和岳春联手应战，华尘雨出拳迅疾踢脚如飞，令那些人频于招架，无法还手。岳春也来了情绪，一阵拳打脚踢，“老刀”一见遇到了强手，不敢恋战，冲伙伴吹了声口哨，那伙人顿时化作鸟兽状，一哄而散仓皇地逃离了。

岳春抹了一把脸上的血，对华尘雨说：“尘雨，够哥们。”

水宜舟上前冲着岳春道：“哎，岳春，你以后手脚老实点，不然可没人管你。”

“你……”岳春不解地望着水宜舟。

水宜舟一伸脖子还想再说什么，被华尘雨一把拽住，然后对岳春说：“以后你也注意点，别跟他们来往。”

说罢华尘雨和水宜舟扬长而去。

岳春疑惑地睁大眼睛，呆愣在那里……

第十五章

秦玉姝离开了农村，燃起了更多人回城的欲望，而柳思春更是从中体味到了什么。几年的风风雨雨将她那股热情消磨了许多。刚来时，她一腔热血，想在农村干出点名堂，可日复一日枯燥繁重的生活让她倍感失落。身为指导员，她却不能像连长那样脱产，每天跟大伙一起弯腰撅腚地摆弄泥水，累得腰酸腿疼，还要装出一副无所谓的样子，那种煎熬让她身心俱疲。她由此产生了回城的念头，有几次她竟梦见自己回城进了一家国营大工厂，成了工人阶级的一员。她骄傲地站在机器旁操纵着机器，脸上绽放出无比自豪的神情。可一觉醒来，重又面对眼前的一切，她竟有些心灰意冷了。

不久，发生了震惊全国的“白卷先生”进大学的事件。大学恢复招生，并且取消了入学考试，改由基层推荐。大学校门终于向工农兵敞开了，这让她看到了新的希望。从此知青又多了一条离开农村的途径，而且比进工厂更让人羡慕。

恰在此时，她得到一个确切的消息，上边给营里两个上大学的名额，这令她兴奋不已。在校时她并不喜欢学习，而且对考大学不抱希望。可这次无需考试，直接由营里推荐，只要获得这个名额，就能堂而皇之地成为工农兵大学生，永远离开农村，进入多少人梦寐以求的高等学府，这该是多好的事啊！她家几辈子都没出来一个大学生，真要是能上大学那是何等的荣耀啊！自己的人生价值就将实现，以后的生活将会是另一番美好的天地，一想到此她禁不住要笑出声。

可当她冷静下来一分析，又对自己产生了怀疑。与其他连的干部相比，自己除了是党员外，其他方面没有优势。别的连指导员一个比一个能吃苦，可她常常以来例假或是以到营里汇报工作为由借口不下地，大伙背后对她颇有看法，只是因为她在队长和营长面前会来事，才得以保住指导员的身份。可如今全营几百号知青，只有可怜的两个名额，竞争一定是相当激烈的。听说是先由连里报名单，然后由营里最后确定。作为连指导员，她相信队长钱玉刚能报她，可营里这一关她心里实在没有底。这些天她一直苦苦琢磨这事，有一次上工，因分心竟掉进沟里摔伤了脚，要在往常，她早就躺在炕上不上工了。可在这个节骨眼上，她却不敢休息，她暗自提醒自己，一定要坚持住，无论如何也要挺过这几天，她一瘸一拐地又来到了田间。钱玉刚见她这样劝她回去休息，她却仰起脸装作刚强的样子说："没事，过去在战场上不是有句口号叫'轻伤不下火线，重伤不叫苦'吗？我是党员、连指导员，更应该做出榜样。"引得大伙投来诧异的目光。

这些天她忍着脚痛，借汇报工作之机找了"大胡子"两次，试探性地问："这次上大学的名单有没有我？"可"大胡子"总是说："各连都向营里推荐了名单，全营加起来有十来个，其中也包括你。

可毕竟名额有限，营里也要慎重，正在调查征求各方面的意见，还没最后定下来。你就安心工件吧，能上更好，即使这次上不了，以后还有机会。”

时间一天天过去了，可仍没有结果！柳思春急得似热锅上的蚂蚁坐立不安。她忍不住找到营部的会计，开始这位会计说自己不清楚，可架不住她苦苦哀求，并保证绝对会守口如瓶，还递上一盒从小卖部弄来的“迎春”烟，会计这才向她透露一点消息，说营里经过多次筛选，初步定了三人，都是连干部，唯独没有她，上边已来电话让营里明天必须把名单报上去。这三个人表现都很突出，拿下谁都有点可惜，“大胡子”正为这事伤脑筋呢。柳思春一听名单没有自己，当时就觉得脑袋“嗡”的一下。她脸色发白，身子一晃差点摔倒。这位会计见状吓得不知所措，一再说：“这事还没最后定，你可别说是我说的，这要让营长知道了可不得了。”柳思春这才发觉自己有些失态，忙定了定神说：“放心吧，我没事。”然后强装笑脸走了出去。

回到宿舍，她便一头扎在了炕上，她担心的事还是发生了。尽管她已有了某种预感，但这个消息还是如当头一棒将她击晕了。她无法接受这个严酷的事实，泪水止不住地流了出来。她怕别人看见，只得捂住被子痛哭起来。一个女知青推门进来，一见她蒙着被子身体不住地抖动，不知发生了什么，又不敢问，只好躲了出去。

良久，她才止住了哭泣。她揭开被子擦去了脸上泪水，猛地坐了起来。她心说，不行，这事还没最后定，我一定要抓住这个千载难逢的机会。她决定孤注一掷，她一骨碌爬起来，向营部走去。

到了营部，却发现屋内漆黑，门上着锁，她大失所望。来到小卖部一打听，“大胡子”往二连方向去了，不知何时能回来。“大胡子”

农忙时经常住在营里，可小卖部的人说，这些天他都回钱家堡的家里住。柳思春便想到了他一定是在躲避。小卖部的人告诉她，一般“大胡子”回家前，都要先在营部查看一遍再走。柳思春想去二连找，可又觉得不方便，想回去一会儿再来，又担心“大胡子”回家，自己错过这最后的机会。她只得在营部门前晃来晃去，朝二连的方向不停地张望。

这时，华尘雨去小卖部买肥皂，刚一出门，就见柳思春低着头踱来踱去。华尘雨觉得纳闷，这么晚了她在这干什么？华尘雨刚走几步，不想与她来了个顶头碰。他问道：“指导员，你也去小卖部？”

“啊！”见有人询问，她吃了一惊，“哦，我是……想去小卖部买点东西。”说着一下子钻进了屋。

华尘雨诧异地往回走，快到宿舍时，他忍不住回头一瞥，却见营部的灯突然亮了，一个女子的身影倏地闪了进去。

“大胡子”刚一进屋，柳思春就闯了进来。他不禁一愣：“这么晚了，你找我有什么事？”

柳思春说：“我想跟你谈谈。”

“大胡子”见她一脸焦急，心里就明白了，可还是装作不解地看着她：“你看都这么晚了，明天还得上工，没啥急事的话，明天再谈吧。”

“不，这事关系着一个人的前途，必须今天谈。”柳思春不想再绕弯子，决定直奔主题，“营长，我想知道这次上大学的名额有我没？”

“大胡子”没想到她突然向他发问，而且还带着一种不容置疑的口吻，心里便有了几分不悦。他掏出一支烟点燃后，想了想说：“小柳哇，我理解你的心情，可是名额实在有限，所以这次……”他故意停了下来观察她的反应。

柳思春一听，果不出所料，心里咯噔一下，顿时愣住了。她紧紧瞅着“大胡子,”声音竟有些颤抖：“营长，这么说……没有……我，难道……我干得不好吗？”

“大胡子”忙说：“不，你干得很好，大家都看到了，你别有什么想法，以后还有机会嘛。”

柳思春眼圈一下子红了：“营长，你知道吗？我多么渴望上大学呀！我想进大学深造掌握更多的知识，为三大革命运动服务。我来到农村后带领着一连大干苦干，哪次大会战我们一连不排在前头。别人干完活可以休息，可我晚上还得学毛著，搞大批判，做青年的思想工作，哪天不忙活到半夜，第二天还得起早下地，我比别人付出了多少心血，可是我毫无怨言。”她忽然弯下腰，卷起裤腿，露出缠着绷带的脚脖子：“营长，你看我脚伤成这样还照常下地，难道我还不够上大学的资格吗？”

“大胡子”一时竟不知说什么，望着她半天才说：“小柳啊，我知道你也挺不容易的，可这次名单是广泛征求各小队长的意见，最后才定下来的。如果让你走了，那就得拿下别人，那以后我这工作还怎么做呀，作为一个党员，你应该明白的。”

刚才他上二连也是去做工作，二连的连长干得不错，这次被提了名。可名额有限，经过权衡，“大胡子”觉得三连的连长文化素质更高些，况且上次招工他主动让给了别人，“大胡子”曾答应以后有机会一定首先考虑他。可这次是上大学，各连的连长和指导员都削尖了脑袋，谁都不愿错失良机，拿下谁“大胡子”都不忍心。他只好一一找人谈话，要他们作好两手准备，可即使这样，还是有人想不通，特别是二连的连长，几次到营部找“大胡子”，还带着一条“大生产”烟，非要他收下不可。“大胡子”说什么也不收，那人好话说尽甚至都要下跪了。堂堂的大小伙子，平时在连里说一不二的人竟如此低三下四，弄得“大胡子”左右为难，这次他亲自到二连跟他谈了两个多小时，费尽口舌总算做通了工作。“大胡子”本来以为能喘口气，不想半路又杀出个柳思春。

柳思春一见很难说服“大胡子”，于是心一横，转身将门关上，又迅速地拉上了窗帘。“大胡子”不由得大吃一惊，只见柳思春解开上衣，露出两个肥大的奶子。她上前一把抱住了“大胡子”，说：“营长，我喜欢你，你一定要帮我呀。”“大胡子”想躲，可她却死死地搂着他，用滚烫的嘴唇在“大胡子”的脸上狂吻起来。“大胡子”只觉血流加快，呼吸变得急促起来，他情不自禁地将手贴在她丰满的胸脯上不停地摆弄着，一种对异性的渴望不可遏制地在他的身体内极度地膨胀，他终于控制不住自己，将她压在了炕上……

第二天柳思春如愿得到了一张登记表，迈进了大学校门。

那位二连连长一见走的竟是柳思春，气得到营部跟“大胡子”大吵大闹，说如果是别人上大学，他无话可说，可柳思春啥样谁不知道，你们就推荐这样的人上大学，怎么让人服气？“大胡子”有苦难言百般解释也无济于事。那小子气得一回到宿舍，就趴在炕上，第二天连里上工都没人招呼，他一连躺了三天，弄得“大胡子”只得低三下四地央求他顾全大局，并一再打保票，下次一定满足他的要求，这才平息下来。

水宜舟看着华尘雨说：“这回大胡子可吃了个大苍蝇。哎，华下巴，那天晚上你不是看见柳思春去营部了，他俩都干些啥？”

华尘雨说：“我哪知道，我又没进屋，谁知道发生了啥事。”

水宜舟说：“可别人都说，他俩整一块啦。不然，大胡子也不会把上大学的名额给她。这男人就是贱皮子，女人只要一脱裤子，啥事办不成？”

华尘雨说：“至于他俩干啥，谁也没看见，你可别瞎说，这要传出去可不得了。”

水宜舟一撇嘴：“我知道你不敢说，这不是秃子脑袋上的虱子——明摆着嘛，深更半夜柳思春到那儿还能干什么？”

华尘雨不再吱声，他终于明白，这年头啥事都能发生。柳思春可以征服“大胡子”，堂而皇之走进大学殿堂，可自己呢？

几天后，队里宣布决定，由“小辣椒”填补柳思春的空缺，成为连指导员。

第十六章

一九七六年的秋天，毛主席逝世不久，当大伙还在担心中国向何处去时，又一批鞍山青年怀着继承领袖遗志的愿望来到了青年点。全营忽拉一下涌进来一百多人，整个青年点又热闹起来。营里将他们分插到了四个连，一连一下子就分了三十多名。

为了欢迎新青年的到来，营里特意举办了一个联欢会，这是继一九六九年过革命化春节所举行的联欢会后的又一次全营组织的大型活动。各连都利用业余时间，进行了精心的排练。“大胡子”为了造成更大的声势，特意邀请农场革委会主任钱玉福参加。

考虑到叶兰香歌唱得好，形象也出众，营里临时决定让她登台演出。当“小辣椒”将这个政治任务告诉她时，叶兰香开始还觉得有些纳闷。由于父亲的问题，她在青年点备受歧视，每次参加政治活动都是提心吊胆，经常成了挨批的角色。她对开会，尤其是大型的会已是心有余悸，可这次领导竟让她在全营的大会上登台演出，而且还有农场革委会主任参加，她心里一时涌起少有的兴奋。

联欢会在俱乐部举行，“大胡子”和农场来的钱主任发表了简短的欢迎词后，就开始了文艺演出。虽说是知青自己演出的节目，但也是精彩纷呈，台下的掌声和喝彩声不绝于耳。轮到叶兰香登台了，她只是稍稍打扮了一下，就显得格外抢眼。那些新来的鞍山小青年见营里还有这么漂亮的女青年，一时惊讶得瞪大了眼睛。今天她还是演唱那首《北风吹》，华尘雨站在台上的一侧为她吹笛伴奏，眼睛紧盯她，在心里为她默默地鼓劲。她演唱得格外卖力，那清脆甜美的声音以及那灵动的大眼睛，看得坐在前排的钱主任眼睛都直了。他没想到在这么一个不起眼的地方，竟藏着一位如此出众的姑娘。他呆呆地望着台上的叶兰香，那肥胖的大圆脸上，两只小眼珠不自觉地对到了一起，成了斗鸡眼。他有些心猿意马，直到叶兰香下了台，他还没缓过神来。下面的演出他根本就没看进去，心里一直被这位漂亮得令他直淌口水的姑娘搞得晕晕乎乎的。

散会后，他借口要了解知青的情况，主动要求在营部住下来。“大胡子”立马派人将营部重新打扫布置一番，在那个小炕上又换了一个新床单，挂上了新窗帘。他对“大胡子”说：“你们营可真有人才啊！今天登台演唱《北风吹》的那个姑娘唱得就很不错呀！我想见见她，了解一些情况。”

“大胡子”说：“她父亲可是资本家呀！”

钱主任不禁一怔，两只小眼睛转了转，说：“她父亲是资本家，不等于她是资本家。现在的政策是有成分论，不唯成分论，重在政治表现嘛。主席不是说过，要团结大多数吗？对这样的人也要给予关心，要注意掌握他们的思想动态。只有充分了解他们，才能使他们更好地接受贫下中农再教育，改造世界观，这样才能有利于我们的革命事业。哎，你能不能快点把她叫来，我想跟她了解点情况。”

“大胡子”诧异地瞅着钱主任，随口应道：“好，我马上派人叫她来。”说完便走了出去。

叶兰香一听说钱主任要接见她，开始有些激动。农场的革委会主任亲自找她谈话，她有种受宠若惊的感觉。可当她兴奋地来到营部，发现窗帘已挂得严严实实，而只有钱主任一人在屋时，心里便有些纳闷。正坐在炕沿上抽烟的钱主任见这个漂亮姑娘来了，立刻把吸了一半的“大前门”烟扔到地上，热情地招呼她过来坐着。叶兰香小心翼翼地站到了距他一米多远的地方，表情拘谨地说：“您是农场的领导，我站着听您的指示，也表示对领导的尊重。”

钱主任忙摆了摆手说：“这又不是在公共场合，用不着那么严肃。什么领导不领导的，现在屋里就咱俩，你放松些，咱们都是同志嘛。主席说过，领导也要和群众打成一片，了解群众的疾苦，倾听群众的呼声嘛。你离我近点，我不是更能听清楚你的心声吗？”

叶兰香想了想，这才犹犹豫豫地坐到炕沿上，但却与他保持一个身位的距离。钱主任笑眯眯地看着她问：“你叫什么名字？哪年下乡的，在几连？”

叶兰香机械地回答道：“我叫叶兰香，一九六八年下乡到钱家堡，后来成立了立新大队，我就跟着过来了，被分到一连。”

“好哇，好哇。”钱主任说着将身子向叶兰香靠了靠，“你们为改变盘锦的面貌做出了很大的贡献，我代表农场革委会向你们表示感谢。”

叶兰香从他的呼吸中闻到了一股刺鼻的酒精和香烟混杂在一起所

产生的特殊气味，只觉得恶心。她想挪动一下身子，可出于礼貌，没有动弹。

钱主任又说："你有什么困难可以提嘛，大胡子是我的老部下，你们一连的队长钱玉刚还是我哥呢。只要你能听话，我跟他们说一声，是会照顾你的。"

叶兰香发觉他的身子几乎与自己贴上了，于是绷紧了神经，说："我没什么要求，谢谢你。"

他说："你别客气，咱们能坐到一起也算是一种缘分。今天你的歌唱得真好，正好农场广播站需要广播员，我看你嗓音很好，准备将你调去，怎么样，愿意吗？"

去广播站当广播员！叶兰香有种天上掉馅饼的感觉，这可是意想不到的好事呀。可以脱产，不用每天在泥水里摔打了。再说，整天在青年点遭人歧视，那滋味真不好受。能脱离这种环境，当然是她求之不得的。叶兰香心里一动，尽管很兴奋，但她还是极力克制着情绪，说："真能去当然好，可不知我能胜任不？"

钱主任兴奋地说："你肯定行。像你说话这么标准，唱歌这么好的，全农场的知青也找不出几个。"

叶兰香一听有门，便说："那我就先谢谢主任啦。"

钱主任见状心中暗喜，可还是装出一副漫不经意的样子，将手搭在她的肩上，色迷迷地盯着她，意味深长地说："小叶呀，你怎么谢呀？"

叶兰香身子不禁颤抖了一下，但她还是强作镇静地瞅着他说："我一定努力工作，听从领导的指挥，不辜负领导对我的信任。"

"哎，你说听领导的话，这很好嘛。"他突然打了一个饱嗝，那酒味直冲叶兰香而来。叶兰香刚想躲闪，他却突然抓住她的手，激动地说：“那今晚你就别走了，咱俩好好谈谈以后的工作。”

叶兰香霎时就明白了，她立刻起身说：“啊，今天太晚了，我不打扰您了，明天白天再谈吧，我得回去了。”

“哎，别走哇，你就陪着我！我很喜欢你。”钱主任瞪着发红的眼珠，像一只发情的公狗。他上前一下子抱住了她，将那满是酒气的臭嘴凑向她的脸。她想躲闪，可他却死死地搂着她，他的一只手放肆地伸向她那气得一起一伏的胸部。她急得大叫：“你快放开我！”

钱主任此时满眼通红，呼呼地喘着粗气，也不说话，而是将她推倒在炕上，将那肥胖的身躯压了过去。

“啪！”叶兰香给了他一个耳光。这个响声在这个寂静的小屋格外清晰，他那颗肥大的脑袋晃了晃，身子一歪倒在了炕上，顿时醒了酒。

叶兰香趁机从炕上爬起来。

钱主任从炕上坐了起来，他满脸通红，眼睛冒着血丝，瞪着她：“你别不知趣。好多女青年想上广播站，上赶子要跟我睡觉，我都没答应。我好心对你，你竟敢出手打我，别忘了这是什么地方，哼！”

叶兰香愤怒地说：“别以为自己是什么主任就可以胡来。谁爱跟你，你找谁去，休想打我的主意。”说完猛地拉开门，向外奔去。

第二天，钱主任当着“大胡子”的面大发雷霆，说叶兰香为了上农场广播站竟勾引他，要跟自己睡觉。他没答应，叶兰香就气急败坏地打了他一个耳光跑了。“大胡子”顿时愣住了，他早闻钱主任花心，曾有女知青为回城找到他，他就趁机将人家睡了，他不相信叶兰香会那样。可钱主任是自己的顶头上司，他的话能不听吗？“大胡子”严肃地看着面前这个趾高气扬的上司，问：“那怎么处理？”钱主任说：“你们掂量着办吧。”“大胡子”说：“我这就派人调查，一定严肃处理。”

“大胡子”刚要向外走，钱主任叫住了他，递给他一支“大前门”烟，自己也点上烟。钱主任狠狠地吸了一大口，仰起头撅着嘴吐出了一串烟圈，望着那袅袅升起逐渐扩散的烟雾，语重心长地说：“念她是初犯，这次就算了。不过我那侄子狗剩子还没对象，你看能不能跟小叶说说，让她嫁给他，也算是与贫下中农子女相结合嘛。”

提到“狗剩子”，“大胡子”便知道指的是钱玉刚那个有些痴呆的儿子。他心里合计着，尽管叶兰香的出身不好，但真让她嫁给“狗剩子”，她会同意吗？他一时犹豫了。

钱主任见状，故意叹了口气：“唉，别看狗剩子反应有点迟钝，可心眼实诚。那叶兰香真要跟了我那侄子，能亏待她吗？你是不是有啥难处？”

“哦，没、没有。”“大胡子”马上缓过神，“我尽力而为吧。”

“那就好，如果她真不识抬举，那你们也就不用客气了。”钱主任意味深长地瞅着“大胡子”。

“大胡子”送走了钱主任，并没马上找人去跟叶兰香谈，而是在苦心琢磨着怎么去办这件事。他听说叶兰香的清高，而且还打听到叶兰香跟华尘雨挺近乎，两人正热恋呢。一想到要去拆散这对有情人，他的心里就如同打翻了五味瓶，他实在不忍心去做违心的事。可这是钱主任，自己的顶头上司啊，他说的话能不去办吗？他冥思苦想了几天，仍没有找到一个万全之策。

十多天后的一个晌午，“大胡子”刚吃完饭，想躺下眯一觉，桌上那个黑色的手摇电话机就“丁零零”地叫了起来。他拿起电话刚“喂”了一句，里面就传出钱主任的声音。他的心顿时紧了一下。钱主任开门见山地问：“那件事办得咋样了？”“大胡子”故作糊涂地问：“什么事呀？”钱主任便大声道：“你什么记性，才几天工夫就忘啦？不就是给狗剩子提亲的那事嘛。”他忙回答：“就这事呀！我已经派人跟她谈了。”钱主任急不可耐地问：“咋样啊？”他说：“这可是一个人的终身大事，怎么着也得容人考虑考虑吧，等有了结果我马上告诉你。”钱主任说：“你抓点紧。”“大胡子”刚要回话，对方“砰”地挂断了电话。

“大胡子”再一次陷入了沉思。

夜色笼罩下的青年点，忙碌了一天的人们三三两两地凑在一起打扑克、扯闲话，打发着寂寞的时间。忽然有人在宿舍外大声叫道：“营部要放电影《英雄儿女》了，快走哇！”屋里的人立马兴奋地叫着跑了出去。华尘雨的心也为之一动，从打下乡后，他只在大洼镇电影院里看了一场由样板戏拍成的电影《奇袭白虎团》。“文革”开始后，银幕上只能看到少数几部战争片，像《地道战》、《地雷战》、《南征北战》等，而《英雄儿女》放映的次数最多，华尘雨看了多少遍，连他自己也记不清了，里面的情节几乎都能背下来。每当听到王芳满怀激情地唱起主题歌《英雄赞歌》时，他浑身的热血便沸腾起来。他崇拜英雄，他渴望听到王成面对脚下包围自己的群敌，声嘶力竭、无所畏惧地对着报话筒高喊：“为了胜利，向我开炮！”他渴望当兵上前线，为国效力，甚至愿意献出自己的生命，可因父亲的问题，这种愿望成了泡影。

当华尘雨来到营部门前的空地时，发现已挤满了人，远远望去黑压压一片，比赶大集还热闹。只见临时支起的两个长木杆上已挂上了白布，由于幕前的人太多，不少人竟转到了那个白布的后面，看着银幕上的人物做着相反的动作仍津津有味。枪炮声伴着激越的音乐，将大伙的情绪撩拨得异常兴奋，不时传来嗷嗷的大叫声。

华尘雨悄悄地来到人群后的一个相对僻静的柳树下，远远地观看着。尽管上面的人物显得很小，可声音却很大，他仍被激动人心的情节所吸引。此时，银幕上出现了王成、王芳兄妹在朝鲜战场意外相遇，两人同时在河中溅起翻腾的水花向对方奔去的场景，华尘雨又激动得热血沸腾。他觉得叶兰香的那双眼睛与王芳有些相像。这时忽然有人轻轻捅了他一下，他回过头，见是叶兰香，不禁心头一震。面前的叶兰香正忽闪着那双顾盼生情的大眼睛望着自己。他默不作声地一把将她揽过来，她似乎想说什么，却见此时的华尘雨如此激动，便将嘴边的话咽了回去，顺从地依偎在他的怀里，将头靠在他的肩头。前面黑压压的人群都被影片的情节所吸引，这给了俩人进一步亲热的机会。好久没跟她单独在一起了，华尘雨常常在梦中与她相约，两个人相拥着互相倾吐着衷肠，缠绵着呢喃私语，总有唠不完的嗑。可每次醒过来，华尘雨都会有一种意犹未尽的感觉。今晚当她真的来到自己身边，像小鸟般依偎在自己宽厚的胸膛时，他的心里涌起了幸福的甜蜜，此时的银幕上战斗进行得正酣，可俩人的注意力却全都沉浸在彼此相通的默契中，彼此的心里也在进行着一场战斗，那是两个情窦初开的心灵相互撞击的缠绵之战。华尘雨双手捧着她的脸，借着月光，发现她的脸上泛起了红晕，他的呼吸也变得急促，心跳骤然加快。他情不自禁地将手伸进了她饱满的胸部，她一下子抓住他的手，嗔怪地瞪着他说："别在这儿，让人发现多不好。"他迫不及待地瞅着她，心里明白了。他抓住她的胳膊就往外走。她轻声问了句："上哪儿？"他边拽着她边说："走到没人的地方。"他领着她刚要进自己的宿舍。她突然停住了说："还是上我那吧，我屋的人都看电影去了，一时半会回不来。"于是他跟她来到她的房间，刚一进屋，他就急忙关上了门，随后摸黑将她拥到了炕前。她轻轻推了他一下："急啥，我有话要跟你说。"

此时一股强烈的雄性冲动在华尘雨的体内迅速膨胀，他立刻打断了她的话："你现在什么也别说。"

"可是……"她欲言又止。

"什么可是，现在没有可是，有话一会儿再说。"华尘雨早已按捺不住内心的渴望，一把将她扔到了炕上，笨手笨脚地去解她的衣服。她推了他一下轻声道："慢点儿。"这一推非但没有阻止他，却撩起他更大的欲望。华尘雨全然不顾，像一头凶猛的猎豹逮住一只绵羊般扑了上去，几下便褪去了她的衣服，那两个坚挺的乳房像兔子般跳了出来，不住地颤动着。他抚弄着将嘴贴了上去，像婴儿般吮吸起来。她开始还有些矜持，可在他不停的抚弄下，一会儿便情不自禁地呻吟起来。

此时的华尘雨忘情地体验那从未有过的神秘而又难以自抑的快感，当她情不自禁地发出一声尖叫时，他腾云驾雾般达到了如痴如醉的地步，仿佛灵魂已脱离了肉体，飘向自由的天空……

两人躺在炕上，尽管都很疲惫，但心情却格外舒畅。叶兰香像个小鸟似的偎在他的怀里，脸上由于兴奋而红润得如盛开的桃花。她幸福地说道："尘雨，要是咱俩能永远在一起多好哇。"

他低头瞅着她说："咱俩永不分离。"再次紧紧地搂住她。

她将手放在他的胸口上，轻轻抚摸着，忽然眼里显出了忧郁。"可是……"她欲言又止。

"怎么啦？"华尘雨发觉她有些惴惴不安，忽然想起她刚进屋时欲对自己说什么，这才觉察到她一定有什么难言之隐。

"我……"她抬头望着他。

"快说呀！"他迫不急待地催促道，"什么事这么吞吞吐吐，咱俩啥关系，跟我你还有什么不能说的。"

她瞅了他好一会儿，才说："有人想让我嫁给狗剩子。"

"什么！谁说的？"他惊愕地瞪大了眼睛。

她说："昨天，小辣椒单独找我谈话，说队长钱玉刚的儿子不错，根红苗正，让我嫁给他，还说这是跟贫下中农相结合。"

华尘雨愤怒地说："胡扯，钱玉刚的儿子不就是狗剩子吗？连当地的姑娘都不跟他，他这不是癞蛤蟆想吃天鹅肉吗？自己半斤八两不知道哇？小辣椒说这是跟贫下中农相结合，她咋不结合呢，那你咋回答的？"

"我说，我不想结婚，更不想在农村成家。我只想好好干，改造世界观，建设新农村，一个人安安静静地劳动生活。你也知道我的家庭情况，我跟他根本不可能。可小辣椒却坚持让我认清形势，还说是营长的意思，是政治任务。"

"她存心是想把你往火坑里推。什么政治任务，说得好听。他"大胡子"咋不把自己的妹子嫁给他？你别理他们那一套。"

"我没答应她，可这事儿能这么简单吗？我真怕他们再纠缠我。"

华尘雨刚想劝她，突然响起急促的敲门声。

两人大吃一惊。华尘雨顾不上穿鞋，推开窗户便跳了出去。

就听门外有人说："这门也没锁，里面肯定有人。"接着又是一阵咣咣的敲门声。

叶兰香急忙穿上鞋将门打开，门外"小辣椒"正瞪着眼大声道："别人都去看电影，你关门在里面干啥见不得人的事。"

叶兰香说："我挺累的，想早点休息，你啥事这么急？"

"小辣椒"一下子冲进屋打开灯，眼珠向四下撒目，忽然发现地上有一双男人的鞋，她低下头仔细端详了一会儿说："这是谁的，那人跑哪去啦？黑灯瞎火的，你跟他都干了些什么？"

叶兰香心里一阵战栗，顿时羞红了脸，说不出话来。

"小辣椒"嘿嘿一阵冷笑："别人还以为你看电影去了，营长派人找你半天，原来在这猫着呢，营长让你去一趟。"

"小辣椒"瞟了她一眼，扭身出去了。

叶兰香从营部回来已是后半夜了，她躺在炕上，心情沉重得像被拴上一个铅砣，如热锅上的烙饼，翻过来覆过去就是睡不着觉。"大胡子"的话总在她耳畔嗡嗡作响："这是你与贫下中农相结合的最好体现，是一项十分重要的政治任务，关系到你今后的前途。"她当时心烦意乱，以种种理由推脱。可"大胡子"仍苦口婆心，而且带着某种命令似的口气，让她无所适从。她当然不知道，其实"大胡子"承受着来自顶头上司钱主任的压力，"大胡子"反复地对她讲着道理，大有你不表态，就甭想回去休息的意思。后来她实在挺不住了，这才说让我回去考虑考虑吧。"大胡子"终于稍微松了口气。

第二天早上，上工的哨声又催命似的响了起来。她没精打采地来到地里，钱玉刚走了过来，他眯缝着眼看着叶兰香，满脸的皱纹也舒展开来，对她嘘寒问暖显得格外关心，安排她干轻活，这让她感到有些疑惑。虽然身体不那么累，可心里却惴惴不安，他这葫芦里究竟卖的什么药？

中午吃饭时，“大胡子”特意来到连里，见到她便问：“那事考虑得咋样了？”她的身体不禁抖了下，支支吾吾地说：“这是大事，你容我再想想。”“大胡子”说：“别再犹豫了。”这时钱玉刚过来将“大胡子”叫走了。叶兰香低着头闷闷不乐地回到宿舍，心里仍突突跳个不停。

一会儿，钱玉刚将她叫到了小队部，还未等她进屋，上工的哨声便响了。大伙在“高粱米”的带领下向地里走去。她一进屋，便发现除了队长外，还有他的儿子“狗剩子”。那“狗剩子”嘻嘻地冲着她笑，她立刻起了一身鸡皮疙瘩。钱玉刚热情地招呼她坐下，说：“小叶，下午你不用上工了，我告诉会计工分照记。”随后指着“狗剩子”说：“我儿子你也认识吧？身体好，心眼实。我看你们俩在一块挺合适的。”

叶兰香马上站了起来，刚想说什么，钱玉刚立刻手一摆说：“你先坐会儿，在一起唠唠嗑，我得到地里看看，一会儿就回来。”

“这……”叶兰香一时犹豫了。

钱玉刚转身出去，“嘭”地将门带上了。

“狗剩子”嘻嘻地凑过来，歪着头瞅着叶兰香俊俏的脸：“嘿嘿，你长得真好看，我爹说了，让我跟你好，来，你快过来呀。”上去就拽叶兰香的胳膊。叶兰香眉头一皱，甩了一下胳膊，向后退了两步。

“狗剩子”仍不甘心，又凑了过来，他嘴角流出了口水，说：

“这屋就咱俩，你都要做我媳妇了，还……有啥不好意思。我……以后一定能对你好。”

“谁是你媳妇？”叶兰香说着就往门口走。

“狗剩子”一下子蹿了过来，用身体堵住门，张开双臂说：“你别走，我爹说了，只要你跟我，就给我……盖三间瓦房，以后也不用你下地干活，我有的是力气，肯定……能养活你。”

叶兰香厌恶地瞪着他说：“这不可能。”

“啥不可能，你……骗我。”“狗剩子”趁叶兰香不注意，猛兽似的扑过来。叶兰香大声喊叫拼命挣扎，可他就是不撒手，还将头凑进她的胸脯。叶兰香急得满头是汗，仍无济于事。她心一急，低头照着他的手就是一口，“狗剩子”疼得“嗷”的一声怪叫，这才撒开了手。叶兰香顺势推开他，一把拽开门，跌跌撞撞地冲了出去……

第十七章

华尘雨从叶兰香处狼狈地跳窗而逃，心里忐忑不安，生怕被人知道而毁了名声，可他整日提心吊胆的事还是发生了。

当叶兰香趁着夜色，将刷好的鞋偷偷还给华尘雨时，却被水宜舟发现了。可他并不知晓内情，也未声张。第二天午饭时水宜舟碰上了山丽虹，便凑上前说："哎，丽虹啊，你把哥们的鞋给刷了吧。"山丽虹白了他一眼："你又不是没长手，干吗让我给你刷?"水宜舟说："人家叶兰香都给华尘雨刷鞋还亲自送过来，你咋就不能?"

"小辣椒"端着饭盒走了过来，问道："你俩唠啥呢?"

水宜舟一怔，刚要开口，山丽虹忙说："啊，他说饭票用光了，想让我支援点儿。"

水宜舟马上心领神会，应和着："我合计女的咋的也比男的饭量小，就随便问问。"

“小辣椒”其实刚才已听到俩人谈论什么，却装出一副无意的样子，随口道：“小水呀，山丽虹的饭票也是刚够吃，给你那她吃啥呀？你真要是没饭票了，我可以给你点儿。”

“啊，不用啦！”水宜舟瞟了一眼“小辣椒”，匆匆离去。

“小辣椒”终于为抓到了叶兰香的把柄而兴奋，可她又实在不愿相信这是真的。她从心底生出对叶兰香的嫉恨。她一直以为华尘雨跟叶兰香尽管关系密切，但不会有越轨行为。可这一次，她相信华尘雨与叶兰香已经发生了令人难以启齿的事情，这让她大为恼火。她原以为，经过自己和营长的劝说，叶兰香会答应嫁给“狗剩子”。可没想到一个备受歧视的资本家的女儿竟如此生硬地拒绝了“狗剩子”，她对叶兰香那看似柔弱实则刚强的性格不得不刮目相看。她不甘心就此罢休，她不信自己堂堂的连指导员会斗不过一个小小的叶兰香。

这天收工后，她来到了小队部，一见钱玉刚便关心地问：“队长，叶兰香跟你儿子的事咋样了？”

钱玉刚正为这事窝着火，当着“小辣椒”又没法说，只是叹了口气：“唉，也不知道叶兰香心里咋合计的？看来这城里姑娘是挺那什么的，可能觉得狗剩子配不上她吧。”

“小辣椒”眼珠一转说：“为这事我没少跟叶兰香费口舌，这是与贫下中农相结合多好的机会呀，可她偏不乐意，真不识抬举。也难怪，一个资本家的女儿哪能瞧得起贫下中农。”

钱玉刚点了支烟狠狠地吸着，眉头紧锁，默不作声。

“小辣椒”凑过去说：“队长，你猜她为啥不跟你儿子？”

钱玉刚吐了口烟，疑惑地望着“小辣椒”：“你说到底为啥？”

“小辣椒”嘴一撇：“她肯定有人了。那天营里放电影，她趁宿舍没人跟别人鬼混，俩人都钻一被窝了。”

钱玉刚气得把烟头往地下一摔，问道：“啥，竟有这事儿，她跟谁？”

“小辣椒”刚想说是华尘雨，可话到嘴边又咽了回去，尽管她恨华尘雨，可又不忍心将他供出，她知道那后果将不堪设想，于是便说：“我哪知道，反正我看到她炕沿下有一双男人的鞋。”

“真是太不像话了。”钱玉刚气得眼睛都立了起来，“这哪是来接受贫下中农再教育，这不是胡扯来了吗？乱搞男女关系，这问题可严重啊！得好好教育她。”

“小辣椒”趁机说：“要不哪天开会，帮助帮助她，咱不能看着她在泥潭里越陷越深呐。”

钱玉刚马上点头：“行，就这么着，你跟高粱米商量一下，就照你说的办。”

第二天晚上，“高粱米”便将全连的人召集到了伙房，钱玉刚先简单讲了最近一段时间的生产形势。接着“高粱米”站了起来说：“最近一段时间，全连大多数人表现得都不错，吃大苦，耐大劳，自觉接受贫下中农的再教育。”

平时开会只要是“高粱米”一讲话，总会有人精神溜号开小会，今天也不例外。底下有人开始交头接耳，在下面嘀嘀咕咕。

“高粱米”见状话锋一转，突然提高了嗓门：“可是有个别人，思想落后不说，而且生活作风败坏，公然跟人发生关系。”

会场刚才还如蜜蜂似的嗡嗡响，此时竟一下子静下来，大伙都惊讶地睁大眼睛瞅着“高粱米”。有人问道：“是谁呀？”

“高粱米”脸上的肌肉抽动了一下，那鄙夷的目光直射向叶兰香："这人大伙都认识，本来成分就不好，平时装得挺能干，背地里竟干见不得人的勾当。"

叶兰香的心一阵痉挛，难道他指的是自己？可他怎么知道的？她发现大伙的目光像机枪似的向她扫射过来，她慌忙低下了头。

"叶兰香！""高粱米"突然向她发问，"你别在那装傻，自己坦白交代。"

华尘雨顿时惊出一身冷汗，这事要抖了出来，不成了搞破鞋吗？自己和叶兰香都会被当作流氓批斗，那以后在连里还能抬起头吗？华尘雨忐忑不安地将目光转向叶兰香。

叶兰香的脸刷的一下由红变白，她惊恐地抬起头，睁大了眼睛，她强迫自己镇定下来，对"高粱米"说："你别诬陷人，你有什么证据？"

"当然有证据了。""高粱米"理直气壮地说，"有人在你屋里发现了一双男式胶鞋，而且那天晚上大伙都去看电影，只有你在屋里猫着。你说，那男的不来，鞋会长腿跑到你那儿？"

此时的"小辣椒"心中暗喜，她像个旁观者一样在一旁看热闹。之前是她向"高粱米"透露在叶兰香的炕下有一双男鞋，并未点出是华尘雨的，她不说出来是怕华尘雨怀疑到她头上。她见自己导演的戏已经成功上演，颇有几分得意。

叶兰香说："我帮别人刷双鞋有什么错，值得你们大做文章。你不是还让别的女青年给你刷过鞋吗？"

"高粱米"说："可我那是光明正大，不像你偷偷摸摸鬼鬼祟祟的。快说，这双鞋是谁的？"

"你管是谁的，反正不是你的。"叶兰香说，"知青之间互相帮助，给别人刷刷鞋有什么错，值得你这么大惊小怪的。”

看着叶兰香死不招供的样子，华尘雨暗自佩服。

“好哇，你不招就以为没事了。”“高粱米”瞪着眼说，“有物证在，你想抵赖也不行。”

叶兰香躲在墙角不吭声，“高粱米”冲她大喊道：“叶兰香你出来。”

叶兰香身子抖了一下，这时忽然过来几个人一下子将她推到了地当间。“高粱米”大眼珠子一瞪：“大伙说，对这个女流氓怎么办？”

有几个人马上起哄：“批判她，给她挂破鞋。”

一个男青年不知从哪找出一双破胶鞋，用尼龙绳拴在一起，刷地甩了过来。“小辣椒”用眼神示意一个女青年。那人心领神会，拎起破鞋趁叶兰香没防备，一下挂到她的脖子上。叶兰香抓起尼龙绳将破鞋撇到地上，“高粱米”气得大叫：“她不老实，把她摁住。”

忽拉上来几个人，扭住叶兰香的胳膊，摁着她的头将那双破鞋又挂了上去。叶兰香不住地摇着头拼命挣扎，可却无济于事。她紧咬着嘴唇，鲜血从她的嘴角流出。

“不许污辱人。”华尘雨再也忍不住了，他大声吼着猛地扑了过去，一把将她脖上的鞋子甩了出去，正砸在“高粱米”的头上。

“高粱米”摸着脑袋声嘶力竭地大叫：“华尘雨，你别不知好歹，我看那晚钻她被窝的是你吧！赶紧滚开，不然连你一块斗。”

华尘雨冲他就是一记重拳，他蹬蹬倒退了好几步。

华尘雨愤怒地瞪着他：“放你妈的狗屁，我钻你妈被窝里了，不然哪有你这个兔崽子。”

“高粱米”眼珠子都要冒出来了，他脸色发青狠狠地瞪着华尘雨："你还敢起刺？"于是手一挥大声叫道："来人呐，赶紧把这个坏分子弄出去。"

水宜舟忙上前拦道："哎，何必这样，都是革命战友。这没华尘雨的事，你们要干吗？"

"高粱米"气得将他推开："去你妈的，少跟着瞎搅和。"

霎时冲上来一帮人，不容分说连拉带拽把华尘雨拖出门外。

屋内传出了一阵阵批斗声，愤怒的声浪强烈撞击着华尘雨的心。他奋力挣扎三拳两脚撂倒俩人，吼叫着正要冲进去，却又扑上来一群人，死死地缠住他。他虽有些功夫，可好虎架不住群狼。他终于筋疲力尽，被他们扭着胳膊推回了宿舍。

华尘雨像个被困的野兽，在宿舍里嗷嗷怪叫。有个青年冲他嬉皮笑脸："哥们，别叫了，没用。这真是落毛的凤凰不如鸡呀。"

华尘雨瞪着他们，气得胸脯一起一伏。

过了好一阵子，才听到由远及近杂乱无章的脚步声，这些人估摸批判会已结束，这才松开华尘雨匆匆离去。

水宜舟刚一进屋，华尘雨上去给了他一拳，这拳如出膛的炮弹正砸在水宜舟的胸口上，他扑通栽倒在地。华尘雨瞪着血红的眼睛吼道："是你这个破嘴说出去的不？"

水宜舟爬起来，身子瑟瑟发抖，声音颤抖着："我敢向毛主席保证，我水宜舟要干那缺德事，天打五雷轰。"

华尘雨上去又给了他一脚："你个混蛋，就你看到送鞋，你不说谁知道？"

水宜舟眼泪下来了，他哽咽道："我就只跟山丽虹随便说说，可她也不是那种人呀！谁知道那高粱米从哪儿听到的？"

华尘雨痛苦地望着他："你知道，叶兰香遭多大的殃啊？"

水宜舟委屈地看着华尘雨说："你说，我看着大伙把叶兰香当破鞋斗得那个惨样，心里啥滋味？咱俩多少年的交情，我是那种落井下石的人吗？我知道你心里难受。你要不解气，就打我吧！"

华尘雨眼冒火星，呼呼喘着粗气，猛地抡起拳头，水宜舟吓得闭上眼睛。只听"咚"的一声，拳头重重地砸在了炕沿上，殷红的鲜血顺着手指滴落到地上。

第十八章

惨淡的月光下，叶兰香跌跌撞撞地回到宿舍，一屁股重重跌坐在炕上。她头发散乱成了鸡窝，后脖颈被挂破鞋的尼龙绳勒出明显的血道道。她脸色苍白如纸，目光积聚着难以言表的屈辱与怨恨。

刚才被人挂鞋批斗的场面，不禁让她想到了自己唯一的姐姐所遭遇的不幸。“文革”开始的第二年，她的姐姐有一天在公园一个僻静的树丛中与男友正在谈恋爱，忽然上来一伙胳膊上戴红袖章的人，他们气势汹汹地将二人摁住，强行将破鞋挂到二人的脖子上当众批斗，并强迫他们对围观的群众不停地说：“我是流氓，我是破鞋，我有罪，罪该万死。”一群人围着俩人好奇地指指点点，吐口水，扔砖头，整整折腾了好几天。她姐姐实在无法忍受，一天夜里偷偷地上吊自尽了。叶兰香抱着姐姐僵硬的身体哭得死去活来，而姐姐男友的神经被这个噩耗彻底摧垮，当时就疯了。一想到姐姐的惨状，叶兰香就不寒而栗，没想到今天自己竟也遭到了同样的命运。

山丽虹推开门，见她双眼直直地盯着墙，不禁打了个冷战。就因为水宜舟跟她说的那句话，致使叶兰香受到这么大的污辱。她弄不清“高粱米”是怎么知道的，可她仍觉得这事与自己有关。她愧疚地望着叶兰香，却不知该怎样劝说，只是轻轻唤道：“兰香……”可叶兰香却毫无反应，仿佛屋内只有自己。山丽虹一时竟不知所措，只得悻悻地退了出去。

突然，门被撞开，华尘雨像风一样奔进屋，急切地唤道：“兰香!”

叶兰香身子一颤，定睛一看是华尘雨，一下子扑了过来。她紧紧抱着他，叫着他的名字，泪水如泉水般涌出。刚才受批斗时，她都没掉一滴眼泪，当时她真想大哭一场，可一看到那些激愤得有些扭曲的脸，她便将眼泪咽到肚子里，她情愿自己遭罪，也不想让这些人看到自己流泪。可此时，面对华尘雨，她终于控制不住内心的委屈，呜呜地哭了起来。她紧紧抓着他的臂膀，将头埋进他的肩头，泪水决堤般涌出。

华尘雨紧紧抱住她的双肩，他担心这瘦弱的肩膀，怎能承受如此巨大的压力？此时的叶兰香肩头不停地抖动，像孩子似的无所顾忌地发泄心中的屈辱。

华尘雨本想劝说，可觉得此时任何语言都无法抹平她心中的创伤，只能任凭她用泉涌的泪水冲刷心中的愤怨和屈辱。他抚摸她散乱的头发，轻轻拍打她的后背，无声传递着对她的安慰。

“小辣椒”恰巧从窗前经过，她悄悄将头贴近窗户，见俩人正拥在一起，顿时妒火中烧，真想冲进去大闹一场，可她咬着牙还是忍住了。

好一阵子，叶兰香才止住了哭泣，她泪眼迷蒙地说：“尘雨，我真受不了。”

华尘雨愤怒地咬着牙：“这帮兔崽子太阴损了，我要查出谁告的密，绝饶不了他。”

趴在窗外的“小辣椒”心头一颤赶忙躲开，刚走几步，不料却碰倒立在墙边的一把捅锹，发出咣当的声响，“小辣椒”吓得如惊弓之鸟赶紧逃走了。

听到响声，叶兰香急忙松开手，华尘雨不禁也打了一个冷战。他感觉一定有人在窗外窥视，顿感形势不妙。于是放开叶兰香，急忙蹿出门外，却不见人的踪影……

钱玉刚对叶兰香不肯答应嫁给他家的“狗剩子”仍耿耿于怀，便让“小辣椒”继续做她的工作。可任凭“小辣椒”软硬兼施磨破了嘴皮子，叶兰香就是不吭声，急得“小辣椒”直跺脚，最后竟忍不住说：“你真是缺心眼。”叶兰香这才开口回击她：“你不缺心眼，咋不跟狗剩子？”“小辣椒”被问得张大了嘴，半天才说：“人家看上的不是你吗？”叶兰香哼道：“这事就不劳你操心了。”“小辣椒”这才发觉自己已是黔驴技穷，只得离开了。

叶兰香被认为是道德败坏的典型，成了人们议论的话题，她感受到从未有过的令人窒息的压抑。有几次华尘雨与她相遇，发现她的脸色异常憔悴，他想了解她的心情，可她的态度却变得不如从前坦诚，神情暗淡得似有多大的心事。有一次她对着华尘雨欲言又止，这让华尘雨有种不祥的预感。

就在华尘雨觉得满头雾水之时，水宜舟悄悄告诉他，前几天有人看见叶兰香收到一封来自香港的信。华尘雨大吃一惊，难道她跟海外还有什么关系？这还了得！这要给扣上一顶“里通外国”的帽子，必被抓进监狱，将永无翻身之日。

营里已发觉事态的严重，召开各连干部参加紧急会议，部署对叶兰香的监控。一时间剑拔弩张，空气变得异常紧张。

这天一大早，天刚放亮，几个持枪的基干民兵在“小辣椒”的带领下，突然冲进了叶兰香的宿舍，惊得山丽虹等人缩成一团。民兵连长见炕上叶兰香的铺位空空，急忙问道：“叶兰香上哪去了？”山丽虹揉着惺忪的睡眼，说：“昨晚她还在炕上睡觉呢！可能现在上厕所去了吧。”民兵连长让“小辣椒”立刻到厕所查看，一会儿，“小辣椒”却失望而归。民兵马上撬开叶兰香的箱子，一见里面却是空空的，顿时傻了眼。这才确定叶兰香已跑了。

“大胡子”一听说叶兰香失踪，顿时大惊失色。他万万没料到这位看上去文静、瘦弱的女子，竟会做出这样的举动，他这才意识到问题的严重性。他火速召集全营所有的基干民兵进行部署，近百号人撒网似的在全营周围进行搜索，可搜了半天，也不见踪影。这件事惊动了农场和县里，农场和县公安局立刻派人调查。钱主任气得将“大胡子”骂了个狗血淋头，弄得“大胡子”在众人面前颜面尽失，耷拉个脑袋如霜打的茄子，沮丧得恨不得有个地缝钻进去。

叶兰香的失踪令华尘雨寝食不安。有天夜里，他甚至梦见叶兰香被民兵抓住，扒光了衣服，绑在树上被打得皮开肉绽。她向他张开手哭喊着，他想扑过去，可脚下却像被胶牢牢粘住了动弹不得。当他醒来时竟出了一身的冷汗。他思念着叶兰香，后悔为什么平时没看出叶兰香的变化，连向她倾吐心声的机会都没有。

就在华尘雨懊悔痛楚时，发生了震惊全营的事。

这天收工后，“小辣椒”想去方便，她见周围有人，便独自朝远处的一处密集的苇丛中走去。她刚进去不一会儿，便发出一声惊悸的惨叫。大伙停住脚，见“小辣椒”踉踉跄跄地跑了出来。山丽虹等人急忙奔过去问：“怎么啦？”“小辣椒”脸色煞白，嘴唇哆嗦着一指那片苇丛：“那……那里边，有……具……女尸。”

“啊……”山丽虹惊得大张着嘴，“这是真的吗？”

华尘雨和水宜舟恰巧走到这儿，俩人好奇地壮着胆朝里面走去，身后跟着一帮人，个个都睁大了眼睛。

在一片被压倒的苇子上，躺着一个赤裸的女人，脸部血肉模糊，被剥得溜光的身子，除了下身蒙着一个灰色的女式上衣外，其余部位白花花的一览无余。无论是个头还是体形都与叶兰香相似，尽管面容被毁，但仍能辨出是鸭蛋脸，头发披散着。华尘雨惊讶得张大嘴，心里突突直跳。他扭过头不忍目睹这凄惨的场面，可又想知道这个女人是谁。难道是她？华尘雨真的不敢往下想，那些围上来的人顿时发出一片惶恐的惊讶声。“高粱米”也赶了过来，他尽管有些惊恐，但还是不停地将目光从那光溜溜的身体上滑过。

有人说，这不是叶兰香吗？咋躺在这儿啦，一定是被人给祸害了。也有人说，哪能这么巧？兴许是别人。华尘雨半信半疑地瞅着地上那个女尸，面目已无法辨认，可那身材确实挺像叶兰香。尤其下身盖着的衣服，与叶兰香平时穿的一模一样，上衣兜旁那个补的三角口是他极为熟悉的。他想上前去仔细辨认，可那躺着的人赤裸裸的，让人感到难堪。正当他犹疑之际，“高粱米”冲大伙一摆手说：“大伙别在这围着了，赶快到营里去报告。”又对山丽虹说：“你先回去找套衣服给她套上，我在这儿看着。”

大伙这才纷纷散去。华尘雨垂头丧气地跟在后面，脚步变得异常沉重，渐渐地落在了大伙的后头。

此时的苇丛里只剩下“高粱米”，他转头四下张望了一会儿，见人影已经远去，这才又转回到女尸旁。他不敢看那张被严重毁容而扭曲的脸，一把拽过蒙在下身的衣服将那张恐怖的脸盖上，女人白花花的胴体静静地躺在苇子上。他色迷迷地盯着那丰满的乳房以及下体的隐秘处，被勾起的欲火催发了他体内兽性的冲动。他心说，叶兰香啊，生前你清高傲慢，守身如玉。今天你把身体的全部秘密暴露在光天化日之下，你肯定想不到会有如此下场，今天我非拿你出口恶气。他俯下身子用手指揪住那两个发硬的乳头，咬牙切齿地使劲摇晃着，过了一会儿又将手伸向下体的隐秘处。他像一个凶残的狼，对已经捕获的猎物，非要玩弄一番之后再下手。他摆弄了一会儿，只觉身体发热，于是迫不及待地脱下了裤子。

那具莫名其妙的女尸让华尘雨自然联想到失踪的叶兰香，尽管已看不清面容，但那件上衣确实是叶兰香的。华尘雨顿时一阵揪心，他舍不得丢下叶兰香，非要仔细辨认清楚不可。想到这，他转回身，又折了回来。

华尘雨疾步如飞返回了原地，当他急切地拨开苇丛，霎时惊得目瞪口呆。

“高粱米”光着屁股正骑在那女尸的身上使劲抽动着，嘴里不住地叫着：“叶兰香，看你还装不……”

华尘雨气得火冒三丈，怒不可遏地大叫道：“高粱米，你这个畜生。”

“高粱米”正在忘情地发泄，被突如其来的惊叫吓得一激灵。华尘雨上去给了他一个耳光，他的脸上立刻出现了五个鲜红的手印，他一下子从女尸上滚了下来，拽过地上的裤子，光着屁股撒腿就跑。华尘雨飞奔过去，正要踢他。他突然回头大叫：“营长，快拦住他。”华尘雨突然停住脚扭过头，却见后面连个人影都没有，方知上了当。华尘雨气得大叫：“你个兔崽子！”当他转回身再想找他时，却不见踪影。

华尘雨急得在周围转悠着，一会儿，山丽虹领着“大胡子”跑了过来，身后跟着一帮人。“大胡子”一见地上躺着光溜溜的女尸，不禁大吃一惊。他眉头拧成了一个疙瘩，回头对山丽虹说：“快先给她套上衣服再说。”山丽虹尽管害怕，可还是哆嗦着将带来的一套旧衣服，手忙脚乱费了好大劲才穿上。

随着一阵尖利的鸣笛声，从警车上跳下来县里的法医和法警。又是照相，又是验尸，忙活了一通后，对几个知青进行了询问，做了笔录，然后让“大胡子”自行处理尸体，便跳上车，呼啸而去。

晚上，华尘雨来到营部告“高粱米”奸尸，没想到“大胡子”沉着脸说：“高粱米是连长，哪能干那种事？我听说你把高粱米给打了。”

华尘雨一下愣了，这个“高粱米”真是恶人先告状。他怒气冲冲地说：“我看他干那损事，忍不住扇了他一下。营长你不能不管啊！”

“大胡子”抽出一支烟点上，吐了口浓烟道：“你告他有什么证据？”

“是我亲眼看见的。”

“谁能证明？”

“我。”

“就凭你一己之言，谁信呐？可高粱米脸上的血印是你造成的吧？”

“营长，叶兰香死得那么惨，他高粱米还对她那样，简直是禽兽不如，对这种人不应该严肃处理吗？”

“华尘雨！”“大胡子”瞪起了眼睛，“你别再添乱了，要明白自己现在的身份。”

华尘雨顿时无语，扭头走了出去。

第二天黄昏，在青年点前的那片荒滩上，几个知青将裹了破苇席的女尸扔进了挖好的深坑内。华尘雨默默地站在一旁，他不愿相信躺在坑内的是叶兰香，昨天晚上他抱着一丝幻想，仍心有不甘地问水宜舟：“难道真是叶兰香？”水宜舟眨了眨眼说：“你看那件上衣，那个头、体形，不是她那还能是谁？”

此时的华尘雨心里陡然生出了难言的哀伤，眼前又浮现出叶兰香熟悉的身影。几天前她还在营里，如今竟以这种面貌出现，一个活蹦乱跳的大活人，就这样在这个世界上消失了。当人们将土撮进坑中时，华尘雨犹如万箭穿心般痛楚不已，身子不由自主地颤抖起来。他不想让人看出自己的失态，极力控制着心中的悲痛，可泪水还是不争气地涌了出来。

人们陆续地离去了，华尘雨仍像一个木桩呆立着。

夜幕降临了，风搅动苇子发出了沙沙声，华尘雨感到一种前所未有的凄怆和惶惑。他失魂落魄地伫立在坟包前，胸中像被一种无形的东西堵得喘不过气来。

一阵冷风袭来，苇丛哗啦啦地躁动起来，像一头怪兽在鸣叫，如同无数的钢针扎入华尘雨的心脏，一股难言的悲怆搅得他肝胆俱裂。

“兰香——”华尘雨突然大叫一声，扑通跪倒在坟上……

第十九章

香港的夜色，霓虹闪烁，一个蓬头垢面、衣衫褴褛的女青年对着一幢旧式小楼的房门紧敲起来。一位头发花白、戴着眼镜的男人打开门，轻声问道：“姑娘，你找谁？”

那女青年瞅着男子：“这是叶兴盛家吗？”

“啊，是呀。”那男子推了下眼镜仔细辨认着，“你是……”

“叔叔，我是兰香啊！”叶兰香突然大叫着扑进叔叔的怀中，泪水泉水般涌出。

叶兴盛惊讶地望着叶兰香：“我的侄女，你是怎么来的？”

“我——”叶兰香慢慢地抬起泪眼……

那天晚上，叶兰香见营里召集各连长紧急会议，顿时如惊弓之鸟，预感到形势的危急。她急忙找出叔叔从香港寄来的信，一个大胆的决定在她心中形成了。她躺在炕上，却久久不能入睡。她想到了华尘雨，不禁潸然泪下。当她意识到自己已经大难临头，心便揪了起来。待山丽虹等人已沉沉地睡着了，她这才悄悄爬起来。她不敢开灯，轻轻地打开箱子，胡乱地将里边的几件衣服塞进旅行袋，便蹑手蹑脚地迈出了宿舍。当经过华尘雨宿舍的窗户时，她忍不住向里一望，见华尘雨睡得像个死猪。她抬起手想敲打玻璃与他最后道别，当手指将要贴近玻璃时，水宜舟突然翻了下身子，她身子一激灵立马将手抽回。叶兰香再次看了一眼熟睡的华尘雨，然后紧咬着嘴唇，一扭身离开了青年点。

此时天边已泛起了鱼肚白，成片的苇子在晨曦中显出朦胧的黄色。她正急切地向前走着，身后忽然响起了“突、突、突……”的声音。她怀疑营里的小型拖拉机追来，惊得急忙闪进路边的苇丛里。她不敢回头，拨开苇子一个劲往里走。

天已放亮，身旁的景物渐渐清晰起来。叶兰香正走着，忽然脚下被什么东西绊了一下，她扑通跌倒了。待她抬起眼，霎时惊得魂飞魄散，一个面部血肉模糊的女青年赤裸裸地躺在苇丛中。她刚要拔腿离去，目光无意间扫到那白花花的身子。她急忙脱下上衣盖了过去，然后心惊肉跳地逃了出去。

她一路坐汽车，倒火车，经过几天的颠簸，来到了深圳与香港的交界，趁着夜色偷偷潜入到香港，按照叔叔信上的地址，费尽周折终于找到了叔叔家。

侄女的哭述，令叶兴盛心如刀绞，没想到叶兰香竟有如此凄惨的遭遇。他望着如此憔悴的叶兰香，眼里满是泪水。他让叶兰香洗完脸，并找出一件女儿的衣服让她换上，安排她住下来。

第二天，叔叔领着她出去转了转，面对五颜六色的香港，叶兰香看哪儿都觉得新鲜。

几天后，叶兰香感觉自己在这吃闲饭，心里很不安。叔叔对她就像亲生女儿似的照顾得很周到，那个长得瘦小、精神头很足的婶子，表面上对她和蔼，可她还是觉得婶子那和蔼相只是个面具，内心一定对她有什么看法。她不愿就这样待下去，提出让叔叔帮她找份工作。叔叔一脸诧异地望着她说："你急什么？在家好好休养调整一下身体，我养得起你。"可她说："叔叔，我知道您对我好，可我年纪轻轻的在家也待不住哇，出去找份工作，心里踏实些。"叔叔拗不过，只好问她："你有什么特长，想做什么工作呀？"叶兰香也不知自己有什么特长，只是说："什么工作都行，我在农村这么多年，什么苦都能吃，什么脏活累活都能干。"叔叔考虑再三，这才为她找了一份餐馆的工作。可等她到这家餐馆，才知道是刷盘子。她以为这活怎么也比盘锦的农活要轻松，于是毫不犹豫地答应了。

一个伙计将她带到洗碗间，里面已有一个中年妇女正忙着洗餐具。那个伙计简单地告诉她基本操作程序和注意事项后，就离开了，叶兰香系上围裙开始工作。

此时正是晚上用餐时间，碗盘陆续堆了过来。服务员把盘子里剩的东西倒进垃圾筒里，再按碗盘的大小分类摞好，剩下就是洗碗工的事了。叶兰香将碗盘一摞一摞地放进大水槽里，一个一个地洗干净，放进另一个清水槽里，再捞出来放进筐里，端到碗柜前摆进去。没一会儿，碗盘越来越多，服务员匆忙地放下碗盘就走。后来连放的地方都没有了，就从桌子下面抽出周转筐来，往筐里一扔。叶兰香快速地洗着，可碗盘又一批批地来了。她两手不停地舞动着，接着是成堆成堆的来，后来干脆变成了成筐成筐的来。叶兰香低头哈腰忙得满头是汗，仍洗不过来。

正忙得天昏地暗，突然服务员喊了一声：“爆盘了!”那意思就是碗柜里的碗盘已空。老板见碗盘周转不开，急忙赶过来，满脸不高兴地催促道：“快点！这样不行!”然后转身气哼哼地走了。叶兰香委屈地望着老板的背影，眼里含着泪。前任洗碗工赶快过来帮忙，一通忙活过后，总算过了这个高峰期。趁这个间隙，叶兰香以最快的速度去了卫生间。可回来一看，顿时目瞪口呆。只这一会儿的工夫，那碗盘竟堆成了小山，连站脚的地方都被装碗盘的筐所挤占。叶兰香急得眼泪伴着汗水在脸上流淌，只觉头晕脑涨。

叶兰香正忙得不可开交，两只盘子忽然从手中滑落，只听“啪”的一声，地上霎时出现一堆碎瓷片。她惊得身子一哆嗦，老板听到响动匆忙过来，低头一看，眉头拧成了疙瘩，大声训斥道：“你是怎么搞的？这盘子多贵呀，这损失……”

叶兰香不敢正视老板，低头拾着地上的碎片，说：“啊，对不起！损失我赔。这盘子多少钱？从我的工钱里扣。”

老板不耐烦地说：“当然得扣你工钱，你可得小心点，再这样我可损失不起呀!”

叶兰香正收拾残片，只觉手指一阵疼痛，这才发现，手指被碎瓷片划破，鲜血正滴在地上。旁边的人急忙用线将她的手指勒住，然后找出一个创可贴将伤口包住，总算止住了血。她不敢休息，又将手伸入装满碗盘的水池中……

回到住处已近深夜，此时她觉得连上床的劲都没了，可对着叔叔还要装出很轻松的样子。她回到自己的房间，揭开创可贴，见伤口处已开裂发白，双手因长时间在水池中浸泡而肿胀起来。

第二天，她拖着疲惫的身躯又来到餐馆，重复着单调而又紧张的工作。

一天晚上，叶兰香正在餐馆洗着碗，只觉一阵恶心，她急忙来到卫生间，竟呕吐起来。这才想起自己很长时间没来例假，难道自己真的有什么情况了？她不敢往下想。婶子发现情况，便领她到医院检查。医生简单地询问了几句，便让她去化验，待见过化验结果，医生笑着对叶兰香说："恭喜你有喜了！"身旁的婶子不禁一怔，疑惑地望着叶兰香。叶兰香马上低下了头，可婶子还是问了医生一句："真的吗？"医生瞅着她说："那化验结果不是写得清清楚楚吗？再说她经常呕吐就是怀孕明显的症状，你是过来人不会不清楚吧。"叶兰香没想到，就那一次，竟然怀孕了，她既紧张又有几分惊喜。她深爱着华尘雨，这可是两个人爱情的结晶啊！可现在的处境又令她多了些惶恐。她不知该怎么办，向婶子投去了探询的目光，却不料婶子的表情异常严肃，这让她感到惴惴不安。

回到家，婶子将此事告诉了叔叔。婶子当着叔叔的面问叶兰香："你是不是有男朋友了？"叶兰香默默地低下头。叔叔接着又问她，她这才"嗯"了一声。叔叔急得红着脸道："你们没结婚咋就这样？我们叶家还从没有过这种情况，这不是给叶家丢脸吗？你呀……"婶子望着叶兰香，竭力做出一副关心的样子说："你别怪叔叔，他这是为你着急呀！这女孩家没结婚就怀孕，让人知道多不好，干脆上医院做了吧！"叶兰香不禁一惊，没想到婶子竟能说出这样的话，她顿觉心乱如麻，低头回到房间，一头扎到床上，任泪水肆意地在脸上流淌。

她又想起了华尘雨，想起了两个人在一起的那些难忘的日子。可如今，两人却劳燕分飞，天各一方。不知华尘雨为她的突然失踪会急成什么样子？她挣扎着爬起来，提笔给华尘雨写信，倾诉对他的思念，对他的牵挂，述说自己怀了两人的骨肉而产生的那份惊喜和担忧，整整写了满满的五页。当她要往信封上写青年点的地址时，突然手僵住了。她忽然意识到，假如这封信真的寄到青年点，不知会给华尘雨带来怎样的麻烦，甚至是难以想见的灾难。她的眼泪不知不觉地顺着脸庞滴落下来，浸湿了载满思念的信纸。她默默地将信纸装入空白的信封内，塞到自己发黄的旧书包内。想到叔叔、婶子对她怀孕的那种无法容忍的态度，她身子猛然抖动起来。只有打掉腹中的孩子，才能继续在这住下去，否则，她无法面对他们。可是她实在不忍这样做，这是一个凝聚着两人全部情感的小生命啊！究竟该如何呢？她躺在床上辗转反侧、难以入眠。

经过一夜的反复思考，她终于做出一个大胆的决定：留住这个孩子！

为了不连累叔叔一家，第二天一早，她提出让叔叔为她租间房子，不求好坏，只要能容身即可。婶子的脸上顿时露出不易察觉的得意，可嘴上却说："还是住这吧！只要你打掉孩子，以后我给你找一个好小伙。"叔叔也急着说："不行，你哪也不能去。难道这还住不下你吗？"可叶兰香决心已定，不管叔叔怎样劝说，还是偷偷到外面租了房子。房主是个老太太，丈夫几年前就去世了，孩子都在英国，她一个人独守着三间空房。老太太见叶兰香肯跟她住在一起，觉得有了陪伴，只要了很低的房租。叶兰香的全部家当就是一个旅行袋，当天就搬了过来。

叶兰香的叔叔找到她的住处，劝她回去。叶兰香说："叔叔，我知道您的好意，可我还是在这住比较方便。谢谢您这些天对我的照顾。”叔叔面露愧色，一再表示自己就这么个侄女，不忍心看着她一个人在外面。叶兰香一再说：“我在这挺好，您就放心吧！”叔叔见叶兰香态度异常坚决，只好无奈地说：“既然这样，我只能尊重你的选择。你以后还可以到家里去，有什么困难尽管吱声。”

叶兰香感激地望着叔叔，见他的眼睛湿润，自己心头一热，眼里竟也噙满了泪水。叔叔临走前，又塞给叶兰香一些钱，权当房租。

叶兰香望着叔叔那蹒跚的背影，眼泪再一次模糊了视线。

几个月后，叶兰香生下了一个女孩。她望着这个可爱的小生命，心里涌起初为人母的激动。华尘雨的身影又浮现在她的脑海里，她为女儿取名叶思雨。看到女儿，叶兰香仿佛又见到了她日夜思念的华尘雨。

第二十章

叶兰香的消失更加深了华尘雨的思念，他愈发怀恋和她在一起的那段时光。她的一举一动，一颦一笑，连她生气的样子都深深地印在他的脑海中。华尘雨这才发现，失去的东西是那样的珍贵，她常常进入他的梦中，向他述说着自己的冤屈。每当他从梦中醒来，都会感到深深的内疚与遗憾。

每天收工后，华尘雨都会不由自主地来到那个坟包前，他双眼紧紧盯着凸起的土包，仿佛透过厚厚的碱土，就能看穿里面的一切。有一天，水宜舟来到跟前，说："既然都过去了，就别总惦记了，人死不能复生，还是考虑你自己以后的前途吧！"华尘雨却红着眼圈说："可是我忘不了啊！你不知叶兰香有多可怜，咱们应该给她立个碑。"水宜舟瞪大眼睛，像看怪物似的盯着他说："啥！你别在那瞎合计了，还怕麻烦小哇？赶紧给我歇着吧！"

可华尘雨还是不甘心，当晚找到"大胡子"，一本正经地说：“营长，是不是该给叶兰香立个碑呀？她可是咱点的知青啊！”

“大胡子”惊诧地望着他：“你的心情可以理解，但叶兰香是啥出身你不清楚哇？哪有给资本家的女儿树碑立传的？”

华尘雨说：“不管她以前啥样，毕竟也是知青啊！再说她都没有了，给她立个碑，有啥不行？”

“大胡子”不解地看着他：“你别在那自作多情了。再说，坟里埋的是……”他好像想起了什么，突然停住了。

华尘雨睁大眼睛，疑惑地瞅着他：“难道埋的不是她？”

“不，不……”“大胡子”忙改口道，“死者被毁容，也分辨不清，不过从身形和那件上衣来看，应该是她。”

“既然是她，为什么不能给立个碑？”华尘雨盯着他，“人都没了，总得有个标记，让人知道这儿埋的是咱知青吧？”

“大胡子”皱了下眉说：“这才刚消停几天，你又勾起这事。你就别再添乱了，还是考虑一下自己以后咋办吧！”

华尘雨沮丧地回到宿舍，丢魂似的心乱如麻，他瞅哪都觉得别扭，心里窝着一股火却无从发泄，他一眼发现地上盛满半盆脏水的脸盆。“去你妈的！”他愤怒地抬脚踢去，水宜舟刚推开门，那脸盆便飞了过来，他“啊”的一声惊叫，未及躲闪，那盆脏水便溅了他一身，气得水宜舟大叫：“好你个华下巴，我招你惹你了，你他妈的太损了，拿我当出气筒啊！”

华尘雨眼睛一瞪：“滚！”

水宜舟翻了翻眼睛，悄悄退了出去。

就在华尘雨为失去叶兰香而深深地懊恼时，水宜舟与山丽虹之间的关系竟有了突破性的进展。经过水宜舟的苦苦追求，山丽虹尽管口头上未答应与他相处。可实际上，她对水宜舟已由不再反感而发展成对他有所惦记。可恰在此时，在冰冷的脱谷场上，一场意外发生了。

当时，水宜舟和山丽虹在一起打稻子，两个人说笑着，将散落在地上的稻穗用木叉挑起，塞到轰轰鸣响的打稻机里。打稻机内的滚筒飞速地旋转着，将从入口吞进的稻穗绞成了一节节，又从背后的出口吐出成团的烂草。飞旋的打稻机搅得乌烟瘴气，两人捂着的棉帽子和口罩上挂满了灰尘，粘上了一层细碎的稻草叶。除了眼珠是白的外，浑身上下都变成了灰黑色。稻穗有些潮湿，经常缠绕着打稻机内的滚筒，使转速骤然下降。

山丽虹刚填进一叉子稻穗，那滚筒就不转了，憋得机器嗡嗡直叫，就是不打转。山丽虹急得用叉子又将塞入的稻穗往里使劲捅，可机器只叫就是不动。山丽虹急得扔掉了木叉，上去就要去拽稻穗。水宜舟忙过来拦住，将她拉到一边说："我来吧！你过去把电闸拉下就行了。"山丽虹说了句："你小心点。"便向电闸方向走去。

水宜舟过来用木叉挑了一下被塞住的稻草，滚筒憋得嗡嗡叫仍未转动。于是他用左手去拽塞入的那缕稻草，第一次未拽动，他气得自言自语："这破机器还挺不好整，我看你转不转。"他死死拽着稻草再次用足力气，那稻草终于松动了一下。突然滚筒转了起来，将那稻草卷了进去。水宜舟一看不好，再想撒手已来不及了，左手即刻被裹了进去，只听得撕心裂肺的一声惨叫。已走到电闸边的山丽虹心里一震，猛地一把拽下电闸，可巨大的惯性还是将水宜舟的胳膊卷了进去。山丽虹惊叫着扑了过去，正在旁边的华尘雨，一把扔掉手中的木锨飞奔到近前。大伙一起涌了上来，只见水宜舟小脸煞白，豆大的汗珠从额头上滚落。山丽虹哭叫着上前去拽水宜舟，华尘雨冲上来拽住山丽虹的胳膊，大喊着：“别硬拽，不然他胳膊就完了。”山丽虹急得泪流满面，叫道：“那咋办呐？”

华尘雨望着龇牙咧嘴的水宜舟，上前将木叉从打稻机出口处塞入，插入滚筒内迫使其逆向转动，一点点将水宜舟那支胳膊慢慢退出打稻机。山丽虹见状惊叫着瘫倒在地，原来水宜舟整个左手不见了，被绞烂的袖口露出血淋淋的断肢，水宜舟已昏厥了过去。“高粱米”赶忙从营部叫来“小蹦蹦”，大伙七手八脚将水宜舟抬上去，华尘雨跟着跳上车，山丽虹刚想上，“高粱米”过来拦住她说：“你就不用跟去了。”可山丽虹胳膊一甩，硬是爬进车内，坐在水宜舟身边，“高粱米”只好也跳上车。“小蹦蹦”“突、突、突”地向大洼医院驰去。

经过五个多小时紧张的手术，水宜舟被推回了病房。当水宜舟苏醒时，发现自己的左手不翼而飞时，霎时惊叫起来：“我的手，我的手呢？”

一旁的山丽虹止不住痛哭失声，一头扑到他的被子上，声音颤抖着：“小舟啊，你可要挺住啊！”

“谁把我的手整没了，今后我可咋办呐？”水宜舟低头盯着缠满绷带的断肢，眼泪止不住涌了出来。

山丽虹紧紧抓住被子，哭泣道：“小舟，你这是为了我，才……”

水宜舟望着伏在被子上的山丽虹，心里涌起难言的酸楚。他忍着断手带来的钻心刺痛，有气无力地说：“谁都不怨，只能怪我太大意。”他右手捶打着被子，叹息道：“唉，我这不成废人了吗？活着还有啥意思？”

山丽虹上去捂住他的嘴：“我不许你胡说，不是还有我吗？你现在啥也别合计，安心养伤，慢慢会好的。”

水宜舟望着泪眼婆娑的山丽虹，心头顿时涌起感激与爱怜。他用右手轻轻抚摸着她有些散乱的头发，说：“有你这话我就知足了。你还年轻，我不能耽误了你的前途。”

山丽虹抬起头，含情脉脉瞅着他，嗔怪道：“你也不老呀！咋的，瞧不上我了？那你当初死皮赖脸追人家干嘛？”

“不，不是。”水宜舟忙分辩道，“你看我这个样子，能干啥？”

华尘雨突然推门进来，山丽虹忙从被子上抬起身子，脸腾地红了。华尘雨走到床前，将两瓶水果罐头放到刷有白漆的床头柜上，向水宜舟投去探询的目光。

水宜舟说：“你买这玩意干嘛？挺贵的，我这柜子里有高粱米给我买的不少东西。一会儿你带回去。”

华尘雨说：“瞧你那小样，跟我还装上了。哥们，现在感觉咋样？”

水宜舟突然眼圈红了：“你说我咋恁倒霉，以后我可咋办呐？”

华尘雨望着他被厚厚的纱布包得像粗大的棒槌似的左肢，一阵心酸。他咬着嘴唇看着水宜舟，想了想说：“小舟，我理解你的不幸，但也不能悲伤过度，这不仅对你康复不利，也影响了山丽虹的情绪，她对你可是一片真心。你是男子汉，得做出个样来。有啥难处跟我说，我不信你闯不过这一关。”

水宜舟用手抹去眼泪，说：“尘雨，关键时刻还得是哥们，其实你的压力也不小。你放心，就冲你和山丽虹对我这样，哥们也不能趴下。”

华尘雨动情地注视他的目光，激动地握住他的右手，两人的眼里都闪着晶莹的泪花……

水宜舟出院后，华尘雨找到“高粱米”，要求对水宜舟给予照顾。“高粱米”躲避着他的目光，说：“这事我知道，他是我同学，如今摊上这事我心里也不好受，我会尽力办。”

随后，“高粱米”找到钱玉刚，两人一商量，决定让水宜舟看场院，拿全连的平均工分。就这样，水宜舟便将行李搬到了小窝棚。每隔几天，收工后，山丽虹便来到他身边为他烧炕、做饭、洗衣服。两人随便地唠着家常嗑，小小的窝棚充溢着欢乐与温馨。水宜舟看着山丽虹为自己忙这忙那，心里充满了感激与甜蜜。每次山丽虹离开时，水宜舟都恋恋不舍地送出门外。山丽虹已走出很远，水宜舟仍呆立在门口。

这天晚上，山丽虹为他洗了一堆衣服又缝完被子，已是下半夜了。山丽虹起身刚要走，水宜舟一把拽住她，说：“这深更半夜的，你自己回去我不放心，就在这将就一宿吧！”山丽虹脸一红，说：“那多不好？让人知道了可咋办？”水宜舟嬉皮笑脸地看着她，说：“咱俩的关系谁不知道？怕啥，难道我还能把你吃了？”

山丽虹瞅着水宜舟说：“那可说不准。”

“难道我是狼？”水宜舟冲她一笑。

山丽虹一点他的脑门：“你是一只披着羊皮的狼。”

“什么？”水宜舟上前一把搂住她，“那我就吃你啦！”

山丽虹想要挣脱，可水宜舟却紧紧抱住她，将嘴贴在她的唇上一阵狂吻。山丽虹心跳骤然加快，脸更红了。水宜舟的呼吸也变得急促起来，山丽虹羞涩地推着他，可水宜舟却全然不顾，竟将手伸入她的衣服内，揉搓着那丰满的胸脯。山丽虹挣扎了一会儿，见无济于事，身子便软了下来，随之情不自禁地呻吟起来。她一把拽下灯绳，小窝棚顿时一片漆黑。水宜舟大口大口地喘着粗气，用那只右手笨拙地解开她的衣扣，山丽虹喘息着说："小水，你干嘛?"水宜舟也喘着粗气说："干嘛？今天咱就来个水漫金山。"于是迫不及待地将身子压了上去……

几个月后，招工的名额下到连里。评议会上，大伙纷纷削尖了脑袋争夺有限的名额，平时关系异常亲密的朋友此时竟撕破脸，相互揭短、反目为仇，闹得乌烟瘴气不可开交，气得钱玉刚连连大骂，最后只得采取投票的方式。一些平时表现不好的人，由于事先拉票，竟得了高数的票，而一贯埋头苦干的人，票数却少得可怜。山丽虹人缘不错，总算被选上，可水宜舟因与华尘雨关系较近而受到冷落，名落孙山。华尘雨实在看不过去，找到钱玉刚为水宜舟鸣不平。可钱玉刚却对他不屑一顾，说："你都顾不了自己，还替旁人操心，我劝你别自讨没趣了。"华尘雨愤愤而归。

水宜舟见华尘雨一脸怒气，从他的表情中似乎已经猜到什么，他实在不甘心这样的结果，一气之下找到钱玉刚，说："这么评比不公平。"钱玉刚正闹心，不耐烦地说："就因为你掉了一只手，队里才照顾你干俏活，所以你比不过常年下地的，这是秃子脑袋上的虱子——明摆的。我可怜你也没用，这是大伙选的，我也没办法。"

水宜舟哑巴吃黄连——有苦说不出，山丽虹却气不过，立马纠集了一些跟她要好的女知青，联合找到营里。"大胡子"无可奈何地说："我也挺同情水宜舟，可谁不想回城啊？再说名额都下到连里，你们就是把我吃了，也弄不来名额，还是回连里想办法吧！看看谁能发扬风格，兴许还有点希望。"

可此时大伙想回城都想疯了，有谁愿意献出来之不易的名额？山丽虹思来想去，最后一咬牙，将自己的名额让给了水宜舟。水宜舟一听，冲着山丽虹将脑袋摇得像拨浪鼓，连声说："那可不行，我怎能占着你的名额，那样的话，即使回了城，我也心不安呐！"山丽虹眼泪顿时就下来了，抚摸着他的断肢说："你都这样了，在这多痛苦。我主意已定，你就听我的吧！回城后别忘了给我来信。"

水宜舟感动得泪流满面，紧紧抓着她的手："我真不知怎么才能报答你啊！我……"他说不下去了，上前一把搂住山丽虹，两人哭成了一团。

望着山丽虹与水宜舟紧紧相拥，华尘雨竟感动得一塌糊涂，又想到了叶兰香，想到她曾对自己的关心，还有她小鸟依人般的柔情和眷恋，不禁一阵心酸。于是，他悄悄地走出了宿舍。

几天后，水宜舟踏上了盼望已久的回城之路。临走时他与华尘雨、山丽虹挥泪而别，山丽虹紧紧抓住他的手，哭成了泪人。

望着水宜舟远去的背影，华尘雨的内心一阵苍凉，孤独、迷惘如水漫般浸入全身。

第二十一章

朱尚标、水宜舟这两个好友各自在农村转了一圈又离开了，平时在一起时，几个人总是吵吵闹闹，不觉得怎样。这回他们相继离去，华尘雨忽然发现自己连个说话的人都没有，这才感到朋友的珍贵。孤独像一张可怕的大网罩在头上，他仿佛要窒息了。

以前，“小辣椒”隔几天，有事没事还到华尘雨的宿舍坐上一会儿，有一搭没一搭地唠着闲嗑，其实华尘雨心里明白，她对自己与叶兰香的关系曾大为忌妒。可当叶兰香突然消失后，不知是出于怜悯，还是有其他目的，“小辣椒”对华尘雨的态度有了转变，主动接触华尘雨的次数也多了起来。

可自从水宜舟回城后，“小辣椒”竟再没单独去过华尘雨的宿舍。华尘雨一时闹不清楚她这葫芦里卖的什么药。

只有“小辣椒”心里清楚，她突然发现了什么，望着一些平时干活不如自己的人，就因为跟小队长关系好而回了城，她的内心愈发变得躁动不安。她开始冷静地分析，仔细回忆往事，才发现了问题所在。钱玉刚因叶兰香拒绝嫁给他儿子而怨恨华尘雨，却见“小辣椒”与华尘雨关系不一般，才对“小辣椒”有了成见。

“小辣椒”已经厌倦了农村的生活，她不想为了华尘雨而得罪钱玉刚，将自己的青春扔在这片盐碱滩，回城的欲望随着知青的纷纷离开而变得愈来愈强烈。“小辣椒”思来想去，要想回城，首先要得到老农队长的支持。为了迎得钱玉刚的欢心，只有远离华尘雨。

“小辣椒”主意已定，于是开始有意疏远华尘雨，平时借汇报工作之机，经常往小队部处溜。有一天她趁着没人时，悄悄拎着托人在县城买的几盒“迎春”烟和一瓶酒来到了小队部。这是她第一次给人送礼，像做贼似的忐忑不安。她将东西放到钱玉刚的面前，竟不知说什么。钱玉刚见状，立马绷起脸瞅着她，问：“你这是做啥？”

“小辣椒”一下子脸红到脖子，支吾着：“别人上县城给我带来点东西，我不会烟酒，你平时对我没少关照，是点意思。”

钱玉刚疑惑地望着她：“啥意思？你快拎走。”

“小辣椒”借口有人找她，顺势跑了出去。

她回到宿舍，心仍怦怦跳个不停。

第二天上工时，当她发现钱玉刚抽的正是“迎春”烟，而平时他总是卷“大老旱”，这时，她那颗悬着的心才放下来。

后来，“小辣椒”隔三差五地给钱玉刚送盒烟，钱玉刚嘴上说你这是干啥，却坦然地接受，从此对她的态度明显好起来。

这天，钱玉刚将“小辣椒”叫到了小队部。平时都是她主动去那儿，今天钱玉刚主动邀请她，她一时竟有些惊诧。

当她站到队长面前时，心里还在嘀咕。钱玉刚招呼她快坐，她身体有些僵硬地坐到了炕沿上，全没有了往日的泼辣劲，她暗自盘算着自己要表现得大方一些，于是打起精神瞅着眼前这个面庞黝黑、满是皱纹的脸，可心里却打鼓似的“咚、咚”跳个不停。

钱玉刚叼着“迎春”烟，重重地吸了一口，旋即一缕白烟带着辛辣味，从那张开的嘴里如烟囱般喷出，呛得她真想扭过脸去，可她还是装出无所谓的样子，试探性地问：“队长，找我有啥事儿？”

钱玉刚故意停顿了一下，朝地下掸了下烟灰，说：“没啥大事，只是想跟你唠叨唠叨最近队里的情况。”

“小辣椒”睁大了眼睛，做出洗耳恭听的样子。

“你最近表现得不错，能跟华尘雨划清界限，这很好。”他又抽了口烟，“华尘雨这小子是挺能干，可就是脾气怪得很。你说她跟那个叶兰香胡扯什么，真是粪坑里的俩土豆——一对臭蛋。听说你以前跟他好过？”

“小辣椒”心里咯噔一下，忙说：“咱俩是同学，以前关系是不错，可现在我已经不搭理他了，我跟他已没有任何关系。这你也能看出来。”

钱玉刚朝她摆了下手：“这我知道。华尘雨是有错误，家庭也有问题，可我们也不能一棍子把人打死，必要时你还得帮助他。”

“小辣椒”不解地望着钱玉刚，他这葫芦里究竟卖的啥药？

钱玉刚瞅着“小辣椒”问：“你发现最近华尘雨跟岳春有什么来往？”

“我好长时间没跟华尘雨接触了，他跟什么人来往我也不清楚。”“小辣椒”忽闪着大眼睛，疑惑地望着钱玉刚，“到底发生了什么事？”

钱玉刚掐灭了烟头，想了想说：“前几天，农场的钱主任家被偷了，有人怀疑是岳春干的。”

“啊！”“小辣椒”不觉睁大眼睛，“都丢了啥东西？”

钱玉刚说：“反正你也不是外人，我就直说了吧！听说丢了一条‘大前门’烟，两瓶‘竹叶青’酒，还有二百多元钱。”

“啥？钱主任家有恁多东西？”“小辣椒”惊讶地瞪大眼睛。

钱玉刚说：“这事你别声张，你注意点华尘雨。”

“小辣椒”问：“你怀疑是华尘雨干的？”

钱玉刚说：“我不是怀疑华尘雨，是怀疑岳春那小子。他说洗手不干了，可谁信呐？再说，别人也没那本事呀。”

“小辣椒”说：“那就找岳春不就行了，干嘛还要注意华尘雨？”

钱玉刚说：“岳春那小子贼精巴怪的，咱抓不着把柄啊！我听说有天岳春请华尘雨了，你给我了解一下。”

“这……”“小辣椒”面露难色，“我好久不上他那去了，我问他能好吗？”

钱玉刚说：“你们以前不是好过吗？你就当关心他，侧面打听一下。这可是考验你的时候啊！”

“小辣椒”犹豫了一会儿，说：“那我就去试试吧！”

“哎，这就对了！”钱玉刚朝她笑了笑，“有啥消息，尽快告诉我。”

第二天晚上，“小辣椒”真的来到了华尘雨的宿舍。华尘雨一时感到纳闷，嘴一歪，道：“哪阵风把你给吹来啦？”

“小辣椒”故意笑道：“咋的，我看看你不行啊？”

“您老人家能来看我，真是莫大的荣幸。”华尘雨瞥了她一眼道，“您是无事不登三宝殿，这次来有什么指示啊？”

“小辣椒”瞅着他说：“你就别跟我贫嘴了。最近的生活咋样？”

“我还能咋样？人家见我像见瘟神似的。”华尘雨不无自嘲地望着窗外，“这样也好，落个清静，也省得别人跟我受牵连。”

“小辣椒”联想到自己近期对他的冷淡，心里涌起一股难言的无奈，她说：“我最近心情不太好，没来看你，你别见怪。”

华尘雨说：“我有什么资格要求别人，今天你能来，对我是格外看重，真令我感激涕零。”

“小辣椒”强装笑容道：“你还是那个样子，真拿你没办法。哎，前几天岳春是不是找过你？”

“是啊。”华尘雨扬起脸，故意大声说，“不光找过我，还要请我喝酒，人家可没嫌弃我。”

“小辣椒”一看机会来了，心中暗喜，她将脸凑近了问道：“他请你喝的什么酒？抽的什么烟？”

“你知道，我不会抽烟，也喝不了几口酒，我对那些都不感兴趣。”华尘雨想故意吊起“小辣椒”的胃口，晃着脑袋说，“不过都是好烟好酒，什么‘大前门’啦，‘竹叶青’之类的。”

“真的呀！”“小辣椒”惊喜地瞪大眼睛。

华尘雨见她这副样子，不觉暗自好笑：“什么真的假的，哥们拒绝了，你以为我是见酒眼开的人啊！不信你问岳春去。”

“我合计你也不是这种人。”“小辣椒”见目的已经达到，坐了一会儿就走了。

华尘雨万万没想到自己随口说出的想气“小辣椒”的话，竟给岳春带来了灾难。

第二天，岳春就被民兵带到了营部。开始岳春死不承认，可经不住民兵的毒打，终于承认了。

岳春动了偷农场钱主任的念头，源自发现钱主任获得的不义之财。一天有个在农场附近的六营的同学来看他，岳春请那同学喝酒时，从他口中得知钱主任随便克扣知青出工的钱，家里都是好烟好酒。岳春问：“真有这回事？”那个同学打着酒嗝说：“是在农场场部工作的一个知青说的，绝对真实。”那个同学涨红了脸，喷着酒气说：“咱们出工累得骨头架都散了，可他却连我们的血汗钱都敢贪污。他吃香的喝辣的，骑在咱们头上作威作福，比过去的地主老财都邪乎，真不是东西。”岳春听得牙根直咬：“这种人真是可恶，不给他点颜色真不知天高地厚。”那个同学说：“哎，哪天你到那个王八犊子家干他一把，反正他那些东西也不是好来的。”岳春本来已洗手不干了，经他一提醒，真有些动心了，便说：“我再想想。”送走同学，他心里开始翻腾了，自己已经下狠心改邪归正，可一想到知青出工玩命挣的钱竟进了钱主任的手里，气不打一处来。他想了三天三夜，决定最后偷他一把，然后，从此再不干了。

一天夜里，他偷偷来到钱主任的住处，如狸猫般轻盈地翻墙而入。已是后半夜了，他借着月光，发现这是一个很大的院子，正房从厅堂向东西各分两间，而东西厢各有一趟房子，院门是阔大的铁门，周围被高高的大墙围成了一个四合院。这座红砖瓦房在月光的辉映下显得格外气派。这让岳春想起了从照片上见到的四川大地主刘文彩的庄园，眼前这个院落一点不比刘文彩的逊色，他心里涌起一阵厌恶。他悄悄来到了正房靠东面的一间，蹑手蹑脚地走进一看，钱主任正搂着一个女的睡得正香。他轻轻拉开柜门，不禁一怔，里面摆满了烟、酒、罐头等，比商店里的东西都好。他顺手拿了一条“大前门”烟和两瓶“竹叶青”酒，又抓了几盒鱼、肉罐头，塞进了所带的书包里。若不是书包已满，他真想再抓点什么。他刚想退出去，忽然发现了炕柜。他好奇地拉开一个抽屉，见里面的一本“毛选”有些鼓胀，他拽出一翻，中间竟夹着二十几张十元的人民币。他一下子抽出里面的钱装进兜里，背上书包里的战利品迅速地离开了。

他神不知鬼不觉地回到青年点，等了三天见没什么动静。于是，晚上悄悄将华尘雨叫去，已备受冷落的华尘雨见竟有人敢跟自己接触，不禁心头一热。岳春递过来一盒“大前门”烟，华尘雨一摆手说不会。岳春疑惑地望着他，说：“哪有男的不会抽烟？来鼓捣一支。”华尘雨说：“我可享受不了这玩意。”岳春自己点着烟，重重地吸了一大口，随即吐出一股浓烟，然后吧嗒了一下嘴，闭上眼睛一副十分享受的样子。他揭开箱子，取出了一瓶“竹叶青”酒和两个罐头。他打开一盒猪肉罐头，顿时，一股久违的肉香扑鼻而来。华尘雨望着罐头里大块的猪肉，口水都要流出来。岳春启开那瓶“竹叶青”，倒在了饭盒里递过来，说：“来，今天咱俩好好喝一顿。”华尘雨刚接过来，忽然看见了他的那个断指，一下子怔住了。华尘雨疑惑地望着他问：“这东西哪来的？”他说：“你问那么多干嘛，叫你来，你就吃喝，别的你别管。”华尘雨立刻绷起脸道：“你不告诉我，我就不吃。”他说：“是一个朋友前两天看我带来的。”华尘雨说：“又是那些狐朋狗友，这些东西一般人可弄不着，是不是你又忍不住了？

告诉我从哪搞来的。”他说：“你这人真是事多，别人想吃我都不给，我看你够哥们讲义气才请你。”华尘雨说：“你的心意我领了，可你这东西来路不明，我可咽不下去，我劝你以后也别干这事了。”岳春吃惊地望着华尘雨，扬脖喝下一大口酒，满脸通红说不出话来。华尘雨盯着他的脸，重重地拍了下他的肩膀，转身走了出去。

回到宿舍，华尘雨一头扎到炕上，那盒打开的肉罐头仍不时在眼前晃动着，尽管他怀疑那些东西不是好来的，可仍然有些后悔。很长时间没有吃到肉了，现在有这么好的机会，自己却断然拒绝，真是死要面子活受罪。唉！他又想到了岳春，真是让人捉摸不透。此时的华尘雨宁愿相信他所言是真，也不愿怀疑他又重操旧业。毕竟当别人都疏远自己时，能有人想到自己，就凭这点，华尘雨对他竟有些刮目相看了。

当华尘雨得知岳春被抓，并且交代了事情的经过时，竟暗自出了一身冷汗。多亏自己拒绝了他的“好意”，不然跳进黄河也洗不清。可即使这样，还是被叫到营部受到一通质问，还是“小辣椒”替华尘雨说了话，才使他免受牵连。可华尘雨却不知，其实全是因为“小辣椒”的告密才惹出这么多麻烦。

后来，岳春被关进拘留所，在里面整整待了一年。可岳春还是将在钱主任家看到的那些来历不明的物品和盘托出，这引起了县知青办的注意。县里派人对钱主任进行调查，有人提前给钱主任通风报信，钱主任便将这些东西一部分送给县革委会主任，其余自家消灭。县里调查了一番，因证据不足而不了了之。

“小辣椒”因此得到钱玉刚的信任，不久沈阳的工厂来招工，“小辣椒”在钱玉刚的争取下，得到了这个宝贵的名额。

临走前，“小辣椒”来到华尘雨的跟前，她望着这个自己曾经追求过的同学，心里如打翻了五味瓶，两人相处时的情景又浮现在眼前。她瞅着华尘雨，目光变得复杂起来。华尘雨装出无所谓的样子，说：“我得祝贺你呀！”

“小辣椒”说：“尘雨，多保重。你别灰心，好好干，以后还是有前途的。”

华尘雨一脸的苦笑：“你走就走呗，还说这些干啥？谢谢你的关心，你放心，哥们不会趴下。”

“小辣椒”眼圈一红，竟情不自禁地抽泣起来。

华尘雨愣怔地望着她：“回城是好事，你咋还这样？”

她泪眼婆娑地看着他，一咬牙，扭头跑了。

面对她踉踉跄跄的背影，华尘雨像个木桩似的杵在那儿，大脑一片空白……

第二十二章

“四人帮”倒台后没几个月，盘锦各农场便取消了兵团的编制，恢复了原有的生产队形式。营又变回了大队，连则为小队，只是人员没有变化。随着大批沈阳知青招工回城，点里六八年下乡的沈阳青年已所剩无几。鞍山青年变成了大多数，从大队到小队的班子成员几乎都换成了鞍山青年。当初被朱尚标收拾得如三孙子的鞍山青年“麻雷子”趾高气扬地在点里横晃，成了大队有名的“棍”。更出人意料的是，他竟当上了大队的民兵连长，晚上没事便领着一帮由鞍山青年组成的基干民兵，背着未装子弹的步枪，拎着手电筒，以检查为名，在青年点四周到处转悠。

有一天后半夜，这伙人竟晃荡到了场院，正赶上一对处于热恋之中的沈阳青年在炕上睡觉。“麻雷子”一脚将门踹开，带人闯了进去，将两个脱得精光的人从被窝里拽出。几支电筒同时照射到那女青年的身上，羞得女青年低着头，捂住下身，在一片粗俗的浪叫声中瑟瑟发抖。那个男青年说："你们不能这样对待她，这是耍流氓。""麻雷子"哈哈怪叫道："你们都整到一块了，到底是谁耍流氓？我看你们才是真正的大流氓。"不容分说将两人带到了大队部，连夜突击审问。

"麻雷子"对两人横眉怒目，让他们把通奸的具体细节讲出来。开始两人支支吾吾不肯说，一个大个子民兵上去对那男的来了两个"电炮"，立马让他鼻口蹿血，女的吓得捂住脸不敢看。民兵对着男的就是一通胖揍，打得他抱头喊叫。后来那男的实在挺不住了，就把如何与女青年发生关系的细节都抖搂出来。女青年满脸通红地埋下头，只恨地下没有缝。可"麻雷子"他们仍不肯罢休，第二天，竟将两人在全大队的知青会上批判，搞得他俩狼狈不堪，脸面尽失。

从此两人在队里灰溜溜地抬不起头，再不敢单独在一起。女的实在忍受不了人们的白眼，借着回沈阳看病，一去不回。男的整日郁郁寡欢，如霜打的茄子蔫了下来，从此一蹶不振。

华尘雨心里明白，他们这是借机对沈阳知青进行报复，心里涌起一阵寒酸。当年自己当连长时，"麻雷子"这样的鞍山小青年哪个敢这样？可现在……他们却成精了，华尘雨真的不敢往下想。宿舍里的沈阳知青都抽调回城了，华尘雨本以为自己单独一屋能清静些。不想那"麻雷子"竟搬了过来，还嬉皮笑脸地跟自己套近乎，说："哥们看你一个人挺寂寞的，过来跟你做个伴，欢迎不？"华尘雨讨厌他的狂妄，不想搭理他，却又无法拒绝，只是淡淡地说："我现在这个样子，还能有人愿跟我在一起，我哪敢不欢迎？""麻雷子"说："别人瞧不起你，可哥们没那样吧？我知道你跟朱尚标是铁哥们，你们都是讲义气的，哥们挺佩服你们的。以后谁敢对你不敬，只要你言语一声，看哥们怎么收拾他。”华尘雨望着“麻雷子”那种趾高气扬的样子，一时不知说什么。当初朱尚标在青年点时，那“麻雷子”乖乖的像条狗，围着朱尚标转悠。现在真是山中无老虎，猴子称大王。如今自己竟落到让他这样的人可怜的地步，华尘雨的心里泛起无奈的酸楚。

从此，华尘雨的宿舍变得热闹起来，一些鞍山小青年常到这跟“麻雷子”喝酒扯淡，“麻雷子”俨然一个山大王，洋洋自得地晃着身子，对这些青年吆三喝四。每次“麻雷子”叫华尘雨喝酒时，华尘雨总是以各种借口躲避。直到夜深人静时，他才悄悄回到自己的铺位。

这天晚上，华尘雨刚刚入睡，就听门咣一声开了。“麻雷子”领个女青年进了屋，径直钻进了“麻雷子”的被窝，随即啪地关了灯，一会儿就听到两人在炕上的撕扯声。那女的悄声说：“你轻点，这屋里还有别人呢！”传来了麻雷子的声音：“怕啥？华尘雨早睡着了。”

其实华尘雨早被这动静所惊醒，却不敢翻身，怕弄出动静。屋里漆黑一片，开始，还只是窸窸窣窣的响声，可不一会儿，那动静逐渐地大起来。后来那女的竟肆无忌惮地哼哼起来，到最后竟变成了情不自禁地大声喊叫，搞得华尘雨心烦意乱无法入眠，一下联想起与叶兰香相拥在一起的情景。女青年放肆的叫声使华尘雨的心也狂跳起来，身体一阵阵燥热，下体竟无法自抑地躁动起来，华尘雨想翻下身调节一下燥热的身体，却又怕惊动他们。他大气不敢出，只得直挺挺地躺着，就像潜伏在草丛中执行特殊任务的侦察兵，面对蚊虫的叮咬也不敢动一下。直到天快亮时，那女的才离开，而华尘雨却受了一夜的煎熬。

第二天，华尘雨终于忍不住，对“麻雷子”说：“你睡觉能老实点不？别整出恁大动静，闹得别人都不得安宁。”“麻雷子”却嬉皮笑脸地说：“咋的，我碍你啥事了？咱这是自由恋爱，你管得着吗？你受不了刺激啦？当初你跟叶兰香不是也没闲着吗，是不是这会儿又想她啦？”

华尘雨气得拉长了脸，说：“你搞对象谁管了。可这是集体宿舍，不是光你自己，你得注意点。”

“麻雷子”笑道：“集体宿舍咋的？有能耐你也找个随便玩，哥们给你提供方便。”

华尘雨瞧着他那骄横的样子，真想给他一拳，可一想到自己目前的处境，只好压着火，说：“我没别的意思，就是想让你注意点影响，好歹你也是民兵连长啊！”

“麻雷子”望着华尘雨不屑地说：“民兵连长算个狗屁。哥们也是大小伙子，搞对象也很正常。再说了，这鬼地方有啥意思，不自找点乐趣还不得憋出毛病。哎，是不是想叶兰香了？这都可以理解嘛。你也别假正经了，要不哥们也给你找个女的，陪你乐呵乐呵。”

华尘雨无奈地一撇嘴说：“行了，你让我消停睡觉比啥都强。”

“麻雷子”笑着说：“看在你曾是咱连长的份上，哥们给你这个面子，以后让你睡个消停觉。”

打那以后，“麻雷子”再未往宿舍领女青年过夜，只是转移了地点。

这天晚上，华尘雨正疲惫地躺在炕上，门咣的一声被撞开，华尘雨一怔，见“麻雷子”风一般来到跟前。他手里晃动着一张报纸大声说："华哥，你猜报上登啥好消息了？"

华尘雨不屑地一撇嘴："登啥跟我也没关系。"

"麻雷子"故作诡秘状："这可是你说的，你不看错过机会可别找我。"说完，扭头就要往外走。

华尘雨冲他喊道："过来，别神叨叨的，究竟登啥了？"

"麻雷子"嬉皮笑脸地凑到华尘雨跟前，说："这回可不是登什么'持恒'、'梁效'的文章，关系到你的前途，不信你看。"

华尘雨腾地坐起来，一把抢过报纸，是1977年10月份的辽宁日报，登载的是恢复高考的消息，整整一版全是在辽宁省招生的高等院校和省属中等专业学校，规定了报名条件和考试的时间。华尘雨睁大眼睛仔细看着，这次招生根本没提家庭出身，而是自愿报考，择优录取。华尘雨竟有些怀疑，这能是真的吗？他瞪大眼睛再次看了几遍，报纸上白纸黑字，写得清清楚楚，明明白白。他忽然激动地一拍大腿："太好啦！"

"麻雷子"惊得身子一颤，说："干嘛这么一惊一乍？怪吓人的。咋样，哥们说得没错吧？"

华尘雨激动地望着他："这回我可有救了。"

其实，在此之前，社会上已传开，"四人帮"被抓后不久，邓小平就出山了，他首先抓科技、教育。这恢复高考一定是他老人家提出来的，没想到这么快就变成了现实。

"邓大人啊，你太伟大了！"华尘雨自言自语着，"你老人家要早出山该多好哇！"

"麻雷子"见他的兴奋劲，趁热打铁说："你咋谢哥们呀？"

华尘雨从兜里翻出仅有的5元钱，递给他："拿去，想买啥就买啥。”

“麻雷子”接过钱，跑了出去，一会儿拎回了两盒猪肉罐头和一瓶酒，他刚打开罐头，几个常围着他转的鞍山小青年就循味而来。华尘雨正翻箱子找中学课本，捣弄个底朝天仅找出一本破旧的初一语文课本。“麻雷子”招呼他过去喝酒，他说：“你们吃吧，我得忙正事。”

“麻雷子”说：“先吃完再说，明天你回趟家不就全解决了吗？”

华尘雨这才过去，跟他们喝了几口，说：“你们哥几个先喝着，我得先去跟队长请几天假回沈阳取书。”

“麻雷子”说：“你别说回沈阳，要不给假就完了，就说明天到大洼看病，然后直接坐车走人，回来再说。”

华尘雨想想也对，转身出去了。

第二天一早，华尘雨背上书包，刚想往外走，忽然想起了什么。他一摸兜，空空如洗，这才发觉昨天仅有的五块钱给了“麻雷子”。没路费可怎么回家呀？尽管许多知青上火车都不买票，可那是放假时大批知青挤在一起，铁路人员顾不过来。自己现在是单独回沈阳，万一被抓着要补票可咋办？华尘雨暗自叫苦，自己的好友都离开了青年点，别人肯借给自己钱吗？华尘雨眉头紧锁，深深叹息了一声。

“麻雷子”见状，走过来问：“是不没路费了？”随手从兜里掏出了五块钱，递过来说：“昨天买罐头我没舍得用你的钱，知道你回家得用钱，这钱你拿去吧！”

“这……”华尘雨没好意思接。

“麻雷子”将钱塞到他兜里，说：“哥们昨天只是随便说说，可你不像有的人说大话使小钱，哥们知道你这人仗义疏财就够了。”

华尘雨惊诧地望着他，一时不知说什么。

“麻雷子”又掏出五块钱，说：“这点钱拿去给家里买点啥。”

华尘雨忙说：“够了，谢谢你。”

“麻雷子”笑了笑：“快走吧，别误了车。你能考上大学，哥们脸上也有光啊！起码在一个炕上睡过觉，哥们在人前也有牛吹呀！”

华尘雨一进家门，母亲就迎上来，仔细端详着说：“孩子，你可回来啦！可把妈想死了。我一看到报上说恢复高考，就赶紧给你去信，你收到了吗？”

华尘雨说：“咱那地方离县城还有好几十里地，最快也得四五天才能收到信。我是昨天才看到报纸上的消息，今天就急着赶回来取课本。”

母亲说：“课本我都找出来了。我一看课本不全，就到邻居家去借，可人家的孩子也要参加高考，拿这当宝，谁肯往外借啊！好歹家里还有几本‘文革’前的中学课本，兴许能有用。”

华尘雨抬眼发现桌上堆着的已经泛黄的课本，望着母亲憔悴的脸，心里一阵发热，眼睛竟有些湿润了。他想掩饰内心的激动，故意笑了笑说：“妈，你可真能耐。要是我，连这些书都凑不到呢！”然后学着样板戏《红灯记》里李玉和与母亲辞别时的样子，手做端碗状说：“谢——谢——妈！”

母亲忍不住笑道：“这孩子，还学李玉和，跟妈还这么客气。”

华尘雨说：“我在农村真想您啊！”

母亲心头一热，说：“唉，看着邻居家的孩子都回城了，可你还在农村，妈这心里真不是滋味。你好好复习争取考上大学，离开农村，咱们一家人就可以团聚了。”

“团聚？”华尘雨心里打了个问号，怎么还不见父亲？便问母亲：“我爸咋还没回来？”

母亲叹息道：“照理说也该出来了，隔壁你张大爷都解放了，回局里主持工作，你爸也没啥问题。前些日子我去市里找过，革委会的人说，正在调查核实，让再耐心等些日子。”

华尘雨愤愤地说：“这也不知咋搞的。当初抓人时咋恁痛快，一到落实政策就跟抻大筋似的？我听说不少被打倒的老干部，‘四人帮’刚一倒台就平反，官复原职。咱爸都多长时间了？八年抗战都结束了，咱爸出来工作咋就那么难？”

母亲说：“咱还得相信组织，毕竟形势变了。我估摸着，你爸出来的日子不会太长。眼下你先别合计那些事，抓紧复习才是最要紧的啊。”

华尘雨想到课本不全，立刻跑到了水宜舟家，见水宜舟正在埋头看书。他刚提出借课本，水宜舟便说：“没看我正用着吗？哥们考大学也需要啊。”华尘雨说：“你小子在家偷摸复习，也不告诉我一声，这才回城几天就把哥们给忘了。”水宜舟说：“我也是从报纸上看到的。我想给你写信，可一想，邮到青年点少说也得个四五天。再说大队部订了辽宁日报，这么大的事全国都轰动，你不会不知道吧？”华尘雨说：“你小子就是数嘴的，不办实事。”水宜舟眼珠一转说：“这都憋了十一年了，有多少人盼着上大学都想疯了。好容易等到今天，谁不珍惜呀？那课本比金子都贵重，你还是到别处踅摸去吧。”华尘雨说：“你让我上哪掏弄去呀？”水宜舟摸了下脑袋说：“你赶紧上麻秆家吧！那小子肯定不考大学，兴许还能划拉到几本。”

华尘雨一拍大腿，说："对呀，我咋没想到。"于是又跑到朱尚标家，朱尚标不在家，华尘雨对朱母一说。朱母面带难色，说："昨天邻居拿去了好几本，不知现在还剩没?"说完又翻箱倒柜，终于翻出了几个旧课本。华尘雨一阵欣喜，可打开一看，却大吃一惊，那书本狼牙锯齿地被撕下了好多页。他忽然想起上中学时，有时朱尚标上厕所就拿着课本。华尘雨顾不上这些，如获至宝地将这残缺的课本揣走了。

回到家，母亲用积攒的票买了半斤肉，做了一大碗猪肉炖粉条。华尘雨吃得满嘴是油，转眼之间风卷残云般一扫而光。母亲看着眼圈都红了，说："孩子，多住几天吧！妈给你做好吃的。"可华尘雨不敢耽搁时间，第二天一早就登上了去盘锦的列车。

刚到青年点，就碰上钱玉刚，他劈头就问："这几天你跑哪去了，连个招呼也不打?"

华尘雨嘴一歪，笑道："我不是跟你说到大洼看病吗？大夫说我得的是心脏病，县里治不了，让我回沈阳的医大再检查一下，我就直接回沈阳去看病了。大夫说让我住院观察，弄不好还得搭桥。"

"你说啥玩意，搭什么桥?"钱玉刚疑惑地睁大眼睛，"又不是介绍对象，得让人搭桥，纯粹是狗戴嚼子——胡勒。"

"信不信由你。"华尘雨不愿跟他费口舌，掉头就走。

钱玉刚朝他的背影叫道："简直太随便了，有你好瞧的。"

华尘雨大步向前走着，心里暗骂，瞧你个屁。

此时华尘雨已豁出去了，满脑子都是高考复习。

华尘雨白天跟大伙一起下地挑稻子，肩膀磨得火辣辣疼，腰一阵阵酸痛。下工后，草草吃完饭便一头扎到炕上。"麻雷子"问道：

"华哥，你还复习不？这离高考可只有一个月了。"

华尘雨挣扎着爬起来，以箱子为桌子学了起来。他翻开中学数学课本，那上面的公式早已忘得差不多了。只能从简单的列方程开始，看着看着瞌睡虫上来了，两个眼皮直打架，头一低，咣的一声撞到箱子上。华尘雨用手一摸，脑袋上起了个大包，却精神起来。"麻雷子"一头钻进了被窝，却不停地翻身，华尘雨这才想起，那"麻雷子"平时开灯睡不着觉，于是扭头对"麻雷子"说："要不我关灯，省得你睡不好觉。""麻雷子"却说："没事，你看吧，甭管哥们。"说完他拽过上衣将头蒙上。华尘雨心头一热，这个"麻雷子"，唉。

过了几天，华尘雨忽然想起，还没报名呢！于是找到钱玉刚要求报名参加高考。钱玉刚打量着华尘雨："啥，就你还想要高考？我劝你死了这份心吧！那考大学可是要政审的，你也不掂量掂量，政审这关你能通过吗？还是老老实实在这干活吧。"

华尘雨说："报上都说这回不看家庭出身，可以自由报考。"

钱玉刚哼道："报上说，那你找报纸去呀，找我干啥？"

华尘雨气得指着他："好，我不找你，看我能报上名不。"

钱玉刚说："你爱找谁随便，反正我不同意。"

华尘雨一甩手摔门而出，直接来到大队部，见到"大胡子"，故意哭丧个脸，不吱声。

"大胡子"诧异地望着他问："瞧你脸拉得那么长，丢东西啦？"

华尘雨这才说："比丢东西还难受。"

"大胡子"又问："啥事？这么愁眉苦脸的，快说呀！"

华尘雨说："我要参加高考，可钱队长他不让我报名。"

"什么大不了的事！""大胡子"扑哧笑了，"高考是好事啊！没事，他不让报，我替你报，这行了吧？”

华尘雨这才放下心，朝他一笑：“那我可得谢谢你啦。”

“大胡子”一摆手：“谢啥？快回去好好准备吧。”

“好！”华尘雨兴奋地跑了出去。

这天晚上，华尘雨又在演算数学题，有一道题他算了半天硬是没解开，急得直挠头，有心扔下可又不甘心，他忽然想起了在看守所认识的那个农场中学教数学的沈老师。对，何不找他请教？华尘雨霎时来了精神头，揣上数学题，戴上破棉帽子，将一条麻绳子往棉袄上一系，便向农场方向走去。西北风嗖嗖地刮着，冻得他脸蛋通红。刚走出没二里地，突然下起了雪，而且越下越大，风搅得雪漫天狂舞，如铁沙般打在脸上刺生生的疼。雪越来越厚，他深一脚，浅一脚，经过近两小时的跋涉，才跌跌撞撞地来到农场附近的数学老师家。

沈老师见华尘雨深夜冒雪来到，不禁一怔。他推了下架在鼻梁上眼镜，问道：“这么大的雪你找我有什么事？“

华尘雨大口喘着气说：“沈老师，我已报名参加高考，可有一道题解不出来，只好请教您了。”

沈老师说：“快坐下喘口气。”然后端着一个生了锈的铁皮暖水瓶，倒了一碗热水递过来：“来，先喝口水暖和暖和。”

华尘雨搓了搓冻得发红的手，接过这个粗瓷碗，好久没喝到热水了，他捧起碗一口气喝个精光，只觉这水格外的甜，一股温热暖到了心里。他仔细打量这个小屋，墙上糊满发黄的旧报纸，靠北墙立着一个破旧的三屉桌，上面堆满了厚厚的作业本。炕上躺着一个瘦弱不堪、脸色蜡黄的女人，一个十岁左右脏兮兮的男孩，靠着掉了漆的炕柜，捧着卷了边的课本正在专心致志地看着。望着眼前的一切，华尘雨一阵心酸。

沈老师简单地了解了华尘雨的近况，便坐在桌前认真地演算起来，可算了几遍仍解不出。于是紧皱眉头道：“你抄的这道题缺个已知条件呀！”华尘雨探头仔细一看，才发觉真如老师说的，原来这是从别人的复习题上抄来，忙乱中落了一个已知条件。华尘雨不好意思地冲沈老师笑了笑，沈老师也笑了，又给他讲了些类似的题，令华尘雨茅塞顿开。沈老师看看天色已晚，要留华尘雨住下，华尘雨婉言谢绝，起身告辞。沈老师送到门口，使劲握着华尘雨的手说：“尘雨啊，好好复习，我相信你一定能考上。”

走出那个简陋的小房很远了，华尘雨回头一望，沈老师仍站在那儿冲自己挥动着手，他浑身披上了银装，如雪雕般伫立。华尘雨激动地朝他摆着手，只觉一股热流在胸中涌动，眼睛一下子湿润了。

1977 年 12 月 1 日清晨，华尘雨顶着刺骨的寒风步行来到设在红星农场中学的考场。简陋的教室四处漏风，可华尘雨的心里却燃烧着一团火，盼了多年的高考今天终于来到了。老师严肃而又庄重地当着考生的面，开启了一个大大的牛皮纸口袋，将试卷发到了每个考生的桌上。其实考题并不难，可对于这些学业荒废多年的知青来说，有种面对天书的感觉。好在华尘雨这一个月的玩命复习总算派上了用场，不然恐怕连题都看不懂。他拿出钢笔正要答题，可笔尖却不下水。这才发现钢笔已冻住了，他忙拧开笔杆，对着僵硬的笔囊连哈气带搓揉，急得额头渗出了汗珠。监考老师走过来瞅了瞅，从自己兜里掏出钢笔递过来说：“先用我的吧！”华尘雨接过还带着老师体温的钢笔，连声说：“谢谢！”老师一摆手说：“快答题吧！”然后朝讲台走去。

当华尘雨看到语文试卷的作文题是《在沸腾的日子里》和《谈青年时代》，要求任选其一时，他不觉心头一震。他望着题目思索着，忽然想起了毛泽东所说的，“你们青年人朝气蓬勃正在兴旺时期，好像早晨八、九点钟的太阳，希望寄托在你们身上”，顿时来了灵感。对，就写“谈青年时代”，他刷刷地一气呵成，感觉心里特痛快。

结束高考后的日子，华尘雨忐忑不安，除了语文感觉良好外，其他科心里仍没有底。这才真切体验到什么是“书到用时方恨少”。有人问他：“考得咋样？”他只能支支吾吾地说：“还可以。”他害怕别人问自己，可有些人故意冲他说：“哎，大学生，啥时走哇？”他只觉脸火辣辣的，忙低头躲开，身后却传来一阵哈哈的嘲笑声。

就在他将要失去信心时，大队突然通知他去县里体检。他那颗已经冰冷的心，突然又有了温度。当华尘雨第二天来到县医院体检时，才发现全大队参加高考的四十多人中，只有自己被初选上了，他填完政审表并通过了体检。回到青年点，面对那些惊诧的目光，他的胸中涌动起少有的自豪和畅快。

春节将至，华尘雨与其他知青一块回沈阳过春节。母亲听说自己的儿子已体检，乐得合不上嘴，邻居也纷纷过来打听录取的消息，华尘雨的脸上也流露出掩饰不住的喜悦。可当他见报上说今年高考人数达到 570 万，而仅录取 27 万，体检通过也不能保证被全部录取时，那颗心又悬了起来。

春节刚过，邻居家的孩子就收到了重点大学的录取通知书。看着别人家为孩子收到大学录取通知书而欢喜异常时，华尘雨的心情一下子低落下来。他躲在屋里合计，莫非自己没考上？唉，自己这一个月的玩命复习算白费了。尽管母亲给他做好吃的，可他仍没心情在家待下去，刚过了农历十五就匆匆地返回了青年点。

第二十三章

转眼到了三月份，大学都开学了，可华尘雨仍未接到录取通知书。这回他彻底失望了，看样子还得继续修理地球，懊恼如河水般浸入他的心底。

两个多月后的一天，华尘雨到大队部想看看报纸，突然别的小队的一个青年惊奇地望着他问："你咋还没有走呢？"

华尘雨一怔："往哪儿走哇？"

他说："我还以为你上大学了呢！"

华尘雨疑惑地望着他："上什么大学？"

"哎，你们春节回家，我在这值班。有一天在大队部发现一个大学给你寄来一封信，咱点就你一个人参加体检，肯定是录取通知书。我就让钱队长带给你，怎么你没收到？"

"什么！"华尘雨一下瞪大眼睛，一把抓住他的胳膊，"你说的可是真的？"

"这还能假？"那个青年见华尘雨惊讶的样子，露出一种复杂的表情，“啊，兴许钱队长忘带了，不知让谁给弄丢失了。你也别上火，接着再考呗。”

华尘雨脑袋“嗡”的一下大了，为了高考自己拼命复习，付出多大的代价啊！他做梦都想着上大学，如今这么好的机会，就这样轻易丧失了，他觉得比割他的肉还难受。

华尘雨脸憋得通红，只觉热血往上涌，他再也忍不住了，猛地冲了出去。他像一头发疯的狮子，咣地撞开小队部的门。钱玉刚正靠在被垛上悠闲地抽烟，一见华尘雨满脸怒气，惊得手一哆嗦，烟头掉在了炕上。

华尘雨上去一把揪住他的脖领子，大叫道：“你把我的录取通知书弄哪去啦？”

“什么通知书？我没看见。”钱玉刚挣脱着说，“你想干什么？”

“干什么？”华尘雨两眼发红，愤怒地瞪着他，“我和你无冤无仇，你为啥要整我？”

钱玉刚眼睛一立，道：“谁稀得整你，看把你能的，还想打人咋的？”

“你他妈的真是欺人太甚，今天非得好好教训教训你不可。”华尘雨气得青筋暴跳，对着钱玉刚的前胸就是一拳。这家伙蹬蹬地倒退了几步，一下子撞到了墙上，他顺手从墙角操起一把捅锹，猛地抡了过来。华尘雨一闪身，那锹咚地砸在地上。华尘雨飞起一脚，正踢在他的手腕上，他疼得一声怪叫，那捅锹嗖地顺着敞开的窗户飞了出去。

钱玉刚疯了般大叫：“快来人呐！”

这时两个鞍山知青冲了进来，钱玉刚指着华尘雨道：“快把这小子给我摁住！”

小青年冲上前，两人分别拽住华尘雨的两只胳膊，华尘雨暗中较劲猛一抬手，那两人便被甩开。钱玉刚像条疯狗般扑了过来，华尘雨一闪身，钱玉刚扑了空，气得声音都变了调：“你小子他妈的要造反咋的？竟敢在这撒野，今天我跟你没完。”说着张牙舞爪地又冲过来，此时那两个青年也奔了上来，如群狼般将他紧紧围住。其中一个青年朝华尘雨踢过来，华尘雨刚一侧身躲过，不想钱玉刚的手掌已到了眼前，华尘雨本能地一歪头，可还是被他的手指抓到了脸上，霎时脸上火辣辣的疼。华尘雨用手一摸，满手血迹，气得照钱玉刚的小肚子就是一脚，只听一声杀猪般的惨叫，钱玉刚倒在了地上，华尘雨上前一脚踩住他的胸脯。这时，“麻雷子”蹿进屋，一把抱住华尘雨，将他拽到一边。那钱玉刚慌忙爬起来，踉跄着向大队部跑去。

华尘雨气得胸脯不停地起伏，脸上淌着血。“麻雷子”喝退了那两个小青年，对华尘雨说：“你咋恁激动？你打谁不行，怎么偏偏打了小队长，你可是闯了大祸呀！”

华尘雨眼里喷着火，说：“他把我的入学通知书给扣压了，这不耽误我大事吗？叫谁也咽不下这口气呀！”

“得了，跟我回去吧。”“麻雷子”拉着华尘雨回了宿舍，刚一开门，一个青年就气喘吁吁地跑过来，冲华尘雨说：“大队长让你过去呢！”

华尘雨来到大队部，正碰上钱玉刚从屋里出来，两人的目光相撞，都狠狠地瞪着对方，钱玉刚哼了声，扭头走了。

华尘雨进了屋，却见“大胡子”叼着烟，紧绷着脸。他足足瞅了华尘雨一分钟，这才开口道：“你出息了，连贫下中农队长都敢打了。”

华尘雨一指满是血迹的脸，说：“你看他把我脸打成啥样？他把我的入学通知书给扣压了，耽误了我的前途，我质问他两句，他就跟我动手，你说他是人吗？”

“你咋肯定是他拿的通知书？”

“有人亲手将大学的来信交给了他。”

“那你也不能听风就是雨，动手打人呐！”

“他欺人太甚，我实在是忍无可忍。”

“大胡子”扔掉烟头，注视着华尘雨：“不管咋说，他是队长，你动手打人就是不对。要不是看你可怜，非开会批判你不可。你知道这性质有多严重？人家可是贫下中农，你们是接受再教育来的，这一点，你心里不清楚吗？你回去向他做个检讨，写份检查交给我。”

“我凭什么向他检讨？”华尘雨一脸的不服气，“他耽误了我的前程，应该他向我赔礼道歉才对。你是大队长，应该好好教育教育他。”

“行了，别计较这些了，道个歉，写份检查算是便宜的。你知道我跟钱队长费了多少嘴皮子吗？”他拍了下华尘雨的肩膀，笑道，“听我的，没错。”

华尘雨离开大队部，回到宿舍硬个头皮写了份检查，第二天就交给了“大胡子”，却未向钱玉刚道歉。钱玉刚见到华尘雨，眼皮一耷拉，扭头就走。华尘雨鄙视地望着他的背影，心里暗骂，这个王八蛋。

已到了晚饭时间，大伙拎着饭盒直奔伙房，可华尘雨仍怒气难消，食欲全无，他只觉得心里堵得慌，突然拎起捅锹向外走去。“麻雷子”以为他又要去小队部，忙叫道：“华哥，你干嘛去？”华尘雨也不搭话，蹬蹬地往前走。“麻雷子”只得悄悄地跟在他身后，与之保持几十米的距离。华尘雨径直来到了路边一片苇丛中，青翠的苇子已近一人高，被风吹得哗啦啦响。华尘雨盯着苇子，仿佛那钱玉刚就躲在里面。

“啊！”突然华尘雨大吼一声，不远处的“麻雷子”惊得身子一颤，不觉睁大了眼睛。此时华尘雨像一头发狂的豹子，冲进了苇丛，抡起捅锹向苇子砍去，随着吼声，那苇子一片片倒下。被折断的苇秆和那锋利的叶子将华尘雨的胳膊刮得满是血道子，可他却全然不知，仍挥动着捅锹毫无目的地乱砍，“麻雷子”像只木鸡一下子呆住了。华尘雨不停地抡着锹，咆哮着在苇丛里横扫乱撞，发泄着心中的愤恨与积怨，可怜的苇子被摧残得纷纷折断。华尘雨折腾了好久，才精疲力竭地一屁股跌坐在倒伏的苇子上。

这时，“麻雷子”走了过来，拉了华尘雨一下，说：“走，咱们回去喝酒。”华尘雨浑身如散架似的不愿离开。“走吧，一醉解千愁。”“麻雷子”说着，连哄带劝把华尘雨拽回了宿舍。

一进屋，“麻雷子”迫不及待地从箱子里翻出一瓶酒，打开盖往华尘雨的饭盒里倒了半盒子。他瞥见别人从伙房打来的“军舰汤”，眉头一皱，对身边的一个鞍山青年说：“把岳春喊来，让他顺便带点啥下酒菜。”

一会儿，岳春拎着两瓶肉罐头走了进来，抽出一支烟递向“麻雷子”。华尘雨忽然大声说：“给我来一支！”岳春忙递过来一支，划火先给华尘雨点着，然后好奇地瞅着华尘雨。

华尘雨刚吸了一口便咳嗽起来。

岳春说："刚开始抽烟都这样，习惯就好了。"

华尘雨一把拧灭了烟，摔到地上。

"麻雷子"端着盛酒的饭盒说："来，咱喝酒！"

"来，喝！"华尘雨端起饭盒与两人碰了下，咕咚灌下去一大口，只觉得嗓子眼火辣辣的难受。华尘雨张大嘴哈了口气，"麻雷子"忙夹起一块罐头肉塞进了他嘴里。

"麻雷子"说："华哥真是身手不凡，那两小青年说你有真功夫，手一扒拉两人就差点趴下。要不是我今天拽着你，钱玉刚不得被你踩成柿饼子呀！"

华尘雨喷着酒气说："今天我才知道，这个钱玉刚真他妈的缺德，背后把我的入学通知书给扣了，他真不是人，是想让我烂在这儿，换了谁也不能干呐！"

岳春喝了一口酒，小脸已发白，别人喝酒脸红，只有他越喝脸越白。他说："尘雨，不用你动手，哥们让他家不消停。"

华尘雨瞪着发红的眼睛，说："大丈夫做事光明磊落，你别给我整那些埋汰的，我的事，自己解决。"

岳春说："这就不用你管了，来喝酒。"

"对，喝酒！""麻雷子"跟着附和着。

"我就不信，他钱玉刚总这么牛逼。哥们今年再考，让他看看姓华的不是省油的灯。来，干杯！"华尘雨端起饭盒，一饮而尽，只觉天旋地转，一会儿便咚地倒在了炕上……

几天后，钱玉刚家的鸡窝一夜之间被掏个溜空，钱玉刚怀疑是华尘雨指使岳春干的，派人去调查。岳春同屋的人证实，那晚岳春确实在宿舍睡觉，气得钱玉刚找到大队，要求严惩华尘雨和岳春。"大胡子”说：“你只是怀疑，抓不着证据，也不能随便把他们抓起来。现在形势跟以前可不一样了，对知青要爱护帮助。再说了，丢鸡的又不是你一家，何必那么较真，以后注意就是了。”钱玉刚气得大病一场，在家躺了好几天。

而此时，在大洼的一家饭馆里，岳春正跟两个外点的青年喝酒，岳春频频举杯，说：“你们干得利索，整得钱玉刚是哑巴吃黄连——有苦说不出。”那两个人说：“这是小菜一碟，何足挂齿，没点着他家房子算他便宜。”说罢三人相互碰杯，哈哈大笑起来。

一个多月后，“麻雷子”招工回城了，却留下了一段令人啼笑皆非的故事。

去年城里来青年点招工时，“麻雷子”就想回城，可钱玉刚说啥也不同意。他便找到“大胡子”，“大胡子”说：“你是民兵连长，得做出个样子，再等两年吧！”“麻雷子”说：“我都多大啦？总不能在农村待一辈子吧？”“大胡子”说：“今年肯定是不行了，明年有机会一定优先考虑你。”“麻雷子”想了想说：“这可是你说的。”“大胡子”说：“那当然了。我可以替你争取，但关键还得钱玉刚同意。毕竟人家是小队长，咱得尊重人家意见，你得跟他搞好关系。”

从此，“麻雷子”对钱玉刚客气了很多，平时作风也收敛了不少。当听到招工的消息后，他立马从鞍山买来一个挂钟。一天夜里，他抱着钟来到了钱玉刚家，挂到墙上，说：“这钟先放你家，也好看个钟点。”钱玉刚以为是送给他的，招工时真替“麻雷子”说了话，到大队也通过了，“麻雷子”终于如愿以偿得到了招工回城的名额。临走的那天，“麻雷子”突然跑到钱玉刚家，二话没说就把钟摘下来。钱玉刚诧异地望着他，“麻雷子”嘿嘿笑道：“队长，这钟我借你这么长时间，也算够意思了吧？我进工厂还得看点呢，不然迟到要扣工资。队长，你说是不？”弄得钱玉刚哭笑不得，心里暗骂，却又无可奈何，眼睁睁看着“麻雷子”抱起钟扬长而去。“麻雷子”一拍屁股回城了，可这事却被当成笑话在知青中传开了。还有人添枝加叶，四处扩散，五花八门的版本像风一样传遍了全省各个青年点。一种说法是，当时那个老农队长不让摘钟，而知青非要拿走，两人抢了起来，知青一气之下将钟摔碎，心疼得队长直跺脚。还有种说法更玄，说那队长的老婆事后将队长骂了个狗血淋头，说送什么不好，偏得送钟（终），这让人听着多晦气，自己没得着却让那个浑小子给耍弄了，真是个二百五，从此不许他跟她睡一铺炕。一时间那个老农队长成了知青闲扯的笑料。当华尘雨知道“麻雷子”竟是这个故事的始作俑者时，笑得前仰后合，没想到这家伙会导演这出闹剧。

“麻雷子”一走，那些鞍山小青年树倒猢狲散，不再来华尘雨的宿舍闹哄。宿舍里突然一下子静下来，可华尘雨却感觉空落落的，孤独、寂寞得心里发慌，每日躺在炕上，心却飞回了沈阳。

这天，华尘雨突然收到了家信，一看信封上的字迹，就知是父亲写的，他急切地打开信，原来父亲被平反，重新走上了领导岗位。信中说现在城里人热火朝天地大干，父亲更是忙得不可开交。父亲在信中鼓励他要坚定信心，好好复习，争取在今年的高考中考出好成绩。

华尘雨捧读着家信，眼泪不知不觉地流了出来。父亲终于出来了，全家人又可以相聚了，为了这一天，让人等得好苦啊！

几天后，大队部收到了为华尘雨父亲平反的公函，这消息霎时传遍了全大队。“大胡子”立刻将那些黑材料从华尘雨的档案里抽出，点燃后塞进了灶坑里。华尘雨觉得压在身上的大山被搬掉了，自己的腰杆一下子硬了起来，就连钱玉刚见到他时也面带笑容，尽管看上去不那么自然。华尘雨昂起头，瞅着天都觉得比以前蓝，苇子也更加的绿，沟里的水也清了许多。他觉得浑身轻松，兴奋地在空地上踢腿打拳，一口气来了十几个“旋子”，引得大伙都围着观瞧，纷纷咋舌。

大队的喇叭里传出了广播电台播放的老电影歌曲，那种久违的歌声，听得人热血沸腾，心潮澎湃。他从箱子里又翻出了笛子，欢快地吹起了“洪湖水，浪打浪”。那些个后来的鞍山知青听得都直了眼，连说，华哥还有这两下子。

1978 年的高考改为了全国统一出题，秋季招生。复习大纲一下来，华尘雨便发现比去年各省出题要深得多，面更宽了，这对仍在农村干活的知青无疑增加了难度。面对大纲新的变化，华尘雨不敢懈怠，下了工一头埋进书本，一看就是半夜，第二天上工便没精打采。可奇怪的是，钱玉刚再没说他，有时还过来帮他干活。

这天华尘雨拎着锹下地干活，干了一会儿就觉得脑袋发沉，他晃着身子从地里出来，刚到埝埂上，就将锹往地上一插，不想正剁到自己的胶皮靴子上，华尘雨疼得“哎呀”一声惨叫。身旁的钱玉刚跑过来一看，不禁大吃一惊，只见鲜血顺着华尘雨胶靴上的口子涌出，华尘雨单腿蹦着，疼得满脸是汗。钱玉刚立即蹲下身，脱去华尘雨的靴子，见华尘雨脚背上肉已翻开，鲜血顺着脚不断地滴落到地上。钱玉刚二话没说，哧啦从背心上撕下一条子，迅速将冒血的脚紧紧缠住，然后背起华尘雨，一溜小跑地来到卫生室。卫生员见伤口过大，只能简单包扎一下，说得马上去医院缝针。钱玉刚急忙又套上马车，将华尘雨送到了农场医院。大夫立刻进行处理，一共缝了六针，钱玉刚安排好华尘雨住院后才离开。

一周后，华尘雨脚上伤口愈合拆了线，回到了青年点，一时却不能下地干活，钱玉刚让伙房单独给做了病号饭（一碗疙瘩汤）。华尘雨望着钱玉刚说："队长，谢谢你，我想下地干活，可这脚也不争气。"钱玉刚说："别说那些了，安心休息，伤好了再说。"

每日华尘雨独自在宿舍拿着书本，却静不下心来，看着别人都下地干活，自己也觉得不得劲。后来他想到不如回城养伤，顺便复习功课，毕竟城里的环境比青年点要强很多。当他心情忐忑地向钱玉刚请假，本以为他会以各种理由不准假，没曾想他竟一口答应，还让伙房给带了一百斤大米，又派人赶着马车亲自将华尘雨送上了火车，华尘雨一时感动得说不出话。

两个月后，华尘雨回到青年点，为高考报了名，却见钱玉刚面容憔悴，满头白发。一打听才知，就在华尘雨走后不久，农场要求各大队出工加固辽河大堤，要求在册的男知青都去。由于华尘雨回沈阳养伤，连里便缺了一名男青年。钱玉刚本可以让队里的当地青年去，可他思来想去，最后还是让自己的儿子"狗剩子"顶替这个名额去了辽河大堤。一天，大伙正热火朝天地在堤上奋战，不料，辽河水突然猛涨，河水翻滚着如脱缰的野马撞击着大堤，激起层层浑浊的浪花。大风也凑热闹地袭来，刮得堤上的人东摇西晃。这时，"狗剩子"推着载满土的独轮车冲上了大堤，就在他推车卸土时，一阵大风猛然刮过，将他推到了大堤的边缘。他脚下一滑，身子猛地晃了晃，一下子跌下大堤，掉入汹涌的河水中。人们慌慌张张跑过来，向下一望，却发现河中只露出一个黑点，晃了几下便沉入水中，转眼之间不见踪影。钱玉刚在堤上拼命地喊着"狗剩子"，就要往河里跳，被身边的人死死拽住。他望着翻腾的河水，声嘶力竭地喊着儿子的名字，哗哗的河水声盖过了他的喊叫。他老泪纵横、声音嘶哑，跪在地上不停地拍打着大堤，突然眼前一黑，扑通跌倒在地。大伙七手八脚将他抬下大堤，好半天才缓过神来。修堤指挥部派人在沿岸连续搜寻了三天，可连个尸首都未见着。

噩耗传来，钱玉刚的妻子哭得死去活来，一个劲埋怨钱玉刚不该让儿子去。她拽着钱玉刚的衣襟大叫着："你还我儿子，还我儿子呀!"钱玉刚双手抓着自己乱草般的头发，喃喃地说："是我害了孩子，是我害了孩子，我不是人呐!"几天以后，钱玉刚的头发全白了，背也驼了下来，一下子苍老了许多。

华尘雨带着从城里托人买的一条"大生产"烟去钱玉刚家里看望，钱玉刚忍着悲痛，说："你拿烟干什么?"华尘雨说："队长，这烟你千万得收下，你儿子要不是顶替我修堤也不会出事。我对不起你老人家啊!"

钱玉刚叹息道："也许这就是命，谁的孩子能不心疼，这修大堤是大伙的事，总得有人去吧！只是我夜里常梦到狗剩子，这心里像刀剜的呀!"

华尘雨劝他节哀，钱玉刚却再也忍不住了，竟哇的一声像小孩子般哭成个泪人。华尘雨一时怔住了，不知该说什么，跟他一起掉眼泪。

不久，华尘雨又一次参加了高考。一个月后被通知体检，别人放暑假回城了，华尘雨留在青年点。八月份，当他收到沈阳一所大学寄来的录取通知书时，激动得跳了起来。多年的愿望，多年的努力终于变为现实。这回自己可以理直气壮地离开青年点，回到家乡圆自己的大学梦了。

临行前，华尘雨来到钱玉刚家与他道别。钱玉刚望着饱经日晒风霜而脸庞黑红的华尘雨，脸上交织着欣喜与愧疚的表情。他说："你终于考上了大学，我得祝贺你，你为咱青年点也争了光。这些年你也真不容易。我也是有孩子的人，谁的孩子家里能不心疼。你们这些城里的小青年离开父母上这没少吃苦，我没照顾好你们，以前有做得不对的地方，请你原谅。"华尘雨心头一热，说："队长你对我没少关照。你教会了我们做农活，让我们认识了农村，认识了社会。你对我像自家的孩子，那年春节我留下看青年点，你将我叫去跟你们一起过年，给我做那么多好吃的，我至今想起来，心里还热乎乎的。有段时间我对你不尊重，现在想起来挺后悔的。"

钱玉刚抬起满是皱纹的脸，看着华尘雨说："其实呀，我还是挺喜欢你的。就是看着狗剩子不能成家心里着急，想让叶兰香嫁给狗剩子，可没曾想你俩是那么好，当初我也是糊涂，现在想起来这心里挺不是滋味。你还记恨我吗？"

提起叶兰香，华尘雨心里涌起一阵悲怆。他想起与叶兰香一起经历的风风雨雨，坎坎坷坷，自己是怎么过来的啊？当初那种形势，那个环境，两人又都是那样一个被人鄙视的家庭出身，究竟能怪谁呢？他望着一脸沧桑的钱玉刚，心里如同打翻了五味瓶，说不出是啥滋味。他说："一切都过去了，还提它干啥？"

钱玉刚说："那天我真看到了那封大学给你邮的信，也没合计到是录取通知书，过后不知弄哪儿了。让你多受了大半年苦，其实我这心里也不好受哇！"

华尘雨说："当时我也是太冲动，对你太过火，现在想来挺对不住你的。过后也挺后悔，可总是拉不下脸向你道歉，现在我正式向你道歉。”

钱玉刚说：“啥道不道歉的，今天咱爷俩的疙瘩解开了，你好好读书，将来一定能有出息。回城后，还能记得在这里生活的日子吗？”

华尘雨说：“我的青春时光是在这里度过的，我一辈子都忘不了。”

华尘雨来到埋着女青年的坟包前，这个凸起的小土包，已是杂草丛生。他不禁又想起了叶兰香，想到与她相处的那些日日夜夜。他的泪水止不住流下来，滴落到土包上。华尘雨轻轻拔去上面的杂草，跪下来深深地磕了下去。

翠绿的苇子被风吹得沙沙作响，金黄色的稻田与茫茫的苇子连成一片，在阳光的照耀下，愈发苍茫……

下　部

第二十四章

华尘雨终于迈入了大学校门，为了这一天，他整整等了十年。对于二十八岁的他来说，已过了青春期，可他一踏进校园，浑身的热血又沸腾了，觉得青春又回来了。

这是一所新中国成立后成立的综合性大学，校园大得令他惊奇。参天的大树浓荫如盖，整齐的槿木丛中绿草如茵，石阶小路在绿草中延伸，幽雅宁静得令人心醉，漫步其间，心旷神怡。

一排排灰色的教学楼错落有致地遍布其间，还有那三层楼的图书馆，虽显得有些陈旧，却令他备感新鲜和亲切。

他被安排到一个八人宿舍，上下铺的铁床。他将行李放到了靠窗的一个下铺，便走了出去，待他上完厕所，却发现自己的行李，竟跑到了上铺，而下铺上一个人正躺在被垛上。

他走到下铺前，冲那躺着的人说道：“哎，你起来，咋在这儿躺着？”

那人身子一挺，腾地蹦到地上，华尘雨这才看清，这人个不高，大扁脸上架着一副黑框的近视眼镜，从入学登记簿上知道他叫柳科。柳科眨着眼说：“这是我的铺，我愿意躺着，碍你啥事儿了？”他的声音不高，却有种穿透力。

华尘雨心生不悦，说：“你还有个先来后到没？我的行李先放这儿的，你凭啥给我扔到上铺？”

“谁规定你就得住下铺？”柳科脖子一梗，一副傲慢的样子。

华尘雨说：“就我这个儿，住上铺能直起腰吗？你个小，灵巧，住上铺正合适。”

柳科说：“我个儿小咋的？我有起夜的毛病，晚上爬上爬下的不影响别人吗？”

华尘雨说：“你都多大了？晚上咋就憋不住，还尿床啊？”

“你才尿床呢！”柳科气呼呼地瞪起眼睛。

“你赶紧把下铺给我腾出来，不然别怪我不客气了。”

“我就不动，看你能咋的？”

华尘雨再也忍不住了，上前一把揪住他的脖子，愤愤道：“你要泼是不？”

柳科也瞪起眼：“这是大学，不是青年点，你想动手啊？”他使劲扭动着脖子，见不能挣脱，便顺手抓住华尘雨的手腕。

“哎，干嘛呢？”身后突然传来一个熟悉的声音，华尘雨扭头一看，竟是水宜舟。他忙松了手，甩开柳科，冲着迎面而来的水宜舟就是一拳：“你小子啥时混进来的？”

水宜舟刚想说什么，见柳科正诧异地望着他俩，便问华尘雨：

“你俩刚才干嘛呢？”

华尘雨说：“这小子趁我上厕所的工夫，把我行李从下铺扔到上铺，还强词夺理。”

柳科说：“干嘛非得你住下铺？”

水宜舟眼珠一转，说：“这还不好办，干脆抓阄，这公平吧？”

华尘雨瞅着柳科问：“你看呢？”

柳科不情愿地看着两人，说：“那好吧！”

华尘雨拿出一张信纸，递了过去。水宜舟撕成两半，背着两人在上面写完字，搓成团放到桌上，华尘雨刚想抓，水宜舟一使眼色，说：“你发扬点风格，让他先抓。”

柳科急忙过来低头瞅了瞅，这才抓起其中的一个，他迫不及待地打开一看，顿时眼睛直了，上面写着“上铺”。

华尘雨过去抓起剩下的那个皱巴巴的纸团，背着柳科打开一看，上面竟也写着“上铺”，不禁暗自好笑，水宜舟这小子真捣鬼。

柳科一脸的沮丧，无奈地将行李挪回到上铺。

水宜舟拽着华尘雨来到了校园内，两人坐在石凳上。华尘雨问：“你啥时上这里了？”

水宜舟说：“去年恢复高考，我就考到这所大学，现在在中文系，你呢？”

华尘雨说：“我是今年考进来的，被分到了机械系。真没想到咱俩在这相遇了，而且是一文一工，挺有意思。”

水宜舟说：“真是太巧了。”

华尘雨说：“你咋知道我在这儿？”

水宜舟诡异地眨着眼，说：“哥们啥不知道?”他瞅着华尘雨，说：“昨天，我在街上碰到了小辣椒，她说你今天入学，我急忙去新生报到处，打听到你在这儿，立马就过来了。”

华尘雨说：“我谁都没告诉，她咋知道的?”

水宜舟说：“她说，那天上你家你不在，从你爸口中得知你考上大学，看来她对你还挺有意思的。哎，你俩现在进展到啥程度了?”

“去你的!”华尘雨使劲拍了下他的肩膀，“她回城后，咱俩就断了联系。你说能是啥程度? 哎，山丽虹咋样，你俩打算啥时候办呐?”

水宜舟说：“山丽虹回城后，先在一家集体的厂子做磨工，去年跟我一块参加的高考，她考上一所师范学院，毕业以后不得不当教书匠啊！现在咱俩都念书，哪有工夫合计自己的事儿呀? 等毕业再说吧!”

华尘雨被选为了班长，当他跟这些年龄参差不齐的同学坐在大学的教室里，心里异常的激动。

教材发下来了，有的竟是油印的，扉页上还印着毛主席语录：“教育要为无产阶级服务。”班主任说：“由于一些教材正在编写，尚未出版，为了应急，只能先油印，不过半年后大家就会用上崭新的教材了。”望着散发着油墨芳香的教材，他又想起与叶兰香一起办油印小报的情景。自己终于圆了大学梦，可叶兰香却在他的生活中消失了，他的心里涌起一股说不出的感觉。

令华尘雨感到意外的是，他竟遇上了沈老师。

那是第一堂数学课，当一位戴着眼镜，身材瘦弱的老师走上讲台时，他一下子怔住了，这不是曾在红星农场教书的沈老师吗？他怎么也来到了这所大学？沈老师显得很激动，他扫视着全班同学，忽然发现了华尘雨，眼睛一亮，说：“今天能在这里跟大家一起学习，真的不容易。我将尽我所能传授知识，希望你们能珍惜这四年的大学时光，学好本领，为四化建设做出更大的贡献。”

这堂课，大家听得格外认真。

下了课，华尘雨跟着沈老师来到了走廊里，沈老师看上去还是那么消瘦，但精神状态却很好。眼镜后的那双眼睛炯炯有神，两人紧紧握着手。沈老师问：“你怎么今年才上大学？”华尘雨将恢复高考头一年因录取通知书莫名其妙地丢失而错失上大学的事简述了一遍。沈老师听着皱起了眉头，叹息道：“真是坑人呐！耽误了你一年。”他推了下眼镜，轻轻拍着华尘雨的肩头，说：“可不管咋样，你终于考上大学了，这就好。”

华尘雨好奇地问：“您怎么进了大学？”沈老师说：“我的一个大学同学是这所大学的副校长，由于今年扩大招生，师资力量明显不足，便将我调来当数学教师。为这事我同学费了不少劲，开始农场中学说啥不放，听说是农场的钱主任卡着，后来这位同学校长亲自来，找了中学和县里的领导，经过好几轮谈判才争取来的。”

华尘雨感慨道：“真是好事多磨啊！”

华尘雨突然想起那个曾对叶兰香垂涎的农场革委会主任钱玉福，便问：“那个钱主任现在咋样了？”

沈老师告诉他：“‘四人帮’倒台后，刚开始钱玉福趾高气扬，可没过多久农场领导班子就换了，钱玉福自然成了‘三种人’被关了起来，有不少人揭发他贪污公款，玩弄女知青，现在正审查他呢！”

华尘雨情不自禁地说：“这个钱玉福，他恐怕也没想到会有今天，老天有眼，他真是自作自受哇！”

新的校园生活让人兴奋，所有同学都是那么自觉而刻苦，每天大家都要学到深夜。柳科经常与华尘雨探讨学习上的问题，从交谈中，华尘雨得知柳科与自己竟是一个农场的，而且两个青年点相距不过八里地，两人更亲近了。同宿舍有个叫吴铭的同学只有十八岁，见两人常谈论青年点的事，便对知青生活颇为好奇，说：“要是我下乡该多好！”华尘雨感慨道：“你没经历不知道。你赶上了好时候，中学刚毕业就上了大学，多幸福。可我们呢？该念书的时候偏偏去当农民，该工作的时候却念书。整整十年啊，那可是人生最好的时光啊！”

“是啊，你小子别身在福中不知福！”柳科对吴铭说，“你以为农村好玩呀？苦累不说，精神上的空虚、迷茫，那才叫折磨呢！”他谈起了青年点那个坟包，说那年他们青年点里有个女知青，突然失踪了，后来被人发现死在苇丛中，全身一丝不挂，肯定是被人强奸后弄死的，而且还毁了容。华尘雨问：“那女的长得什么样？”柳科说：“中等个，鸭蛋脸，容貌一般，可体形挺好，听说被农场的革委会钱主任看上了，要调她到农场当什么广播员，其实她嗓音一般，吐字也不是太清楚，哪是广播员的料哇？可不知为什么，有一天那个钱主任到咱点视察，没过几天，那个女青年就失踪了。后来有人就在你们点附近的苇丛里发现了一个女尸，光溜溜的，只盖了一件上衣，后来就被埋了。”

华尘雨心头一颤，问道：“你说的可是真的？”

柳科说："那还能假？咱点的人跟你点有个叫雪狼的挺熟，那天他到你点，正碰上这事。听说这女的跟一个姓叶的长得挺像，你们以为是姓叶的就给埋了，都轰动全农场了。后来那女的母亲见女儿好长时间没给家来信，就亲自跑来，找到大队。队里只说农场要调她去，便不见了踪影。她母亲就到农场找钱主任哭喊着要人，搞得钱主任好被动，后来那个钱主任不知用什么招才把她劝走。"

华尘雨霎时愣住了，难道那坟里埋的是别人，那叶兰香怎么会音信皆无？

他马上联想到那天水宜舟的眼神有些不对劲，难道他看出什么破绽？他迫不及待地跑去问水宜舟："你说坟里埋的到底是谁？"

水宜舟有点丈二和尚摸不着头脑："你问这干啥？那不是明摆着吗，你不也在场吗？"

"可有人说那不是叶兰香。"华尘雨目光逼视着他，"你老实说，到底是不是叶兰香？"

水宜舟疑惑地望着他："你咋突然想起问这个，你又听到什么风声了？"

华尘雨说："柳科说，他们点就有个女青年失踪了，体形跟叶兰香相似，有人怀疑那坟里埋的是那个女青年。"

水宜舟突然又回忆起那一幕，当初乍一见那女尸，他也以为是叶兰香，叶兰香下巴上有一颗痣，尽管那女的已被毁容，可水宜舟壮着胆仔细一瞅，却不见下巴上的痣，因此断定那不是叶兰香，但一见华尘雨那痛苦得不能自拔的样子，怕他以后再到处乱找，便没再说什么。今天见他又提及此事，不禁心绪翻腾，看来这小子还是对叶兰香念念不忘呀！

水宜舟故意装出惊讶的样子："你别听见风就是雨，就算柳科说的是真事，可事情已经过去多长时间了，叶兰香不是死了，就是另嫁他人了。不然，这么长时间，咋连点动静都没有？再说，小辣椒对你也挺有意思的，你就别瞎合计了。"

华尘雨还是不相信，他直直地盯着水宜舟，喃喃自语着："叶兰香，你在哪儿，在哪儿？"

校园的生活紧张又新鲜，那宽敞的阶梯教室，教师们生动的授课，让华尘雨他们大开眼界，他们如久旱的禾苗拼命吮吸知识的甘霖。而社会发生的变化，也让他们格外关注。宗福先创作的话剧《于无声处》，如一声春雷，震破坚冰，在全国炸响。华尘雨所带的小小的半导体收音机在全宿舍最受欢迎，每到晚上，当华尘雨一打开收音机，宿舍的人便如蜜蜂闻到花香般聚拢过来。

这天晚上，华尘雨躺在床上，习惯性地打开了半导体收音机，此时正播送卢新华的小说《伤痕》，上铺的柳科立马撂下手中的书，向下探头道："哎，大点声！"

"你小子耳朵挺尖啊！"华尘雨说着，调大了音量，播音员那带有伤感的磁性声音竟将宿舍的其他人都吸引过来。水宜舟拿着张《文汇报》闯了进来，大声喊道："看，这上面登篇小说，太感人了！"

"你小点声，没看咱们正听着呢！"华尘雨冲水宜舟一递眼色，水宜舟顿时不做声了，做了个鬼脸，凑到华尘雨身边。

华尘雨一把抢过他手中的报纸，突然一怔，上面登载的正是《伤痕》，他迫不及待地翻看起来。这是描写女知青王晓华为了断绝与打成"叛徒"的母亲的关系，未毕业就报名下乡，在农村仍然受到歧视，而几年后当她回到家中时，母亲已经去世的凄惨故事。

小说刚播完，就有人发出唏嘘的叹息声。

水宜舟凑近华尘雨说："啧，多少年了，终于发表替咱知青说话的作品了。我估摸着这个卢新华说不定就是知青呢！这回真是道出了多少人心里的苦痛啊！"

"伤痕，刻在心头无法抹去的伤痕啊！"华尘雨情不自禁地脱口而出。王晓华的遭遇让他联想到叶兰香，她是否还活着，怎么竟"泥牛入海无消息"？华尘雨的目光有些呆滞，眼睛不觉湿润了。

水宜舟看出了他的心事，捅了他一下道："又想她了吧？"

华尘雨自语着："兰香啊，你为什么选择不辞而别？假如你能坚持到现在，凭你的聪明和要强，不也会考上大学吗？说不定咱俩会坐在一个教室里，再次成为同桌，那该多好哇！"

水宜舟感慨道："你可真是痴情。可历史就是历史，历史没有假如，有假如就不称其为历史了。假如只是人们在自己虚幻的想象中的一厢情愿。"

"可是，我忘不掉哇！"华尘雨泪眼模糊地瞅着水宜舟，"你也知道，我们在那段艰难的岁月里，是怎样的一种感情啊！"

水宜舟说："我知道你俩爱得死去活来，可那毕竟已经成为历史，你再想也没用，还是考虑眼前吧！人家小辣椒对你可是挺那个的，你别胡思乱想了，还是正视现实，向前看吧！"

华尘雨默然地向窗外望去……

第二十五章

当叶兰香听到叔叔因脑溢血而突然去世时，一下子惊呆了。她不知是因自己的到来，给叔叔增加了心理负担和经济压力，还是其他原因导致叔叔过早离去。面对叔叔的遗体，她泪如泉涌，充满了深深的内疚与悲伤。而她的婶婶却对她异常冷漠，甚至含沙射影地说她是丧门星，若不是她来打扰，她的叔叔也不会整天愁眉苦脸、心事重重，突然离开人世。她婶婶对着丈夫的遗体，拍打着大腿，不停地哭喊着："究竟是谁害了你呀?"叶兰香心如刀割却有口难言。婶婶越哭越厉害，后来竟怒气冲冲地将叶兰香撵了出去。

一连几天，叶兰香都沉浸在极度的悲痛中，她整天头昏脑涨，寝食不安。在香港，她唯一的亲人就这样走了，她不仅失去了精神寄托，而且也断了经济来源。她的生活本来就很拮据，现在更是雪上加霜，一个人带着孩子在租房里艰难度日，令她备感孤苦凄凉。由于着急上火，她的奶水一下子没了，急得孩子哇哇大哭，她只得给孩子喂奶粉。为了交房租，维持日常生活，孩子刚满月，她就想出去工作。可孩子怎么办呢，谁来带孩子？她处于极度的痛苦与难堪之中。这天夜里，房东老太太来收租金，叶兰香面露难色，说：“大姨，您宽限我几天，等我上班挣钱了，马上就给您。”

老太太深深地叹了口气。

叶兰香望着老太太，红着脸说：“您能帮我找个人看孩子吗？我总不能带个孩子上班呀。”

老太太看着正在叶兰香怀中吮吸奶嘴的孩子，说：“这孩子是挺招人稀罕的，得找个好人看。”

老太太仔细端详着孩子，想了想，说：“这孩子也怪可怜的，反正我待着没事，你要信得过，我就帮你看着，钱你看着给，咋样？”

叶兰香感激地望着老太太，说：“那太好了，我先谢谢您了，等我拿工资了，一定先给您钱。”

第二天她又回到了饭店，开始紧张地刷盘子。

这天晚上，她疲惫地回了屋，却发现老太太斜靠在床上的被垛上，身旁的孩子张开大嘴哇哇地叫着，嗓子都哭变了声。叶兰香眼泪刷地流下来了，她奔过去，一把抱起孩子，解开衣襟，将乳头塞进孩子的嘴里，孩子大口吮吸着，却吸不出奶水，张开嘴又哭了起来。她抱着孩子来到老太太身边，却见老太太紧闭着眼，满脸通红。她用手摸了下老太太的额头，热得烫手，不禁倒吸了一口凉气，便放下孩子。孩子小手向上抓着，不停地哭闹。叶兰香俯下身对孩子说：“孩子，妈妈得先领奶奶上医院，你先忍会儿吧！”可孩子仍不停地哭，她急忙冲了瓶奶粉塞进孩子嘴里，然后背起老太太就往外走，她虚弱得身子直打晃，仿佛背了一座大山。她匆忙来到路口，打了一辆的士，将老太太送到了医院，找医生，拿药，等打完点滴、安顿好老太太在病床上睡下后，已是后半夜。当她拖着疲倦的身躯回到房子，只见孩子睡得正沉，脸上挂着泪痕。她俯下身子，亲吻着孩子的小脸，眼泪如断了线的珠子，扑簌簌地落到那白嫩嫩的小脸上……

第二天她请了假，抱着孩子专门到医院去照料老太太，几天后，老太太出院回到家，一把抓住她的手，声音颤抖着说："医生说多亏来得及时，要不就得烧出肺炎了。他们以为你是我女儿呢！谢谢你啊！"

叶兰香说："不用谢，我父母都不在了，您不就跟母亲似的照顾我和孩子，碰上您生病我能看着不管吗？要说谢，我应该谢您才对呀！"

老太太叹息着："唉，这孩子！"

叶兰香说："大姨，您病好了，我也就放心了。"然后，她从兜里掏出一沓港币递了过去："这是房租和带孩子的钱。"

老太太数了数，从中抽出几张，又递了回来说："这房租我收下了，带孩子钱就免了。"

叶兰香望着手中的钱，一时不知所措。

老太太却说："你也挺不容易的，以后你也不用给我看孩子钱了，我会像照顾自己孩子一样带她，你就放心吧！"

"大姨……"叶兰香激动地望着老太太，眼里闪动着晶莹的泪花。

一晃眼，叶兰香的女儿叶思雨一岁多，已能摇摇晃晃地满地走了。当小家伙奶声奶气地叫着妈妈时，叶兰香心里涌起一股甜蜜，此刻她所有的劳累和烦恼都被抛在了脑后。老太太也对小思雨有了感情，当听到思雨叫她奶奶时，老太太乐得合不上嘴，满脸的皱纹都布满了笑意。她不仅不要叶兰香给她带孩子的钱，就连房租也减少。她不光可怜叶兰香，而且从心里喜欢上了这个天真可爱的幼童，她已经离不开小思雨了。

这天，老太太的儿子汤池从英国回来探亲。汤池个头中等，身材较瘦，戴着眼镜，显得文质彬彬。尽管从老太太的口中，他对叶兰香的状况已有了大致的了解，可当他见到俊俏中略显憔悴的叶兰香时，还是心头一颤，镜片后那双不大的眼睛流露出惊奇与怜悯。

几天后，汤池与母亲商量后，对叶兰香说："跟我到英国去吧！"

"去英国？"叶兰香霎时怔住了，那可是西方的老牌资本主义国家，她只是从老太太的闲谈中知道英国的生活条件比香港要强得多，但自己对那个国家了解得太少了，只知道内地的人能去英国可是相当的不容易。她早已干够了每天无休止地刷盘洗碗、劳累异常的工作。她多想到外面去闯一闯，开始一种新的生活。可像她这样没有什么专长的人能去英国吗？她惊喜的目光里夹杂着疑惑。

汤池从她的眼神里看出了什么，说："我有个朋友在英国开了一家服装厂，正缺人手，我想介绍你到他那干，怎么也比这边强。"

"可我不会英语。"叶兰香望着他说，"再说带个孩子也不方便呐！"

汤池说："英语到那现学都可以，反正只是干活，会简单的对话就行，以后待的时间长了，自然英语就熟练了。至于孩子可以暂时不带去。"

老太太接道："是啊，这孩子就放我这，你就安心去吧！等以后孩子大了愿意过去，你再接也不迟，有这孩子跟我做伴挺好的。”

叶兰香想了想，说：“那我就多谢了。”

汤池为她办好了手续后，两人一同踏上了飞往异国之路。

飞机关闭了舱门，广播里传来一串串分不清个数的英文。飞机开始启动、加速、昂起机头呼啸着飞上了蓝天，一会儿就钻到云层之上。头一次坐飞机的叶兰香不知是兴奋还是迷茫，她的身子微微颤抖，心也随之飘了起来，离开了自己心爱的小思雨，去一个十分陌生的国家，不知等待她的会是什么？她望着窗外如棉絮状的云层，感到一片渺茫。她慢慢地合上眼睛，泪水顺着脸颊缓缓淌下……

有“雾都”之称的伦敦，常常是阴雨连绵，偶尔看见太阳都会使人兴奋异常，通常，想在伦敦的上空看到全景的几率是很小的。

可这次，上天出人意料地给了叶兰香一个雨过天晴的瞬间，驾驶员也来了情绪，飞机在伦敦的低空盘旋一圈又一圈，似乎在向初到伦敦的人炫耀这个美丽而悠久的世界名城。

俯瞰这座城市，但见绿丛中露出一幢幢红顶的小别墅，它们被弯曲而又毫无规则的街道任意地分割着。路边停着各式的汽车，星星点点的游泳池镶嵌在这美丽的风景画中。

这是英航，叶兰香在飞机上已经近距离地接触了金发碧眼的漂亮空姐和蔼可亲的微笑服务，她的心情稍稍平静了下来。

下了飞机，叶兰香在汤池的带领下经过海关，取了行李后走进机场的大厅。异国的风格，炫目的灯光，陌生的英文牌匾，向她展示了另一个世界。满眼是稀奇古怪的面孔，各种肤色，白的、黄的、黑的、黄里透黑的、还有黑的油光铮亮的，令她惊奇不已，身材也是与中国人不同，一个个大块头的身影在眼前不停地晃动，叶兰香只觉得眼花缭乱，如同刘姥姥进了大观园。

叶兰香忽然想起人们都说外国的天很蓝，可抬头望着天空，跟中国的没啥区别。她狠狠地吸了一大口空气，清新中带着雨后的湿润。

叶兰香怎么也想不到，这个“老牌的、腐朽的、没落的资本主义国家”竟是如此的发达和繁华，而各方面的设计充分考虑了人们的生活和交通习惯。这与她来时对“西方世界”的想象产生了巨大的反差。

汤池将叶兰香带到了一幢两层小楼的别墅，庭院种满了鲜花，与草坪相互映衬，和谐而自然。

汤池将叶兰香介绍给正陪着一个四五岁的小男孩玩的媳妇，他媳妇看上去比叶兰香大几岁，身材已略显发胖，但皮肤保养得很好。她好奇地打量着眼前这个年轻的女子，彬彬有礼地与叶兰香寒暄了几句。那个小男孩儿调皮地瞅着叶兰香，操着英语说着什么，叶兰香一时听不明白，呆愣着不知如何回答。

汤池让媳妇领孩子去玩，回头笑道：“我儿子刚才向你问好呢!”

叶兰香这才回应：“你儿子真可爱。”

叶兰香被安排到单独一个房间，每当汤池进去跟她说话时，时间稍长了些，她媳妇总会找出借口将汤池叫出去。她媳妇表面上十分客气，可眼神却不自觉地流露出不易观察的警觉，这令叶兰香隐隐不安。尽管这里的生活比她想象的要好得多，可她总有种寄人篱下的感觉，她想尽快找到工作和住房，离开这里。但汤池并不着急，给了她一本英汉词典，并教了一些简单的对话。在汤池与她单独在一起时，叶兰香总觉得他的眼神有些暧昧，甚至有意与她挨得很近，叶兰香有些忐忑不安。在她的一再催促下，汤池这才在第三天，领她来到了服装厂。

这是个面积只有几百平方米左右的小工厂，工厂里摆着各种机器，到处堆放着半成品的衣服，几个架子上挂着成品衣服。

接待她的是个看上去大约30岁，个头很高，留着一头黄色卷发的希腊男子。他仔细打量了叶兰香一番后，用英语对她询问："What kind of job you can do?"（你能做什么样的工作?）

叶兰香脸一红，不知如何回答，忙向汤池投出求助的目光。

汤池急忙用英语说道："She can make clothes."（她可以做衣服。）

"OK, you can try."（好吧，你可以试试。）希腊男子望着不知所措的叶兰香笑道。

叶兰香在家时她曾摆弄过缝纫机，但面对工业缝纫机，她还是感到很陌生。

她按照老板的手势在缝纫机前的椅子上坐下来。

老板问道："What is your name?"（你叫什么名字?）

"My name is Ye Lanxiang."（我叫叶兰香。）她用这几天突击学的英语回答道。

老板点了下头，微笑着帮她插上电源，随后拿来一捆衣服打开，又拿来一件成品衣服放在旁边，指一指意思是说，就按这件衣服做。叶兰香穿好线，然后用脚轻轻地踩了下。咦，机器没动，再稍加了点力，机器还是没动，她有些惶恐了，却见周围的人正好奇地望着她。她心怦怦直跳，憋足了劲猛地一蹬，只听"嗡"的一声，机器突然启动，像脱缰的野马刷地跑了一大趟，吓了她一跳。她抬头一看，有几个女工忍不住笑了，其中一位过来耐心地告诉她应如何操作。这样试了几次，她才适应。

老板在旁边忙着，不时用英语对别人说着什么，叶兰香只觉得别人都在用另一种眼光看她，她竟有些心慌意乱。突然她的左手食指甲被缝衣机的针扎住了，她“啊”的一声惊叫，本能地向后一缩，“啪”的一声，缝衣机的针断了，指肚中露出一个小小的针尖，血涌了出来。老板赶忙过来，帮她摁住了手指，并找来一把钳子。他用眼神示意她：“可以吗?”她冲他点点头。他小心地擦去血，拔了一下，针尖没出来，他用同情的眼神看着她，用钳子夹住，用力再一拔，针尖被拽了出来，鲜血随之涌出，老板扔掉针尖，帮她处理好伤口。她用生硬的英语向他说：“Thank you!”又埋头继续工作。

夜色很深了，工厂才收工，汤池已在门口等候。

他开着车将叶兰香拉到了一处住房，一共三间。汤池告诉她，另两间已住了两个女人，还空了一间，他替她租了下来，并预交了一个月的租金。他关上门领她来到床前，说：“以后你就在这住吧！跟她们好好处，有什么困难可随时给我打电话。”叶兰香望着这个尽管不大，但收拾得整洁的小屋，想到自己终于有了栖息之地，她感激地望着他说：“谢谢。”汤池说：“不用客气。”然后紧紧瞅着她，看得叶兰香脸发红了。

突然，汤池一把抱住她，将嘴唇贴了过来。叶兰香惊得头向后一仰，想推开他，可汤池却死死地抱着她，喘着粗气就去解她的衣扣。她吓得捂住前胸，说：“别这样，你是有媳妇、孩子的人，这样不好。”

汤池红着脸说：“那怕什么?你可以做我的情人啊！你知道吗?从我第一眼见到你，就喜欢上了你。只要你答应，以后我会照顾你的。”

“不！”叶兰香望着他，“你帮助我，我很感激，可是咱俩如果那样，不仅对不起你的媳妇，也对不起你的母亲，那我成什么人了？”

“我不管。再说，你我不说谁会知道？”汤池像一头发情的雄狮，紧紧抓住她。

“你别这样……”叶兰香急得发出了哭腔。

可汤池不顾一切地掀开她的衣服，将手探进了她那因过度紧张而起伏的胸脯上。

叶兰香万万没想到，这个看上去如英国绅士般斯文的人竟这样粗鲁，她奋力挣扎仍无济于事。她想喊叫又怕人听见，她发觉自己像落入狼口的羔羊，正被无情地撕咬着，苦涩的泪水一下子涌出。她只觉头嗡嗡作响，心跳骤然加快，她无助地闭上了眼睛。

汤池正要扒开她的衣服时，突然响起了敲门声。叶兰香“啊”的一声惊叫，汤池身子一抖，这才停住了手。

门开了，外面站着个年纪与叶兰香相仿的女青年，她看两人慌张的样子，怔了一下，对叶兰香说：“哦，对不起，你是新搬来的吧？我刚做好饭，一块吃吧！”

汤池不敢正视门外的女子，他推了下眼镜，尴尬地瞥了一眼叶兰香，说：“我先走了。”

叶兰香脸涨得通红，怔在那儿，眼瞅着汤池冲出门外一下子钻进车里，一溜烟开走了。

那女子来到叶兰香的跟前，诧异地望着她：“他是你男朋友？”

叶兰香摇着头，手抓着前襟，身体不停地颤抖，两行清泪扑簌簌滚下。

那女子似乎明白了，她领着叶兰香来到自己的屋子，让她坐在桌前一块吃饭。叶兰香感激地望着眼前这位素昧平生却和蔼可亲的女子，一时无语。叶兰香尽管很饿，但心里却堵得慌，匆匆吃了一点便放下了碗筷。

通过交谈，叶兰香知道那女子叫小蕾，来自浙江。小蕾长得小巧玲珑，虽算不上漂亮，但皮肤很白，颇有江南女子的风韵。她曾下过几年乡，后来抽调进了一家工厂，厂长见她有几分姿色，常将她叫到办公室，对她动手动脚，她十分反感却又无可奈何，后来那厂长竟要她嫁给他那不务正业的儿子，她实在无法忍受，一赌气辞了职，自己借钱做小买卖却被骗，赔了钱。后来，一位嫁到英国的同学将她介绍到了英国，她现在在“唐人街”的一家中餐店打工。小蕾说：“虽然很累，但一想到比国内挣的钱要多得多，而且自己毕竟也出国了，见识了外面的世界，这辈子也算没白活。”她感慨道：“这世上的男人啊！看着像个人，可一见女的就像猫见鱼似的，自己可得处处小心啊！”

叶兰香没想到，在异国他乡会遇到内地的同胞，感觉特亲切，两人渐渐成了好朋友。从那以后，汤池再未露面。

叶兰香每天在工厂内忙活，这里的工人大部分是希腊人和土耳其人，日常使用的语言是英语和希腊语，叶兰香是这里唯一的黄皮肤的亚洲人。尽管经过突击，她掌握了简单的英语日常用语，但对服装业的专用词汇根本未接触过，于是她手不离字典，缝纫机边上放着纸和笔，随时将新的单词记下来。她一边干活，一边在心里背着单词，渐渐地能听懂老板的吩咐，诸如面料、针、扣、花边、松紧带、商标、规格等，也会说很多英语了。她虚心钻研，很快掌握了缝纫技术，工人们也友好地接纳了她，她的聪明和勤快也赢得了老板的好感，工资也变得丰厚起来。

叶兰香不知国内已从政治运动中解脱出来，开始投入到经济建设。她只是从不同的报道中，隐约了解到国内的“文化大革命”已结束，知青全部返城。她想像着华尘雨也许正在哪个工厂，穿着深蓝色的背带工作服，在隆隆作响的机床旁专心致志地加工着产品。他现在生活得怎样，是否已成家？他若知道自己有了个健康可爱的女儿，会怎样呢？她还记得在青年点时，有一次在学习小靳庄的赛诗会上，自己硬着头皮发言道：“站在西下洼，胸怀亚非拉，身在盐碱滩，全球在心间，时刻不忘世界上还有三分之二的人民正生活在水深火热之中，我们要以解放全人类为己任……”华尘雨异常专注地望着她，当时所有人都充满了对资本主义国家的仇恨。可她万万没有料到，几年之后，自己却来到了曾经被亿万人民认为是水深火热的西方世界，她暗自苦笑，历史竟给了她一个莫大的嘲弄。

每到夜深人静时，叶兰香心里只觉空荡荡的，小思雨总在她眼前浮现。尽管打长途电话很贵，可她还是忍不住用电话卡往香港的老太太家打过几次电话，老太太总是说：“孩子挺好的，你就放心吧！”当她从电话里听到孩子稚嫩地叫着“妈妈”时，泪水便不由自主地如泉水般涌出。

朦胧中，她领着小思雨来到了伦敦最著名的Trafalgar square（特拉法加广场，或叫鸽子广场）嬉戏玩耍，广场上矗立着英国海军司令纳尔逊的纪念碑，还有巨狮铜像和漂亮的喷泉。来自世界各地不同肤色的旅客们，拿着照相机不停地拍照，他们的脸上洋溢着开心的笑容。广场上的两个巨狮铜像，威风凛凛地趴在用花岗岩砌成的石座上。游客们从不同的角度与铜狮合影留念，没人去骚扰、攀登它们，也没人在它们身上签名留念。广场上的鸽子比比皆是，显得异常兴奋，它们贪婪地抢着游客们特意买的食物，和孩子们一同玩耍着。有个鸽子竟大胆地飞落在小思雨的手中，去啄食它爱吃的食物。叶兰香牵着小思雨正沉浸在幸福之中，突然发现华尘雨西装革履向她含笑走来，“尘雨……”她激动地流着泪，挥舞着手臂向他扑了过去……

“咚”的一声，床头柜上的茶杯被扒拉到地上。她突然从梦中惊醒，此时泪水已湿透了枕巾……

第二十六章

“小辣椒”突然对华尘雨发起了爱情攻势。

她先给华尘雨去了信，而这封信首先被水宜舟在传达室取信时所发现。水宜舟一见那熟悉的笔体和寄信的地址，就猜到了是“小辣椒”。他悄悄地用刀片将信封启开，看完后又原封不动地糊好。当他将信交给华尘雨时，华尘雨不禁一愣。水宜舟诡异地看着他：“哎，快看看小辣椒给你写了啥？”

“你咋恁好奇，她能写啥！”华尘雨瞅着信封，瞟了他一眼。

“得，肯定是情书。行了，自己慢慢看吧！有啥需要哥们帮忙的，尽管吱声。”说罢，他冲华尘雨挤了下眼，退了出去。

华尘雨撕开信封，见到这熟悉而又久违的字迹，仿佛又见到“小辣椒”那曾经火辣辣的大眼睛，在信中她介绍了自己在工厂干了一年多车工后，领导见她挺有组织能力，就调她到工会。一九七七年恢复高考她也试了，但因基础差没考上。听说华尘雨考上了大学，她特别高兴，羡慕得要命。她不甘心，现在每周三个晚上去夜校补习高中课程，这一学习，才发现自己要学的东西太多了。她十分怀恋与华尘雨在一起的日子，虽然当时挺苦的，但毕竟情感有所寄托。后来迫于当时的压力，有段时间她不得不疏远他，可心里却始终惦记他。现在一切都变了，她很想与他更进一步……

信足足写了好几页，有些语言火辣辣的，那种大胆坦露的心境，让华尘雨心跳不止。青年点的一幕幕往事如潮水般涌上了心头。“小辣椒”突然向他发出了这样的信号，令他始料不及，他一下子陷入了沉思。

华尘雨思考了一个星期后，才给她回了封短信，信中只说他现在学习很忙，暂时顾不上考虑个人问题，以后再说吧。

几天后，水宜舟碰到了华尘雨，满脸的不悦。

华尘雨问：“咋像谁欠你钱似的？”

水宜舟说：“你挺牛啊，人家小辣椒实心实意想跟你处对象，你干嘛搪塞人家？你是不是又看上哪个大学生了？”

华尘雨说：“你这是啥话？是不是你偷看了信？”

“你没见那信封好好的，哥们可是正人君子，哪能干那事儿？”水宜舟狡猾地看着华尘雨，“不用看我就知道，小辣椒给你来信，肯定是向你射出丘比特之箭，这事儿瞒得了别人，能瞒得了哥们吗？你咋就没反应？上周末我回家，正碰上小辣椒，她还打听你，问有啥需要她帮忙的，你看人家对你多关心，你可别不当回事。”

华尘雨说：“现在学习这么紧张，哪有工夫合计这事儿。”

“你这是借口。啊，你现在是大学生了，觉得自己了不起，看不上人家了?”

“我可没你想的那样，我啥样人你还不了解?”

“那你也不能对人家冷淡呀！人家一个姑娘家，主动向你捧出一颗火热的心不容易，你可别让人家说出啥。”

“我的事不用你操心。”华尘雨瞅着水宜舟撇嘴一笑，“哎，你跟山丽虹的事进展到啥程度?你俩都老大不小了，可别耽误了下一代。”

水宜舟脖子一梗，骄傲地说：“你说我跟她呀，那可是患难之交，感情比大海都深。咱俩已商量好了，目前的任务是先完成学业，至于制造下一代，那是毕业以后的事。反正也耽误了，不差这两年。”

华尘雨说：“我也一样。”

水宜舟说：“你跟我们可不一样，你还没确定关系呢！赶紧先把这个问题解决了。”

忽然有人跑过来喊道：“哎，水宜舟，有人找你呢！”

水宜舟应了一声，对华尘雨说：“人家小辣椒可是经常上你家忙这忙那的，你可别辜负了人的一片心呐！”

华尘雨望着水宜舟远去的身影，陷入了沉思。

期末考试前一个月的周末，当华尘雨赶回家时，母亲正收拾东西，华尘雨问：“妈，您这是干啥?”

母亲眼睛红肿，瞅着华尘雨说：“唉，你爸住院了，我得带些他换洗的衣服。”

“啥，我爸得的啥病?怎么不早告诉我?”华尘雨焦急地望着母亲。

母亲声音沉重地说："几个月前你爸就感到胸闷得慌，我让他上医院检查检查，你爸说没事，现在工作这么忙，哪有时间上医院，等忙完了再说吧。你爸恢复工作后，总觉得时间不够用，没日没夜地忙活，就是不考虑自己的身体，这还是上个月单位统一给干部检查身体，他才去，结果一检查，医生吓了一大跳，悄悄告诉我，已到了癌症的晚期了。我都没敢告诉你爸，唉！"

华尘雨急三火四地跟母亲来到医院。刚一踏进病房，就见父亲正躺靠在床上部因被摇起呈上倾状的枕头上，身旁站着一个女青年。华尘雨快步来到床前，那女的一回头，华尘雨霎时怔住了。

原来竟是"小辣椒"。

"小辣椒"望着久违的华尘雨，顿时睁大了眼睛，四目相对，一时无语。

华尘雨见父亲那曾饱满的四方大脸，此时两腮凹陷，颧骨突出，不禁一阵心酸，眼睛湿润着叫道："爸，您住院咋不告诉我一声？"

父亲见到华尘雨，眼里放出期盼的光，可嘴上却说："孩子，你爸没啥大病，可大夫非让我住院。大夫说打几天点滴，很快就会好。我寻思着你念书挺紧张的，就不打扰你了。"他瞅着身边的"小辣椒"说："这不，你这位青年点的同学，一听我住院就跑来了，天天晚上在这儿忙活着，白天还得上班。我劝她回去，可她还是留下，挺辛苦的。等我出院了，咱上饭店好好谢谢你同学。"

"小辣椒"脸一红，说："大伯，我跟尘雨这么多年同学了，关系一直挺好的，您家的事就是我的事。反正我晚上也没事，尘雨功课挺紧的，也没时间照顾您，我在这，起码有个帮手。"

华母说："我白天还得上班，有时她白天请假照顾你爸。晚上几乎天天来，多亏了这姑娘啊！"

华尘雨对"小辣椒"说："谢谢。"

"小辣椒"忙说："看你这么客气，说谢谢太见外了。你就在学校安心学习吧！我会常来这儿的。"

华母看着"小辣椒"疲惫的面容说："姑娘，这些日子你没少帮忙，也够累的，先回去休息吧！"

"小辣椒"用眼神征求华尘雨的意见，华尘雨也说："那你就先回去吧！"

"小辣椒"这才说："那我就先回去了，有空我再过来。"

华母对华尘雨说："快送送你同学。"

两人走出了医院，"小辣椒"推着自行车，华尘雨跟在她身边。"小辣椒"故意向华尘雨靠拢，她瞅着华尘雨，问了学校的情况，然后调皮地说："上大学了，一定处上朋友了吧？"

"现在学习那么紧张，哪有闲心合计那事儿呀？"华尘雨瞅着她嘴角一撇，"你现在咋样？"

"小辣椒"低下头说："我还那样，你咋就看不出人家的心？咱俩都不小了，也该考虑个人生活了。"

华尘雨摸着下巴，略有所思地望着身旁的"小辣椒"，一时竟不知说什么，两人就这样默默走了一段。

"小辣椒"一看已走出一里多地了，这才说："别送了，快回医院吧！我先走了。"然后跨上自行车，向前蹬去。

父亲病重，使华尘雨的心情格外沉重。期末考试越来越近，可华尘雨捧着书本却无法静下心来。每隔两三天，他都要从学校倒两趟车去医院看父亲。父亲一天天消瘦，进食也愈来愈困难，只得吃流食。“小辣椒”几乎天天到医院照看华父。当她拿着汤匙一口一口地给华父喂饭时，华父眼里满含感激。

“小辣椒”看着华父如此憔悴，她抓着那双干瘪的手忍不住啜泣。

这天晚上，当华尘雨再次来到医院时，父亲的眼睛突然一亮，精神也比以前好了许多。华尘雨以为父亲的病有了好转，很是高兴，可医生却悄悄地告诉华母说，华父不行了，赶紧准备后事。母亲的心一下子揪了起来，难道这就是人们常说的“回光返照”？她躲在走廊的一隅，泪水扑簌簌地顺着脸颊流下来。过了好一阵子，她才擦干泪水，强打精神回到病房。此时华父正抓着华尘雨的手说：“英华这孩子多好哇，我看出她对你有那心思。你咋打算的啊？”

华尘雨极力掩饰内心的矛盾，说：“爸，你不用替我操心，安心养病。”

华父瞅着华尘雨，说：“你也不小了，答应我，跟她好好处。”

华母也说：“尘雨啊，英华这孩子真不错，这些天多亏了她。上哪找这么好的姑娘啊？你就答应了吧。”

华尘雨面对父母期待的目光，这才点了点说：“爸，妈，我听您的。”

华父的脸上绽开了笑容。

一会儿，“小辣椒”进来了，她走到病床前。华父兴奋地对“小辣椒”说：“正好你在这，刚才我问尘雨你们俩的事了，以后你们就好好处吧！”

“小辣椒”内心一阵激动，她说：“大伯，既然尘雨都表态了，我一定会好好待尘雨的，您就放心吧！”

华父又对尘雨说：“你以后可要对人家好啊！我感觉好些了，快要期末考试了，你赶紧回去复习吧，别耽误了学习。”

“小辣椒”也说：“是啊，这有大姨和我，你就安心复习吧！”

华尘雨这才恋恋不舍地离开病房，返回学校。

第二天晚上，当华尘雨风尘仆仆地赶到医院时，发现父亲住的病床已空，一种不祥的预感霎时袭上心头。他急忙问周围的病友：“你们知道我爸去哪儿了吗？”

这些病友表情复杂地望着他，欲言又止地低下头。

“我爸呢？”华尘雨急得竟喊了起来。

门忽然开了，华母和“小辣椒”步履沉重地走了进来。华尘雨上前抓住母亲的胳膊问：“妈，我爸呢？”

华母眼睛红肿，声音颤抖着：“你爸……他，他……走了……”

“什么！”华尘雨只觉五雷轰顶，父亲昨天精神还好好的，咋今天突然就……他眼前一黑，身子不由瘫软下来，就在他将要倒下的瞬间，“小辣椒”上前一把抱住他。

“尘雨……”“小辣椒”摇晃着华尘雨的身子，不停地呼唤，泪水夺眶而出。她将华尘雨扶到椅子上，连摩挲胸口带掐人中，一通忙活，华尘雨才渐渐缓过来。他睁开眼，见“小辣椒”正扶着自己，忙问：“我爸现在在哪儿？我要看看。”

华母抽泣着：“已经送到太平间了。”

华尘雨腾地站了起来，他一下子挣脱了“小辣椒”，向太平间跑去……

出殡的那天，华尘雨扑倒在父亲僵硬的身子上，他紧紧抓住父亲冰凉的手失声痛哭，他哭得肝肠寸断，几乎昏厥过去。

华尘雨躺在宿舍的床上，仍心潮翻腾、夜不能寐。眼看就要期末考试，他却悲痛难耐，神情恍惚。

他以这样的心情参加期末考试，成绩下来才发现，自己竟有两科不及格，若再有一科不及格就将被打发回家。多悬啊！他都没料到自己的状态会糟糕到极点。从打上学以来，他的功课门门都是优秀，这次成绩如此糟糕，自己身为班长，真是颜面尽失，羞愧难当。他觉得对不起父亲，对不起母亲，也对不起自己。

他只得强迫自己控制情绪，拿出参加高考前的劲头，躲进屋里抓紧复习，经过一通恶补，终于在补考中过关。

他这才长出了一口气，身体像棉团似的倒在床上，足足睡了一天。

第二十七章

叶兰香的美貌和能干，招来服装厂男人的青睐，他们都被这位来自亚洲的东方女性特有的魅力所征服。

老板也开始对她格外关注，在叶兰香干活时，他总会来到身边，搬把椅子坐在她旁边。开始时，叶兰香感到很不舒服，以为老板在监视她干活。可渐渐地，她发现，老板的注意力并不在她的工作上。尽管有时老板会时不时拿起她做的衣服看看，但更多的是观察她的表情。每当发现老板紧紧瞅着自己时，她心里总会泛起一种说不出的感觉，让她隐隐感到不安。

叶兰香的缝纫技术越来越好，有些旁人感到十分棘手的活，叶兰香都能干下来，她成了不可缺少的技术骨干。这让老板很高兴，一再给她加工资。由于是计件，为了多挣钱，叶兰香经常主动加班。后来她买了一台旧的缝纫机，遇上活多时，干脆就带回宿舍里做。小蕾晚上来她屋，经常见到叶兰香在缝纫机前忙个不停，钦佩地对她啧啧称赞，有时还帮她打下手。叶兰香常常干到深夜，小蕾实在挺不住了，这才回屋睡觉。

叶兰香的收入很快就多了起来，她看着手中的英镑兴奋不已，自己能在外国人的工厂里站住脚，获得丰厚的报酬，这是她以前根本无法想象的。她的目的很简单，只有多挣钱，才能使生活水平提高。她自己省吃俭用，经常给香港的老太太寄些钱，作为对自己女儿的抚养费。女儿一天天大起来，她要挣更多的钱，以便把女儿接到自己的身边。就为了这个她也要努力，不管多苦多累她都心甘情愿。

这天早上，刚上班不久，老板就走进来，他径直来到叶兰香旁边缝纫机的座位上坐了下来。今天工厂的活比平时要多，叶兰香头也不抬地在缝纫机前不停地忙活着。

老板用那双碧眼瞅着叶兰香，似乎想说什么，但见叶兰香眼睛只盯着缝纫机，于是把椅子向她身旁又挪了挪，像看一件工艺品似的欣赏着叶兰香的脸庞。

叶兰香发觉身边有人，这才抬起头，见是老板，礼貌地冲他笑了笑。

老板的脸微微有些红了，他笑着用英语慢慢地说："Can you find a girl friend for me, please?"（你能帮我介绍一个女朋友吗?）

叶兰香一怔，停下手，睁大眼睛望着他。

"我从来没有和中国女人接触过，我很想感受一下中国女人的感觉。"他小声说。

叶兰香知道老板是个情场老手，厂里的年轻女子几乎无人幸免，不久前还有两个女人为他争风吃醋，甚至在工厂内互相谩骂，最后竟动手起来打得不可开交，而老板知道后却无动于衷，好像与他毫无关系。

“你想要什么样的？”叶兰香问道。

“我也不知道。”老板说。

叶兰香想起了小蕾，她曾说过如果有哪个外国人肯出钱，她愿意做情人，于是顺口说道：“我可以帮你介绍一个，我们公寓里有一个中国南方人，个头中等，长得也很漂亮，只是英文稍差一点。如果你同意，哪天我帮你约她。”

老板似乎并不感兴趣，仍旧看着她：“难道没有别的？”

“那你要求什么条件，比如身高、相貌、年龄？”她问。

老板想了想，用碧眼紧紧瞅着叶兰香，说：“像你这样的身高、相貌、年龄就行。”

叶兰香诧异地望着他，小声说：“我可找不到这样的人。”

“我说的就是你。”他瞪大了眼睛，声音也提高了，“我真搞不懂，你为什么总是扯别人，我在说我们俩，我是在问你，你可以做我的女朋友吗？”

叶兰香更加紧张了，扭过头不敢看他。

他却显得很激动：“你是第一个使我这么着迷的人，我也不知道怎么的，你的一举一动，我都很喜欢，我每天都在看你，我就想让你做我的女朋友。”

这确实是真的，这些日子叶兰香也感觉到了，那双眼睛随时都在她的周围转悠，他用目光抚摸着她美丽的脸庞和富有曲线的身体。那是令所有女人都会心动的目光，含情脉脉中透出灼人的气势，他期待着她的反应。叶兰香的心被他的目光搅得不安起来，表面上保持镇静，埋头干活尽量躲避，可还是无法逃脱那火辣辣的目光。

“老板，这不可能。”叶兰香不再看他。

老板一脸的疑惑。

叶兰香心跳骤然加快，她低下头继续干活，“哒哒哒”的机器声又响了起来。

这时，忽然有人对老板说：“门口有人找。”他这才起身，又扫了她一眼，才向外走去。

下班后，叶兰香收拾完东西，刚要走。老板过来对她说：“这批活挺急，你就加班吧！我给你双倍加班费。”

叶兰香已十分疲惫，可一想到丰厚的加班费，还是留了下来。

屋内只剩下他们俩，喧嚣了一天的厂房突然静了下来，在这个夜晚静得出奇。

叶兰香重新又坐回到缝纫机前，老板走过来，用那双热辣辣的碧眼瞅着她。

叶兰香刚启动缝纫机，老板马上说：“你先停一下，我跟你说点事儿。”

叶兰香只得关闭了缝纫机的开关，狐疑地望着他。

老板说：“现在屋里没别人，你能答应做我的情人吗？”

叶兰香紧张地站起来，连声说：“不、不！”

老板突然像一只饿虎猛地扑过来将她抱住，犹如一座大山，把她压在了身下，叶兰香惊恐地大声喊叫，使劲推搡着，可老板嘴上说着：“我喜欢你，我不会亏待你。”便将那满是胡子的脸贴了上去，叶兰香只感到脸像被钢刷刷了一样、针扎般难受。她拼命晃动着脑袋，双手不住地抓挠着，企图推开身上那座“大山”。老板全然不顾，哧啦一下撕开她的上衣，将她的文胸一把拽下甩到一边。他用那毛茸茸的大手使劲抓弄着她的胸脯。叶兰香急得不停地哭泣，泪水如泉水般在脸上肆意流淌。

老板愈发得寸进尺，腾出一只手去褪她的裤子，叶兰香吓得面如土色，用手使劲拽着自己的裤腰，终因体力不支，还是被他扒下了裤子，叶兰香彻底绝望了，她悲痛欲绝地看着他就要突破自己最后的防线。她的手再次努力地向旁边一伸，竟碰到了桌案上的剪子。她像抓到一根救命稻草，一把拽过剪子，猛地抵住了他的胸膛。

“你想干什么？”他吓得一激灵，停止了动作。

叶兰香手握剪刀，逼视着他：“离我远点，不然别怪我不客气。”

老板身子一颤，张开嘴惊惶地望着叶兰香，就在他稍一犹豫时，叶兰香一把推开他，慌忙穿上衣服，猛地跑了出去。待老板缓过神追出门外，叶兰香已钻入出租车飞驰而去。

回到宿舍，叶兰香一头扑倒在床上失声痛哭。小蕾闻声进来，疑惑地望着她。

小蕾见她衣衫不整，头发凌乱，轻声问：“兰香，咋的啦？是不是谁欺负你啦？”

叶兰香手抓着床单身体不停地抖动，仍在哭泣。

“是厂里的工人，还是……”小蕾小心地问。

叶兰香哭了一阵子，猛地坐起来，她一抹眼泪愤恨地说：“我不干了，我实在不想再回那个魔窟了，不想见那个仗势欺人的色魔。”

小蕾吃惊地望着她：“难道是老板对你……”

叶兰香咬牙切齿道：“他想让我当他的情人，我没答应，他硬要跟我发生关系。要不是我拿剪刀逼住了他，他就要得逞了，这帮外国鬼子真不是好东西。”

“唉，哪的男人都一样。”小蕾叹了口气，瞅着叶兰香，“不回那服装厂也行，要不到我待的中国餐馆去打工，虽说钱没你在服装厂多，但起码老板不会那样对待咱。”

叶兰香说：“去那刷盘子我可不干，那活我干过，真是……”

小蕾说：“不刷盘子也行，当个服务员，凭你的相貌和勤快，我想你肯定没问题。明天我上班时就跟老板说。”

叶兰香疲惫地倒在床上，闭上眼睛，泪水顺着她的脸颊缓缓流下……

第二天，叶兰香没有去上班，一会儿老板打来电话，让她到工厂去上班，她坚决地回答，从此再不进他的工厂。老板急得向她道歉，请求原谅，叶兰香啪地挂断了电话。一会儿电话又响了起来，叶兰香拿起话筒一听是老板的声音，便气恼地撂下了。电话又“铃、铃”地响个不停，叶兰香烦躁地拿起话筒，放到一边。

晚上，小蕾一下班就来到叶兰香的宿舍，说：“老板同意了，让你过去见个面，可打了好长时间电话，就是没人接，你是不是又回服装厂了？”叶兰香说：“那个色鬼打来电话让我上班，我没答应，他就不停地打，我只好把话筒从电话上拿下来。”

小蕾看着叶兰香，说：“明天一早你就跟我过去吧，正好咱俩也有个伴。”

叶兰香感激地望着她：“那好吧，我就试试。”

这时响起了“当、当”的敲门声，叶兰香刚一拉开门，老板正站在门口。叶兰香瞪了他一眼，正要关门。老板笑道：“不管咋样，你让我进屋，我们好好谈谈。”

叶兰香冷冷地说：“没什么可谈的，我不干了，请你回去吧！”

小蕾过来，将叶兰香拽开说：“兰香，让他进来，看看他究竟想咋样。”

老板进来后，可怜巴巴地看着叶兰香说：“叶兰香，昨天是我冲动，请你原谅。”

叶兰香一屁股坐在床上，扭过脸一言不发。

小蕾瞅着老板，见他身材高大，带卷的褐发，碧眼里透着愧疚与诚恳，不禁心头一动。她用生硬的英语说：“我听说你这么个有身份的老板，竟对兰香那么粗暴，太不像话了吧？”

老板尽管听她讲的英语很吃力，但从她的表情和语气上，还是判断出对自己的态度。

老板诚恳地点头应承着，一再向叶兰香道歉。昨天他新接了一批活，由于厂里的工人对这种面料生疏，做了几件都达不到要求，老板便想到了叶兰香，看来只有请回她，才能解决问题。他只得硬着头皮亲自赶到这，决定不惜一切代价，也要叶兰香回厂工作。

叶兰香已是伤心不已，想着自己孤身一人举目无亲，如受伤落地的小鸟，总是提心吊胆、担惊受怕。她不敢想象回去后老板又会怎样对待她，任凭老板怎么劝说就是不吭声，小蕾在一旁不知如何是好。老板对小蕾说：“请你先回避一下，我要跟叶小姐单独谈谈。”小蕾说：“我怕你再欺负兰香。”老板说：“你放心吧，我不会的！我拿人格担保。”小蕾用探询的眼光看着叶兰香，叶兰香冲她递了个眼色，小蕾这才退了出去。

老板说：“我诚心诚意请你回去。这批活工人都干不好，我全指望你了，我马上就给你加工资，以后我再也不会对你不尊重了。”说罢，将一沓英镑放在桌上。

叶兰香严肃地看着他，说：“你把钱拿回去。”

老板并没有动那钱。他站起身说：“叶兰香，我已经向你赔礼道歉，请你再好好考虑考虑吧！”于是向外走去。

一会儿，小蕾又过来了，她问：“你答应那老板了？”

叶兰香说：“我没表态，可工厂新接批活，别的工人干不了，他愿意为我加薪，急着请我回去。我要不回去，那工厂的损失就大了。”

“那你动心了？”小蕾不解地看着她，“那边我都给你说好了，你要不去，我不白张罗了吗？”

叶兰香皱着眉头说：“让我想想吧！”

第二十八章

“小辣椒”对华尘雨展开更加猛烈的攻势，她几乎每周都要去华尘雨家帮着华母干这干那，弄得华母都有些不好意思。可“小辣椒”却说:“大姨，尘雨上学忙，我反正也没什么事，你要不烦我，我陪您唠唠嗑。”华母其实也看上了她的热心和勤快，巴不得她早一天成为自己的儿媳妇。

每当华尘雨回到家，华母都要夸奖“小辣椒”的热心与孝顺，流露出对儿子个人问题的关注。华尘雨虽然犹豫不定，但父亲临终前的嘱托和母亲对“小辣椒”的好感，让他难以拒绝。华尘雨不愿违背父母的心愿，可心里仍忘不了叶兰香。他也看出“小辣椒”的用意，他表面应付着“小辣椒”，以一种无所谓的态度与她保持着一定的距离。可“小辣椒”却抓紧一切机会，表现出对华尘雨的关注和牵挂。

再有不到半年就要毕业了，华尘雨正积极地准备毕业设计，与“小辣椒”见面的次数明显减少。这令

“小辣椒”感到惴惴不安。她琢磨着，如何才能拴住华尘雨呢？

这天周末，华尘雨终于回家了，刚和母亲唠了一会儿，“小辣椒”就来了。她热情地与华母打完招呼，就对华尘雨说：“我自行车有点毛病，你能帮我看看不？”

华尘雨看着她说：“你可真会抓劳工。”

华母忙说：“那让尘雨去吧。忙完了，你俩一块回来吃饭。”

“小辣椒”笑着说：“大姨，您就别麻烦了。尘雨上咱家，还能让他饿肚子？”

华尘雨这才跟着“小辣椒”出来。

两家距离不到一站地，一会儿就到了“小辣椒”家。

华尘雨见屋里没人，好奇地问：“就你自己在家呀？”

“小辣椒”说：“我爸妈领着妹妹去大连的姑姑家串门去了，得住上几天。咱俩可以单独在一起啦！”

华尘雨瞅着她嘴一咧，说：“这回你可以随心所欲了。”

“小辣椒”头一扬：“那当然啦！”说着端来一杯水递给华尘雨：“来，先喝口水。”

华尘雨说：“不啦！我先看看你的自行车。”说完，便来到了门外，见“小辣椒”常骑的自行车正靠在墙上。他打开车锁，在院里骑了一圈，发现脚蹬子松动了，于是让“小辣椒”拿来钳子、扳手，自己鼓捣起来。

“小辣椒”进了厨房，忙着做菜。

一会儿，车就修好了。华尘雨洗完手对她说：“你交给我的任务完成了，我该回去了。”

“别走哇，这菜都做好了。”“小辣椒”用围裙擦着手，说，“来，一块吃，难得咱俩单独在一起吃饭。”说罢将华尘雨拽进了她的屋里。

方桌上已摆上了四菜一汤，正冒着热气，中间还立着一瓶“老龙口”白酒。

“小辣椒”坐在华尘雨的身旁，将斟满酒的酒盅递给华尘雨，两人碰了一下，各自喝了一大口。

不知是辣，还是喝得急，“小辣椒”手捂着嘴竟咳嗽了几声。华尘雨忙轻拍她的后背，同时夹起一块肉递到她的嘴边，说：“慢点，先吃块肉压压酒。”

“小辣椒”红着脸看着华尘雨，将那块肉吃到嘴里，然后又不停地给华尘雨夹菜。

“小辣椒”笑着问：“我做的菜咋样？”

华尘雨边吃边说：“嗯，不错，起码比军舰汤强。”

“小辣椒”故意撅起嘴：“你是表扬，还是骂我？”

华尘雨也笑了起来：“表扬还来不及呢！真没想到你还有这手艺。”

“这算啥？”“小辣椒”头一歪，看着华尘雨，“你要喜欢，以后我天天给你做。”

“那敢情好了！”华尘雨瞅着她，调皮地嘴角一歪，“可现在不行。”

“小辣椒”说：“有啥不行？你也快毕业，咱俩的事你是不是得考虑了？”

华尘雨突然愣住了，抬眼望着她，竟一时无语。

“你倒是说话呀！”“小辣椒”紧紧瞅着他。

"来，喝酒。"华尘雨端起杯子与"小辣椒"碰了下。

"小辣椒"又喝了一口，脸色愈发红润，她突然身子一歪，靠在华尘雨的身上。

华尘雨扶住她问："你咋啦，是不是喝多了？"

"小辣椒"微闭着眼，喃喃地说："扶我上床。"

华尘雨将她搀扶到床上，"小辣椒"仰面躺着，呼出的热气夹杂着酒味。华尘雨刚想走，"小辣椒"突然一把拽住华尘雨，将他拖向自己的身边。不等他反应，"小辣椒"一下子搂住华尘雨的脖子，将温热的嘴唇粘在华尘雨的唇上，疯狂地吻了起来，华尘雨只觉喘不过气。

"小辣椒"几下便褪去衣服，露出曲线分明的洁白肌体。"小辣椒"紧抓着他的手，贴向自己丰满而富有弹性的胸脯，华尘雨的心跳骤然加快，女人那种久违的特殊气息直扑过来。他的手在"小辣椒"起伏的胸脯上任意滑动，他的心也随之不停地颤抖，光滑温润的肌肤极富诱惑地撩拨着他的身体。他情不自禁地闭上眼睛，只觉自己正跟叶兰香热烈相拥，体内立刻躁动着无法抑制的冲动。

"小辣椒"满脸红霞，急促地呼唤着华尘雨的名字，发出阵阵呻吟。她忘情地将华尘雨拉到自己的身上，直到两人融为一体，共同进入飘然若仙的境地……

就在华尘雨准备毕业答辩时，"小辣椒"匆匆找到他，说自己怀孕了，华尘雨一时怔住了。他真后悔那天在"小辣椒"家的冲动，自己尚未大学毕业，竟将她的肚子搞大，这可咋办呐？

"小辣椒"这回神气十足，她瞅着华尘雨说："咱俩结婚吧！"

"我这毕业论文还没答辩，再说，关系到毕业分配的去向。"华尘雨为难地看着“小辣椒”，“学校明文规定不许在校学生结婚，否则不能毕业，那我这学不白上了？”

“小辣椒”扑哧笑了：“我也没说今天就结婚，再有两个月你就毕业了。到那时咱们就可以名正言顺地结合了。”

华尘雨挠着头说：“你让我再考虑考虑吧！”

华尘雨毕业后被分配到沈阳的一个国营机械厂，先在车间实习。

“小辣椒”已怀孕三个多月了，体形也开始显现。在母亲和“小辣椒”的一再催促下，华尘雨这才匆忙结婚了。

像大多数结婚的人一样，婚礼只是在华尘雨家附近一家较大的饭店订了三桌，每桌四十元（不包括酒水），每桌就要耗去一个月的工资。来的除了双方的家人，就是双方的同学和“小辣椒”几个关系密切的同事，没有主持人，大家参观完新房，就直奔饭店。华尘雨和“小辣椒”穿着一身新做的蓝色料子服，上衣别着带有新郎、新娘字样的红色绢花。两人一一给来宾点烟敬酒，当两人来到水宜舟和山丽虹面前时，“小辣椒”划了一根火柴给水宜舟点烟，水宜舟叼个烟卷，头摇得像拨浪鼓，一连划了十几根火柴仍未点着。“小辣椒”气得一拍他的脑袋叫道：“你中风啦？要不要送你去医院？”华尘雨也说：“这小子属鸡的，只会乱点头，别搭理他。”说完，拽起“小辣椒”就要走。水宜舟大叫：“哎，哪有新娘子不给点上烟就走的？这红包我不给了。”“小辣椒”一把抢过他手里的红包，划上一根火柴直冲水宜舟的鼻子而来。水宜舟吓得赶紧头向后一躲，这才老老实实地将嘴上的烟递过来，让她点上，大伙一阵哄笑。散席时，水宜舟悄悄拽过华尘雨说：“哎，你小子行啊！先播了种，好提前收获呀！”

华尘雨嘴角一翘：“你胡说什么！”

水宜舟诡秘地笑道：“你看小辣椒腰渐粗，走路的姿势都变了，少说也得有三四个月了吧？”

华尘雨说：“你小子真他妈流氓，专注意女的。哎，你和山丽虹啥时办呀？”

水宜舟说：“还没定呢！咱可不能像你，让下一代提前出世。”

“去你的！”华尘雨给了他一拳，两人哈哈笑了起来。

蜜月是人生中最甜蜜的时光，可华尘雨却没有这种感觉，对于女人身体的渴望也由于天天在一起而失去激情。“小辣椒”肚子一天天大起来，两人的夫妻生活也暂时中断。婚后的日子平淡而琐碎，华尘雨在工厂实习，整天站在机床边，与各种形状的金属打交道。他虚心向工人师傅请教，不到一个月就能独立站床子，令工作几十年的老师傅都刮目相看。

几个月后，“小辣椒”顺利产下了一个男婴，华尘雨一家都异常喜欢，“小辣椒”在人前显出骄傲。

华尘雨翻遍了词典，也未找到一个好名，只得求助已在杂志社做编辑的水宜舟。水宜舟顺口说道：“就叫华成水吧。”华尘雨说：“你当是冰雪啊，化成水？你认真点。”水宜舟想了想说：“你这个大学生起个名还这么费劲，不行就叫华盛顿吧？”华尘雨说：“你当是美国总统啊？你还能有点正经的不？”水宜舟说：“这名可得起个有纪念意义的。国家正在向四个现代化进军，将来中华民族一定会变得强盛，不如孩子就叫华盛。如果这个名字你还不满意，那我可实在想不出更好的，只能你自己琢磨啦！”

“华盛……”华尘雨嘴上念叨着，感觉还算顺口，他回家跟“小辣椒”一说，“小辣椒”欣然同意，小名就叫盛子。

第二十九章

叶兰香经过激烈的思想斗争，还是回到了服装厂，她不想失去这个得来不易的挣钱机会。老板对她也变得格外客气，叶兰香的重新回归，使得这批棘手的活终于按期交货了。

叶兰香愈发思念自己的女儿，女儿已六岁，到了上学的年龄，可自己竟不知她现在长得多高。从老太太寄给她的照片上看，女儿天真可爱，长得有些像华尘雨，只是没有她父亲那突出的下巴，脸型却像叶兰香。这让叶兰香感到很欣慰，她暗自庆幸女儿集中了父母的优点，将来一定是个漂亮的姑娘。她想将孩子接过来，可自己却没有取得绿卡。英国政府规定只有取得绿卡的外国人，才可以把孩子接过来，这让她大伤脑筋。她常常梦见女儿哭着扑向自己的怀抱，醒来时泪水已湿透了枕巾。为了孩子，她必须想尽一切办法。她忽然想到了跟外国人结婚，只有这样她才能获得绿卡，才可以名正言顺地将孩子接到自己的身边。一想到要跟一个文化、生活习惯都不相同的外国人结合，她便有种说不出的苦涩。可为了孩子，她只能走这条道了。

她开始搜索工厂内的男子，其中两人都对她有意思。一个是近四十岁的大胖子，有些秃顶，腆个大肚子，平时笑呵呵的，总爱跟叶兰香开玩笑。另一个是比自己小四五岁的小伙子，名叫杰克，一米八多的个子，一头卷发，碧眼，长得挺帅气。平时杰克经常在叶兰香身边转悠，有时还帮她干活，看上去对她很痴情。

叶兰香思来想去，决定选择杰克。

叶兰香开始表现出对杰克的好感，不再像以前那样对他不冷不热，而是时常给杰克以微笑，这让杰克兴奋不已。

这天上午休息时，有一位希腊人来卖一些希腊的风味小吃，叶兰香从不买，因为花的是英镑啊！一折算成人民币太贵了。她舍不得花英镑，经常吃饼干。那个托食品盒的人进来，杰克立刻走过去挑了两样希腊小吃，各买两份，一份放在叶兰香旁边，那个大胖子脸上露出不自然的表情，而其他人却都神秘地笑了。

中午吃饭时，杰克看着叶兰香热情地说："走吧，我们一起出去买饭去。"

"不用，我有饼干。"叶兰香拿出了饼干。

他走过来接过饼干，抬手扔进了垃圾桶，拉着叶兰香的手走了出去。

他用那双纯情的碧眼看着她，说："你不能天天吃垃圾食品，我们出去买一些新鲜的热食品。"叶兰香想抽回手，可他还是紧紧拉着她，旁若无人地走出厂门。

叶兰香心头一热，这个小伙子确实对自己关心。整个一下午，她心情轻松，干活也不觉得累。

晚上下班后，叶兰香刚走出厂门，杰克像个跟屁虫似的跟了过来。

叶兰香回到宿舍，没像往常那样直接做衣服，而是进了厨房做饭，因为后面跟了一个拎着菜的杰克。叶兰香很快就将几样拿手的中国菜摆上了桌，杰克一边吃一边惊奇地看着叶兰香，一直说这是他头一次吃到如此正宗美味的中国饭菜。

饭后，叶兰香马上坐在缝纫机前，开始做衣服。

杰克坐在一边，问："你每天晚上做到几点？"

叶兰香边做边说："我本来想多做会儿，却不得不在 11 点之前停下来，否则邻居会以扰民而报警。"

他不解地看着她："你晚上总这么干，不累吗？"

"不累是假，可我必须这样。"

"你为什么要这么拼命地赚钱？"

"因为我喜欢英镑。"

"谁都喜欢钱，可也不能这样玩命去换钱。"

"我现在别无选择，我有女儿，在等着我赚钱呐！"

他一下愣了，惊讶地看着她："你有女儿，她在哪儿？"

叶兰香抬起头说："我女儿一个人在香港，眼看到了上学的年龄。"

他不解地问："那你怎么丢下孩子一个人到这儿来？你是内地人，怎么孩子还放在香港？"

叶兰香心头一颤，眼圈红了，她深深叹息道："唉，你不了解我当时的处境。我也是迫不得已啊！"

杰克目不转睛地盯着她，认真地说：“看来你也是有难言之隐，你别这么玩命了。以后我可以帮你多寄钱回去，不行的话就把女儿接到身边来。”

叶兰香停下手里的活，静静地望着他，突然说：“你能想办法帮我把女儿接过来吗？”

他毫不犹豫地说：“没关系，你告诉我怎么办？我一定帮你办！”

叶兰香睁大眼睛，用正式的口吻说：“我考虑过了，只有一个办法：必须要先结婚，然后等拿到绿卡后，我的女儿才能接过来。”

“好吧！让我想想。”他低头陷入了沉思。

叶兰香从他的神态中看出，他也许有什么难言之隐。

叶兰香真的不明白，刚才他还像热恋中的情人一样，用那双纯净如水的碧眼含情脉脉地看着自己，充满无限的爱意，甚至让叶兰香有种久违的亲近感。可一提到“结婚”二字，他的神色就变得黯淡，不知道这欧洲人对结婚有着怎样的看法。叶兰香这才意识到，欧洲人与中国人的婚姻观念有着如此大的差异。

叶兰香疑惑地望着眼前这个帅气的洋小伙，难道他也是一个只想搭伙不想结婚的人？真是那样的话，还是让他去找别人吧，而现在她急需拿到结婚证这张纸。

屋内陷入了沉静，两个人都注视着对方，眼里充满了复杂的表情。

良久，杰克的目光突然一亮，他抓住叶兰香的手，说：“你知道我对你是真心的，我喜欢你的漂亮、聪明、能干，喜欢你那种高雅的气质，尽管我不知道你以前是做什么的，但我敢肯定你是个不一般的女人。”

叶兰香心头一热，静静地望着他。

他继续说："我很高兴能认识你，我也很想拥有你。但你想要结婚，我暂时做不到，因为我还没有离婚。如果你能给我机会的话，我明天就去找律师，办理离婚手续。可能要等一段时间，不知你是否能等。"

叶兰香这才知道，他是个已婚男人，而且有了一个四岁的男孩，一直跟在母亲身边。叶兰香一下怔住了，她睁大眼睛望着他："可我等不起，要是这样的话，我们俩不能再这样了。时间也不早了，你先回去吧！"

外面突然响起了阵阵雷声，接着大雨便哗哗地下起来，雨点如爆豆般打在玻璃上呼呼作响。

杰克凝视着叶兰香说："你放心，我一定会用最快的时间办，让我们生活在一起吧！"

叶兰香说："那今晚你也该回去了。"

杰克紧紧挨着叶兰香，看着腕上的表，指着窗外说："你看都这么晚了，外面还下着大雨，你忍心让我淋湿啊？今晚就让我留下来吧！"

叶兰香望着他祈求的目光，听着窗外不停的雨声，想了想说："不行，中国人要先结婚，然后才能住在一起。"

杰克顽皮而狡猾地笑道："英国人是先住在一起，然后再决定结婚与否。"

"我是中国人，要按照中国的习惯，先结婚后住在一起。"

"我是英国人，要按英国的习惯，再说这里是英国，就按英国的习惯，今晚我不走了。"杰克说着，耍赖地脱下衣服，躺在了床上。

叶兰香急得满脸通红，一时不知所措。杰克一把搂过叶兰香，使劲亲吻着，他迫不及待地褪去了叶兰香的衣服。叶兰香本想挣扎，可架不住他的狂热，身子一软，闭上了眼睛……

几天后，一个年轻的外国女人来到工厂，直接找到叶兰香。这个女人看上去不到30岁，长得丰满又漂亮，只是臀部大了点。她打量着叶兰香说："你就是那个中国女人叶兰香？"

叶兰香用异样的眼光看着她，问："你找我有什么事吗？"

那女子说："我是杰克的妻子，他要为了你跟我离婚。我不明白他怎么会爱上这么一个瘦弱的中国女人？你俩已经住在一起了吧？听说你怀孕了，所以让杰克和我离婚。"

叶兰香心里一动，没想到杰克会对她说这些。叶兰香对她说："我是否怀孕是我的事，为什么要告诉你呢？对不起，我不想和你说话。"

杰克突然出现了，他望着自己的妻子说："你来干什么？"

"我要看看你想跟什么人结婚。"那女人鄙夷地看着杰克，"哼，这可是你决定的。"

她转身刚走了几步，又扭过脸对叶兰香说："你可看好了，他可不那么老实。"

叶兰香望着女人远去的身影，心里竟涌起一股说不出的滋味。

不知杰克采取了什么手段，没多久他真的办完离婚手续，孑然一身来到了叶兰香的身边。他告诉叶兰香，为了快些办手续，他放弃了财产和孩子。叶兰香不禁为他的付出所打动，几天后两人闪电般结婚了。

两人住到了一起，可叶兰香并未感觉到新婚的幸福，只是应付着杰克的生理要求。欧洲男子极其旺盛的性欲在杰克身上表现得淋漓尽致。每天晚上，杰克都将叶兰香折腾得死去活来。第二天早上叶兰香醒来时，觉得自己被脱了一层皮。

不到一个月，杰克对她的激情便消失了，经常后半夜才回来。叶兰香劳累了一天，还要为他洗衣做饭。杰克不管多晚回来，只要一上床，就不顾叶兰香的疲惫，对她施以粗暴的折磨，令叶兰香苦不堪言。叶兰香问他为什么这么晚才回来，杰克却摆出一副大男人的架势，说男人的事不用女人管。叶兰香气得说不出话来，后来，叶兰香终于发现，原来杰克晚上是去赌博。

这天叶兰香见杰克又是后半夜才回来，忍不住说了他几句。杰克立刻暴跳如雷，动手打了她，然后摔门而去。叶兰香暗自落泪，后悔与他结婚，她真想大吵一场，然后与他分道扬镳。可一想到绿卡还没下来，心便揪了起来，她不想前功尽弃。为了接来女儿，她只得忍气吞声打掉牙往肚子里咽。

绿卡终于办下来了，叶兰香想着可以名正言顺地回香港接女儿了，长长地松了一口气。她立刻激动地往香港的老太太家打电话，可打了几次却没人接。叶兰香心生疑问，莫非老太太带女儿出去了？等到深夜她再打电话，还是无人接，她忽然产生了一种不祥的预感。难道老太太家出了什么事？那自己的女儿呢？她不安地一遍遍打，直到第四天晚上，终于从电话中听到女儿的声音。叶兰香迫不及待地问女儿为什么家里没人接电话，女儿哭着让妈妈回来，说前几天奶奶得了重病住进了医院，她也跟了去，可是昨天奶奶便去世了。“什么？”

叶兰香手握话筒，心一下子揪了起来。她想起老太太的种种好处，若不是老太太对女儿像亲生孩子般的关照，她也挺不到今天。如今老人就这样突然走了，自己连报答她，甚至最后见上一面的机会都没有了。她禁不住潸然泪下，电话那端传来女儿急切的呼唤。叶兰香哽咽道："孩子，妈妈好想你，妈妈这就回去……"

叶兰香迫不及待地飞回了香港，老太太的儿子汤池已先她一天来到这里。叶兰香见汤池扑到母亲的身上哭得死去活来，本想劝他，可自己却忍不住掩面啜泣。当汤池抬起泪眼，发现叶兰香出现在眼前时，脸上露出愧疚的表情。他说："母亲每次给我打电话都夸你懂事，有孝心。以前我有什么对不起你的地方，请原谅。"叶兰香说："过去的事还提它干啥？大姨对我恩重如山，我永远忘不了。只是大姨走得太仓促，可惜我没能最后见老人家一面……"叶兰香哽咽了。汤池含着泪说："你的心情我理解。以后有需要我帮忙的尽管吱声，我一定尽心竭力。"叶兰香心情复杂地看着汤池，想到在自己困难时，他曾伸出援助之手。尽管他对自己怀有另一种目的，但毕竟没有他，自己不可能到英国并站住脚，她的内心翻腾起伏。她像老太太的女儿般帮着汤池忙这忙那，一直等到办完丧事，叶兰香才将女儿接到了英国。

第三十章

华尘雨结束了实习期，被分到厂技术科。

科长姓张，是“大跃进”年代毕业的重点工科大学生。他技术精湛，却生性耿直，长得又高又壮，说话粗门大嗓，不知道的还以为是工人。华尘雨的到来，让张科长眼前一亮。

华尘雨到科里的第三天，张科长就让他设计一套夹具，并试探地问：“小华，你头一次搞设计，给你一个月时间咋样？”

华尘雨拿起设计任务书，看了看说：“我尽力完成。”

张科长说：“没关系，你大胆弄，有什么不清楚的，可以问科里的老同志。”

华尘雨仔细看着设计任务书，大学毕业设计他做的是一个变速器，对画图并不陌生，可夹具设计他还是头一回，一时不知从何下手。他在车间实习时，见到过各种夹具，这次设计是在原有夹具的基础上进行一些大的改进。他来到车间，对原夹具端详了半天，又请教了车间技术组提设计任务书的技术员，这才弄明白了工作原理和工艺要求。

华尘雨从资料室借来了以前的夹具图纸，这才发现在大学里学的知识与现实的设计存在很大的差异，看来要真正达到一个合格的设计员，还要付出很大的努力。

回到家，华尘雨草草吃完饭，就坐到桌前，开始构思草图。“小辣椒”凑了过来，好奇地看着他说：“你弄啥呢，咋还带回家来干？”

华尘雨头也不抬地说：“这是我接的头一个设计，不下点工夫能行吗？好歹咱是个大学生，得做出个样子来。”

“小辣椒”说：“行，你还挺要强，那咱也不能落后哇。咱厂有的工人高考没考上，一九七九年就上了电视大学，现在毕业回厂连实习都不用，马上就进了技术科，厂里可重视了。我一想，我差啥，就报名考电大啦！”

“啥！你要考电大？”华尘雨突然抬起头疑惑地望着她，“就你那基础，扔了十多年，虽说电大比普通高考出题要简单些，但也不是谁都能考上的。而且我听说，那电大是好考不好念。每次期末考试都是全国出题，严着呢，一次考试三科不及格，立马走人，连补考的机会都没有，每次期末考试都掉下不少。听咱厂一个新毕业的电大生说，他刚入学时全班有三十多名，可真正能毕业的不过十几名。你能坚持得了？”

“小辣椒”不服地一歪头，说：“数、理、化咱不行，咱不会考文科吗？这回我就报的是中文专业，不考物理、化学，也就是历史、地理、政治什么的，我估计背背就差不多了。”

华尘雨说：“即使你真考上了，那念书也够累的，何况你都三十出头了，记忆力肯定不如二十来岁的小青年，你能跟下来吗？”

“小辣椒”说：“我知道上学肯定累，但我不信跟不上。再说了，你都大学毕业了，我要是不念个什么，那以后咱俩的差距不越拉越大，能有共同语言吗？”

华尘雨看着她嘴角一撇：“原来你是不服啊！难怪都叫你小辣椒，你可够辣的。”

“小辣椒”头一扬：“咱这是要求上进，尽快把被‘四人帮’耽误的时间抢回来，也好为四化多做点贡献。”

“你可拉倒吧！别净挑好听的说，还是现实些吧！”华尘雨瞅着“小辣椒”，“你真要念书，孩子这么小，谁带呀？”

“小辣椒”说：“让你妈带呗，她就这么一个孙子。”

华尘雨不满地说：“我妈还得上班。再说她年纪也大了，身体又不好。你就甭打我妈的主意了。”

“小辣椒”哼道：“哪有做奶奶的不带孙子？哼，实在不行，我带着。”

华尘雨说：“啥？你要真考上了，在班里带个吃奶的孩子，这成什么了？”

“小辣椒”说：“孩子也好几个月了，我给他断奶，然后就送幼儿园。”

“你可真狠心呐！”华尘雨瞥了她一眼，“你又不是没奶，真忍心一下给孩子断奶？我可听说母乳是最好的，你别光顾自己，耽误了孩子的成长。”

“瞧你说的，咱厂有的女工为了保住自己的岗位，不到三个月就给孩子断奶，照常上班了。”“小辣椒”盯着华尘雨，“也没见那孩子瘦。这事就不用你管了，反正我是考定了。”

华尘雨好奇地看着她，刚想说什么，突然传来了孩子的哭闹声。“小辣椒”忙跑过去抱起小床里的孩子，孩子咿呀叫着，不停地舞动着小手朝她怀里拱去。“小辣椒”低头说道：“咋，又饿了？”然后掀开衣服，将奶头塞进孩子嘴里。

不到半个月，一套完整的图纸摆在了张科长面前。望着洁白的图纸上那油黑发亮的铅笔线条组成的夹具结构图，仿佛一幅优美的美术作品，这位老科长暗自惊叹。若不是在设计栏中清楚地标明华尘雨，他很难相信图纸竟出自刚刚大学毕业的一个新手，而且比他预想的进度提前了一半。令张科长更为惊讶的是，这样一个设计，交给工作多年的老设计员，也未必能在这么短的时间就弄出来。

而白天科里的技术人员发现，这个新来的大学生在图板上画图是那么顺畅，俨然一个设计老手。只有华尘雨自己明白，为了画好图，减少用橡皮擦图纸的次数，他晚上回家在台灯前冥思苦想，反复在草纸上勾画和验算。这应了那句俗话，“要想人前显贵，就得背后受罪”。不知经过多少个夜晚，他才如此快地交出到技术科的第一份答卷。

没多久，根据华尘雨设计的图纸加工的夹具出来了，拿到生产车间一试，效果不错，只进行了简单的调试就投入了生产。这个设计还被评为厂优秀技术革新奖，得到了工厂发给他的五十元奖励。华尘雨的名字一下子在工厂传开了，人们见到这个有着突出下巴的高个年轻人，都会投来赞许的目光。

当华尘雨将这钱带回家时，“小辣椒”眼睛都看直了，这可相当于华尘雨一个月的工资，能买270斤大米啊！当年他们在农村拚死拚活干一年，也分不到这么多钱。

“小辣椒”兴奋地望着华尘雨说：“看来这老九开始吃香了。”

华尘雨笑道：“小平同志提出科学技术是第一生产力，谁能不重视？这回你体会到知识的力量了吧？这就叫‘书中自有颜如玉，书中自有黄金屋’。咱这大学没白念吧？”

“小辣椒”对着镜子里自己有些黑红的脸，喃喃自语：“这就是颜如玉？”

华尘雨说：“别照了，你这叫颜如铁。”

“小辣椒”嘴一噘，打了下华尘雨的肩膀：“去你的！这还没咋地，就嫌我脸黑了，还不是下乡那么多年晒的。”

华尘雨指着镜中的她说：“得了吧，别光找客观原因。你回城都好几年了，晒再黑的皮肤也捂白了。你脸就那底子，那黑面再怎么弄也变不了精粉。”

其实，“小辣椒”的皮肤并不那么黑，而且带着健康的红润，只是跟华尘雨的白皮肤相比，显得逊色了些。

“小辣椒”一脸的不服：“我脸没你说的那么黑。再说了，黑咋啦？那是健康色。这才是劳动人民的本色。”

华尘雨摸了下她的脸：“你就保持好这张劳动人民的本色吧！”

“瞧不起我是不？”“小辣椒”拿出一张纸晃了下说，“告诉你，我考上电大了。”

“行啊，我说今天你咋这么得意。”华尘雨夺过一看，确实是电大的录取通知书。他望着满脸兴奋的“小辣椒”，将她揽到身边说：“今天真是双喜临门，晚上咱是不是得庆贺一下。”

“小辣椒”问：“咋庆贺？”

华尘雨一把将她推倒在床上，说：“这还用问吗？”

“小辣椒”故意做出反抗的样子，一噘嘴：“你们男人真是……”

华尘雨甩掉鞋，腾地蹦上床，一下子关了灯……

工厂内随处可见“争做新长征突击手”、“为实现四个现代化而奋斗”的大幅标语，人们身上所洋溢的热情空前高涨，仿佛要在一夜之间把被“文革”耽误的时间抢回来。巨大的厂房内机器轰鸣，工人们在紧张有序地忙碌着。华尘雨穿上工作服，和技术人员经常扎在车间里解决技术问题。朴实的工人们粗门大嗓，华尘雨从他们半是玩笑半是认真的话语中，体验到他们的直率和真诚，以及对这个恢复高考后的大学毕业生所表现出的钦佩和羡慕，这让华尘雨更感受到一种责任和压力。

华尘雨更加勤奋，将学到的知识都应用到实际生产中，他认真翻阅着工厂积累多年的技术图纸，这才发现大学里所学的知识远远不能满足实际工作的需要。在技术和生产实践的海洋里，自己显得多么渺小，需要学习的东西太多了。他真切地体验到“书到用时方恨少”，他一面请教老设计员，一面向车间工人了解生产实际中应改进的地方。他庆幸自己赶上了好时候，自己的才能终于得以施展，在技术科他如鱼得水，先后又搞了几项技术革新，有一项成果被评为部级科学技术进步二等奖，一时间声名鹊起。不久，工厂按“四化”的要求，要破格提拔有能力的年轻干部。在张科长的极力推荐下，华尘雨被任命为技术科副科长。那些干了近二十年，等着论资排辈当中干的工程师们，见一个新大学生当上了干部，内心的滋味可想而知。

不久，华尘雨得到一级工资的奖励，又被评为厂里的“新长征突击手”，并破格晋升为高级工程师，华尘雨满心欢喜。而“小辣椒”也已电大毕业，成了厂工会副主席。两人都春风得意，踌躇满志。

这时，工厂决定让华尘雨去上海进修半年。华尘雨兴冲冲地拿着外出学习登记表，找厂长签字。他敲门进到厂长那宽敞的办公室，见大学同学柳科坐在沙发上正同一个陌生人谈话。华尘雨一怔，说："你咋在这儿?"柳科笑着欠了下身子说："请坐。"那个陌生人见有人进来，忙站起来说："柳厂长，那我先走了。"柳科笑着将那人送到门口，转回身对华尘雨道："尘雨，有什么事吗?"

华尘雨睁大眼睛望着柳科："原来你就是新调来的厂长啊！真没想到，这可太巧了。"

柳科从桌上的烟盒里抽出一支"红塔山"烟递了过来，华尘雨一摆手说："我不会。"

柳科诧异地看着他："哪有下乡好几年，还不会抽烟的?"

华尘雨说："可我就对那玩意没兴趣。"

柳科问："找我有什么事吗?"

华尘雨递过来登记表，故作严肃状："请厂长大人审阅。"

"你还是那么风趣!"柳科笑着看了看表格，然后，提笔在上面划拉上几个字，华尘雨一时竟分辨不清，指着签字道："柳厂长的狂草如此洒脱，具有防伪功能啊!"

柳科笑道："瞎划拉。哎，听说你干得挺冲。"

华尘雨说："那也没你冲啊。你挺能耐呀，咋到咱厂当厂长来啦?"

柳科点燃了一支烟，靠在宽大的椅背上，望着徐徐上升的烟雾，推了下眼镜说："我这不是赶到点子上了吗?"

原来，柳科毕业后在一家机械厂当技术员，一年后因能说会道被调到了销售科，不久被提升为副科长。那年，上级主管的局从大厂中抽调一部分人支援小厂，他便被派到一家小厂当了销售副厂长。后来华尘雨所在工厂的厂长退休，几个副厂长都要争厂长的位置，弄得局领导无法平衡，干脆从外厂调人。而柳科的父亲跟局长是大学同学，柳父将柳科的情况跟局长一说，局长借机在班子会上力荐柳科，于是柳科便幸运地成为了新任厂长。

华尘雨说："以后还请厂长大人多多关照。"

柳科哈哈笑道："我还需要你多支持呢！这次进修回来等着你多出力啊！"

忽然有人敲门，华尘雨只好起身退了出去。

第三十一章

叶兰香终于又跟孩子在一起了，为了达到这个目的，她付出了太多，却心甘情愿。

杰克也很喜欢小思雨，没事就逗她玩。有一天，小思雨指着杰克，问叶兰香："妈妈，他是谁?"与叶兰香生活的时间长了，杰克也能听懂简单的汉语，而且也能说上几句。他笑着用生硬的汉语说："我是你爸爸。"小思雨听着他那带有明显外国腔的汉语，说："听我奶奶说，爸爸在很远很远的地方。"杰克笑道："这不是离香港很远很远吗?"小思雨嘴一噘说："反正你不是我爸爸。"杰克哈哈大笑着抱起她，在她的小脸蛋上亲了一下，又转了两圈才放下来。

小思雨眨着大眼睛，问叶兰香："我爸在哪儿呢?"叶兰香突然怔住了，孩子的话像一支箭穿透了她的心，触动了她的痛。她又想起了华尘雨，想起了青年点那些往事，不知华尘雨现在生活得咋样了，她的心头泛起了一股酸楚与无奈。她抚摸着小思雨的小脑袋，抬头望着远方，轻声说："孩子，等你长大了就知道了。"小思雨忽闪着大眼睛，瞅着叶兰香说："妈妈，长大了就能见到爸爸了吗？"叶兰香鼻子一酸，一下子将小思雨揽在怀里，泪水止不住流了出来。

每天晚上回到家，叶兰香都要教小思雨英语，本来小孩子就有很强的语言学习能力，再加上周围的语言环境，几个月下来，她竟能听懂并说出一些简单的日常用语。这令叶兰香很高兴，于是便将她送入了学校。

在服装厂，叶兰香已有了一笔不小的积蓄，她已不满足在这里给人打工，看老板的脸色。为了女儿今后的发展，她想换个环境自己闯出条路。

这天，她带着小思雨去唐人街的中餐店吃饭，小蕾正忙着招待客人，抬头一见竟是叶兰香，还带来个小女孩，便走了过来。她说："好长时间没见你，生活得还好吗？"叶兰香笑着说："还凑合吧。"小蕾仔细端详着小思雨说："这是你女儿吧？"叶兰香说："你看出来啦！"小蕾说："我看她长得挺像你。"然后问叶兰香："想吃什么？"叶兰香说："那就先来些饺子，再点两个中式菜。"吃完饭，小蕾将叶兰香送到门外，悄声说："我正要找你呢！"叶兰香问："什么事？"她说："以前我不是跟你说过，别上服装厂上这儿来干吗？"叶兰香说："我不想当服务员，要来就当老板。"小蕾说："那正好，我们老板也是中国人，不想在这干了，想把它转让出去，你就接过来吧！"

叶兰香犹豫了一下，小蕾接着向她介绍了中餐在英国受欢迎的程度。叶兰香听着小蕾的介绍，觉得有道理，也想试试，于是在小蕾的引荐下，与老板商谈，经过讨价还价，叶兰香的积蓄还是不够转让费。小蕾说："我可以出一部分钱。"当她说出数目时，叶兰香惊异地问她：“你在这能挣那么多钱？”小蕾说：“你别管我咋挣的，反正是我的付出所得。”叶兰香说：“那太好了，等我挣了钱，首先还你。”其实小蕾这钱是服装厂的老板给的。上次老板劝说叶兰香的时候就看上了小蕾，过后，老板单独找过小蕾，要她做自己的情人。小蕾见他还不错，便答应了，此后老板趁叶兰香不在宿舍时，就过来找小蕾，然后每月给她一笔钱。她想，反正出国的目的是赚钱，何必在乎手段呢。

回到家，叶兰香一算，加上小蕾出的钱，还差一万英镑。她将此事跟杰克一说，想让他帮忙筹集不足的钱。杰克却大加反对，说在服装厂干得好好的，收入也不低，干啥非要冒那个风险。叶兰香坚持己见，两人大吵了一架。

正在叶兰香为筹不到资金而苦恼时，小蕾打来了电话，说她已跟汤池取得了联系，将此事一说，汤池立刻答应借给叶兰香一万英镑，而且是无息，挣着钱了再还。叶兰香本来对汤池已存有戒心，不愿再跟他来往。尽管汤池对她承诺，只要她愿意，随时可以对她提供帮助，可她还是觉得天下没有免费的午餐。在英国她几次遇到窘境，都没有找他，而是咬牙挺了过来。可现在有这么一个机会，她实在不愿放弃，这笔钱对她来说太重要了。她思来想去，最后还是答应了。

几天后，汤池将钱送了过来。叶兰香给他打了借条，说：“我最迟两年一定还你。”汤池说：“不着急，反正我暂时也不用这笔钱。再说，你有困难，我理应帮忙。”

叶兰香终于如愿以偿，她辞去了服装厂的工作，开始了新的挑战。小蕾继续留了下来，可店里大部分人都以种种借口离开了。她和小蕾便重新招来厨师和辅助人员，并对餐馆进行了适当的装修，雄心勃勃要干出点名堂。可开始几天，顾客突然骤减。叶兰香觉得不可思议，急得吃不下、睡不好，忙向小蕾求教。小蕾细细想了想，提示她到后厨看看，然后以客人身份去体验一下这里的饭菜口味和服务。叶兰香这才发现，尽管还是原来的饭菜，但质量却下降，而客人一时还不能完全适应新增加的品种。小蕾说："这国外跟国内的顾客口味不一样。那外国人有固定的口味，有的一来准点原来的饭菜，几年都不变。你好心好意来点创新他还不买你的账。而华人则喜欢品尝新口味，所以你得适应不同人群的口味，研究顾客的喜好。"叶兰香想想确实有道理，于是两个人精心地研究了菜谱，在加强饭菜质量的同时，对服务人员进行了规范化的管理。同时增加了外卖服务，只要顾客打个电话说好点什么，餐馆就会做好送过去，颇受人欢迎。一个月后，生意开始红火起来。

这天下午 4 点钟左右，叶兰香正和小蕾在桌前忙活着，忽然有人敲门，两人抬头朝门口一看，一个身穿深蓝色西装的英国人站在门口，他的手里拎着一个公文包，一脸的严肃，一看就知道是个政府官员。他径直来到两人身边，从西装的口袋里拿出了一个黑色证件，打开一看，里面有一个金属的牌子，中间像个盾牌，两边有两个麒麟状的怪兽，像是英国的国徽。小蕾过来仔细一看，心突然紧张起来，手都有点抖了，原来这是一位没穿警察制服的移民局工作人员。

"您好，您需要我帮你做点什么?"叶兰香用英语故作镇静地问道。

移民局工作人员面带微笑回答道："下午好！我可以问你几个问题吗?"

"没问题，请坐。"叶兰香同来人一起坐在椅子上。

“你是这儿的老板吧？”那人问。

叶兰香说：“是的。”

“小蕾还在这工作吗？”他的表情变得严肃了，正式进入了工作状态。

“我是小蕾，请问有什么事吗？”小蕾用生硬的英语回答，心却忐忑起来。

“我可以检查一下你的护照吗？”那人看着小蕾问。

“好吧！”小蕾说着，极不情愿地递过护照，心却怦怦直跳。她办的只是两年期的语言学习护照，刚刚过期两天，按照英国政府的规定要立刻驱逐出境。

“对不起，你的护照已过期，你必须马上离开英国。”那人严肃地看着小蕾。

小蕾担心的事情终于发生了，她一下子呆了，泪眼模糊地竟不知说什么。

叶兰香过来替她说情，那人转过脸又要看叶兰香的证明。叶兰香拿出证件，那人看了一眼递给了她。

然后那人让小蕾收拾行李，马上跟他走。

叶兰香怎么跟那人解释，仍无济于事，就这样眼睁睁看着小蕾被人带走了。临走时，叶兰香眼里噙着泪水对小蕾说：“你回国后一定要给我来信。”

小蕾回过头望着叶兰香，哽咽着说不出话，成串的泪珠顺着她的脸颊滚落下来。

后来叶兰香才知道，原来店里的一个女服务员工作不认真，报错了菜又不认错，惹得顾客很不满意。小蕾当众说了她两句，她却强词夺理拒不认错。她本来就看不上小蕾，便借机发泄侮骂小蕾，两人大吵一通。叶兰香也挺生气，单独找这服务员谈话，要她向小蕾承认错误。这个从内地来的二十多岁的女孩是家里的独生女，从小任性惯了，哪容得别人说不是，她死活不肯答应。叶兰香对她便心生厌烦，加上小蕾坚决要让那女孩走，叶兰香最后只好将那女孩辞退，女孩觉得委屈，一气之下趁移民局的人检查别的店时，将小蕾的情况泄露了出去。

小蕾的突然离去，令叶兰香追悔莫及。她万万没有料到，自己在英国最好的朋友以这种方式被迫回国，她感受到了异国生活的无常和世事的艰难，那种流落他乡的孤独与无助再一次袭上心头。

失去了小蕾这个得力的助手，让她更为费力劳神。她强打精神，独自支撑着这个餐馆，采买、收银、算账，忙时甚至要亲自传菜、上菜，有时还要送外卖，一切事情都要她亲自打理，整天像个陀螺转个不停，而回到家，还要照看孩子。她每天疲惫地回到家，杰克连句安慰话也没有，有的只是满腹的怨气和晚上不顾她疲劳的生理要求。

有一次她半夜回到家，孩子早已睡下。可刚一进屋，杰克就像条饿狼似的扑过来，要脱她的衣服。她一把推开了他，说："我今天太累了，你让我歇会儿吧！"杰克却说："这不就是休息吗？两人在一起要享受性爱。"叶兰香说："我都快累死了，哪还有那心思？你从来对我都不管不问。"杰克说："我对你怎么啦，你关心过我吗？你一天到晚在外头，孩子上学放学还得我接送，我这么做你还不满意。"叶兰香懒得跟他计较，一头扎到床上。杰克趁势上来，一把撕开她的衣服。叶兰香一时性急，猛地将他蹬下了床。杰克诧异地瞪着她，上去扇了她一个嘴巴，气哼哼地摔门而去。

第二天晚上，杰克没有回来，叶兰香往服装厂打电话也没人接。孩子倒在床上满脸通红，她上去一摸孩子的脸，热得烫手，急忙带孩子去医院，整整折腾了一宿。她回来取钱，一拉抽屉，前两天放进去的钱却不翼而飞，她一下愣住了。

一会儿杰克醉醺醺地回来了。叶兰香问："你上哪去了？"杰克说："你管不着。"叶兰香一指抽屉问："我放那的钱你看见没？"杰克说："什么钱？我不知道。"叶兰香说："这屋里没有外人，只有你知道，你告诉我这钱哪去了？孩子发烧病得厉害正在医院，我等着用钱呢。"杰克这才说："让我拿去还债了。"叶兰香气得叫道："你又赌去了。再这样你别回这个家了。"杰克听说孩子在医院，一拍大腿，说："你咋不早告诉我？"然后向外跑去……

几个月后，小蕾来信了，说在家乡做了点小买卖，最近要结婚了。有人为她介绍一个大她近十岁的个体老板，长得不咋样但手里有些钱。她对他谈不上感情，就那么回事吧。她很怀念与叶兰香在一起的日子，不知何时才能再见面。

叶兰香捧着信，心里酸酸的。她将这几个月赚的钱划拉一起，正好比小蕾当初投的钱稍多一些，她全都给小蕾寄了回去。

一年后，叶兰香还清了当初向汤池借的钱，她靠着自己的打拼，在国外终于站稳了脚，有了完全属于自己的事业。她感到了一种前所未有的自豪。

可她已不满足仅仅有这一个餐馆了。

第三十二章

华尘雨进修回来，兴冲冲地回到科长室，却发现自己的座位上，坐着另一个人。华尘雨回到了设计室，大伙都用异样的眼光瞅着他。他好生疑惑，究竟发生了什么事？一位设计员悄悄将他叫到别处，告诉了事情的原由。

就在华尘雨进修不久，他亲自设计的刹车蹄铁的图纸突然不见了。厂领导派人到资料室、科技档案室查了三天，唯独不见那套图纸。于是召开紧急会议，生产副厂长当即提出马上让华尘雨回来说明原因，停职检查。技术副厂长则坚持，在事情没弄清之前，最好不要妄下结论，这可关系到一个人的声誉，要慎重处理。两人在会上激烈地争吵起来。柳科见意见不能统一，只得摆下手让大家都冷静一下，最后说："华尘雨以前做过不少工作，况且这次进修机会难得，还是别让他中途回来，至于技术科副科长就暂时拿下吧！但进修回来后还让他在设计组，总不能把人一棍子打死，还要发挥他的技术特长。”几位副厂长相互看了看没提出异议，最后，技术科副科长的位置由其他科室的人顶替。

华尘雨觉得心里委屈，他找到张科长开门见山地问：“这是为什么？”张科长见他那副神情，心里就明白了。其实在此之前，他为这事找过厂长，甚至还发生了争执。可毕竟工厂的红头文件都下来了，他也无能为力。张科长望着华尘雨，颇有些为难地说：“这事是厂领导班子决定的，事先也没征求我的意见。我也是后来才知道的，有些话我也不便说，不过听说与图纸丢失有关。”

华尘雨心里咯噔一下，图纸丢失可是大事。他说：“那有什么证据可以证实是我干的？”

张科长望着他说：“这我不清楚，但发生这事儿，工厂能不首先考虑技术科吗？”

华尘雨顿时激动起来，说道：“张科长，你还不了解我吗？我能干那种事吗？再说了，那图纸是我设计的，都在我脑袋里装着。真要想拿出去，还用得着偷图纸？那也太明显了，傻子都不会那么做。当不当副科长无所谓，可不能让我背这黑锅，不行的话我就去找厂长。”

张科长说：“你还是别去找了，事情已经这样了，找也没用，反倒让人犯合计。”

华尘雨说：“别人咋合计我不管，我只要讨个公道。”

张科长说：“你别感情用事。这点事都承受不了，亏你还下过乡经过事儿。有些事光有善良的愿望是不行的，还是想开些吧！当干部一天多费心，干设计凭的是真本事，干自己的活不是也挺好吗？”

华尘雨还想说什么，张科长一摆手说：“啥也别说了，今天咱们抛开工作关系，我比你多吃了几年咸盐，作为大哥才向你说这些，明年我就要退休了，你还年轻，有的是机会。”

华尘雨又回到他熟悉的设计组，同事的眼光变得令他捉摸不透。他开始沉默寡言，埋头在图板前。

回到家，华尘雨还像往常一样，尽量在“小辣椒”面前装作若无其事的样子，可还是被她发现了。

“小辣椒”问华尘雨：“听说你那个副科长让人给撸了？”

华尘雨一愣，说：“你咋知道的？”

“我啥不知道？”“小辣椒”瞅着他说，“啥事能瞒得了我？有人怀疑你把单位图纸给偷出来。工厂一来气，就让别人顶替你原来的位置，有这回事儿没？”

华尘雨瞅着她说：“图纸丢了跟我也不沾边。不过回设计组搞设计不也挺好吗？倒省心了。”

“小辣椒”睁大了眼睛说：“你可真老实，听说厂长也姓柳，跟你是大学同学，你没去找他说道说道？”

华尘雨说：“我进修期间，就是他决定让别人顶替我副科长的位置。你想想，我找他还有用吗？”

“小辣椒”哼道：“在青年点你不挺能耐的吗？咋念完大学竟蔫巴了。你怕啥呀？你能忍，我可咽不下这口气，不行我会会你们厂长。”

华尘雨说：“你给我歇着吧，还怕事不大呀！”

“你呀……”“小辣椒”白了他一眼，气哼哼地走开了。

华尘雨没想到“小辣椒”真的去找了柳科。

在宽敞的厂长办公室，“小辣椒”当着柳科的面，质问他凭什么撤了华尘雨的副科长。柳科在青年点时，就听说附近立新大队有个叫“小辣椒”的女知青特厉害，没想到现在竟然站在自己的面前，替华尘雨打抱不平。他用温和的语调向她解释，请她能理解。

“小辣椒”情绪激动地看着他说：“你们不问青红皂白，就把尘雨给撸了，亏你还跟尘雨是大学同学。尘雨啥样人你不知道哇？他为搞新产品没日没夜地干，给工厂做了多大贡献，结果却落得这么个下场，你这厂长就这么当啊！”

柳科一再解释：“我刚来不大了解情况，这是领导班子定的，不是我一个人能说了算的。再说，让尘雨搞设计也是发挥他的特长，要正确对待嘛。”

柳科虽然能言善辩，可面对“小辣椒”连珠炮似的追问，竟有些招架不住。最后只得答应，以后有机会一定考虑华尘雨的问题，他费尽心机，总算将“小辣椒”应付过去了。

一天下班，华尘雨骑车回家，看见一些人在马路边摆上各式各样的小商品，向路人不停地叫卖。

这儿的小商品价格比国营商店要便宜，还可以讲价，所以吸引了不少人驻足流连。熙熙攘攘的车流人群，使得本不宽的马路变得拥挤起来。华尘雨正骑车向前走着，突然前面出现一个老太太，华尘雨急忙向旁躲闪，一时失去平衡，连人带车倒了下去。正砸到路边的地摊上，将摆的东西碰得到处都是。他刚一起身，就听摊主吼道：“你他妈的没长眼睛啊？看把这东西砸的。”

华尘雨扭过头刚要辩解，忽然一怔，原来竟是朱尚标。他上去就是一拳：“你个麻秆，想撒野先看看是谁。”

“我管他谁呢！”朱尚标举起拳头定睛一瞧，突然咧嘴笑道，“华下巴，原来是你呀！我说别人也不敢跟哥们这么横。”

两人激动地抓着对方的胳膊，哈哈大笑起来。

朱尚标说：“我这就收摊，一会儿找个地儿好好唠唠，我请客。”

晚上，两人来到附近一家饭店。朱尚标给华尘雨倒满一杯雪花啤酒，说：“咱哥俩今晚多整点儿。”

华尘雨问：“这些年你猫哪个耗子洞里了，咋见不着你？”

朱尚标说：“我猫哪还能大张旗鼓地张扬啊，又不是啥光彩的事。我听说你大学毕业进了国营大厂端上铁饭碗，成了技术骨干，老牛了。哥们混得可不咋样。当兵第二年我看不惯一个老兵欺负新兵，上去揍了那家伙，把他给踢骨折了，背了个处分，提前给我整回来了，分到一个大集体厂子，车间主任见我没啥文化，尽让我干那些又脏又累的粗活，工资却是最低的。我找他评理，他指着我鼻子像对待三孙子似的损我。哥们一来气，拿起铁棍就削他脑袋上了，打成了脑震荡。这下可惹了祸，被整到大北监狱蹲了三年，回来连工作都没了。可咱还得生活呀，只好摆地摊。刚开始那会儿，人们都说这是投机倒把，经常有人来抓，咱只能四处打游击，卖点东西像做贼似的。后来，这一改革开放，才允许咱大大方方干。你别说，这老天爷饿不死瞎家雀，这几年捣弄这些乱七八糟的玩意，竟混了个万元户。哎，你咋样？”

华尘雨嘴角一歪道：“还行吧！咋也比青年点强多了，就是挣钱不如你。”

朱尚标说：“听说你当科长了，后来又被撸了。”

华尘雨问：“你从哪知道的？”

朱尚标说：“别看我不在你们厂，可啥事都知道。那天高粱米上我这买袜子告诉我的。他说在你们厂的铸造车间，整天烟熏火燎沙子呛，造得像小鬼似的，想让你帮着想想办法调个工种，却不好意思找你。”

华尘雨说：“铸造车间在另一个厂区，我没去过，真不知他在那。再说了，我哪有那本事呀！自己都把握不了自己，等啥时候有机会再说吧。哎，咱点其他人你都知道啥消息？”

朱尚标说：“柳思春在一个什么厂子当支部书记，秦玉姝跟她一个厂子，当磨工。秦玉姝老公也是盘锦知青，1979 年清底才回城的，整天喝酒，两口子总吵架。这个秦玉姝也是的，男人喝点酒有啥呀，至于那样么？岳春那小子听说在建筑公司的一个工程队当个小头目，还念什么夜大，也赶时髦弄个文凭。小舟那小子跟山丽虹就差房子结婚了，听说现在分房子也得论资排辈。他俩可都是知识分子，咋连个房子还没混上呢？那天小舟碰见我还向我打听个体户的事，说是要采写个什么报道。山丽虹现在在中学教数学，学校的教工宿舍也是相当紧张，就是分房子也没女方的事，她也挺着急的，都三十多岁的人了，还住独身宿舍，不知小舟这小子得憋啥样。”

华尘雨笑道：“你呀，真能合计，还挺替他们着急，自己成家没？”

朱尚标说：“在青年点处的对象，我一离开农村就跟我断线了，加上这几年我点背，找对象也他妈的贼费劲。有人给我介绍几个，可人家一听我连工作都没有，立马就拒绝了。这不最近才处一个，长得一般，也在这块摆摊。她要不是跟领导闹别扭，也不会干这个。咱俩也算凑合吧，定了十一就结婚，到时候给哥们捧个场。”

华尘雨说：“那是，我肯定得去。”

两人边喝边唠，一直整到半夜。

华尘雨蹬着自行车晃晃荡荡往家走。

此时，水宜舟和山丽虹正在公园的树丛中亲热着，忽然一道刺眼的手电光刷地射过来。两人身子一颤，慌忙用手挡住刺眼的光线。面前站着两个戴红胳膊箍的巡逻队员，大声断喝："干什么呢？"水宜舟支吾道："没干啥，在一起唠会儿嗑。"巡逻队员怒斥道："什么唠嗑？别装了，你唬谁呀？深更半夜跑这搞破鞋来啦。跟我们走！"水宜舟和山丽虹对视了一下，满脸通红。山丽虹小声说："咱俩正谈事儿呢。"巡逻队员上前推搡道："少啰嗦，上派出所去。"水宜舟说："哎，你们干啥呀？我们又没犯法。"可那两人不容他争辩，将两人推出了公园。

华尘雨正好路过，见水宜舟、山丽虹低个脑袋，被人看着向前走，好生纳闷。这两人大半夜的出啥事了？便悄悄地跟在后头。

见两人被带进了派出所，华尘雨这才发觉事情不妙，随后贴近了窗户向里望去。

值班民警正对水宜舟、山丽虹大声训斥，让他们坦白在公园都干了啥。

水宜舟说："咱俩都登记了，合理合法，你说能干啥？"

巡逻队员却说："他俩都搂一块了，哪有两口子不回家在外边整事的？肯定不是什么好货。"

民警瞪着眼睛说："瞧你俩像个知青分子，咋还干这缺德事？老实交代，甭想蒙混过关。"

山丽虹低着头满脸通红，水宜舟委屈地说："我们本来早就想结婚，可就是没房子，今晚凑一起正合计咋办呢。"

巡逻队员指着两人说：“啥事非得到小树林合计，你俩在一起搂搂抱抱、摸摸索索的，不是胡扯是什么？”

民警也说：“不管咋说，你俩这行为挺恶劣，今晚别回去了，就在这儿交代问题。”

水宜舟急得哀求道：“我们真不是胡扯，家里还有个生病的老母等着我照顾呢。你就放了我们吧，今后一定不再到公园亲热了。”

山丽虹也嗫嚅着对民警说：“我们真没干什么，何况都登记了，不信你可以去查。”

民警瞅着他俩说：“把证件拿出来。”

水宜舟说：“我没带，再说了谁出门还带证件，丢了可咋整。”

民警又问山丽虹：“那你的证件呢？”

山丽虹说：“我也没带。”

巡逻队员上来摸她兜说：“我不信。”然后就在她身上摸来摸去。

山丽虹惊惶地向后躲闪，可那人仍不罢休。水宜舟上前拦住道：“哎，你干嘛呢？放尊重点。你对你妈也这样乱摸呀？”

巡逻队员一瞪眼说：“你跟谁这么说话？到这还不老实。我这是例行检查，你靠边去。”

水宜舟转向民警问：“他是干嘛的？想借机耍流氓啊？这不是给咱公安机关脸上抹黑吗？您就看他这样胡来呀！”

巡逻队员气得冲水宜舟举起了拳头，民警上前一摆手说：“算了，你先出去吧。”

巡逻队员瞥了一眼水宜舟，悻悻地走了出去。

民警回头对水宜舟说：“要真像你们说的那样，让你们单位领导亲自来说明情况，把你们领回去。”

水宜舟哭丧个脸说："虽然咱没干什么，可真要叫领导来，我们这脸往哪搁呀？这要被单位知道了，还咋见人呐？民警同志，你高抬贵手，就放了我们吧！"

民警说："这已是照顾你们了，这是规矩，我可不能违反。要是有人能证明你俩的关系，就放你们出去。"

两人为难地看着民警。

华尘雨站在窗外看得清清楚楚，他再也忍不住了，一下子推门进去，大声说："我可以证明！"

民警一怔，问道："谁让你进来的？你是他们什么人？"

华尘雨说："我是他俩的同学，可以做证，他们真要结婚了，还让我通知同学一块热闹热闹呢！要不是没房子，谁愿意黑灯瞎火在外面，这不是没办法吗？"

民警疑惑地望着华尘雨："你怎么证明呢？"

华尘雨从兜里掏出工作证，递过来说："这可以证明吧？"

民警看了看工作证，说："这只能证明你的身份，不能证明他俩的关系。"

华尘雨说："你们实在不相信，我可以把证押这。有什么问题直接找我。"

民警犹豫了，华尘雨忽然想起什么，忙说："你们所长是不是叫刘永峰？"民警诧异地望着他问："你咋知道？"华尘雨说："那是我同学的哥哥，关系都不错，不信你可以问问。"

民警想了想，说："那好吧，你把工作证先放这。等我们核实完了再还给你。"

华尘雨忙点头道谢。民警冲水宜舟、山丽虹一摆手："走吧，以后别这样了。”

水宜舟说：“那是，打死也不敢了。”

三人离开派出所已是午夜，华尘雨看着他俩叹了口气。水宜舟说：“这巡逻的太差劲了，把我们当流氓抓了。”

华尘雨说：“行了，你小子啥也别说了，赶紧向单位要房子吧！”

水宜舟说：“你咋知我没要？单位规定先解决结婚没房的，要不咱俩能先登记吗？我没事就到领导那去磨，礼也没少送。总算答应给我个小平房，说是等这家搬走了，才能给咱钥匙。唉，这没房的滋味，真他妈不好受哇，要不能这样啊？”

山丽虹默不作声，低头抹起了眼泪。

第三十三章

过了不久，华尘雨就接到厂部的通知，让他去销售处的库房当主任，享受中干待遇。这次调任，不知等待他的会是怎样的结果，华尘雨心里画了大大的问号。果不出华尘雨所料，他一到库房便感到十分棘手。

华尘雨头几天只是观察，库房里那些个保管员见他每天只是问这问那，从不发号施令，不知他这葫芦里卖的什么药，心里便产生了疑问。一个星期后，华尘雨突然将自己重新制定的规章制度贴到墙上，那些个保管员睁大眼睛好奇地瞅着墙上的白纸黑字，有人嘀咕着整什么景，然后哼着扭头走开了。

这天临下班时，华尘雨突然通知大伙，今晚在一家酒店聚餐，要求全体人员都参加，有需要向家里请示的，赶紧告诉家里人。

二十来号人围坐在酒店包房里最大的一个圆桌。年轻漂亮的女服务员殷勤地为每个人的玻璃杯里斟满了酒，华尘雨举起酒杯提议大伙先来一口，于是每人在玻璃转盘上碰着来个“过电”，乒乒乓乓的撞击玻璃声代替了相互碰杯。华尘雨说：“今天请大家来，没别的意思，就是互相交流下感情，咱们都不许装假，大伙吃好喝好啊。”其中一个女保管员说：“我到这儿都十多年了，主任都换了三四个，没一个请咱们的，今天华主任这么瞧得起咱，就冲这个，华主任，咱干一个。”说罢，举起杯子与华尘雨碰了下杯，然后一饮而尽，华尘雨随后也将杯中酒干了，引来一阵叫好的哄笑声。华尘雨不时劝着大伙喝酒吃菜，开始这些人还有些拘束，酒过三巡之后，便都放开了，说说笑笑的，使得场面也热闹起来。华尘雨今天才发现这些女同志在酒桌上如此泼辣，有两人频频举杯，那酒量让华尘雨吃惊，竟有些招架不住了。华尘雨见时机到了，这才进入正题。他举起酒杯站起来说：“我初来乍到，还请诸位多捧场。谁有什么困难，有什么想法可以跟我提，只要我能办到的，决不含糊。但工作可不能马虎，这规章制度大家也都看到了，希望大家能遵守。如果哪天谁犯了，我只能照章办事了，还望大伙理解。怎么样？大伙要没啥意见的话，今后就这么办了。来，咱们干一个。”这些人喝得小脸通红，一时兴起七嘴八舌地说：“没问题，咱听华主任的。来，干杯。”一阵酒杯碰击玻璃圆盘的响声过后，大伙举杯一饮而尽。

保管员按照华尘雨的要求，重新对各种产品进行标识，分类摆放，物品整理得井井有条，严格按规定的手续进行发放，再没发生过发错件的事。那些个女保管员工作时间不再织毛衣、看杂志，凑在一起闲扯的也少了。仅仅一个多月，库房在华尘雨的精心管理下，面貌焕然一新，令前来领料的人赞不绝口。

不久，“高粱米”不知通过什么关系，竟从铸造厂调到了库房。

华尘雨万万没想到，青年点整自己的对头，如今成了自己的下属。头几个月，“高粱米”工作确实挺卖力气，每天早来晚走，碰上活忙时还主动加班。对前来领料的人也是不笑不说话，大家都对这个有着一双大眼睛和满脸小疙瘩的中年男人投以好奇的关注。当华尘雨听到人们对“高粱米”的好评时，那颗悬着的心才放下来。

随着时间的推移，“高粱米”的工作热情逐渐下降，有人向华尘雨反映“高粱米”经常脱岗，还不时借逗笑话之际，对女保管员动手动脚。华尘雨听说后，虽心里不满，却又不便当面说他，只是在会上不点名地加以警示。“高粱米”当着华尘雨的面表现得毕恭毕敬，可背后依然我行我素，有时竟锁上库房的门，跑到别的女保管员的库里不知干什么。

有一次车间来领料，找不着“高粱米”，急得团团转，最后在别的库房里发现他正跟一个女保管员嘻嘻哈哈、打打闹闹。领料的人说了“高粱米”几句，不想却引来“高粱米”的不满，故意磨磨蹭蹭、拖延时间，于是两人发生了争吵，而那个女保管员也上来给“高粱米”帮腔，引来好多人围观。华尘雨事后听说此事，立刻将“高粱米”叫到自己的办公室，问他：“为什么？”“高粱米”却理直气壮地梗着脖子说：“不为什么。”华尘雨虽心里不悦，但还是平心静气地对他说：“本来人家对保管员就有看法，你整这一出，那别人对库房是啥印象，你想过没有？这不是给我戴眼罩吗？”“高粱米”却嘿嘿一笑说：“哥们咋给你戴眼罩了？哥们哪天没来？谁能整天像个木偶似的在库房呆着，就不兴活动下身子？我是人不是动物，就是狗吧，每天隔段时间也得到外溜达溜达放放风吧？就这点事至于这么小题大做？”华尘雨见他那副目中无人的样子暗自生气，不由得攥紧了拳头，真想给他一下子。可一想到这是在工厂，自己好歹是个头，不能轻举妄动，于是狠狠瞪了他一眼，悄悄地松开了攥紧的手。

突然，响起了嘟嘟的传呼机声，“高粱米”从腰间掏出BP机看了看，说：“我得出去打个电话，有事以后再谈。”华尘雨瞅着他手里的BP机，说：“你啥时也整这玩意了，是不是总拿它看股票信息？厂里规定工作时间不许炒股票，你可得注意点，叫人抓着我可不管。”“高粱米”笑着说：“放心吧，哥们不会。”然后扭身往外走。华尘雨冲他的背影说：“你以后工作认真点，再有一回，别说我不客气啦！”

没过几天，人事劳资处来电话让华尘雨赶紧过去一趟。

华尘雨撂下电话，急冲冲赶到人事劳资处时，不禁一愣，只见“高粱米”正耷拉着脑袋站在墙角。负责劳动纪律的老金指着“高粱米”对华尘雨说：“厂里三令五申不许工作时间炒股票，可我到证券公司大厅一看，他正盯着看显示屏呢！按照厂里规定，不仅罚本人当月奖金，按旷工处理，而且还要扣部门1分，每分100元。你这当头的知道不？手下人干啥你也不管呐！”

华尘雨被说得满脸通红，却还得跟人说好话，说：“我光顾忙，忽略了对他的管理，让你费心了。”

老金说：“华主任，你可得严加管理呀！厂里可有规定，如果本部门要管不了的话，就把违纪人员送这儿来待岗，由厂里处理。”

华尘雨说：“还是由我们内部教育，就不给你们添麻烦了。我保证库房的人下次不会再发生这种事了。”

两人走了出来，一路上谁也没说话。华尘雨心里合计，都是股票惹的祸。

“高粱米”前段在股市处于牛市时炒股赚了几千元钱，尝到甜头后更加痴迷，又投入新的资金，本以为可大赚一把，却不料风云突变。没过多久，股市大降，令股民大为惊慌，没等“高粱米”逃脱，已被套牢。

华尘雨将“高粱米”领回库房，再也压不住心头的怒火，气得一拍桌子冲他吼道：“你可真能耐，不在库房待着，还跑到外边去炒股票，你知道给咱部门造成多么恶劣的影响？真是一条鱼腥了一锅汤，连累大伙都跟你吃瓜落，你丢人现眼不？好嘛，这回你可出了名了。”

“高粱米”不满地嘟哝：“什么大不了的，别人炒股票他们怎么不管，我刚到那他就跟来了，肯定有人通风报信，想整人就明说，干嘛背后瞎捅咕，算什么能耐。”

华尘雨狠狠地瞪了“高粱米”一眼，说：“自己犯错误还怨别人，上次中午你偷着喝酒，回来就在库房里睡大觉，我给你留面子没说你，你知道背后别人咋说的？说我对别人严，对自己的同学偏向，你说我给你背个黑锅，犯上犯不上啊？”

“高粱米”睁大眼珠瞅着华尘雨说：“这么说是我害了你？哼，你当面对我说得好，可你对我咋样，自己心里最清楚，你就知道看着我。以前在青年点的事你还对我耿耿于怀，你是想借机报复我呀！告诉你，谁想整我，没门！”

华尘雨气得直喘粗气：“好，既然你执迷不悟，别怪我没提醒你。我告诉你，今后再发现你违反劳动纪律，就直接送劳资处，脚上的泡可是你自己走的，到时别怪我无情。”

“高粱米”嘿嘿冷笑道：“谁用你管了，把你自己管好比啥都强，别拿个手电筒光照别人。”

华尘雨长脸一拉，大声吼道：“行，这可是你小子自己说的，今后你有啥事我也不管了。滚！”

“高粱米”大眼珠子一翻，气哼哼摔门而去……

第三十四章

餐馆在叶兰香的精心经营下，越来越红火，她又收购了几家外卖店，效益也都不错。她又购置了两套房子，其中一套出租。杰克见叶兰香干得如此红红火火，索性也辞去了服装厂的工作，每日开着车去送外卖。可没干多久，他就感到腻歪，摔耙子不干了。叶兰香见他整天像个浪荡公子到处乱逛，虽然不满却又无可奈何。

思雨已出落成亭亭玉立的大姑娘，她以优异的成绩考入伦敦城市大学。叶兰香为女儿的聪明和独立感到自豪与欣慰。每当人们向她提起女儿的优秀时，她的心里便甜滋滋的。想到这是与华尘雨的爱情结晶，心里又泛起对华尘雨的思念。假如华尘雨知道远在异国还有一个聪明漂亮的女儿，会是一种怎样的心境？

来叶兰香餐馆的，大都是中国人，而且还有沈阳人。叶兰香从他们的口中得知，祖国改革开放的步伐越来越大，吸引了不少外国人和华侨前来投资，她的思乡之情又被勾起。尽管从别人的口中，她已了解到中国发生了很大的变化，可当她重回沈阳进行考察时，仍然惊讶得不敢相信。经过认真的考察和慎重的思考，她终于在繁华的商业街附近投资兴建了一家饭店，取名“兰香酒店”，得到市里给予的优惠政策。她将国外先进的管理经验带入饭店，办成了具有地方特色的饭店。在满足白领需求的同时，兼顾了普通市民的口味和消费水平，开业不久，顾客就络绎不绝，逢周末和节假日，想订包房都要提前一星期才行。

叶兰香在中国和英国之间两头跑，忙得像个陀螺。后来她选中了一个在英国居住的中国人帮她管理在英国的餐馆，自己将大部分精力放在中国的饭店，在沈阳待的时间更长一些。

叶兰香不在英国时，杰克倒也自在，无拘无束，喝酒、赌博、泡妞一样都不少。

叶兰香每到晚上独自一人回到那个跃层的大房子时，总感觉心里空荡荡的，只能打开电视排解内心的孤独。她除了看沈阳新闻，再就是看那些描写情感的电视剧，尤其是反映知青生活的，她更是一集不落。她的心会随着剧情起伏波动，常常被剧中主人公悲欢离合的爱情故事感动得泪流满面，不由联想起与华尘雨共同经历的往事。不知华尘雨在哪里？生活得怎么样？她后悔连华尘雨的一张照片也没留下，可她的脑海仍不时出现那个高个子大下巴的男青年。她想到华尘雨小时候生活的地方去打听他的下落，可又犹豫不决。这么多年了，华尘雨一定早已成家生儿育女，自己这样冒昧地打听，会影响到他的家庭生活，可她又渴望见到他。

这一天，她终于不自觉地来到华尘雨曾经居住的地方，映入她眼帘的，却是一片繁忙的建筑工地。原来的那一大片平房早已不见了踪影，取而代之是刚刚盖到两层的建筑楼群。叶兰香望着工地怅然若失。

她失望地回到自己的住处，每当电视播放沈阳新闻时，她都格外关注，希望能从里面发现华尘雨的踪迹。她知道除非华尘雨当上领导，或是有十分突出的事迹，否则电视台不会对他这样一个普通市民进行报道的。

她陷入了沉思，为什么一点华尘雨的消息都没有，难道他不在这个城市？

一个星期日的下午，叶兰香见酒店正处于晚餐前的清闲期，便独自出来散心。她在大街上漫无目的地走着，忽然发现一个饭店的门面很特别，门口挂着老苞米、红辣椒，装扮得很像“文革”时期农村的小饭馆。她好奇地凑过去，却见门上方的牌子上写着“知青饭馆”。叶兰香好奇地走了进去，墙上贴着毛主席像和有些发黄的印刷的大张语录，“广阔天地大有作为”的大字分外醒目，还挂着镰刀和发锈的铁锹头，大张的菜谱上标的都是农家菜，像她熟悉的“酸菜粉”、“猪肉炖粉条”也在其中。靠窗处是一铺大炕，上面摆着一个很大的炕桌，三男两女的中年人围坐在一起边吃边喝，粗门大嗓地唠着青年点流行的嗑。突然有人说：“哎，华下巴，别光说我和山丽虹，说说你当年咋跟叶兰香拉咕的。”一个熟悉的声音传来：“小舟啊，你说叶兰香她到底还在不在？”叶兰香顿时怔住了，她睁大眼睛朝炕上望去。

“叶——”水宜舟突然发现了正瞅着自己的叶兰香，“难道真是你？”

“你咋啦？又发现啥玩意啦？”华尘雨说着一扭头，霎时也愣住了。

“是你们!”叶兰香这才看清，炕上坐着的正是华尘雨、水宜舟、朱尚标、“小辣椒”、山丽虹。她眼里闪着惊异的泪花，一时语塞了。

“叶兰香!”华尘雨眨着眼，惊异地望着叶兰香说，“不是闹鬼吧？没想到你还活着，这不是在做梦吧？”

众人的目光刷地聚集到叶兰香身上，发出不同的惊叹。

叶兰香同样惊诧地望着大家。

“兰香!”山丽虹一下蹦到地上，拉着叶兰香的手，“快上炕，你可把我们想死了。”

“小辣椒”这才强作笑颜地对叶兰香说：“兰香，你，还好吗？”

华尘雨双眼发直盯着叶兰香，她的眼角爬上细密的鱼尾纹，那双曾经纯净如水的大眼睛却饱含着太多的内容。

“这真是太巧了。”朱尚标扯着大嗓门叫道，“兰香，来，这机会真难得，大伙喝个痛快。”

叶兰香脱鞋上了炕，坐在山丽虹的身边。山丽虹给她满上了一杯啤酒，大伙举杯相撞，一饮而尽。

华尘雨望着叶兰香问：“当初你是咋逃出去的？”

朱尚标也催促道：“你不知道哇，你这一失踪，大伙还以为那苇丛里躺着的是你呢！可把华下巴整得丢了魂，你咋连个招呼都不打就跑了？哎，快讲讲，这些年是咋过来的？”

叶兰香这才把这些年的经历一股脑地倒了出来，说到动情处已是泪洒衣襟，几次哽咽，大伙都为她的坎坷遭遇唏嘘不已，山丽虹和“小辣椒”不停地抹眼泪。华尘雨眼睛湿润地望着叶兰香，心里如开水般沸腾不止。

大伙彼此留下了联系方式，一直喝得天昏地暗、一塌糊涂。

刚一到家，华尘雨就哇地吐开了，污物溅了一身。“小辣椒”捂着鼻子一边收拾，一边嘟哝着：“瞧你遇上过去的情人那个兴奋劲，真是的!”

华尘雨瞥了她一眼，没吱声。他感到脑袋发沉，衣服都未来得及脱，便一头扎到床上……

过了几天，华尘雨正在上班，忽然腰间的BP机蛐蛐似的叫了起来。他按照上面的号码用座机打过去，话筒里传出了熟悉的声音。原来是叶兰香约他晚上去她的饭店，华尘雨抑制住内心的激动，却故意说：“看看吧，不知晚上有空没。”叶兰香说：“你还是那样，别装正经的，好了就这样，晚上在玫瑰厅我等你。”华尘雨还要说什么，对方不容质疑地撂下了电话。

夜色降临，华尘雨来到了酒店三楼标有“玫瑰厅”的包房内。包房不太大，却布置得很温馨。淡黄色的壁纸，淡黄色的灯光，流淌着抒情的小夜曲。

一会儿，一位穿着得体、气质高雅的中年妇女款款走了进来。华尘雨眼前一亮，叫道：“兰香!”

叶兰香也情不自禁地叫着：“尘雨!”两双手紧紧地握在了一起。

叶兰香拿过菜谱让华尘雨点菜，华尘雨说：“我点菜是外行，你看着上吧，简单点。”于是叶兰香吩咐服务员点了几样海鲜。

一会儿菜就上来了，鲍鱼、大虾、飞蟹、海参、桂鱼、肘子等上了桌。华尘雨说：“你以为还在青年点呀？见不着油水，要这么多谁能吃得了？你拿我当农民工啊?”叶兰香笑道：“这么多年没见，总不能光是花生米、炖酸菜吧？那也说不过去。”她拿过一瓶XO，华尘雨说：“洋酒那玩意咱享受不了，还是来国产酒吧！”叶兰香说：“那换茅台还是五粮液？”华尘雨说：“来瓶盘锦产的‘鹤乡王’就挺好，是大米酿造的，口感不错度数也不高，还不上头。”叶兰香马上让服务员换了一瓶“鹤乡王”。叶兰香将两人的玻璃杯里倒满了酒，然后相互碰了下，各自喝了一口。

几杯酒下肚，叶兰香的脸就红了。她望着华尘雨，眼里竟有了朦胧的感觉。华尘雨看着她问：“这些年过得还好吗？”叶兰香的眼睛顿时湿润了。她叹了口气，反问他：“你说能好吗？我孤苦一人到那个陌生的地方，举目无亲，能是啥滋味？”华尘雨望着爬上她脸上眼角的皱纹，心里涌起一股难言的酸楚。他说：“你走了咋连个招呼都不打，你知我这些年是咋熬过来的？”叶兰香说：“当初国内是那个形势，你不想想我敢跟你联系吗？我都自身难保，再把你牵连进去了，那我这辈子心都不安呐！”

华尘雨只觉心里堵得慌，他咬了下嘴唇举起酒杯说：“不管咋样，你挺过来了，而且现在还很成功，我得祝贺你。”

叶兰香也端起了酒杯，说：“什么成功啊？这都是逼出来的。你能念大学，在单位还是个什么主任，不是也挺有出息的吗？”

华尘雨自嘲地一歪嘴，说：“我现在算什么呀，也就是个库头，挺大个老爷们，整天跟配件和一帮老娘们打交道，有啥出息，那大学白念了。”

他扬起脖子又喝了一大口酒。

叶兰香看着他说：“要不，你就上我饭店来干吧！挣得肯定比你现在多得多，你当总经理，我也好轻松一些，咋样？”

华尘雨说："现在不行，我不管咋的，还在国营大厂，待遇虽不算高，但在工薪族里也还凑合，再说，我都干了这么多年了，要是辞职，那今后的保障都没有，我有老婆孩子，不能不考虑。你的好意我领了。"

叶兰香说："没想到你跟小辣椒成了一家人。"

华尘雨说："开始我也没合计能跟她，要不是她当初在我爸病重时，跑前跑后地照顾，把我爸感动了，咱俩也不能走到一起。"

叶兰香说："你们过得咋样，她还那么咬尖吗？"

华尘雨说："还凑合吧。她跟别人咬尖我管不着，可在家对我不敢太过分。咱俩是各忙各的，互不干扰。"

叶兰香看着他说："那就好，其实女人有时是自私的，你得理解。"

华尘雨想到当初"小辣椒"对叶兰香的侮辱，可她却不计前嫌，内心涌起一股敬慕。他心情复杂地看着她说："没看出来你挺宽宏大量。哎，你嫁个外国丈夫，还有绿卡，也算是有身份的人，过得还幸福吧？"

叶兰香说："怎么说呢？也许在别人眼里我挺风光，可有谁知道我的苦衷。国外不像国内有些人想象的那么美好，不少人中国人到那儿就跟现在的农民工进城打工似的，你都想象不到有多难，得付出多大的代价啊，不然我也不会回沈阳投资。不知咋的，在国内待着，我这心里就觉得踏实。"

华尘雨说："你跟那老外的孩子多大啦？"

叶兰香瞅着他说："孩子都上大学了，但不是跟他生的。"

华尘雨一怔："那是谁的孩子？"

叶兰香红着眼圈说："女儿叫思雨，是我从青年点逃走不到一年就出生的，你说能是谁的？"

华尘雨一下愣住了，没想到自己与她竟有了爱情结晶，一切来得如此突然，他心里翻腾开了，又想起了与她在青年点的人生第一次。他一把抓住她的手，激动地说："难道真是咱俩的孩子？她，还好吗？"

叶兰香热泪夺眶而出，声音竟有些颤抖："女儿长得很漂亮，也很聪明，学习很好。要不是为了女儿，我也挺不到今天。"

叶兰香从兜里掏出一个精致的小皮夹递了过去。

华尘雨打开一看，里面是一个女孩子的照片，大大的眼睛，嘴角调皮地向上翘着。他仔细端详着，眼里闪着激动的泪花，自言自语道："我的孩子啊！"

他从夹里抽出照片说："这张留给我吧！"

叶兰香嗯了声，华尘雨小心地揣进自己的上衣兜里。

华尘雨说："啥时能见到我的思雨啊？"

叶兰香说："等她大学毕业后，会有机会来中国的。"

华尘雨动情地看着她，说："我等着女儿。"

第三十五章

叶兰香的出现，让华尘雨心情复杂起来，若不是跟“小辣椒”成家并有了孩子，他真想与她再续前缘。而“小辣椒”也深感不安，她本以为当年苇丛中那具裸尸是叶兰香，不曾想这个叶兰香竟死里逃生，还在香港、英国走一圈，现在以一个成功者的姿态出现在众人的面前。尤其看到华尘雨与叶兰香相见时两人那惊诧、欣喜的目光，“小辣椒”的心里仿佛被打翻了五味瓶，不知是何滋味。她想象着当时若不是有众人在场，两人不定会怎样相拥在一起，做出啥事儿来。

这天晚上，“小辣椒”准备洗衣服，无意中从华尘雨上衣里兜掏出一个皮夹，她好奇地打开，不禁一惊，里面竟夹着一张年轻女子的照片，漂亮的脸蛋透出一股洋气。她顿时憋不住了，对正在看电视的华尘雨说：“今晚怎么没出去应酬啊？”华尘雨仍盯着电视没吱声。“小辣椒”故意阴阳怪气地说：“在外面多好哇，有靓妞陪着那是啥心情？”华尘雨一头雾水，扭过头问：

“你啥意思？”

“小辣椒”嘴一撇：“哼，我啥意思你自己最清楚。”

华尘雨瞅着她：“我清楚什么？”

“小辣椒”说：“你晚上不回家，跟情人在一起挺爽吧？”

华尘雨心里咯噔一下，难道她知道自己跟叶兰香单独在一起？他瞥了“小辣椒”一眼，说：“你就会胡乱猜疑。”

“这可不是我猜疑。”“小辣椒”突然话锋一转，“你跟叶兰香单独约会觉得不过瘾，还泡上一个小姐。你行啊，也赶时髦，在外边包了个二奶。”

华尘雨更不明白了，说：“你少诬陷我。你整天疑神疑鬼的，说我包了个二奶，你有啥证据？”

“没证据咱敢说你吗？”“小辣椒”突然举起从华尘雨兜里翻出的那张照片，朝他晃了晃，“这是什么，你跟这女的多长时间了？”

华尘雨上前一把抢过来，一看竟是思雨的照片，他心里有些懊悔，怎么能让她翻出来呢？他紧紧瞅着照片，一时无语。

“小辣椒”嘿嘿一阵冷笑：“你说呀！这照片上到底是谁？你们在哪认识的？还给你留照片，你也真够痴情的了，跟小姐玩感情，你就不怕上当受骗？”

华尘雨气得双眼冒火，他瞪起眼说：“不许你污辱她，她不是小姐。”

“小辣椒”也瞪起了眼，说：“你还想替她辩解，你说她不是小姐，那她是谁？怎么还给你留照片，你俩到底啥关系？”

华尘雨把头一扭说：“这跟你跟你没关系，你也没必要知道。”

“小辣椒”说：“是跟我没关系，可你是有家有媳妇的人，还在外边胡扯。你要不说实话，别说我到单位去告你，这可是你自己找的。”

“你敢！”华尘雨勃然大怒，不禁脱口而出，“她是我女儿。”

“什么？你女儿？”“小辣椒”一下怔住了，吃惊地望着华尘雨，半天才缓过来神，“难道她是你跟叶兰香的女儿？”

华尘雨不知该如何向她说明，只是望着天花板自言自语：“没想到我女儿都这么大了。”

“小辣椒”看着华尘雨，觉得他竟是那样的陌生，自己跟他这么多年，原来他心里一直埋藏着过去的事。她说：“怪不得当初叶兰香要跑，原来你俩早就有这事儿了。你现在想咋办？”

华尘雨说：“我想见到自己的女儿，我要弥补对她的愧疚。”

“小辣椒”咬着牙说：“华尘雨，都这么年了，你还是没把我放在心里，你一心想的还是叶兰香。你真行，这可是你自找的。”然后她转身进到另一间屋，将门划上。

华尘雨愣了一会儿，过去敲着门叫道：“小辣椒你开门，听我说。”

“小辣椒”说：“你不用跟我解释，脚上的泡可是你自己走的。”

华尘雨仍不停地敲门，可“小辣椒”就是不开门。

华尘雨气得回到屋内，一屁股跌坐在床上。

这样的冷战一直持续了一个多月，才趋于缓和，还是“小辣椒”怕儿子多心，才对华尘雨做出了让步。华尘雨本以为日子能平静下来，不想却被工厂裁人的消息所打破。

关于裁人的消息，半个月前就在工厂传开了。工厂领导为了稳定大局，特意召开中层干部会议，强调裁人的事还没定，大家不要猜疑，更不能因此影响工作，当前首要的任务是稳定人心，稳定压倒一切。

这天华尘雨接到工厂的通知，他所在的库房要裁掉两人。华尘雨一时犯了难，裁谁呢？库房大部分人员都是有根有梢的，动谁都不好办。华尘雨想了很久，决定采用抓阄的方法来裁员，没想到，“高粱米”竟抓到了“走”的纸条，也就意味着他成了被裁的人员之一。“高粱米”哭丧着脸，骂骂咧咧地走出门外。

第二天下午，“高粱米”收拾完东西，将库房的钥匙往桌上一扔，连招呼都没打就走了。

第三天上午，接管“高粱米”库房的保管员，慌慌张张地告诉华尘雨，说：“库里的配件少了不少。”华尘雨急忙跟着来到库房，见昨天还堆得满满的配件，只剩一小堆了。他问：“有人领件没有？”保管员说：“没有，刚才我对了下账，这些配件跟账上差挺多呢。”华尘雨心里一颤，这些配件都是生产急需的，价值不菲，这会是谁干的？一会儿保卫处的人来了，了解了一些情况，马上向派出所报了案。警察过来查看了一番，见门并没有被撬的痕迹，断定一定有人拿钥匙开的库门，而且据分析肯定在后半夜，趁值班人员困乏的时候作案的。此事惊动了全厂，柳科在中层干部会议上情绪激昂地说：“这是一起严重的偷盗事件，作为库房主任是一种严重失职，对此事一定要究查到底。”搞得华尘雨灰头土脸，好不懊恼。

过了十多天，案子破了，原来竟是“高粱米”所为，他之所以要这么干，除了要卖钱，还有一个更重要的原因，就是对华尘雨进行报复。刑警让他交代是谁指使他干的，开始他不吱声，气得刑警上去连扇耳光带踹脚，他抱头如杀猪般喊叫，后来说是华尘雨指使他干的。华尘雨不知咋回事就被带到了派出所，硬将他关了一天一宿，后来工厂出面担保，才以取保候审的名义将他放了出去。后来经过再三审问，“高粱米”这才交代完全是自己所为。华尘雨虽然洗清了罪名，可全厂都知道他被公安局抓去过。有人借机跟柳科煽风点火，说：“华尘雨这次给工厂造成的影响极坏，属于严重渎职，还能留厂里吗？”

几天后，厂内贴出告示，将华尘雨除名。

华尘雨并没把这个消息告诉“小辣椒”，第二天，还像往常一样，早早出了家门。他骑着自行车不知不觉来到工厂大门，刚想进车库存车，突然有人诧异地问他：“你到厂子办啥事？”华尘雨这才意识到，自己已经不是这个工厂的人了。是啊，自己大学毕业后，从进厂那天起就一心扑在事业上，总想干出点成绩，没想到辛辛苦苦干了这么多年，竟落得个如此下场。他真有点舍不得离开，可不得不面对现实。他急忙调转车头，向回骑去。他心神恍惚正往前骑着，一阵急促的汽车急刹车的声音突然将他惊出一身冷汗。他抬眼一看，自行车正顶到面包车的前大灯上，灯罩已出现了裂纹，里面传出一声吼叫：“你瞎呀？往车上撞。”华尘雨正想解释，那人突然探出头。华尘雨不禁一愣：“朱尚标！”

此时的朱尚标已不是过去的“麻秆”了，身体发福得差点让华尘雨认不出来，那脸庞也圆了起来，肚子向前凸着，一副脑满肠肥的样子。

朱尚标见是华尘雨，忙说：“我当是哪个冒失鬼，这大白天，你不上班搁这瞎转悠啥呀？”

华尘雨自嘲道：“哥们被除名了，还上个屁班？”

“啥，除名啦？”朱尚标先是一惊，随后哈哈笑道，“好啊，哥们早就想让你辞职，干啥不比上班挣得多，还自由。得，这回跟我干吧！我正琢磨找个经理呢。我看你挺合适，跟哥们上车吧！”

“啥，给你打工？”华尘雨一撅下巴，“哥们就是饿死，也不听你使唤。”

“哥们这可是真心的。”朱尚标说，“水宜舟那兔崽子在文化局撂下处长都不干了，下海成立个什么文化经贸公司，他缺只手都照样干。你有啥拉不下脸的，跟哥们干能让你吃亏吗？挣了咱俩分，赔了算我的，这还不行吗？”

华尘雨好奇地瞅着他，觉得他竟有些陌生。

华尘雨想想说：“你容我考虑考虑。”

朱尚标对司机说：“下去，把这哥们的车抬到车里。”

华尘雨说：“干嘛这么着急，你不得容我想想啊。”

“想啥啊？走吧。”朱尚标不容分说地将华尘雨拽上了车。

面包车直接开到了一个汽车配件商店前停住了，朱尚标领着华尘雨进到里面，对正在忙着搬货的几个人说：“这是我新请来的经理，以后你们就听他的。”那些人好奇地瞅着华尘雨。有人似乎认出了他，说：“这不是华主任吗？以前我还往你那库里送过货呢！”华尘雨也觉得有些面熟，只是应付似的点点头。朱尚标带他进到里间一屋，指着宽大的写字台说：“这就是你的办公桌，你先熟悉下情况，以后你就这办公吧！”

第三十六章

叶兰香在沈阳开了饭店后，各路“神仙”都来凑热闹，什么工商、税务、城管、公安等三天两头就来检查一番，搞得叶兰香疲于应付。后来有人告诉她，这都惹不起，得“明白明白”。叶兰香虽心里不愿意，可还得照办。

这天，华尘雨和朱尚标领着一家汽车配件厂的销售经理来到“兰香酒店”。几个人正喝到兴头上，突然被旁边一阵吵闹声吸引。不远的一桌，有几个人指着盘子，大声冲服务员叫嚷着，说：“菜里有苍蝇，要罚款！”服务员说：“您是干什么的？”其中有一个男的挺个肚子打着酒嗝，从兜里掏出个证件晃了一下，说：“知道我们是干什么的吗？告诉你，我们是卫生防疫站的。你们这菜里有苍蝇，卫生严重不合格，你说咋办吧？”前台领班的忙过来赔着笑脸，说：“您别生气，我们这就给您换道菜，算是赠送。”那人说：“你说得倒轻巧，光赠送个菜就想了结，不行，叫你们老板出来。”领班的说：“不用找老板，我可以做主。”

华尘雨扭头一看，其中一个长得像胖头鱼的人手里拿个小塑料瓶，里面有几个黑乎乎的小东西，那人正悄悄打开瓶盖，从里面正向外倒那小东西。华尘雨一愣，原来小瓶里装的是苍蝇，这帮人可真够阴损的。他扒拉一下身边的朱尚标，头朝那边一扭，朱尚标明白了他的意思，睁大眼睛注视着前方。那个自称是防疫站的人指着菜说：“你这是红烧苍蝇啊？今天不把老板找来讲清楚，没完！”领班一个劲地道歉，可这伙人就是不同意，声音越来越大，引得旁桌的人都投来好奇的目光。就在领班为难之际，叶兰香突然出现了，她瞅了下菜，对这伙人说：“我是老板，各位对不起，过后我一定调查，这桌菜免单，算我请客。”

长得像胖头鱼的人说：“那不行，你这菜里的苍蝇沾了多少病菌，你得赔偿我们的精神损失。”叶兰香看着他说：“我已经免单，也算够意思了吧？至于这苍蝇从哪来的，我们得进一步调查才能做出结论。”华尘雨走过去，一把从那人手中夺过小瓶，举起来说：“苍蝇从这来的。”众人的目光一下子聚集过来，小瓶里装有几只死苍蝇。那伙人顿时傻眼了，一时竟说不出话来。朱尚标过去拍了拍了自称是防疫站的人说：“哥们，你还有啥说的？想讹人你也不挑个地方。”那几个人脸色顿时变了，互相瞅着不知说什么。朱尚标说：“啥地，防疫站的？想白吃就吱一声，干嘛用这损招，不知道寒碜呐？您要不想我找你们领导，赶紧掏钱算账吧。”叶兰香笑道：“这么着吧，有苍蝇那盘就不算了。”朱尚标说：“那不行，他这是诬陷，得让他们付精神损失费。”华尘雨说：“行了，也别为这点事计较了，按菜单付费就行了。”那人接过服务员递过来的菜单，瞅了一眼，从兜里掏出钱，然后悻悻地离去。

叶兰香感激地望着华尘雨和朱尚标，说："多亏你俩，不然还真说不清。"朱尚标嘻嘻一笑："这开饭店也挺不容易，啥人都能碰到，以后谁再敢跑这耍无赖，你就提我。公安局、法院、工商局哥们都有人，白道黑道都好使，看谁还敢捣乱。"叶兰香叹息了一声，说："这各路人都挺难应付，以后就请你们多关照了。"朱尚标咧嘴一笑："这不算啥。不过，我看你这饭店不像以前那么火了，你得上点新项目才能招人。"

叶兰香问："你说上什么新项目？"

朱尚标说："现在招待客人不光是吃饭。谁的肚里都不缺油水，上饭店就图个心情。不少饭店都有小姐作陪，那上座率能不高吗？反正是客人给小费，饭店不用给她们开一分钱。"

一种无法言状的厌恶涌上华尘雨的心头，他对叶兰香说："一提小姐我就恶心，尚标不会出啥好点子。"

朱尚标却说："华下巴太正统了，都啥年代了。现在哪个当官的、老板身边没有靓妞？喝酒要没小姐陪着，那多没意思。开饭店不就为了挣钱吗？只要能招揽客人就是好家伙。"

其实，这些日子，叶兰香也发现饭店来人不如从前，经朱尚标这一提醒，她觉得还真是那么回事。她心想，现在的男人咋都这样啊？平时像个人似的，进了饭店就全变了样，还得让小姐陪着。唉，不知这是社会进步，还是自己观念有些保守？她想了想说："让我再考虑考虑吧！"

朱尚标说："这事你还真得快点儿。不行我可以帮你张罗人，啥年轻漂亮的，我都可以整这来。你这要有小姐，以后有客户我就往这领，这叫肥水不流外人田嘛!”

过后，华尘雨给叶兰香打电话提醒她：“别听朱尚标的，饭店要靠小姐招揽顾客，那成什么了?”叶兰香耐心地听着，并未反驳。可她思前想后，最后还是采纳了朱尚标的建议，果然饭店的客人逐渐增多。没过几天，当朱尚标带着客户再次来到“兰香酒店”时，他将客人刚领进包房，服务员就热情地向他推荐新来的小姐。朱尚标马上点了几个小姐作陪，连喝带唱，加上小姐格外殷勤又放得开，客人都玩得十分尽兴。朱尚标和叶兰香的生意由此都多了起来。

华尘雨见“兰香酒店”引进了小姐，从此很少再到这里。

他开始对朱尚标有了看法，除了对他生活放纵有些反感，更重要的是，为了赚钱朱尚标会不择手段。本来华尘雨想进正规厂家生产的汽车配件，可朱尚标却非进那些小作坊生产的假冒产品，图的是价格便宜，而且还让他做假账、偷税。这让华尘雨心里不安，他也希望商店能赚更多的钱，可是要做得合理合法，光明正大地赚钱，这种靠歪门邪道获取再多的利润，他也觉得对不起自己的良心。

他不止一次跟朱尚标讲道理，可朱尚标总是说：“你管那些干嘛?我不是没亏待你吗?现在做买卖要都像你这么老实，那上哪挣钱去?以前的苦日子你还没过够哇?没钱谁都瞧不起你，那滋味不好受。”华尘雨反驳他：“没钱是被人瞧不起，可俗话说得好，君子爱财取之有道。这样赚昧良心的钱，我心里不得劲。”朱尚标说：“啥叫赚昧良心的钱?哥们没偷没抢，比起那些贪官，哥们不强多了?你听我的没错，我包你不出几年也成为大款。人活着图个啥?不就图个潇洒。没钱你潇洒个屁，连亲戚朋友见你都躲远远的。”华尘雨没想到这个朱尚标还有自己的一套理论。两人谁也说服不了谁，为此他们之间经常发生争吵。

有一次，一辆货车修理时，因为用了朱尚标商店的伪劣配件，结果跑高速公路时，出现了故障，汽车撞到护栏，造成一死两伤，一下被记者曝了光，上了报纸。华尘雨作为卖配件的经理，被交通、司法等部门找去好一通讯问，折腾了好多天。后来朱尚标花钱找人，又赔了死伤者家属不少钱，才算平息。

为此华尘雨大病了一场，住了一个月院。出院的当天，朱尚标要给他接风洗尘，华尘雨当时就提出辞职。不管朱尚标怎么劝说，华尘雨就是不干了，他已伤透了心。朱尚标拿出一个 5 万元的存折作为补偿，被华尘雨撇了回去。

这天晚上，叶兰香在饭店的包房里单独约了华尘雨，再次提出让他来饭店当经理。华尘雨心情复杂地瞅着叶兰香，想到自己现在落到这种地步，竟成了别人施舍的对象，心里涌起一股无奈的酸楚。他闷头喝着清爽的雪花啤酒，却觉得异常苦涩。叶兰香恳求他就算帮她忙，华尘雨仍未吱声。叶兰香以为他不好意思开口讲条件，便主动提出给他年薪 15 万元。华尘雨确实有些动心了，可他实在不愿踏入这个行业，不愿见到那些暴发户、当官的在这里拿公款挥霍无度，抱着小姐丑态百出，一副醉生梦死的样子，一想这儿，华尘雨就感到恶心，他考虑再三，还是回绝了。

第三十七章

叶兰香每年要回英国住上两个月。在英国的日子，她与杰克的沟通愈发困难。她发现杰克变得越来越放纵，英国的饭店他也不怎么管，只管从饭店里拿钱，饭店挣的钱大部分让他扔进了赌场。他还在外边拈花惹草，尤其对来自中国的年轻女子更是不放过。叶兰香每天一早就到饭店，一直忙到很晚才回家。可杰克常常比她回来得还晚，一回来总是浑身酒气，让她越来越反感。

有一天，叶兰香中午回家想取点东西，一进门却发觉卧室里有动静，她以为进来了小偷，顿时提高了警惕。她悄悄推开卧室的门，里面的情景令她大吃一惊。杰克正跟一个女孩在床上赤身裸体地狂欢着，两人见突然进来人，顿时一愣。当女孩扭过脸时，叶兰香这才看清，正是曾在饭店打工被她辞退的那个中国女孩。就是因为她的举报，才导致小蕾被遣返回国。叶兰香顿时怒火中烧，气得冲过去揪住那女孩的头发，上去就是一巴掌。女孩惊惶地捂着脸，胆怯地望着叶兰香。叶兰香怒不可遏正要继续扇她时，杰克上前拽住叶兰香的胳膊。那女孩趁机挣脱，抓起衣服来不及穿，就跑了出去。

杰克穿好衣服，一副满不在乎的样子。叶兰香气得嘴唇直哆嗦，叫道："你可真行啊！大白天往家里领女人，你知她是啥人吗？不想过趁早吱声。"杰克说："这算什么？这是英国，男女在一起，有什么大惊小怪的！"

叶兰香愤然道："这可是你自己闹腾的。咱们离婚！"

"离婚？"杰克愣怔地看着叶兰香说，"我不同意。"

"不同意你就搬出去，反正我不能和这样的人在一起。"

"我为什么搬出去？这是我的家。"

"你还知道这是家呀？你对这个家负什么责任？"

杰克扬个头，一副理直气壮的样子："当初，要不是跟我结婚，你能留在英国，能有今天的发展吗？现在你觉得翅膀硬了，又想跟我离婚，我决不答应。"

叶兰香说："当初，是我提出要跟你结婚不假，可你那时不这样啊！你看你现在成什么样子？吃喝嫖赌没有你不干的。我劝你多少回，可你就是不改，我对你已经彻底失望了。这样下去对双方都没好处，不如趁早各走各的路，你愿意干啥，就随你便，我眼不见心不烦。"

杰克瞅着眼前的叶兰香，觉得有些陌生。他不理解这个看似柔弱的中国女子，竟在自己的丈夫面前这样硬气。她为什么要限制自己，有什么权利干涉自己的生活？他瞪着那双碧眼不解地望着她，看着她气得胸脯一起一伏，他断定她已经铁了心，不想跟他过下去。他也想脱离婚姻的束缚，自由自在多好。他心里翻腾开了，离婚有什么大不了，有多少外国女子为了留在英国想跟当地男子结婚，再找一个不费劲。可真要跟叶兰香离了，他就会失去了一棵摇钱树。他不愿出去工作，放弃现在这种不劳而获的生活。他决心已定，不管她怎么说，就是不答应。

叶兰香见他像一个癞皮狗似的缠上了自己，既气恼又无奈，只得不再搭理他。

这正合杰克心意，两人互不干涉。杰克常常夜不归宿，叶兰香在英国住了几天，一气之下又返回了中国。

华尘雨脱离了朱尚标，又面临着失业，不得已去人才市场登记了信息。

有两家国有企业想在人才市场招技术人员，他们看中了华尘雨，但一打听是被企业除名的，无法办理调转手续，只得作罢。

“小辣椒”知道华尘雨放着挣钱多的商店经理不当，竟炒了朱尚标，气得指责他缺心眼。华尘雨懒得搭理她，可她却唠叨个没完。华尘实在忍不住了，一瞪眼说：“你就知道挣钱，你懂什么？朱尚标的胆子比倭瓜都大，什么都敢干，他这么搞早晚要出事。你想让我跟他同流合污哇？哼，真是妇人之见！”

“小辣椒”也不示弱，说：“你这大学白念了，干不过一个从监狱出来，哪个单位都不要的人。没听人说，现在是‘北大的干不过大北（监狱）的’。人家不看你以前是干什么的，就看你有没有能耐挣钱。你挺大个老爷们挣不着钱，说啥都白扯。”

华尘雨说：“这家能到现在这个份上，不都是我挣来的？这房子，孩子上学各种费用，吃的、穿的、用的不都是我弄的？凭你那点工资，也就够养活你自己吧？你说话要有点良心。我不就现在遇到点坎，瞅你鼻子不是鼻子、脸不是脸的。你要看不上我，愿意干啥我不拦着，这世界离了谁都照样。”

“小辣椒”气得瞪大了眼睛：“啊，自己把工作整没了还有理了？现在不得靠我工资活着？你还挺硬气。瞧你那熊样，是不是叶兰香又勾搭上你了？”

华尘雨气得真想给她一巴掌，却突然扑哧笑了：“那不叫勾搭，那是同窗之谊，清纯无比。你啥时能提高点档次？”

“小辣椒”也反唇相讥：“我没档次，还是你和叶兰香没档次？她当初混那个惨样谁不知道，也就你往她身上贴吧！”

华尘雨不满地看着她：“当年那不是受迫害吗？我怎么啦，有多少人还不如我呢！你别老揪着那点陈芝麻烂谷子不放，有啥意思。”

“小辣椒”说：“不管说啥，你俩现在是不是还有那意思？有就直说，干嘛偷偷摸摸的，不嫌累啊？”

华尘雨懒得跟她争吵，扭头走进卧室，砰地关上门，打开了电视。

第三十八章

华盛以优异的成绩考取了英国的一所大学。在这个老牌的世界名校里，有来自各个国家的留学生，但真正来自中国的并不多。在这里，他看到了另一个世界。此时的华盛，个头已超过华尘雨，却没有继承他父亲那个突出的下巴，脸型极像“小辣椒”。他身材匀称，平时爱好体育，浑身充满了健康的活力，这令“小辣椒”颇为自豪。看着儿子大眼睛，尖下颌，一副帅气的样子，“小辣椒”骄傲地对华尘雨说：“儿子脸庞幸亏像我，要像你可就糟了。”华尘雨嘲笑道：“像我怎么啦？我那是有特点。当初你不就是冲这追我的吗？”“小辣椒”却说：“当时我不是走眼了吗？”话虽这样说，华尘雨还是从心里喜欢自己的儿子，不仅喜欢他的长相，更喜欢儿子的聪明、富有正义感，但儿子那种倔劲和叛逆的性格却让华尘雨无可奈何。毕竟孩子大了有自己的想法，让他到国外念书，见见世面，也许对他的成长有好处。可“小辣椒”却不放心，没事就给儿子打电话，叮嘱他要保重身体，别跟外国女孩扯到一块耽误了学业。华盛口头答应，心里却厌倦她的唠叨。正值青春期的他，对异性充满了好奇，班里的几个外国女孩对他表示了好感。可文化的差异和生活习惯的不同，使他从心理上产生了距离。他的内心还是希望能与中国女孩接触，可在校园里，这个想法一时难以实现。

令他意想不到的是，一个偶然的机会，他碰到了一位聪明漂亮的中国女孩，那就是叶思雨。

叶思雨念完大学，在英国的一家大公司谋到了一个不错的职位。那天叶思雨独自上街，不料被一个外国青年纠缠上了，开始是语言挑逗，后来竟对她动手动脚。她想躲避，可那个青年竟纠缠不放。叶思雨急得大声呼叫求救，竟没人上前相助。正在叶思雨绝望时，华盛恰巧路过此地。他一见中国姑娘被外国人欺负，顿时火冒三丈，急忙上前解围。那个外国人见是个中国青年，毫不放在眼里，竟跟华盛动起手来。没想到被华盛三拳两脚打得无还手之力，吓得兔子似的跑了。可没过几分钟，刚才那人又折了回来，还带来两个警察，指着华盛对警察说："就是他。"华盛一愣，想要申辩，可警察不管三七二十一，硬把华盛带走了。叶思雨急得也跟了过去，一到警察局，警察就先给华盛拍了照，然后问他："为什么公然在大街上打人？"华盛说："我这是救人，是那个混蛋小子欺负这姑娘。"警察问那小子："是这样的吗？"那小子连说："我只是跟那位小姐打听点事，他过来就把我打一顿，这是侵犯人权。"叶思雨忙上前说："他光天化日之下对我非礼，被惩罚的应该是他。你们不问青红皂白、将见义勇为的人抓来，却放走真正的元凶，这是违背公理的。"警察也觉得这里有问题，便分别对他们进行了讯问、做了笔录，折腾了好几个小时，在叶思雨的据理力争下，最后才将华盛放了出来。

此时已是深夜，华盛亲自护送叶思雨回家，一路上华盛对警察表示了不满。叶思雨劝他，这是在外国，只要有人报案，警察立马赶到，可华盛心里对西方国家的印象大打折扣。两人交流了各自的看法，谈得很投缘。叶思雨忽然对这个正直的中国留学生产生了好感。从那以后，叶思雨没事就到学校找华盛。开始华盛还有些拘束，慢慢被叶思雨的热情所打动，华盛在英国也觉得孤单，现在有一个年轻漂亮的中国姑娘对自己格外关心，他青春萌动的心里掀起了躁动的波澜。两人的关系由此迅速升温，很快就达到了难舍难分的程度。

这天，两人来到了位于郊外的一个游泳池。

叶思雨穿着三点式的泳装，露出丰满的曲线。其实她不会游泳，却爱戏水，体验水在身体上滑过的柔润感觉。华盛先下了水，并招呼她也下来。她停在了池边，两只手合在一起支在颌下，一对圆润的肩膀前后交替着摇动着，面露娇嗔，眼里带出几分乞求的神色，对华盛说："我不会水，不敢往里跳。"

"没事，大胆跳，有我呢!"华盛在水里张开双臂，摆出一副全力保护的架势。

叶思雨看着他："那，你可得接住我。"

她走到池边，把眼睛一闭，咬着嘴唇，双腿稍微弯曲用力一蹬，向华盛站立的地方跳了过去。她那鲜艳的泳装好似一只飞舞的花蝴蝶，从空中滑落而下，画出一道美丽的弧线直扑过来，还未等华盛仔细欣赏便已倏地落入水中。华盛一边扭过头躲避着扑面而来的巨大水花，一边张开手臂向她迅速拢去，一下子将滑润的池水和同样滑润的身体揽进了怀里。叶思雨尖叫着，带着兴奋加吓坏了的表情从水里钻了出来，双臂钳子般紧紧搂住华盛的脖子，勒得他有点喘不过气来。

叶思雨这时觉察到了华盛正在盯着自己，突然间停止了尖叫，睁大眼睛注视着他。华盛被她看得反倒有些不好意思，想收回手臂，可叶思雨仍紧紧搂着他，将热吻递了过来，两人一下子相拥在一起。

过了好一阵子，两人从水里爬了上来。阳光透过落地的大玻璃窗斜射进来，漫过他们休息的铺满防滑瓷砖的地面，一直爬进清澈的池水里，在水面上悠闲地悠荡，让他们感到浓浓的暖意。

这里的池水引自附近的地脉温泉，清澈的温泉冒着热气不断地从地下向上涌冒出来。温暖的泉水让人感到无比的惬意，畅游其中的那种舒适的感觉无法言表。叶思雨躺在池边，头枕在华盛健壮的大腿上。华盛轻抚着她那润滑的臂膀，目光不时从她那高耸的胸脯滑过。叶思雨故意挺起丰满的胸部，炫耀自己优美的身体。

两人来到了附近的宾馆，躺在舒适的大床上，望着天花板，呼吸着清新的空气。

叶思雨问："你毕业后是想留在英国，还是回到中国？"

华盛想了想说："我还没考虑好。"

叶思雨说："无论你在哪里，我都会跟着你。能留在英国当然最好，咱俩可以经常见面。不过公司在中国也有办事处，如果你真的回国了，我就到中国的办事处工作，然后咱俩就结婚，天天在一起。"

华盛看着她说："可是家里还不知道我们俩的事，我真不知该怎么跟他们说。"

叶思雨说：你已是成年人了，对自己的人生大事完全可以做主，难道家长还要管这些？"

华盛说："我是在中国长大的，我的父母都是传统观念很强的人。他们对我的事都非常关心，不能不征求他们的意见，何况你还比我大几岁，又是在英国长大的。”

叶思雨说：“难道他们还会在意这些？现在都什么年代了，姐弟恋多得是。虽然我在英国长大，但我是中国人。可能生活方式与国内略有不同，但这并不能影响我们的感情啊！”

华盛说：“等我回国后找个适当的机会，把你介绍给他们。我相信，对你这么一位出色的女孩，他们不会有什么意见的。”

“盛子！”叶思雨兴奋地跳起来，一下子搂住他的脖子，上去亲了一口，娇声道：“我想要——”

她的身体突然挺直，脸上泛着潮红。她闭上眼睛，鼻翼翕动，气息热乎乎地扑着他的脸。

一股女性特有的体香魔幻般袭向华盛，此时他的心跳骤然加快，对女性身体的渴望异常强烈地刺激了他的雄性激素，占有对方的欲望已不可遏制地涌遍全身。他紧紧搂着她，不停地喘着粗气。他一把撕开她的衣服，像一头凶猛的雄狮，将她扑翻在床上……

华盛与叶思雨在英国打得火热，正沉浸在爱的甜蜜中，却不知他的父亲在国内正四处奔波寻找工作。

华尘雨多次到人才和劳动力市场打听工作，甚至只要看到报纸上有招聘的广告，也要去试一试，可始终没有找到合适的工作。正在他灰心丧气时，意外得到了一份技术工作。招他的是一家个体弹簧厂，总共只有二十多人。这家工厂生产卷簧，工艺较落后，没有一个真正大学毕业的技术人员。老板不到四十岁，头脑却极灵活，通过请客送礼等手段将自己的弹簧硬是打进了汽车厂，成了合格供方。后来因配套厂太多，汽车厂决定淘汰一批生产不规范的厂家，便要求供应商必须有严格的工艺规范和检验规程，否则将取消供货资格。这样老板才想找一个技术人员，正好在人才市场发现了华尘雨。

华尘雨刚开始听说是一家个体小厂，本不想去。可一时又找不到合适的工作，为了解决生活问题，他不得已来到这个厂。老板让他负责技术，而给的工资比国有企业的技术人员低很多，甚至同车间干活的工人差不多。老板要求他不光编工艺文件，还要经常下车间同工人一起干活。华尘雨心里不平衡，却又不愿跟老板讲价钱。为了应付汽车厂家对供应商的检查，华尘雨白天黑夜地编制工艺过程卡、检验规程等。忙活了一个多月，才把所需的技术文件全部补齐，总算通过了汽车厂家的检查。

通过厂家的验收后，这个弹簧厂又恢复了原来的状态。工人还是习惯于以前的干法，将华尘雨苦心编写的工艺文件丢到一边。老板整天忙着跑外面联系推销，对质量也不那么重视。这天华尘雨来到车间，见一台卷簧机出现异常，便想让工人停下来，可工人毫不理会，头也不抬继续操作。他忍不住说："你们这是违反操作规程，弄不好要出事。"可工人却说："我们都干了这么多年也没事。"他上前刚想制止，突然机器发出一声尖锐的声音，一个弹簧腾地飞了出来，犹如一颗出膛的炮弹直奔华尘雨而来。华尘雨惊得头一偏，可那弹簧还是飞到他的额头上，顿时他的上眼眶鲜血直流。工人一下子慌了神，赶紧将华尘雨送到医院。大夫一见那伤口有二寸多长，皱着眉说："这是咋整的？要再往下一厘米，眼珠子非蹦出来不可。"于是马上安排手术，缝了十多针。出院后，华尘雨右眼眶上便留下了一道明显的疤痕。

华盛毕业回国后，发现父亲脸上的疤痕，劝他别在那厂子干了。可华尘雨嘴角一歪，笑道："你老爸没那么娇气，这点小事算不了什么。"其实他早不想干了，可一时半会找不到合适的工作，总不能一个大活人整天在家待着。虽说挣得不多，毕竟比起那些失业、下岗人员要强些。再说，华盛也到了结婚的年龄，自己还要给他准备结婚的钱。

华盛被分到了位于沈阳浑南新区的一家中外合资公司。叶思雨知道后，每天给华盛打电话，于是长途电话就成了两人沟通的唯一手段。叶思雨为了节省华盛的话费，每次都主动打来电话，缠缠绵绵一唠就一个多小时。尽管远隔万里，但两人的心却越贴越近。后来，在叶思雨的争取下，她被派到公司在沈阳的办事处，两人见面的机会又多了起来。

随着两人交往的密切，华尘雨终于发现了什么。

第三十九章

这天，华尘雨下班回到家，却见华盛住的屋门关着，从里面传出嬉笑声。华尘雨顿感狐疑，谁在里面?他想了想，开口叫道：“盛子!”

里面的声音戛然而止，一会儿门才开。华盛领着一个漂亮的女孩从屋里走了出来，那女孩用手摩挲了一下有些凌乱的头发。华盛见父亲绷个脸，心里便有些忐忑，但还是装出若无其事的样子，指着身边的叶思雨主动介绍说：“爸，这是我的女朋友小雨。”

叶思雨瞅着华尘雨，大大方方地叫了声：“伯父，您好!”

华尘雨望着眼前这位亭亭玉立的姑娘，觉得有些眼熟，却一时想不起在哪见过。但她落落大方、彬彬有礼的样子，还是让华尘雨从内心里有几分喜欢。

华尘雨看着两人，说：“你们聊吧!”然后走进了自己的房间。

一会儿，“小辣椒”回来了，见儿子领回了这么一个出众的女孩，很是欢喜，拉着叶思雨的手问长问短，还要去给他们做饭。华盛说："妈，您别忙活了，小雨头一次到咱家，一会儿全家到饭店吃一顿吧！"

几天后，叶兰香给华尘雨打来电话，说："我女儿去了华盛家，见到他的父亲，还说出了他父亲的长相，我一听就想到了你。这是真的吗？"

华尘雨一下怔住了，支支吾吾说不出什么。他急忙打开衣兜里的皮夹，里面有叶兰香送给他的女儿的照片。他猛然想起，那天来的女孩确实跟照片长得极像。他心里一阵战栗，难道她会是叶兰香说的女儿思雨？自己的儿子竟跟她搞上了对象？他不敢再往下想了。

华盛与叶思雨的接触频繁起来，有时华盛下了班也不回家，来电话说是有事。刚开始华尘雨真以为单位忙，也就没在意。可有一天，他无意间听到儿子电话的内容，这才意识到儿子经常晚上与女朋友约会，而且有一天晚上竟一宿未归，这让他产生了深深的担忧。

当华尘雨从儿子那了解到，女孩的母亲在英国闯荡多年，而且在沈阳开了一家大酒店时，心里画了个大大的问号。他问："那酒店叫什么？"儿子说："叫'兰香酒店'。"华尘雨当时就愣住了，他最担心的事还是发生了。他要阻止儿子，却又无法说出实情，左思右想了好一会儿，才对儿子说："你也不小了，处朋友一定要慎重。听说你那女朋友是在英国长大的，生活习惯、文化等都与国内有很大的差异，你们在一起不大合适。"华盛说："这算什么？小雨是中国人，虽然在英国时间长了些，但我们之间不存在什么障碍，只是饮食习惯略有不同，但这也不是什么原则问题，可以互相适应。"华尘雨又说："听说小雨比你大好几岁，这女孩子要太大了，也不太合适。"

华盛说："这算什么呀！小雨是比我大几岁，可我听说，这女方要大几岁的话，知道疼人，对男方有谦让性，比找个任性的小媳妇省心多了。"华尘雨一下竟不知该怎么劝了。

这时"小辣椒"进来了，一见儿子就问："最近跟小雨关系进展到啥程度了？你们都老大不小了，差不多就办了吧！"儿子望着母亲，心里涌起一股甜蜜。他冲"小辣椒"笑道："还是妈好，理解儿子，不像老爸，竟从中作梗。"

"小辣椒"不满地看着华尘雨，说："孩子处了这么好的对象，咱做家长的得支持。"

华尘雨不知怎样解释，突然冒了一句："你知道啥呀？不管咋说，儿子就是不能跟小雨在一起。"

"你说我知道啥？""小辣椒"回头看着儿子说，"我相信儿子的眼光。人家小雨哪点不好？要文化有文化，要长相有长相，懂礼貌又知道疼人，这么好的姑娘上哪找去？听妈的，妈支持你。"

华尘雨当着儿子的面无法直说，急得皱起了眉头。这时华盛的手机响了起来，从手机里传来小雨那急切的声音，便安慰说："小雨，你先别着急，我马上过去。"然后风一样跑了出去。

"小辣椒"瞥了一眼华尘雨，说："你别阻挠儿子。儿子的事你不管就算了，可你也别添乱呐！"

华尘雨说："你知道小雨是谁的女儿吗？"

"小辣椒"说："谁的女儿能咋的？儿子找的是媳妇，又不是找丈母娘。"

华尘雨支吾着："可她是……"

"小辣椒"追问道："是什么呀？"

华尘雨不禁脱口而出："她是叶兰香的女儿呀！"

"什么？""小辣椒"一下愣住了，她睁大眼睛惊讶地瞅着华尘雨，"叶兰香咋还有这样的女儿，是跟谁生的？"

华尘雨低着头，说不出话来。

"小辣椒"眼珠转了转，说："从小雨的年龄看，肯定是叶兰香离开青年点前就怀上了。你俩当时正爱得死去活来，一定是你整的。"

华尘雨说："什么叫整的？你会说话不？"

"小辣椒"眼睛一瞪："真没看出来，你当年还恁风流。这都是你造的孽，这不是害了儿子吗？难道你真的让《雷雨》的悲剧在咱家上演呐？"

华尘雨半张着嘴，一时怔住了。

"小辣椒"脸涨得通红，她愤怒地瞪着华尘雨，胸脯一起一伏："你，真行啊！"

华尘雨拉长了脸，愧疚地无言以对。

"小辣椒"眼里冒着火，突然歇斯底里地叫道："华下巴，你不是人！"她一下子冲进卧室，砰地关上了门。

华尘雨双眼发直，身子僵住了，一屁股跌坐到沙发上。

华盛赶到叶思雨的住处，见她正噘着嘴，满脸泪痕。华盛上前抚摸着她的肩膀，轻声问："小雨，怎么啦？"

"盛子！"叶思雨一下子扑进了他的怀里。

"到底发生了什么事？"华盛轻抚着她的头问。

叶思雨缓缓地抬起头，泪眼模糊地瞅着华盛说："我妈不知咋知道了你是华尘雨的儿子，说死也不同意我跟你继续处下去。这可咋办呐？"

华盛也有些疑惑，爸爸也从中作梗，这究竟是咋回事？他安慰她说：“别怕，现在都什么年代了，恋爱婚姻自由，家长无权干涉我们。只要咱俩挺住，慢慢他们会理解的。”

叶思雨说：“可是我妈的态度非常坚决，说我跟谁都行，就是不能跟华尘雨的儿子。难道他们之间有那么大的仇恨吗？可即使他们之间有什么瓜葛，与儿女有什么关系？看着妈妈那么固执，我真想不理睬她。可妈妈从小把我带大吃了多少苦，我不忍伤她的心。可我又实在舍不得跟你分开，咱俩都这种程度了，我实在想不出什么办法。”

华盛紧紧搂着叶思雨，眉头紧锁，他坚定地说：“不管他们怎么阻挠，咱俩决不分开。”

叶思雨将头深深地埋进他的怀里，死死抓着他的胳膊，泪水如决堤般涌出，滴落到华盛的衣服上。

叶兰香万万没想到，女儿曾在自己面前多次夸奖的对象，竟然是华尘雨的儿子。当她确认这是事实时，脑袋嗡的一下大了，差点晕过去。她感到上苍在捉弄她，而且用这种方式残酷地折磨着自己。这究竟是为什么呀！她心如刀绞，暗自发誓，必须想尽一切办法中断女儿与华盛的恋爱，可又不知怎样对女儿说，她陷入了一种无法言表的痛苦之中。

而就在此时，远在英国的杰克让叶兰香马上返回英国，说是有要紧事。叶兰香正烦恼着，没好气地问他：“什么事非得现在回去？”杰克却不耐烦地说：“电话里说不清楚，等你回来就知道了。”

叶兰香回到英国，她问杰克：“有什么事？”杰克想了想说：“你不是想要跟我离婚吗？我可以答应。”叶兰香没想到他竟同意了，一时竟有些不敢相信自己的耳朵。她望着杰克说：“你真的同意了？”

杰克说："我同意，但有个条件。"叶兰香问："什么条件？"杰克说："所有的财产要分我一多半。"叶兰香说："凭什么你要这么多，这些财产都是用我的血汗挣来的。你整天游手好闲，哪个财产是你的？"杰克耸了下肩膀说："你说得没错。但法律规定婚后的财产是夫妻的共同财产，我理所当然有一份呀！"叶兰香说："那财产就一人一半。"杰克说："不行，得分我一多半。你别忘了，如果你不跟我结婚，就不可能留在英国，又怎么能挣到这么多钱，哪会有这么多财产，你不能不考虑这些吧？"叶兰香瞅着杰克，心里对他的斤斤计较十分反感，但他说的也都是事实。当初她确实在利用他，才有了自己的今天。但叶兰香仍不能接受他提的条件。她想了想，说："最多只能分给你60%的财产。"杰克哈哈一笑，说："那好，我就不离了。但是你也不能干涉我的生活。"

两人就这样僵持着，谁都不肯做出让步，于是各睡各的屋，互不来往。杰克更加肆无忌惮，经常领女人回来，还当着叶兰香的面与女人亲热。叶兰香被他闹腾得终日不得安宁，她感到身心俱疲。后来，她实在挺不住了，只留下现在的住处和那个中国餐馆，其余在英国的财产都给了杰克。杰克终于答应了与她正式离婚。

叶兰香终于如释重负，可当杰克彻底搬出去，并且嬉皮笑脸地跟她说拜拜时，她竟有一种怅然若失的感觉。晚上，她一个人躺在床上，再没人打扰了。屋内静得出奇，让她有种莫名的恐慌。她强迫自己忘掉过去的一切，可她一闭上眼睛，杰克的身影又像幽灵似的在她脑海中晃动。那个金发碧眼、总是不安分的外国男人仿佛又在调皮地逗着她，像个天真的孩子纠缠着她。她又想起了在服装厂的日日夜夜，想起杰克对她的殷勤和帮助，想起了他为了与她结合抛弃了自己的妻子，才使她终于可以名正言顺地在英国待下去，能有一个人惦记着自己，肯为自己付出，着实让她感动了好一阵子。如今，这一切都像梦一样过去了。她不知自己为此付出的代价是否值得，可那段经历却深深刻在她的记忆中。

叶兰香办完离婚手续，安排好在英国仅有的财产，又匆匆返回了中国。她决心已下，无论无何也要终止女儿这场荒唐的恋爱。

第四十章

叶思雨与华盛接触更频繁了，家长的干涉没能阻止两人，他们沉浸在狂热的爱情中不能自拔。

华尘雨整日提心吊胆、忧心忡忡，儿子对他也有了极大的抵触情绪，两人见面很少说话。华尘雨几次要说出实情，可话到嘴边又咽下去了，他实在不知道怎样告诉儿子那段不堪回首的经历。

几天后，华盛竟在外租了房子，叶思雨也随之跟他住在了一起，这让华尘雨更加担忧。

这天晚上，趁“小辣椒”不在家，华尘雨给华盛打电话，让他回来一趟。华盛本不想回家，可一听说有重要事情，还是赶了回来。

华尘雨劝儿子：“还是回家吧，在外边租房子生活不方便。”可华盛却说：“我觉得挺好的，没感觉不方便，省得你们见我心烦。”华尘雨叹了口气问：“你是不是跟叶思雨住在一起？”华盛说：“这是我的私事，不用您费心。我已经是成年人了，有自己的生活空间，希望您不要干涉。您找我就为这事呀？”

华尘雨看着倔强的儿子，心里不知是何滋味。他试探性地问：“为什么非要跟叶思雨在一起，你知道她父亲是谁吗？”

华盛不解地看着华尘雨说：“我听她说过，她从生下来就不知道自己的父亲是谁。她母亲说在她还没出生时，她父亲就离开了，从此不知下落。她还埋怨父亲太无情，对家庭不负责。”

华尘雨说：“说不定当时她父亲有难处，或者根本就不知道她母亲已经怀上了孩子。”

华盛说：“可不管什么原因，也是她父亲的责任。小雨说她父亲不是死了就是变心了，不然这么多年，咋一点动静都没有？”

华尘雨听着儿子的述说，心里涌起难言的苦涩。他说：“你们年轻人没经历过那个年代，体会不到当时有多难。小雨的母亲曾经是知青，没说起当年那些事？”

华盛说：“小雨从不谈论她母亲，我也不知她母亲有没有跟小雨说过。”

华尘雨看着儿子那纯真的眼睛，知道他说的是实话，此刻的他心乱如麻，真不知如何对儿子说。他停了一会儿，说：“你如果知道了小雨的父亲是谁，就不会跟她这样了。”

华盛坚定地说：“我不管她父亲是谁，我看中的是小雨，我们俩真心相爱。不论她父亲如何，我都不会离开她的。”

华尘雨见儿子态度如此坚决，心里竟有些惶恐。他紧咬着嘴唇，一时不知该说什么。良久，才问道：“你知道他父亲是谁吗？”

“谁？”华盛疑惑望着父亲。

华尘雨终于狠下心，一咬牙说：“就是我。”

“什么?”华盛只觉当头挨了一棒，他睁大眼睛看着父亲，忽然觉得竟是这样的陌生。

华盛身子一颤，靠在沙发上。

“不，这不可能!”华盛声音颤抖着，两手死死抓着自己的头发。

华尘雨小声说：“这，是真的。可你知道吗?当时她母亲偷偷逃走，一点音信也没有。”

华盛用怨恨的目光盯着华尘雨，突然腾地站起，向门外冲去。

“盛子，你听我说。”华尘雨急得向前想要拦住他。

华盛猛地拽开门，风一样蹿了出去。

当华盛走进自己的出租房时，叶思雨一下子迎了出来说：“你上哪去了?怎么也不吱一声。”

华盛推开她一头扎到床上，叶思雨忙跟到近前，用手轻摇他的胳膊问：“你咋的啦?”

华盛一挥胳膊，大声说：“你走吧！以后不要再找我了!”

叶思雨一愣，眼睛顿时湿润了，说：“你，不想跟我好了?”

“你给我走!”华盛像一头发疯的狮子怒吼着。

叶思雨眼泪刷地下来了，她用手捂着脸，哭着跑了出去。

叶思雨万万没料到，与自己如此相爱的人，竟会对自己如此绝情，她蹒跚着走进叶兰香那宽敞的房子，撞开自己卧室的门，一头栽倒在松软的大床上。

叶兰香疑惑地推开房门，见女儿蜷着身子，不停地抽泣。

她来到床前轻声问：“女儿，怎么啦?碰到什么不顺心的事了?”

叶思雨嘤嘤地哭个不停。

叶兰香坐在床边俯下身子，轻拍着叶思雨的肩膀说：“好孩子，有啥事跟妈说。”

叶思雨这才支起身子，一头扑在叶兰香的怀里。

“究竟发生了什么事?”叶兰香搂着女儿问。

叶思雨抬起泪眼说：“今天晚上，华盛接到他爸的电话就走了，回来就不理我了，还把我撵出来了。平时华盛对我可顺从了，一定是他爸跟他说什么了。妈，你看这可咋办呐?”

叶兰香心里一阵翻腾，莫非华尘雨告诉了儿子事情的真相?她瞅着自己心爱的女儿，涌起一股难以名状的感觉。她说：“华盛不跟你不是更好吗?凭我女儿这么出色，一定会找到更好的。”

叶思雨擦了把眼泪说：“可我舍不得盛子。妈，你也下过乡，跟盛子他爸是不是有什么恩怨?不然他爸不会那么阻挠。这究竟是咋回事呀?”

叶兰香深深地叹息着，看着怀中抽泣不止的女儿，她心如刀绞，事到如今，再也不能隐瞒事实的真相了。她轻轻抚摸女儿的头，这才将那段不堪回首的往事倾吐出来，当说到逃离青年点的那个晨曦时，已是满眼泪水。

叶思雨顿时惊得目瞪口呆，她万万没想到母亲还有这样一段凄惨的经历，原来自己的亲生父亲竟是自己深恋的男友的父亲。

叶思雨悲切地说：“上帝真不公，咋让我摊上这事了?叫我咋面对盛子啊?”

叶兰香顺势说：“这回你都知道了，妈为啥反对你跟华盛在一起了吧?”

“可是……”叶思雨欲言又止。

叶兰香似乎有种不祥的预感，她诧异地望着女儿：“孩子，到底发生了什么？”

叶思雨脸上露出痛楚的表情：“前些天我到医院检查，才知道自己有了。”她从兜里掏出化验单递了过去。

“什么？”叶兰香接过一看，不禁大吃一惊，手不由自主地颤抖起来，“这……唉，你这孩子，咋这么糊涂呀？”

“妈，我可咋办呐？”叶思雨愧疚而又无奈地望着叶兰香，泪水如断线的珠子，扑簌簌滚了下来……

叶思雨的精神一下子崩溃了，她躺在床上心里翻腾不已，泪水止不住地流下来。叶兰香给她做了平时爱吃的饭菜，可端到女儿的床前，无论怎么劝，竟一口未动。叶思雨呆呆地望着天花板，头昏脑胀，仿佛整个天都要塌下来。叶兰香一时不知如何是好，只是不停地说：“孩子，想开些吧！既然事情已经这样了，就忘掉过去的一切吧！你还年轻，要打起精神，今后的路还长着呢！”可叶思雨仍旧一言不发，根本不瞅叶兰香，而是紧咬双唇，就这样默默地躺着。叶兰香瞅着心爱的女儿，眼睛也不知不觉湿润了。

此时的华盛也处于极度痛苦的漩涡中，他不敢相信这是真的，可又无法否认这个事实。父亲所说的桩桩往事如锥般深深刺痛着他的心，他以前看过《雷雨》，曾为曹禺作品的深刻性叹服不已，可他万万没想到，这个几十年前发生的历史悲剧，竟会在自己的身上重演，不幸的种子为什么会种在自己的家庭，并结出了苦果？究竟该由谁负责呢？他自己也说不清，他心乱如麻，无法入眠。“小辣椒”知道了这个消息后，与华尘雨大吵了一场，然后愤然地摔门而去。华尘雨懊恼得真想一头撞在墙上。

“小辣椒”怒气难消，将华尘雨骂得狗血淋头，让孩子也跟华尘雨断绝来往。华盛一时被搅得头昏脑胀、无所适从，他发疯似的吼道：“别吵了，我不用你们管。”硬将“小辣椒”撵了出去。“小辣椒”无奈地回到自己的住处，想到儿子现在这个样子，心里烦躁得坐立不安，她惦记着心爱的儿子，忍不住拿起了电话。可她打了好多遍，就是没人接。她不甘心，再打儿子手机时，竟传出了已关机的提示音。她失魂落魄地盯着墙壁，泪水止不住流下来。

第二天晚上，“小辣椒”竟跑到叶兰香的住处，见到叶兰香，劈头就问华盛是否来过。叶兰香惊诧地望着“小辣椒”问：“到底怎么啦?”“小辣椒”涨红了脸，指着叶兰香的鼻子，大声说：“是你女儿勾引我儿子，跟你当年勾引华尘雨一样，造成这样的结果，你叶兰香应负完全责任。”叶兰香本来正心烦意乱，见“小辣椒”如此蛮横，忍不住跟她吵了起来。叶思雨尴尬地望着两个女人因为自己的荒唐行为闹到这种地步，竟不知所措，她满脸羞愧，恨不得有个地缝能钻进去。

几天后的一个深夜，当叶兰香从饭店疲惫地回到家，却见屋内一片漆黑。她轻轻推开女儿的房间，打开了灯，却不见女儿的踪影。她心里咯噔一下，这么晚了女儿能上哪去呢？她忽然发现衣柜的门敞开一条很大的缝，她打开一看，里面女儿的衣服和那个熟悉的皮箱子不见了。

她急得团团转，刚想给华尘雨打电话，突然发现电脑桌上的信纸，她迫不及待地抓起来一看，竟是女儿留下的一封信，借着灯光，女儿那清秀的字迹印入她的眼帘：

妈妈：

请原谅我的不辞而别。

当您读到这封信时，我已坐在了回英国的飞机上。这几天，您能在我最痛苦的时候，陪着我，开导我，我感觉又回到了小时候。您含辛茹苦将我抚养大，吃了多少苦，遭了多少罪，随着年龄的增长，我愈发体会到一个母亲为女儿所付出的一切，是无法用语言形容的。本来做女儿的应留在您的身边照顾您，可现在我却无法生活在这样的环境中，无法面对您，还有我的亲生父亲和我那同父异母的弟弟。一想到我和弟弟那荒唐的行为，便无地自容，只有离开这里。

这些天，您向我述说了那个年代发生的让我们这些年轻人无法理解的故事，我渐渐懂得了许多。您过去的经历是那么悲惨而又离奇，以前看过一些反映知青生活的电视剧和小说，还以为那是虚构和艺术夸张。您的经历让我体会到，您那代人经历的不幸，远比文艺作品要真实而残酷得多。那个年代有那么多凄惨的故事，而我竟也成了故事里的一个十分尴尬的角色。

您和华尘雨，也就是我的亲生父亲所经历的那段历史尽管早已过去，可那段痛苦的记忆是无法抹去的。它不仅仅植根于亲历者的心中，竟还波及他们的后代，让人感到如此的悲凄与无奈。

我已跟英国总部联系了，总部同意我回英国工作，这也是我唯一能做出的选择。我已打掉了腹中的孩子，想忘掉这一切。也许只有时间，才能慢慢消磨掉曾经的苦痛。

女儿只有暂时离开您，离开这个让人心痛的地方了。

妈，您多保重。

不孝的女儿　思雨

××年×月×日

叶兰香捧着信，手不停地颤抖，泪水像山泉般涌出，自己心爱的女儿竟这样不辞而别，就像在她的伤口上又撒了把盐，她一下子瘫倒在床上……

第四十一章

这天华尘雨骑车下班，到了一个十字路口，正低头想快速通过，突然一个人上前拦住，说："哎，赶紧下来，没看见变红灯了吗?"华尘雨一个急刹车，双脚叉开停住车，猛一抬头，眼前立着一个穿着蓝色交通协勤服的中年妇女，粗糙的黑红脸庞上爬满了皱纹。华尘雨只觉这人很眼熟，那中年妇女顿时一愣："尘雨，是你!"她的脸颊微微一红，华尘雨定睛一看，这才想起来："这不是秦玉姝吗?"

此刻，信号灯已变成绿色，停在路口的自行车纷纷向前驰去。华尘雨推车靠在一旁，对秦玉姝说："没想到在这碰上你了，哎，你不在工厂上班了?"秦玉姝不好意思地低头说："唉，工厂倒闭了，咱没啥技术，只能干这个啦！你和小辣椒还好吧?"

"还行吧!"华尘雨望着一脸沧桑的秦玉姝，内心涌起一股酸楚，"你干协勤每天风吹日晒的，每月能开多少钱呐?"

秦玉姝尴尬地笑着说：“咋的也比在农村下地强，起码能开四百块钱。”

“四百块？”华尘雨每天上下班看惯了那些年纪大的、整天举着小旗站在路口兢兢业业地提示路人的交通协勤人员，没想到只开区区几百块钱，相比之下，自己的工作和收入不知要比他们强多少。他说：“把你的手机号留给我，以后有事好找你。”秦玉姝说：“我没有手机，有事就往家打电话吧！”于是华尘雨将她家的电话号码存入手机中，想安慰她几句，可一时又不知说什么。这时信号灯变成了红色，秦玉姝忙说：“我还得工作，有时间再唠吧！”然后举起手中的小旗，向停在路口的人群走去。

华尘雨望着一脸认真的秦玉姝，叹了口气，骑上车慢慢地离开了。

回到家，华尘雨立刻给叶兰香打电话，说：“我在街上碰上秦玉姝，在马路上做协勤呢！挣不了几个钱，小脸黑黝黝的像个农村老太太，我都快认不出来了。能不能在你的饭店里给她找个活干，省得在外面风吹日晒的。”叶兰香问：“她有什么专业特长啊，学过管理吗？”华尘雨说：“她回城后一直在工厂当工人，哪做过什么管理？叶兰香想了想，说：“那让她干保洁吧！不需要啥技术，只要勤快就行，不知她愿意不？我们酒店保洁员每月七百，我给她加一百。她要同意的话，就让她过来吧！”华尘雨说：“行，我再问问她。”华尘雨刚要撂电话，叶兰香忙说：“女儿回英国了，她无法面对这个事实，这件事对她打击太大了，弄得我心里也挺不好受的。”华尘雨一下怔住了，想到儿子对自己的敌视，心里涌起一阵苍凉，他慢慢地撂下了电话。

第二天晚上，华尘雨往秦玉姝家打电话，半天也没人接。一个多小时后，他再次打电话还是没人接。

突然，电话声急促地响了起来，华尘雨拿起话筒，里面传出了一个久违而又熟悉的声音，竟是岳春打来的。岳春说："我正在兰香酒店喝酒呢！你也过来喝两杯。"华尘雨说："我已经吃过了，就不过去了，哪天我做东请你。"电话里突然传来另一个声音："咋的，瞧不起咱们呐？这一晃都多少年没见了，哥们今天来就想见你。"华尘雨听着耳熟，一时竟想不起来，问道："你是哪位呀？"对方哈哈笑道："咱白在一个炕上睡好几年了，你再想想。"华尘雨听出了鞍山口音，突然忆起当年那个人，忙说："我想起来了，是麻雷子。你小子混得不错吧？哥们这就过去。"

华尘雨急匆匆赶了过去，推开包房的门，岳春和"麻雷子"正亲热地唠着，一见有人敲门进来，先是睁大了眼睛，随后站了起来，大声叫着："尘雨！"华尘雨上前与他们激动地握手，多年不见，他们的容颜都发生了很大的变化，然而依然能从那熟悉的眼神里分辨出对方。

岳春递给华尘雨一支"人民大会堂"烟，华尘雨摆着手说："我不会。""麻雷子"说道："别装了，哪个老爷们不会抽烟？"说着硬塞到他手里，华尘雨说："我真的不会。""麻雷子"啪地打着了打火机说："什么会不会的，来点上！"华尘雨只得硬着头皮点上，刚抽了一口就觉得呛嗓子，皱着眉说："这玩意哥们真就享受不了。""麻雷子"说："慢慢习惯就好了。"

华尘雨问"麻雷子"："哪阵香风把你给吹来啦？"

"麻雷子"笑道："哥们想你了，就过来看看，要不是见着岳春，还真找不着你。”

岳春说：“别看我和尘雨都在沈阳，但也好长时间没见着了，昨天碰着秦玉姝才知道到尘雨的下落，要不我也找不着他，人家可是高级人才。”

华尘雨说：“我算什么人才，小舟两口子才是人才呐！一个是编审，文化局处长，一个是重点中学的高级教师。”

“麻雷子”问：“你说的是水宜舟和山丽虹吧？他俩现在是两口子啦？赶紧打电话，叫他们过来。”

岳春说：“我没有他们的电话，还是华尘雨打吧！”

华尘雨急忙给水宜舟打电话，响了半天才传出水宜舟的声音。华尘雨问：“你咋半天不接电话？”水宜舟说：“哥们看电视剧呢！你有啥事快说。”华尘雨说：“麻雷子特意从鞍山过来，想见见你。”水宜舟说：“是吗？他在哪儿？哥们这就过去。”华尘雨说：“让山丽虹也一块过来。”

不到二十分钟，水宜舟就赶了过来。

水宜舟见到“麻雷子”、岳春，显得异常兴奋，互相拍打着肩膀。“麻雷子”问：“你咋没带山丽虹过来？”水宜舟说：“她呀？正在外边给学生补课呢！”

“麻雷子”说：“在青年点时，哥们就看出尘雨不是一般人，高考前白天下地干活，晚上看书一整就半夜。咱点好几百号人，就他考上了大学，那可不是一般战士。当年他跟我住一铺炕，这家伙连哥们跟女的亲热都管。你说那时候生活多他妈的枯燥，咱自己再不找点乐趣，不得憋出毛病啊？我这才知道，你跟小辣椒成一家的。哎，是她追你，还是你追她。她那么咬尖，你俩能过到一块吗？这回叶兰香也回沈阳了，你就没啥想法?”

一提起“小辣椒”，华尘雨心里就不痛快。他皱了下眉头说：“提她干嘛？还是唠点别的吧!”

水宜舟说：“人家华尘雨可是挺传统的，叶兰香想拉他一起干，他都没答应，是不是怕小辣椒吃醋?”

“麻雷子”看出华尘雨对“小辣椒”的不满，于是说：“尘雨，别看你受过什么高等教育，可这观念还是老一套，改革开放都多少年了，你的思想还没开放。”“麻雷子”吐了一口烟，说：“哥们都换仨媳妇了。现在只要有钱，什么年轻漂亮的小妞找不着？干嘛非得一棵树上吊死?”

华尘雨说：“哥们哪能跟你比。麻雷子，这些年在鞍山过得挺好吧？这回咋想起到沈阳来，一定是有啥事吧?”

“麻雷子”说：“咱鞍山哪能跟沈阳这个全国都有名的大城市比呀？哥们回城后，进了鞍钢的一个厂子，在炼钢炉前站了两年，后来哥们找人进了供销科，没干几年，这厂子也不知咋的，就是往下滑，不少工人都放假了，工资也是欠了好几个月。哥们一看，再这么混下去，生活都没保证，正好那几年搞供销趟出了路子，哥们就辞职跟人合伙倒腾钢材，后来自己成立个公司。这回到沈阳想开拓下市场，顺便找找‘杨白劳’。有的厂子欠哥们好几十万，哥们催了几次就是拖着不还，现在这‘杨白劳’可够牛的，能气死‘黄世仁’。这几年别人哥们也找不着，要不是那次岳春上鞍山碰上哥们，还不知道这些沈阳的哥们都干啥呢！没想到今天还真碰到你们了。来！咱们今天喝个痛快!”

岳春将几个人的酒杯都满上，大伙相互碰杯，一饮而尽。

“麻雷子”突然想起什么，问华尘雨：“朱尚标现在干嘛呢？让他也过来呀！”华尘雨哼了一声，说：“人家现在可是大老板，还是让小舟给他打手机吧！”

水宜舟瞟了一眼华尘雨，掏出手机打了过去，一会儿传来朱尚标的声音。

水宜舟说：“你又忙活啥呢？麻雷子来了，想见你。”朱尚标说：“是吗？这么多年不见，他还想着我呢！我现在请柳局长吃饭呢！过不去了，你让他接电话。”水宜舟将手机递给了“麻雷子”，手机里传出卡拉 OK 的音乐声。“麻雷子”说：“哥们好久没见着你了！”朱尚标说：“今天哥们有个重要的客人，不好意思啦！哪天哥们请你玩个痛快。”“麻雷子”一想到他身边还陪着客人，简单地唠了几句，便知趣地挂了电话。

水宜舟说：“朱尚标正跟柳局长潇洒，能脱开身吗？”

华尘雨问：“哪个柳局长？”

“就是那个柳科呀！”水宜舟惊诧地望着华尘雨，“你不是还在他手下干过吗？咋连他都不知道哇！”

华尘雨说：“我离开厂子不久，就听说他调到上级公司当了总经理，后来他干啥就不清楚了。”

水宜舟说：“你还不如我了解他呢！有一次我到市里参加个会，还跟他在一桌吃的饭，他到规划局当局长了。朱尚标开发房地产，得经过他们局审批。”

华尘雨说：“他俩凑在一起可有得瞧，你提醒点朱尚标，别什么事都干。”

水宜舟说：“你以为还是在青年点呀？朱尚标现在可是民营企业

家，还弄了个人大代表，黑白两道都好使，我还敢劝他？他也老大不小，啥不知道？人家混得可比咱们强多了。”

“麻雷子”听了，眼睛一亮，说：“朱尚标还真不简单呐！说不定哥们有啥事，还得求他帮忙呢！”

正说话间，水宜舟的手机响起了短信提示音，手机里面赫然蹦出一条短信：

“只守着老婆过一生的人不能用。因为他缺乏创新精神，因循守旧。”

华尘雨好奇地问：“谁发的情书？”水宜舟哈哈一笑：“比情书还有意思！”随之念了出来，众人一听，也都哄然笑了起来。

“来！喝一杯！”水宜舟抬起了左手，朝华尘雨一挥。华尘雨这才发现他的手很僵硬，还戴了一只很长的白色薄手套，当年在青年点水宜舟断手时的惨相又浮现在他的眼前。他瞅着那手皱了下眉，欲言又止。

水宜舟从华尘雨的表情看出了他的心思，他晃了下那只假手，笑道：“咋样？要是不提，谁也看不出来吧？”

华尘雨的心突然揪了一下。

大家又重新端起了酒杯。华尘雨一眼看到了岳春端杯的那个断指，心里有一种说不出的滋味。水宜舟和岳春两人，一个断手，一个断指，都发生在青年点，当时他们的痛苦，又有谁能体验得到呢？华尘雨一下子又生出许多感慨。

华尘雨与大家干了一杯后，瞅着岳春，问：“回城这么多年，一直也没见到你。现在过得咋样？”

岳春发现了华尘雨那异样的目光，抽了口烟，说：“哥们是 1979

年底才回来的，先在一家工厂干活，没少受累，可就是上不上去。后来就到了建筑公司的一个工程队干杂活，慢慢当上个小头目，可现在建筑公司太多，咱那个工程队经常找不到活，没办法只得裁人，哥们也在其中。哥们想找个工作，可都不如意。正赶上当时股市挺火，哥们借点钱就进了股市。刚开始还真挣了不少，正巧那时秦玉姝也下岗了，咱俩就是在证券公司相遇的。这股市可真不是好玩的呀！后来风云突变、股市大跌，我一看大事不妙把股票全卖了，闹了个本。可秦玉姝怎么也舍不得割肉，总以为过几天还能涨回来，我劝都劝不了。可有一天她突然把股票都卖了，再也没来股市。后来我才知道，她儿子刚考上大学，急需用钱。那些天她小脸蜡黄蜡黄，瘦得像黄瓜条。为这事两口子经常吵架，差点离了。”

华尘雨说：“这秦玉姝真是点背，下乡遭了那么多罪，没想到回城后，还摊上这么多事。”

岳春喝了一口酒，说：“啥事都叫咱知青给摊上了，三年自然灾难饿得前胸贴后胸，该上学时却被整到农村修理地球。回城后，本以为能过上好日子，却要文化没文化，要技术没技术，只能干点粗活。可没上几天班就赶上裁人下岗，像尘雨、水宜舟这样考上大学的，命运都改变了，可这毕竟是少数啊！”

“麻雷子”红着脸说：“你说这能怪谁呢？咱点的大部分人生活都不咋样。哥们要不是下海扑腾，不也那副德性。得，不合计那些不愉快的事，来，咱们喝酒！”

可华尘雨却觉得心口堵得慌，一想到像秦玉姝这样的知青还有许许多多，他们的境况始终得不到改善，不禁深深叹了口气，说：“都不容易啊！昨天我碰上秦玉姝，在路口上当协勤，差点认不出来了。”

岳春说：“那天我看见她了，对她说用钱就跟我吱一声，可她却笑着说不用。我当时给她拿了一万，说你先拿去，啥时挣了再还我。她红着脸说不用了。我硬塞给她，她眼圈一下子红了，说还得是一个青年点的。后来股市缓过劲来，她买的股票一下子翻了两倍多。她还我钱时，还要给我利息，请我吃饭。我说利息就免了，那天她两口子在饭店请我，秦玉姝头一次喝那么多。咱俩都喝趴下了。”

这时华尘雨的手机响了，他低头一看，是“小辣椒”的手机号码。这么晚了，她来电话干什么？华尘雨迟疑了一下，还是接听了，从里面却传出秦玉姝的声音，她说：“小辣椒说了，让我去她厂子的食堂干，就不去叶兰香的酒店了，你替我说一声，谢谢她了。”华尘雨不禁一愣，说：“怪不得晚上往你家打电话没人接，原来是在她那，她给你定每月多少钱？”秦玉姝支吾着：“比协勤能多个两三百块吧！”华尘雨想了想说：“既然你愿意去，那就这样吧！但要注意身体，现在不是年轻那会了。”秦玉姝说：“我知道。我听说你跟叶兰香还挺那个的，你也是有家的人，孩子都那么大了。”华尘雨听着有些别扭，没好气地说：“别听小辣椒瞎掰，叶兰香让我去酒店当总经理我都没干。你说，我俩能有啥事？没别的事，我挂了。”

大伙听得清清楚楚，同时向他投来异样的目光。华尘雨看着大家说：“瞅啥，来喝酒！”然后端起杯子往玻璃转盘上磕了磕，一口气干了下去……

第四十二章

几天后，有两个人绑架了拖欠“麻雷子”货款的厂长，用刀逼着，不给钱就割他耳朵。那人只得乖乖地给财务负责人打电话，将 80 万元打到“麻雷子”提供的银行卡内。

华尘雨知道这事后，心里一惊，他猜到这是朱尚标所为，心想，朱尚标太胆大妄为了，弄不好要被抓进去呀！他马上找到朱尚标，痛陈利害关系，让他悬崖勒马，否则后果不堪设想。朱尚标满不在乎，两人大吵一番，不欢而散。

可华尘雨忧心忡忡，一种不祥的预感如黑云般压在他的心头。

华尘雨只能在心里默默为他祈祷，他真的不忍心看到自己的好友落得不光彩的下场。可华尘雨担心的事还是发生了，不久报上登出了打黑的成果，朱尚标赫然名列其中。

原来那个被绑架的厂长，第二天就报了案。朱尚标感到不妙，立刻携带巨款跑到边境，花钱找到蛇头欲逃离出国，在国境线上被边防武警发现，朱尚标持枪与武警对峙，被当场击毙。

消息传来，华尘雨一下子惊呆了。从报纸的介绍中得知，朱尚标不光是这次绑架事件的主谋，还在自己开的洗浴中心提供色情服务，而且组织了带有黑社会性质的团伙，非法持有枪支，在拆迁中指使人对拆迁户大打出手，致使两人重伤，尤其是因争夺开发的地皮与副市长的儿子发生了矛盾，竟派人将其殴打，从而惹怒了这位副市长，副市长责令市公安局一定要对朱尚标严惩不贷，这位曾经狂妄一时的著名企业家就这样走上了不归路。

水宜舟给华尘雨打来电话，说："这个麻秆怎么能这样？他要是不得罪副市长的儿子，也不至于落得这样的下场，即使被抓了也没有死罪。他为什么要拒捕？凭他的关系最多判个二十年。"

华尘雨说："你还不了解他吗？就他那性格，能允许别人抓他吗？别说判二十年，就是五年他也受不了。别看这家伙没啥文化，平时也挺驴的，但他却是个要脸面的人，没少给希望工程捐款。他还给他妈买了别墅，雇了保姆，咱俩买的房子不都是他按开发的成本价给的吗？为了叶兰香的酒店，他没少帮忙。一个挺仗义的人，咋就不往正道上走？他妈一听说他出事，当时就晕了，现在还在医院里躺着呢！我准备明天去医院看望呢！唉，你说这人……"华尘雨哽咽着说不下去了。

第二天，华尘雨和水宜舟匆匆赶到医院，一打听，朱尚标的母亲几个小时前已经去世，两人都懊悔不已。

不久，"麻雷子"也因那次绑架案被抓入狱，受到法律的制裁。

叶兰香突然给华尘雨打来电话，说："我看到报上登消息说朱尚标出事了，是真的吗？”华尘雨叹了口气，说：“没错。”叶兰香语气变得沉重起来，说：“他没少为我的酒店费心，帮我联系贷款，找有关部门打招呼关照我。这人挺讲义气的，每次他领客人来我这，我要给他打折，他都不干。要不是他帮我摆平，光那些地痞就够人受的，后来我看他什么人都接触，心里就有种不祥的预感，曾含蓄地提醒他，别做过格的事。他一脸的不在乎，说不用替他操心，他心里有数？谁曾想他还是走了邪道。这人呐，唉！”

华尘雨一时感慨万千，两位曾经与自己住一铺炕的知青战友竟落得如此下场。他的心里如坠了一个巨石，沉重得喘不过气来。

第四十三章

由于“小辣椒”猜疑华尘雨与叶兰香旧情复发，进而对华尘雨的母亲也产生了怨恨。有时两人吵架，“小辣椒”竟对华母恶语相加，华尘雨大为恼火，说她忘恩负义。

“小辣椒”脾气也越来越差，从打搬出去后，一直没回过家。儿子在浑南买了房子，跟同单位的一个女孩住在了一起，可就是不提结婚的事。后来，“小辣椒”的单位在南方新建了一个工厂，“小辣椒”主动要求去，在那里成为副总，一年只有春节才回沈阳一趟，而且不与华尘雨见面，从此一家人各自分开。华尘雨弄不明白，以前生活不富裕时，过得挺充实，一家人在一起其乐融融。现在生活水平提高了，可一家人却分开了，再没有那种令人羡慕的天伦之乐了。

这天晚上，华尘雨突然接到岳春打来的电话。

岳春说：“今天我在街上碰上秦玉姝，她慌慌张张地往前走。我问她这是上哪去？她说，她儿子住院被诊断出得了白血病，她得上医院去陪护。我寻思上医院去看看。”

华尘雨不禁一愣，说，“这病可不好治，听说医疗费高得惊人，她能承受得了吗？我马上就过去，你在医院门口等我。”

当华尘雨和水宜舟、山丽虹赶到医院时，秦玉姝的儿子已经被送进了太平间。看着秦玉姝悲痛欲绝的情景，在场的人无不叹息落泪。

秦玉姝儿子出殡的那天，殡仪馆内苍松翠柏，显得异常的庄严肃穆，到处是戴着黑纱或白花的人群，从告别室里不时传来悲伤的哀乐和嚎哭声，气氛压抑得令人窒息。岳春找到悲痛不已的秦玉姝劝她节哀，可自己竟忍不住红了眼圈，站在一旁的华尘雨心情也异常哀痛。

遗体告别后，大伙步履沉重地离开殡仪馆。华尘雨拍打着岳春的肩膀感叹道：“人的生命有时真的很脆弱，咱们一定要好好活着！”

可不久，岳春竟发生了意外。

第四十四章

华尘雨万万没想到，岳春会死在自己的眼皮底下。

那是星期日的上午，华尘雨坐在公共汽车上，车上很拥挤，华尘雨扶着悬挂把手，随着客车不停地摇晃着。突然觉得有人碰了他一下，他下意识地往旁边一瞅，身边一个二十多岁的小伙子匆匆向车门口挤去。华尘雨一时警觉起来，手伸向兜里，不禁一怔，钱包不翼而飞，他刚想喊，一抬头却见岳春向他递过来一个东西。华尘雨接过一看，正是自己的钱包，笑着说："原来是你呀！在车上还跟哥们开这玩笑。"岳春眼神向那个小伙子一瞥，凑近他耳朵小声说："刚才我看他从你兜里掏出钱包，一把夺了下来。这小子估计还有同伙，你别吱声，就当什么都没发生。"这时车进站了。岳春说："我得下车了。"不等华尘雨说话，便顺着打开的车门蹦了下去，那个小伙子随即也跟了下去。

车刚开出没多远，华尘雨突然发现，刚才在车上的那个小伙子身边突然又多出两个人，仨人一起扑向岳春。岳春挥拳打倒了其中的一个，正想跑开，那个小伙子突然将一把尖刀刺入岳春的肋部，岳春身子晃了晃，倒了下去。华尘雨惊得叫了起来，大声朝司机喊道："快停车，有人被扎伤了，我要下车。"司机却加大了油门，车子颠簸着刚一进站，华尘雨便迫不及待地从打开的车门冲下去，在人行道上飞快地向回跑去。

当他气喘吁吁地跑到岳春身旁，那几个小偷早已不见了踪影。华尘雨上前抱起岳春，掏出手机打120，岳春身上的鲜血流了华尘雨一身，华尘雨不停地喊着："岳春、岳春！你一定要坚持！"可岳春脸色苍白，毫无反应。10多分钟后，来了辆救护车，华尘雨将岳春抱上担架，抬上车向医院急驰，到了医院，岳春就被直接送到了急诊室。此时的岳春已昏迷不醒，立刻被推进了手术室。华尘雨在手术室外焦急地等待，如热锅上的蚂蚁不停地在外边转来转去。过了一段时间，手推车终于出来了，上面蒙着白布。华尘雨一把掀开白布，见到岳春惨白的面容，顿时惊呆了。华尘雨不敢相信眼前的事实，大声叫着："岳春！岳春！"眼泪止不住流下来。

华尘雨跌坐在墙边的椅子上，用拳头砸着自己的大腿，大滴的泪珠从他的脸上滚落下来……

后来，华尘雨才知道，岳春回城后进了工厂，一心想干出个样子，什么脏活累活他都抢着干，还因为保护工厂财物与盗贼搏斗负伤，工厂领导在大会上对岳春进行了表扬，并有意提拔他当总务科长。可调出档案，发现他曾进过看守所。对有过污点的人，谁敢重用提拔？正是档案中保存的那段不光彩的历史，毁了岳春的前程。尽管他早已抛弃了恶习，想用行动改变人们对他的看法，可还是没能走出罩在他身上无形的阴影。

现在，岳春以这样的方式告别了人世，去了另一个世界，也许对他来说是一种解脱，可华尘雨心里却不是滋味。一连几天，岳春的身影总在他的脑海闪现。这么一个活生生的人，竟在他的眼皮下永远地倒下，他始终不敢相信这残酷的现实。

第四十五章

这天，华尘雨突然收到一封信，打开一看，竟是“小辣椒”写给他的“离婚协议”。

尽管两人分居已有两年多了，华尘雨也预感到两人的关系随时都有结束的可能，可当这一天真的来临时，他还是感到了有些唐突和震惊。这几年两人吵吵闹闹，彼此都觉得身心俱疲，有时也吵嚷着离婚，可都没有付诸行动，看来这次“小辣椒”是铁了心，华尘雨一时只感觉大脑一片空白。

当初若不是“小辣椒”苦苦追着华尘雨，两人不会走到一起，风风雨雨过了二十六年，眼看就步入老年的行列，却迎来了离婚的结局。华尘雨试探着给“小辣椒”打手机，问她：“这是最后的决定吗?”对方斩钉截铁地给予肯定的回答。华尘雨这才知道，已没有缓和的余地。他寻思着，反正现在孩子也独立了，再没有什么后顾之忧，有什么了不起，离就离，他提笔在上面签了字。一周后，“小辣椒”飞到了沈阳，两人正式办理了手续。由于“小辣椒”在外地已买了房子，现在的房子便归了华尘雨。

“小辣椒”一拿到证，当天就返回了。

以前两人在一起时，每当“小辣椒”冲华尘雨吵闹时，他恨不得她立刻离开，永远不要回到他的身边。可不知为什么，当这一天真的到来，他反而觉得心里空荡荡的，夜里竟辗转反侧，久久不能入眠。

水宜舟过后知道了这个消息，约华尘雨到兰香酒店的一个小包房，两人要了一瓶白酒，叶兰香听说两人正在酒店，马上过来敬酒。可听到这个消息，一时不知说什么，只陪他们喝了一口酒，就退了出来。

华尘雨头一次喝了半斤多白酒，水宜舟打车将他送回家时，他已醉得一塌糊涂。

“小辣椒”之所以选择这一步，是因在外地工作时遇到一个小自己几岁的离异的男子，那男子长得一般，但极会来事，他有一个女儿已出嫁，是一家销售公司的经理，不知为什么竟看上了“小辣椒”。于是对“小辣椒”展开猛烈的追求，“小辣椒”开始还有些顾虑，毕竟自己还没有离婚。可当有一天，她被那男子灌醉，醒后发现自己和那男人躺在一个被窝时，这才铁下心与华尘雨离婚。

“小辣椒”回到自己的住处后，那男子立刻搬了进来，与她过起了日子。两人都不愿被婚姻束缚，只是同居关系，从此“小辣椒”再没回过沈阳。

华尘雨经常接到叶兰香的电话，尽管每次听上去是一些无关紧要的问候，但他还是能感觉到她那特殊的关心，可他不知怎样回馈她。

他不知自己是否应与她再续前缘，他想走进她的生活，一想到自己的儿子与亲生女儿曾发生的一切，便有些不寒而栗。他就这样处于极度的矛盾之中，与叶兰香保持着一定的距离。

这天早上，华尘雨从报箱里取出当天报纸，刚翻了两页，一个消息突然映入他的眼帘。报上说，昨天夜里，一辆奥迪 A6 轿车与一辆大货车相撞，轿车司机当机死亡，车内一位妇女受重伤，已被送往医院抢救，至今仍未脱离危险。据悉，这位妇女叶姓，是“兰香酒店”的董事长。“什么?”华尘雨顿时目瞪口呆，难道真是叶兰香?她怎么会……华尘雨不敢往下想了。

华尘雨急忙打车来到医院，推开重症室的房门，见靠窗户的病房上躺着一个人，两位穿着酒店职业装的年轻人守在床前。华尘雨奔过去定睛一看，这位病人头上缠满了白纱布，两眼紧闭。华尘雨一下子认出了叶兰香，他扑到她的身上不停地大叫：“兰香！兰香!”一位年轻的护士过来对他说：“先生，病人正处于危险期，需要安静，请您不要大声喊叫。”华尘雨竭力控制着激动的情绪，将脸凑到她的身旁，轻声说：“兰香，你醒醒，我是尘雨啊!”华尘雨轻唤了几遍，叶兰香却没有一丝的反应，华尘雨心如刀绞，泪水像山泉一样在脸上肆意流淌。

整整一天过去了，叶兰香毫无反应，华尘雨就这样在病床前守着。华尘雨焦急地问医生：“怎样才能让她苏醒过来?”医生摇着头说：“我们也没办法，她的伤势实在太重了，几乎都没有脉搏了，你们赶紧准备后事。”华尘雨一听，头嗡的一下大了。医生无奈地看了看叶兰香，又看看仪器上显示的心电图，只有很小的波动，慢慢趋向于一条直线，于是摇了摇头走了出去。华尘雨凑近叶兰香忍不住大声叫着：“兰香！兰香！你睁开眼，我是尘雨！”

突然，叶兰香睁开了眼睛，她望着身边的华尘雨，嘴唇微微张开，似要说什么，华尘雨赶紧将耳朵凑近她的嘴边。华尘雨紧紧拉着叶兰香的手说：“兰香，你想说什么，就对我说吧！”叶兰香嘴唇嚅动了一下，华尘雨的耳朵已经贴到她的嘴唇上，却听不到一丝声音。华尘雨抬起头，见心电图上骤然跳了一下，然后就变成了一条长长的直线，叶兰香头歪在了一边。华尘雨的心猛地揪了起来，他不停摇着叶兰香的手，大叫着：“兰香！兰香！”大滴的泪珠滴到她的脸上。

护士过来说：“赶紧给她换衣服吧，待会儿身体硬了就不好办了！”华尘雨忙将酒店年轻人准备好的衣服，颤抖着为叶兰香换上。一会儿，叶兰香的身体便失去了温度。护士将一张白布蒙了上去。当手推车正要离开病房时，门忽然开了，叶思雨风一样闯了进来，惊叫着：“我妈呢？”华尘雨泪眼模糊地指着手推车。叶思雨颤抖着揭开白布，见到叶兰香苍白的脸，一下子扑了上去。“妈！”她呼喊着，泪水如泉水般夺眶而出，她趴在母亲的身上，身体不停地抽搐，昏厥了过去……

叶兰香出殡那天，隆重的葬礼结束后，华尘雨仍沉浸在异常的悲痛中。他曾参加过不少葬礼，可这次让他感到如此的悲伤。在随后为来宾举办的酒席上，他只喝了一点白酒，就感到头晕目眩，只得提前离开。

他刚到家，就一头扎到床上，迷迷糊糊中听到一个声音，那声音是那么的熟悉。啊，这不是叶兰香吗？她轻轻坐到他的身旁，含情脉脉地瞅着他说：“尘雨，你为什么老躲着我？你忘了当年在青年点，你对我那么关心，那么爱护，那么的恋恋不舍。怎么现在你不理我了？难道我有什么地方对不起你，你有什么害怕的呀？”叶兰香泪眼婆娑地望着他，抚摸着他的胸口。华尘雨睁大眼睛，喃喃地说：“兰香，我……”突然，他张开双臂想要拥抱她，可她转身而去。华尘雨急得大叫：“兰香，你别走，你听我说……”他大叫着突然惊醒，发觉自己已是泪流满面。

第四十六章

2008年9月24日，一辆豪华旅游大客车，载着几十名知青向盘锦开去。

这是水宜舟张罗了大半年才成行的，华尘雨承担了这次出行的所有费用。

从当年下乡已整整过去了四十年，可他们感觉就像是昨天，每个人的心里都极不平静。这些当年风华正茂、激情四溢的小青年如今都霜染鬓发、满脸皱纹。可当他们重新聚在一起时，又露出久违的纯真和质朴，仿佛又回到自己的青春时代。大伙相互打听这些年来各自的生活状况，就像久别重逢的战友，他们紧紧握着手，互相拍打着，叫着当年的绰号，有说不完的话，唠不完的嗑。当见到窗外那茂密的苇丛时，有人惊叫着："快看呐，到盘锦了！"大伙的目光一下子都聚集过来，像是孩子见到新鲜事似的激动不已。

水宜舟坐在华尘雨身旁，指着窗外说："多快呀，一晃都四十年了。这盘锦变化可真大的！你看那楼房、那厂区、那街道，跟大城市没啥区别。还记得当年刚来时，这里多荒凉。那盐碱地白花花的，简直是兔子不拉屎。”

华尘雨颇有感慨地点着头，思绪又回到多年前那些个日日夜夜。

秦玉姝问水宜舟：“我说你这个筹备活动的总指挥，你通知小辣椒没，她咋没来？”

水宜舟说：“我三个月前就通知她了，原先还说一定来。可前两天突然给我来电话，说是总经理派她到国外一家大公司去考察，准备谈合资的事，昨天坐飞机走的，所以就来不了了，她让我给大家问好，说以后等有机会回沈阳再聚。”

秦玉姝嘴一撇：“哼，人家现在是大忙人，哪有时间搭理咱们呐。”

水宜舟说：“人家不是副总吗？当然得以事业为重。”

他转过脸问华尘雨：“哎，你俩还有啥联系没？”

一提起“小辣椒”，华尘雨心里就觉得别扭。他随口说：“还提她干啥？早和我没关系了。”

水宜舟瞧了他一眼，不再吱声，将脸扭向窗外。

大客车开进了当年的青年点，村委会主任领着一大群村民夹道欢迎。下了车，知青们亲热地与老乡们握手。华尘雨来到一位满脸皱纹、躬着背的老头前，仔细打量着，突然上前一把抓住他的手，说：“这不是钱队长吗？你还认识我不？”那老头紧紧瞅了半天，这才说：“看我这老眼昏花的，是华尘雨啊！没想到这么些年了，你还记得我，记得这地方，你们在城里都出息了。好哇！好哇！”华尘雨握着钱队长那紫茄色、满是青筋的手，望着他昏花的老眼流露出的那份惊异，那些往事又一一浮现、历历在目。华尘雨想起了当年他带领自己这帮小青年战天斗地，栉风沐雨，他对自己的关照及误解，曾经的恩恩怨怨，随着时光的流逝早已成过眼烟云。可那青春的岁月却如粗大的树根，深扎在记忆的土壤之中，难以从脑海中抹去，而且越是年长越发变得清晰，越发怀念。

进了村子，但见一排排砖瓦房，取代了知青们曾住过的宿舍，看不出一点当年青年点的模样。大伙来到村委会，见院内摆了十几个大桌子，小厨房内两个大师傅，站在炉灶前兴致勃勃地掂着大勺，敞开的窗户里飘出诱人的香味。

村委会主任招呼大家落座，用盘锦特有的大米酒招待大伙，一百多号人在这个露天的筵席上欢聚一堂。桌上摆满了丰盛的菜肴，散发着乡村特有的农家菜的醇香。知青们抓起刚出锅的稻田螃蟹，津津有味地嚼了起来。

在村委会主任的张罗下，大伙频频举杯，一个个都喝得小脸通红，一直喝到天黑。

晚上，大客车将知青拉到大洼县内的一家宾馆住了下来。

第二天，吃过早饭，村委会主任领着大伙又游览了“红海滩”、“芦园飞鹤”等景点，最后返回青年点，来到他们曾生活过数年的那块地方。

眼前那金灿灿的稻田，飘着久违的稻香，成片的芦苇在秋风中舞动，发出那熟悉的声响。知青们面对此景，心潮起伏，各自发出感慨。

华尘雨和水宜舟来到当年埋着无名女青年的地方，那个曾经令人心痛的坟包已夷为平地，长满苇子。当年的痕迹全然不见，只有茂密的苇子随风摇曳、沙沙作响，似在述说着什么。

水宜舟望着华尘雨感慨地说：“真是世事沧桑，当年你还对着坟包发呆，以为叶兰香埋在这里。”

往事如电影画面，一幕幕在华尘雨脑海中浮现。在这片盐碱滩上，他与叶兰香所经历的惊心动魄的故事，已深深地镌刻在他青春的记忆中。他抬眼望着眼前的一切，不无感慨地说：“要是兰香还活着，站在这地方不定会有啥感想。可是她永远不可能再来了。”他的心里涌起无尽的酸楚。“唉！”水宜舟深深地叹息着，看着他说，“其实，我早看出来，叶兰香和你华尘雨那可是真心的，她就想跟你在一起。如今你俩永远没有这个机会了，这可真是香雨分飞啊！”

华尘雨的内心涌起无法名状的愧疚，当年与他同桌的小女孩、与他在盐碱滩上同甘共苦的青春少女，以致后来那个饱经沧桑的坚强女人，其实一直在他的心里，在他的梦里。如今两人却阴阳两界，再不能相见。他这才感到两人曾经历的一切，是那么的珍贵，如刻入骨髓般令他永生难忘。假如有来生，他一定要好好报答她。

秋风拂过，苇子发出晃动的沙沙声。华尘雨望着大片摇曳的苇丛，感慨万千。他情不自禁地诵道：“蒹葭苍苍，白露为霜，所谓伊人，在水一方……”

水宜舟抬眼望着华尘雨，却见他的眼里噙满了泪水。

眼前的芦苇透露出饱经沧桑的深沉，苍苍茫茫，无边无际……